TIEFEN EINER
GÖTTERSEELE

TIEFEN EINER GÖTTERSEELE

Anthologie

Lea Baumgart, Bianca E. Brandl,
Anna Vriede, April Wynter,
Hanna Jung, Peter Kirschstein,
Joel Nicholas Krehl, Morgane A. Tusk,
Annabelle Laprell, Luna Lymond,
Alexandra Maibach, Lena Obscuritas,
Jenny Pietsch, Miriam Rieger,
Lara Roner, Rebecca Heyn, R.West,
Anna-Lena Strauß, K. K. Summer,
Jann Weber, Martina Weiß,
Ella Welsh, Anne Zandt

Hrsg. Hanna Jung

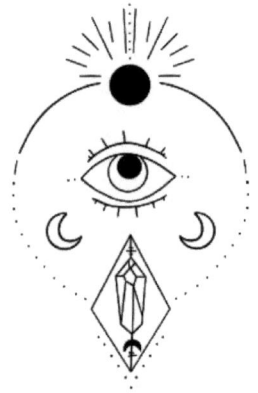

Impressum

Bibliografische Information der Deutschen Nationalbibliothek:
Die Deutsche Nationalbibliothek verzeichnet diese Publikation in der
Deutschen Nationalbibliografie; detaillierte bibliografische Daten sind
im Internet über http://dnb.dnb.de abrufbar.

1. Auflage; © 2021 Hanna Jung (Herausgeberin)
Projektplanung und Organisation: Lara Roner, Anna Vriede,
Hanna Jung, Keah Rieger, Lara Andrea Habegger

Lektorat: Hanna Jung, Lara Andrea Habegger
Korrektorat: Cara Kolb, Hanna Jung, Keah Rieger
Buchsatz: Hanna Jung; Cover: Theresa Wöll
Illustrationen: Anna Vriede, Leah Hasjak, Alina Sawallisch,
Jasmin Volkmer, Raphaela Spanfellner, Lucia Föger, Katharina Strauß,
Louisa S. Reinwarth, Julia C. Albrecht, Philipp Rodionov,
Vanessa Donisan, Peter Kirschstein

Herstellung und Verlag: BoD – Books on Demand, Norderstedt
ISBN: 978-3-7481-7170-6

Inhaltsverzeichnis

VORWORT

Liebe Leserin, lieber Leser,

es freut uns, dass du zu dieser Anthologie gefunden hast! Dreiundzwanzig Kurzgeschichten von dreiundzwanzig begabten Autor*innen erwarten dich hier. Wir hoffen, dass sie dich auf eine magische Reise mitnehmen und verzaubern, wie sie es mit uns getan haben.

Dabei ist es uns wichtig, Folgendes klarzustellen: Wir wollen keinesfalls Religionen, Glaubensrichtungen, Kulturen oder Mythologien beleidigen. Im Gegenteil! Die Geschichten sollen anregen, über Ideen zu sinnieren, die immer mehr verblassen. Sie sollen dich zum Träumen verleiten, staunen lassen und Interesse erwecken.

So bunt und vielseitig wie die Geschichten, sind auch die dazugehörigen Illustrationen. Zwölf verschiedene Grafiker*innen haben den Pinsel geschwungen und Meisterwerke kreiert, um den Geschichten ein Gesicht zu geben. Wenn man so will, ist diese Anthologie also nicht nur eine schriftstellerische, sondern ebenso eine grafische Leistung.

Sie vereint die verschiedenen Stilrichtungen der Kunst, wie sie auch die vielfältigen Mythologien vereint. Genauso aufregend wie die Erlebnisse der Charaktere auf den kommenden Seiten ist auch die Entstehung der Anthologie für uns gewesen – und oftmals turbulent.

Nach der Auflösung des Verlags, in dem sie ursprünglich hätte erscheinen sollen, stand das Schicksal der Anthologie auf der Kippe. Der Unterstützung zahlreicher engagierter Personen ist es zu verdanken, dass sie nun doch in Händen gehalten werden kann.

Der Prozess ist lang (von der Idee August 2019 bis zur Veröffentlichung März 2021) und lehrreich gewesen. Es erfüllt unsere Herzen mit Stolz und Freude, endlich am Ziel angelangt zu sein. In diesem Sinne wünschen wir dir ein schönes Leseerlebnis!

Zu den Organisatorinnen dieses Projektes:
Lara Roner: Allgemeine Projektarbeit, Autorin des Beitrages »Unsichere Wege«, Instagram: lara.roner
Anna Vriede: Koordination Illustrationen, Allgemeine Projektarbeit, Autorin des Beitrages »Der Diamant und die Rose«;
Instagram: annies_wortgefluester
Hanna Jung: Allgemeine Projektarbeit, Lektorat, Korrektorat, Buchsatz, Herausgeberin der Anthologie, Autorin des Beitrages »Gayawa«
Instagram: hanna_jung.autorin
Keah Rieger: Allgemeine Projektarbeit, Korrektorat;
Instagram: keahrieger
Lara Andrea Habegger: Allgemeine Projektarbeit, Lektorat;
Instagram: laradandrea.lektorat

EIN WARMER SOMMERTAG
Lea Baumgart

Horus stand zwischen zwei Hochhäusern und verteilte Flyer. Die Sonne thronte hoch am Himmel. Er konnte ihre Anwesenheit deutlich spüren, fühlte ihre Kraft und ihre Wärme in seinem Inneren vibrieren. Dennoch drang keiner ihrer Strahlen bis zu ihm auf die graue Straße. Stattdessen warfen die Gebäude zu beiden Seiten lange Schatten über die gesamte Fußgängerzone. Licht brach sich in den Fenstern, die Reihe um Reihe in gerader Linie nach oben strebten, und blieb doch unendlich weit entfernt.

Er stellte sich vor, wie Staub im Sonnenschein hinter diesen Glasfronten tanzte, in den traurigen Büros und deprimierenden Verwaltungsstellen, die bis in den Himmel zu reichen schienen.

Er fand es schade, dass die Pyramiden sich als Design nicht durchgesetzt hatten. Zugegeben waren sie nicht sonderlich platzeffizient, und zwei oder drei von ihnen – in einem ordentlichen Format verstand sich – hätten schon gereicht, um die gesamte Innenstadt zu füllen. Schaufenster gehörten außerdem nicht zu der Standardausführung.

»Schauen Sie doch mal vorbei bei unserem Angebot der Woche«, verkündete er ohne echte Überzeugung und drückte einem vorbeigehenden Pärchen einen Flyer in die Hand. Sie trug eine Sonnenbrille und er eine schlechtsitzende Hose.

Wortlos nahmen sie die Werbung des Mobilfunkanbieters entgegen, nur um sie noch in Sichtweite im nächsten Mülleimer zu versenken.

Vor Wut zitternd starrte Horus dem Pärchen hinterher. Zu seiner besten Zeit als ägyptischer Himmelsgott hätte er sich derartige Unverschämtheiten nicht gefallen lassen müssen. Eine weitere Sache, die sich leider nicht durchgesetzt hatte, waren die Tierköpfe.

Es war wirklich schwer geworden, einen vernünftigen Job zu finden, wenn man bloß zum größten Teil menschlich aussah. Die Arbeitgeber legten meist einen unangenehm nachdrücklichen Wert auf den anderen Teil.

Resigniert blickte Horus auf das kleine Maskottchen am oberen Rand der Blätter, das er noch immer in der rechten Hand hielt. Es war nicht einmal ein Falke. Mehr eine Art mutiertes Hühnchen, entworfen von einem Maler, der nur eine recht vage Vorstellung davon hatte, wie dieses selbst zu den ungünstigsten Bedingungen auszusehen hatte.

Zum Glück war seine Schicht für heute bald zu Ende. Obwohl er die heiße, drückende Hitze Ägyptens gewohnt war, war es doch etwas anderes, ob man sich nur ein leichtes Leinentuch um die Hüften schlang oder ob man vom Hals abwärts in dem Ganzkörperkostüm eines überaus hässlichen Vogels steckte. Das Material schien überhaupt keine Luft durchzulassen und auch ohne direkte Sonneneinstrahlung hatte Horus das Gefühl, sich langsam in seinem eigenen, göttlichen Schweiß aufzulösen.

Er konnte nur froh sein, dass er den gigantischen Plüschkopf nicht auf den Schultern balancieren musste.

Dieser ruhte unbehelligt in einer gemütlichen Ecke seiner kleinen Wohnung nicht weit von hier, in die auch Horus sich bald zurückziehen würde. Für seine menschlichen Kollegen musste die Hitze kaum zu ertragen sein. Es war nicht nur heiß unter dem Kostüm, es schien auch einfach überall zu jucken. Außerdem glaubte er, dass die kleinen Schlitze auf Höhe der Augen die Sicht ungemein einschränken mussten.

Der ägyptische Gott warf einen kurzen Blick auf den Stand der Sonne. Feierabend, stellte er fest. Er machte sich auf den Weg zur Bushaltestelle. Seine Wohnung lag außerhalb, denn dort war die Miete günstiger. Mit ihren zwei Zimmern war sie nicht besonders groß und für teure Inneneinrichtung reichte es ebenfalls nicht. Horus vertraute in dieser Hinsicht hauptsächlich den Skandinaviern.

Ein Taxi konnte er sich ebenfalls nicht leisten. Nebenjobs wie der seine waren schwer zu finden – so lächerlich sie auch sein mochten. Zwar war es ihm nach vielen Formularen und einer scheinbar nie enden wollenden Bürokratie gelungen, einen Teil der Tantiemen zu beanspruchen, den sein Name abwarf, aber richtig rentiert hatte sich das Ganze noch nicht.

Irgendwann hatte er über den Anträgen die Nerven verloren und beinahe den Beamten am Ende der Telefonleitung mit der sengenden Glut von tausend Sonnen verbrannt. Es hatte sich dann allerdings herausgestellt, dass er es bloß mit einem elektronischen Assistenten zu tun hatte, der ihm beständig den Kontakt zu einem Sachbearbeiter verweigerte.

Vor der Bushaltestelle wartete bereits eine große Menschengruppe. Es war später Nachmittag und die meisten Büroangestellten hatten jetzt gleichfalls Feierabend. Horus ignorierte die neugierigen Blicke, die ihm die Wartenden zuwarfen.

Früher war er oft angestarrt worden. Aber vor einigen Jahrtausenden hatten die Augenpaare, die ihm folgten, noch von Furcht und Verehrung gesprochen.

Horus seufzte. Die gute alte Frühzeit, es kam ihm vor wie gestern. Heute wusste ihm natürlich niemand mehr den gebührenden Respekt entgegenzubringen. Für die Einkäufer und Schaulustigen auf der Straße war er nur ein komischer Typ in einem hässlichen Kostüm an einem heißen Tag.

29 Grad hatten sie am Morgen im Radio verkündet. Erneut seufzte Horus. Ihm kam es vor, als wären auch die 29 Grad früher anders gewesen. In erster Linie sandiger.

Seine Beine fühlten sich schwer an, nachdem er den ganzen Tag gestanden hatte. Gerne hätte Horus sich auf die Wartebank unter dem überdachten Bereich der Bushaltestelle gesetzt, aber die Sitzfläche war zu schmal für ihn, solange er das unförmige Vogelkostüm trug. Er konnte es nicht abwarten, endlich die schwere Kleidung abzulegen.

Seine darunter verborgenen Gliedmaßen waren allesamt muskulös und von einer ebenmäßigen Bräune, die sich selbst im tiefsten Winter niemals verflüchtigte. Er übertraf die gängigen Schönheitsideale bei weitem und hätte seinen Lebensunterhalt durchaus als männliches Model verdienen können. Bis auf den Falkenkopf natürlich. Sein Gefieder mochte noch so gepflegt glänzen, im Alltag war es doch sehr störend. Die Mauser war außerdem furchtbar.

Rumpelnd fuhr ein Bus vor. Er war fast komplett leer und nur wenige der Wartenden setzten sich bei seinem Anblick in Bewegung. In diesem Bus war die Luft sicherlich nur mäßig stickig und die Chancen auf eine Sitzgelegenheit standen gut. Leider fuhr der Bus in die falsche Richtung.

Deprimiert starrte Horus ihm nach, als er wieder davonfuhr. Die Federn in seinem Nacken klebten unangenehm verschwitzt auf seiner Haut. Obwohl er ein Himmelsgott war, dem Sonne und Mond zu Gebot standen, hasste Horus den Sommer. Allerdings mochte er auch den Winter nicht besonders.

Das Problem waren die Menschen, entschied Horus. Sie füllten die Sommerhitze der Stadt mit dem Geruch von Schweiß und Abgasen. Sie rempelten Horus auf der Straße an, wenn er ihnen in seinem unförmigen Kostüm nicht rechtzeitig auswich. Sie verweigerten ihm in ihrem Unglauben den Lebensstandard, der ihm eigentlich zustand.

Das einzig Gute an der Entwicklung der Moderne waren die Onlineshops. Jetzt musste er sich nicht länger im Kostüm durch die Supermärkte schleppen. Kleidung, Bücher, Dinge des täglichen Gebrauchs, sogar Essen brachten sie einem vorbei. Wenn man Horus fragte, waren die Onlineshops das Beste, was den Menschen passiert war, seit dem Untergang der ägyptischen Hochkultur.

Als Gott angebetet und verehrt zu werden, war zugegebenermaßen noch ein wenig angenehmer, doch ›Versandkostenfrei ab 10 € Mindestbestellwert‹ kam mit Sicherheit gleich dahinter.

Ein weiterer Bus fuhr vor. Er war bereits brechend voll. Natürlich war es diesmal der richtige. Horus schleppte sich zur hinteren Tür; der doppelflügeligen, durch die er auch in seinem Kostüm ohne größere Schwierigkeiten hindurchpasste. Sie öffnete sich nicht.

Verbittert starrte Horus sie an. Auf Händen hatten sie ihn früher getragen. Er hatte entspannt auf seiner beschatteten Bahre gelegen und starke, junge Männer hatten ihn zu seinem Zielort gebracht.

Heutzutage öffneten die Busfahrer nicht einmal mehr die Türen für ihn. Sie schienen von Natur aus bösartig zu sein. Hätte Horus noch etwas zu sagen gehabt, hätte er jeden einzelnen Busfahrer und jede einzelne Busfahrerin in seinem Herrschaftsgebiet im Rahmen einer pompösen Opferzeremonie hinrichten lassen. Aber Horus verfügte über kein Herrschaftsgebiet mehr. Alles, was er besaß, war eine Monatskarte für den öffentlichen Nahverkehr.

Er machte kehrt, um sich in die Schlange einzureihen, die sich vor dem Vordereinstieg des Busses gebildet hatte. Horus stand weit hinten, aber immerhin verschaffte ihm das genug Zeit, um nach seinem Fahrschein zu kramen. Das Kostüm hatte keine Taschen, deshalb bewahrte er seine persönlichen Gegenstände in seinem Hosenbund auf.

Horus trug zwar kein zusätzliches Oberteil, aber er war doch vom eleganten Leinentuch auf praktische Hosen umgestiegen. Das Kostüm scheuerte. Da er es allerdings nicht ablegen konnte – denn nackter Oberkörper und Falkenkopf waren zwar einmal der letzte modische Schrei gewesen, lösten heute aber nur noch eine andere Art von Geschrei aus –, dauerte es lange, den Arm unter die Kleidung zu schieben und das Busticket hervorzuziehen.

Glücklicherweise endete das Kostüm am Handgelenk und zumindest seine schlanken, gebräunten Hände konnte Horus frei bewegen.

Endlich kam Horus an die Reihe und hielt sein Busticket in die Höhe, während er sich durch den schmalen Durchgang neben dem Sitz des Busfahrers schob. Sein Kostüm vergrößerte seinen Körperumfang derart, dass er an der Barriere für Kunden, die noch ein Ticket beim Fahrer erwerben mussten, hängenblieb.

Hinter ihm ließ jemand einen unflätigen Kommentar vom Stapel. Der Busfahrer knurrte, als wäre es Horus' persönliche Schuld, dass sie schon so lange hier standen und die Zeit des Fahrplans nicht würden einhalten können.

Mühsam schob Horus sich den Gang entlang. Er bekam dabei mehrere Ellbogen in die Seite gestoßen, focht mit diversen Einkaufstaschen, die den Weg versperrten, und versuchte, nach Möglichkeit nicht zu atmen. Offensichtlich gab es im Bus keine Klimaanlage.

Horus hoffte, dass sie vielleicht nur außer Betrieb war, solange der Bus nicht fuhr, aber die offen stehenden Fenster ließen dieser Hoffnung nicht viel Raum. Sie waren klein und schmal, ließen sich nur einen Spaltbreit kippen und förderten die Sauerstoffzufuhr kaum.

Im Bus schien es sogar noch heißer zu sein als draußen auf der Straße. Es roch nach Menschen, säuerlich und abstoßend. Nirgendwo war ein freier Sitzplatz zu entdecken. In seinem Kostüm hätte Horus ohnehin zwei Plätze benötigt.

Er griff nach der Haltestange über seinem Kopf. Es war die nächste Stange in Reichweite und er musste den Arm in einer unangenehmen Haltung abknicken, um seinen Ellbogen nicht auf dem Kopf einer schlecht blondierten Frau abzustützen. Sie funkelte ihn trotzdem an, als würde er ihren persönlichen Freiraum verletzen. Horus stellte sich vor, wie man sie ihm zu Ehren den Krokodilen zum Fraß vorwarf.

Mit einem Ruck, der Horus beinahe von den Füßen schleuderte, fuhr der Bus an. Irgendwo in seiner Schulter hatte Horus sich mit Sicherheit etwas gezerrt.

Horus war immer ein gütiger Gott gewesen. Er hätte die Menschheit schon längst in ihr Verderben stürzen können.

Er hätte die Pole zum Schmelzen und die Städte zum Überfluten bringen können. Er hätte dafür sorgen können, dass die Sonne so heiß schien, dass das Blut in ihren Adern kochte und die Menschen platzten, als hätte man sie in die Mikrowelle gesteckt. (Mikrowellen fand Horus fast so gut wie Onlineshops. Er war nie ein begnadeter Koch gewesen. Zu lange waren ihm die köstlich-zubereiteten Speisen dargebracht worden. Fertigpizza befand sich zwar nicht auf diesem Niveau, aber immerhin musste man sich dafür nicht selber an den Herd stellen.)

Doch er hatte nichts von all dem in die Tat umgesetzt. Stattdessen hatte er sich zurückgezogen und die Menschheit sich selbst überlassen. Das hatte allerdings auch nicht viel besser funktioniert.

Der Bus hielt. Wieder ruckte er dabei und wieder war Horus der Meinung, sich möglicherweise die Schulter ausgerenkt zu haben. Die blondierte Frau sah ihn sogar noch finsterer an, als er gegen sie taumelte. Dabei gab er doch wirklich sein Bestes, niemandem zur Last zu fallen.

An der Bushaltestelle standen nur zwei Personen. Der Bus öffnete seine Türen trotzdem hinten. Horus drehte den Kopf, um verärgert zur Fahrerkabine hinüber zu starren. Die wütenden Blicke waren eine alte Angewohnheit. Früher hatten sich die Menschen unter diesem Blick in den Staub geworfen und um Vergebung gebettelt. Heute ignorierte man ihn.

Niemand stieg aus. Die beiden zusätzlichen Personen quetschten sich in den Bus, weshalb die Türen sich nicht schließen ließen. Ein einzelner Schweißtropfen lief Horus den Rücken hinunter.

»Rücken Sie durch!«, rief der Busfahrer von vorne.

Bewegung kam auf. Jemand trat Horus auf den Fuß.

Die Türen schlossen sich.

Der Bus ruckte.

Horus stolperte gegen die Frau.

»Passen Sie doch auf!«, sagte sie wütend.

Horus' Schulter schmerzte.

Im Bus wurde es bei laufendem Motor noch wärmer. Ein lauer Wind zog durch die geöffneten Fenster herein. Er war so heiß, dass es sich anfühlte, als hielte jemand einen gigantischen Föhn ins Innere des Busses.

Horus stellte sich vor, wie er den Bus vor lauter Hitze explodieren ließ. Ihm selbst würde die Eruption nichts anhaben, außer natürlich, dass ihm sehr warm werden würde. Verschwitzter als jetzt könnte er allerdings unmöglich sein. Und die Menschen um ihn herum würden unter qualvollen Schreien verbrennen; das Metall würde schmelzen und sich verbiegen.

Für einen Moment zog Horus diese Möglichkeit tatsächlich in Betracht. Den Bus mitsamt Insassen verbrennen zu lassen, brächte ihn zwar nicht schneller nach Hause, aber es wäre mit Sicherheit sehr befriedigend.

Immerhin waren es jetzt nur noch zwei Haltestellen. Von dort aus würde er zwar eine ganze Weile laufen müssen, aber inzwischen kam ihm sogar ein Fußmarsch in dieser Hitze nicht mehr dramatisch vor. Nichts konnte schlimmer sein als dieser Bus.

Horus glaubte an das ägyptische Totenreich. Er glaubte nicht nur daran, er hatte es sogar schon selbst besucht. (Ein Urlaub der Kultur wegen, nicht zur Entspannung. Viele schöne Fotos und einen Schlüsselanhänger als Andenken, aber kein Strand in Sicht und eine bescheidene Auswahl an Cocktails. Drei von fünf Sternen.)

Dieser Bus allerdings ließ ihn auch an die Existenz der christlichen Hölle glauben. Er fühlte sich nicht länger wie der stolze Falkenmensch von einst. Eher wie ein Brathähnchen.

Der Bus ruckte. Diesmal ging Horus rechtzeitig in die Knie, um den Stoß abzufedern. Es gelang ihm, ein Stolpern zu vermeiden. Die Bustüren öffneten sich diesmal nicht. Horus hätte das gerne als positiv empfunden. Niemand stieg hinzu und dadurch wurde es nicht noch enger. Außerdem würden sie nicht so lange halten und er wäre schneller daheim.

Allerdings hatte er nicht bedacht, dass das Öffnen der Türen einen kurzen, gütigen Luftzug bedeutet hätte. Auch wenn die Luft bereits verbraucht bei ihm angekommen wäre, hätte sie doch eine Sekunde der Erleichterung gebracht.

Inzwischen war es so stickig, dass Horus glaubte, bald in Ohnmacht fallen zu müssen. Er lebte bereits seit Jahrtausenden und das war ihm noch nie passiert. Aber ein warmer Sommertag in der Großstadt und die Reise mit dem öffentlichen Nahverkehr könnten bald eine Premiere herbeiführen.

Er umklammerte den Haltegriff noch fester. Wenn Anubis ihn jetzt so sehen könnte. Wahrscheinlich würde er lachen. Horus war ein Himmelsgott mit der Macht über die Gestirne, doch was nützte ihm das? Er könnte diesen Menschen die Hölle auf Erden bereiten, aber stattdessen ließ er sich selbst von läppischen 29 Grad in die Knie zwingen. Horus' Laune erreichte den Tiefpunkt des Jahrhunderts.

Langsam schob sich der Bus durch die Straßen. Es herrschte Stau. Natürlich herrschte Stau. Im Feierabendverkehr herrschte immer Stau. Vor allem an den heißen Tagen. Es war ein ungeschriebenes Gesetz.

Zu seinem Glück musste er an der nächsten Station aussteigen. Er hatte es fast geschafft. Wie gesagt, er war ein gütiger Gott und niemand konnte ihn dazu bringen, seine Einstellung zu ändern. Nur weil ihn niemand mehr respektierte, er einen miesen Job und eine miese Zweizimmerwohnung hatte und die Menschen ihm den Alltag zur Qual machten und das Klima mit ihren Abgasen und ihrer Selbstsucht in etwas verwandelten, das selbst Horus schwer erträglich fand, würde er noch lange nicht seiner Wut nachgeben. Es brauchte schon mehr als das, um einem kompletten Planeten und seinen Bewohnern den Krieg zu erklären.

Horus verrenkte sich, um den Knopf an die Haltestange zu drücken. Ein Summen teilte ihm mit, dass der Bus an der nächsten Haltestelle halten würde, um ihn endlich nach draußen in die verhältnismäßig frische Luft zu entlassen. Wenn er den Kopf in einem ganz bestimmten Winkel drehte und zwischen zwei Schultern hindurchspähte, sah er schon das Haltestellenschild in der Ferne.

»Entschuldigung«, sagte er so höflich, wie er es in seiner derzeitigen Stimmung fertigbrachte, und versuchte, sich an der blondierten Frau vorbei in Richtung Ausgang zu schieben.

Sie warf ihm einen Blick zu, der der Glut von tausend Sonnen schon sehr nahekam, machte jedoch einen kleinen Schritt zur Seite. Horus presste sich an ihr vorbei, wobei er sowohl ihren Körper gegen sich spürte wie auch die Lehne eines Sitzes, die sich schmerzhaft in seinen Rücken bohrte.

Der Bus ruckte zu einem Halt.

Horus stolperte gegen einen verschwitzten Mann. Es war keine schöne Erfahrung.

»Entschuldigung, ich muss hier raus«, bat er, als die Türen sich öffneten.

Er blickte auffordernd zu den fünf Personen, die zwischen ihm und dem Ausgang standen.

Vor nicht allzu langer Zeit – nicht allzu lang im Verhältnis zu seiner Lebensspanne – hätte es niemand gewagt, ihm den Weg zu versperren. Damals erinnerten die Menschen sich noch daran, wozu er fähig war und sie verehrten ihn mit der richtigen Mischung aus Respekt und Furcht. Heute erinnerte sich niemand mehr.

Horus drängte an dem verschwitzten Mann vorbei. Mindestens drei der Leute hätten aussteigen müssen, um ihn hinauszulassen. Niemand rührte sich. Blieben vier Menschen zwischen ihm und der Tür.

Sie schloss sich, der Bus ruckte.

»Ich muss hier raus!«, rief Horus verärgert, gewandt an die Leute, die noch immer vor der Tür standen, aber laut genug, dass auch der Busfahrer ihn hören konnte.

Niemand im Bus sah ihn an. Alle mieden seinen Blick und taten so, als hätten sie ihn nicht gehört. Ein junger Mann vor ihm wippte im Takt der Musik, die er über seine Kopfhörer konsumierte. Er schien Horus tatsächlich nicht verstanden zu haben.

»Zu spät!«, rief der Busfahrer unfreundlich von vorne, und Horus stieß ein scharfes Klacken aus, als er seinen Schnabel wütend zuschnappen ließ.

Etwas in ihm zerriss. Horus vermutete, dass es sein Geduldsfaden gewesen war. Er hatte den Menschen ihre Chance gegeben. Er war ein gütiger Gott gewesen. Aber der Busfahrer hatte recht. Es war zu spät. Sie hatten seine Geduld zu lange auf die Probe gestellt. Sie hatten es geschafft, einen einfachen Sommertag wie diesen in eine echte Tortur zu verwandeln.

Mal sehen, wie ihnen die Sommertage in Zukunft gefallen würden. Wenn Horus die Sonnentemperatur aufdrehte und zusah, wie die Menschheit langsam ihrem Ende entgegensteuerte.

Die Sommertage, die immer heißer würden, die Dürreperioden und Überschwemmungen, die warmen Winter und die Hungersnöte. Und vielleicht, nur vielleicht, würden die Menschen es dann bereuen. Vielleicht würden sie sich dann wünschen, dass sie Horus mit etwas mehr Respekt behandelt hätten, als sie noch die Gelegenheit dazu gehabt hatten.

Zu der Autorin:

Lea Baumgart ist wissenschaftliche Mitarbeiterin an der Universität Siegen im Fachbereich Germanistik. Sie hat bereits Kurzgeschichten in zahlreichen Anthologien veröffentlicht und seit 2019 wird außerdem ihre eigene Buchserie publiziert. Weitere Informationen zu ihren Werken findet man auf ihrer Autorinnen-Homepage https://leabaumgart.wixsite.com/autoren-website.

Lektorat: Lara Andrea Habegger; Korrektorat: Cara Kolb;
Illustration: Lucia Föger

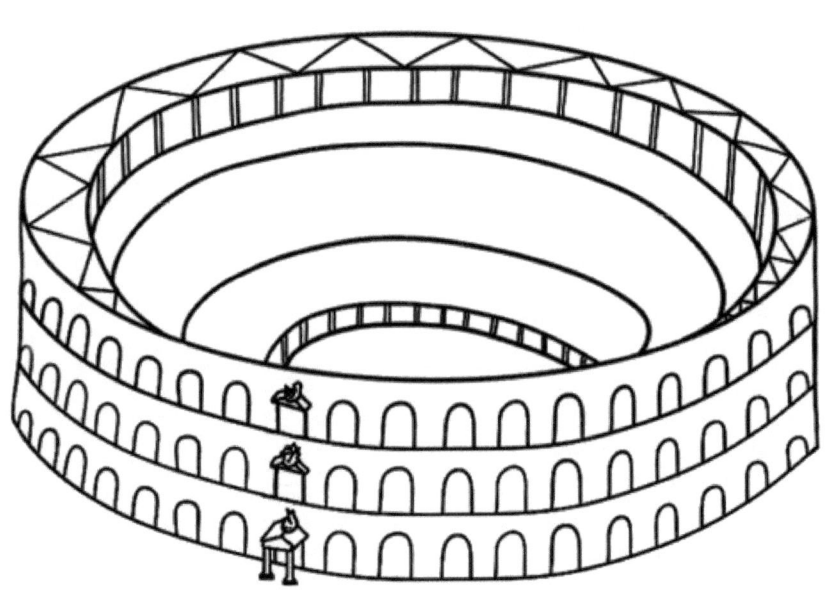

STADT DER GÖTTER

Bianca E. Brandl

Meine erste Begegnung mit einer Göttin war unspektakulärer, als ich es mir je hätte vorstellen können. Ein prüfender, herablassender Blick und ein langer, elfenbeinfarbener Finger, der in meine Richtung gestreckt wurde. Vermutlich hätte ich, wie all die anderen Mädchen, respektvoll den Kopf senken sollen, doch ich schaffte es nicht. Stattdessen starrte ich sie an.

Ich konnte nicht anders, als ihre Schönheit und ihre edlen seidigen Gewänder zu bewundern. Ihr magischer Bann gab mich erst frei, als sie den stickigen Keller über die abgenutzte steinerne Stiege verließ. Wie ein verlassener Welpe blickte ich ihr nach, ohne das Offensichtliche zu begreifen.

Es dauerte keinen Tag, bis sie mich holten. Die Hände hinter dem Rücken gefesselt, kniete ich zitternd im verwaisten, kalten Innenhof des Schankhauses. Mein Herz pochte unaufhörlich in meinen Ohren, als wisse es, was mich erwarten würde. Ob es tatsächlich daran lag oder einfach dem Umstand geschuldet war, dass der bärtige Wirt mir zur Warnung ein Messer gegen den Rücken hielt, spielte nicht wirklich eine Rolle.

Ich zuckte zusammen, als er mich harsch anwies, still zu sein und erneut meine Fesseln überprüfte. Er war gestresst, hatte wahrscheinlich sogar Angst. Seine Anspannung übertrug sich auf mich, und ein beklemmendes Gefühl breitete sich in meinem Körper aus. In mir lauerte die Furcht, obwohl ich versuchte, mich ruhig zu geben. In den letzten Monaten war viel Schlimmes passiert; was auch immer jetzt kommen würde, mir graute davor.

Das Klappern von Hufen auf den Steinstraßen der kleinen Stadt kündigte an, dass es ernst wurde. Ich schluckte und richtete meine Augen auf den schmalen Bogen, der die Straße vom Innenhof trennte. Zuerst sah ich nur die edel geformten Köpfe weißer Pferde, doch einen Augenblick später waren auch ihre Reiter zu erkennen.

Es handelte sich um zwei Frauen. *Kriegerinnen der Eras*, erkannte ich entsetzt, als ich das rote Wappen auf ihren Sätteln entdeckte. Alle Haare auf meinem Körper stellten sich auf, als mir schlagartig bewusst wurde, dass sie wegen mir hier waren. Schlecht, sehr schlecht!

Wie in den Legenden meiner Heimat beschrieben, baumelten Messer und Bögen locker an ihren Sätteln. Eras, fleischgewordene Waffen der Götter, in ihrer legendären ledernen Kampfkleidung. Vermutlich wären sie wunderschön, doch ihre Augen wirkten leblos und kalt. Innerlich zuckte ich zurück, als sie langsam auf mich zuritten.

Als wäre ich eine Außenstehende, beobachtete ich, wie sie synchron abstiegen. Eine ging zielsicher zum Wirt, der bleich geworden war und sich scheinbar alles andere als wohl in seiner Haut fühlte, während die andere auf mich zukam. Ich hörte das leise Klirren von Gold, gefolgt von den eiligen Schritten des Wirts, der sich hastig aus dem Staub machte.

Die Eras würdigten ihn keines Blickes, stattdessen hob mich die eine unsanft über die Schulter und warf mich auf den Rücken ihres Pferdes. Danach ritten wir los, entfernten uns noch weiter von meiner Heimat. Nicht einmal der vertraute Geruch der weißen Tiere vermochte mich zu trösten.

»Willkommen in der Stadt der Götter.« Ich hielt die Luft an und war mir sicher, dass die beiden anderen Mädchen genau dasselbe taten, als uns eine dunkelhäutige Göttin in weißen Kleidern lächelnd begrüßte.

Man hatte mich nach Dara gebracht, das war nun fünf Tage her. Sie hatten mich gewaschen, mir zu essen gegeben und meine stinkenden Fetzen durch ordentliche Kleidung ersetzt. Trotzdem hatte das Drücken in meinem Magen keine Sekunde nachgelassen. Irgendetwas stimmte hier nicht. Warum sollten Götter auf diese Weise mit einem versklavten Mädchen umgehen? Darauf gab es für mich keine stimmige Antwort.

Abends war ich immer am Fenster gesessen und hatte in die Ferne gesehen. So prunkvoll und wohlhabend Dara auch war, das westliche Grasland, meine Heimat, rief nach mir. Der trockene Wind zerrte an meinen schwarzen Haaren, als wolle er mich nach Hause führen. Ich war ein Kind der Weite, ich gehörte nicht hierher.

»Ich habe gute Neuigkeiten für euch, Mädchen.«

Ihr Lächeln wurde breiter und entblößte eine Reihe strahlend weißer Zähne.

Als ob! Ich glaubte ihr kein Wort.

»Ihr habt alle die Chance, auch Göttinnen zu werden!«

Wie bitte?

Ich hörte, wie die Mädchen neben mir überrascht Luft einsogen. Wäre ihnen nicht eine leibhaftige Göttin gegenübergestanden, hätten sie mit Sicherheit angefangen zu tuscheln.

Ich verbot mir, mich der Vorstellung hinzugeben, denn irgendetwas an der Ausstrahlung der Göttin ließ mich erschaudern. Es wäre zu einfach. Wo war der Haken?

»Es gibt tatsächlich einen Haken.« Ihr wohlwollender Blick richtete sich auf mich. Verdammt, konnte sie meine Gedanken lesen? Das Glitzern, das in ihre Augen trat, interpretierte ich als Ja.

»Ihr müsst uns eine Weile unterstützen.« Sie hielt inne und betrachtete auch die anderen beiden. »Ob ihr dann zu Göttinnen werdet, liegt in euren Händen.«

Unsanft stießen mich die Wachen durch die Straßen der Stadt, in denen reges Treiben herrschte. Ich beobachtete Götter, die Waren eingeschüchterter menschlicher Händler besahen oder sich miteinander unterhielten. Götterkinder rannten vergnügt hinter Spielzeugen her, die ich nie zuvor gesehen hatte, und hin und wieder entdeckte ich sogar Eras, die das Treiben aus den Schatten der hohen, steinernen Gebäude überwachten.

Die Mauern unseres Ziels türmten sich wie ein Gigant am Ende der Straße auf. Alles in mir sträubte sich, mich weiter darauf zuzubewegen, doch die Wachen kannten keine Gnade. Schritt für Schritt zwang ich mich, zitternd weiterzugehen, bevor sie auf die Idee kamen, die silbernen Speere in ihren Händen zu benutzen.

Die Arena. Zentrum der Stadt der Götter und der vier Reiche. Ich hatte Schilderungen von Händlern gehört, doch die düstere Aura, die von ihr ausging, war schlimmer, als ich es mir hätte vorstellen können.

Je näher wir kamen, desto lauter wurde es. Meine Nackenhaare richteten sich gen Himmel, als ich unter den Jubelrufen auch Schreie vernahm. Menschliche Schreie, gefolgt von Brüllen. Menschen gegen Monster, zur Unterhaltung der Götter, und ich war nun ein Teil davon.

Ich roch sie nicht, nicht einmal, als ich sie sah. Kein stechender Geruch nach ungewaschenen Körpern, Urin oder Blut, der unangenehm meine Nase reizte. Auch hier war die Macht der Götter im Spiel, denn so wie die geschundenen Gestalten aussahen, die hier eingesperrt waren, hätte es anders riechen müssen.

Wir befanden uns in einem Gang im Inneren der Arena. Zusammen mit meinen Bewachern schritt ich die Gitterkäfige entlang, die sich wie ein Ring um das steinerne Monstrum schmiegten. Unauffällig spähte ich durch die Gittertüren, die alle paar Meter in die Wand eingelassen waren.

Manche Käfige waren leer, doch die meisten zeigten dasselbe Bild; wenige verstreute Habseligkeiten, ein junger Mann, festgekettet an einem Pfahl in der Mitte des Käfigs, und jeweils ein Mädchen. Der Blick derjenigen, die ihre Augen geöffnet hatten, ging ins Leere.

Ich schmeckte Galle, doch ich konnte nicht wegsehen. Der Schock der Verkündung, dass wir hierhergebracht werden würden, steckte noch immer lähmend in meinen Knochen, und meine Verzweiflung wuchs mit jedem vergehenden Augenblick.

Den ganzen Weg über suchte ich nach einer Fluchtmöglichkeit, nach einer Chance zu entkommen, doch meine Bewacher machten jede Hoffnung zunichte, als einer von ihnen vor einem Käfig stehen blieb. *Meinem Käfig*, begriff ich, als vor meinen Füßen die Tür aufschwang.

Völlig perplex starrte ich auf das Metallgitter.

Ein eiskalter Schauer schoss durch meinen Körper.

Das durfte nicht sein!

Schweiß trat auf meine Stirn, als ich gegen die Angst ankämpfte. Die Wachen neben mir wurden langsam unruhig, da ich mich nicht rührte. Ich hörte das Rascheln ihrer Kleidung, als sie Anstalten machten, sich zu bewegen.

Selbst gehen oder hineinverfrachtet werden, das Resultat blieb dasselbe.

Also verhielt ich mich wie bei einem Sprung ins kalte Wasser; ich trat einen Schritt nach vorne und ließ mich innerlich fallen.

Mit einem Klirren schloss sich hinter mir die Tür.

Ich drehte mich um und hob die geballten Fäuste ans Gitter. Gebannt folgte mein Blick den Wachen, die gemächlich den Zellentrakt verließen.

In meinem Kopf war kein einziger Gedanke, doch ich spürte Panik in mir brodeln. Um mich abzulenken, drehte ich mich um, sah mir an, wo ich gelandet war.

Ich war in einem dieser Käfige. Innerlich rang ich mit mir, zwang mich, die Augen offen zu behalten und mich meiner Misere zu stellen.

Er war höchstens vier mal vier Meter groß, versehen mit faustdicken Gitterstäben. Der Boden bestand aus dreckigem Sand und im Zentrum befand sich ein baumstammdicker Pfahl, der bis an die Gitterdecke reichte. Die Wände zu den Nachbarkäfigen waren mit löchrigen Holzbrettern versehen, doch die Seite, die zur Straße zeigte, war halb offen.

Privatsphäre gab es hier genauso wenig wie Schutz vor der brennenden Sonne und den eiskalten Nächten. Unter dem Pfahl und in einer Ecke, die an die steinerne Wand grenzte, lag etwas Stroh am Boden, das vermutlich als Schlafplatz dienen sollte.

Ansonsten war der Käfig, abgesehen von einem Krug und zwei halbwegs warm aussehenden Decken, leer.

Weil ich nicht wusste, was ich sonst tun sollte, schritt ich die Wände ab und suchte nach nichtexistierenden Schwachstellen. Von meinen Nachbarn konnte ich kaum mehr als Silhouetten erkennen.

Als ich anschließend frustriert an die Außenwand trat, wurde ich angegafft, als hätte ich zwei Köpfe. Wobei … so wie sich die hochwohlgeborenen Geschöpfe auf der Straße verhielten, könnten es auch mehr sein. Mit einem unwohlen Gefühl zog ich mich in die Strohecke zurück.

Obwohl sie mir die lange Hose und meine Jacke gelassen hatten, fühlte ich mich nackt. Ich konnte sie von meinem Platz aus nicht sehen, spürte aber, wie sich die Sonne langsam senkte.

Zuhause hätte ich mich auf die Kälte vorbereitet, doch hier konnte ich nichts anderes tun, als zu warten.

Das letzte Licht war fast verschwunden und meine Augen müde von den Anstrengungen des Tages, als ich Personen durch den Gang stampfen hörte. Das Geräusch wurde von einem eiligen Schlurfen begleitet.

Neugierig reckte ich mich in Richtung Tür, um einen Blick auf die Vorbeigehenden zu werfen, doch die Schritte verstummten vor meinem Käfig.

Ich hielt die Luft an, und lauschte dem Blut in meinen Ohren, das zu rauschen begann.

Jede verstreichende Sekunde kam mir wie Stunden vor, während ich hoffte, dass sie weitergingen. Zu irgendeinem anderen Käfig und – sosehr ich den Gedanken auch hasste – zu einem anderen Mädchen. Meine Hoffnung wurde zerstört, als ein Schlüssel im Schloss gedreht wurde.

Ich stand mit zitternden Knien auf, zog mich tiefer in die Ecke zurück. Vermutlich ein Fehler, doch ich konnte ihnen hier sowieso nicht entkommen. Sollte es wenigstens dort geschehen, wo nicht jeder von der Straße aus zusehen konnte.

Als die Tür aufging und ein breitgebauter, bärtiger Wachmann auf mich zukam, hatte ich das Gefühl, dass auch noch das letzte bisschen Luft aus meiner strapazierten Lunge gedrückt wurde. Sein Gesicht war ausdruckslos, die braunen Augen kalt.

Ich presste mich gegen das Gitter, während er mich von oben bis unten betrachtete.

»Hallo, Neue.« Ich nahm seine Worte kaum wahr. »Dein Krieger hat gewonnen, willst du kaufen?« Seine Stimme war genauso ausdruckslos wie sein Gesicht.

»Willst du kaufen?«, fragte er erneut, diesmal etwas bedrohlicher.

Kaufen? Was kaufen?

Ich schüttele zögerlich den Kopf, woraufhin er mich mit einem abwartenden Ausdruck im Gesicht anschaute.

»Auch gut.« Er drehte mir den Rücken zu; seine Aufmerksamkeit galt schon jemand anderem, wie ich erleichtert feststellte. Mit lauter Stimme bellte er irgendeinen Befehl, woraufhin das eigenartige Schlurfen wieder einsetzte.

Als wäre ich eine Außenstehende, beobachtete ich mit großen Augen einen jungen Mann, der in den Käfig trat und zum Pfahl geführt wurde. Mit dem Blick zur Tür kniete er sich davor nieder und eine der Wachen verschloss seine Arme hinter dem Stamm mit Eisenketten. Den Kopf hielt er dabei die ganze Zeit gesenkt, die Augen verborgen hinter verfilztem, braunem Haar.

»Chras – Dalea, Dalea – Chras.« Der erste Wachmann hatte in der Zwischenzeit nichts Besseres zu tun, als mit seiner Hand herumzufuchteln, während sein Kollege sein Werk beendete.

»Seid brav und vertragt euch«, bemerkte er hämisch beim Hinausgehen und warf etwas – dem Klirren nach etwas Metallisches – auf mein Lager.

Ich rührte mich trotzdem nicht vom Fleck, bis die Tür verschlossen und die Schritte der Wachen verklungen waren.

Auch der Mann am Pfahl regte sich nicht. Selbst als ich es wagte, wieder zu meinem Lager zu gehen, bewegte er sich keinen Zentimeter.

Tief atmete ich durch und ließ den Blick über den Strohhaufen schweifen. Meine Vorsicht verbot mir, mich auf das Stroh fallen zu lassen, bevor ich es nicht nach dem durchsucht hatte, was der Wachmann dort hineingeworfen hatte.

Skeptisch schob ich die Halme auseinander, bis ich eine schwache Reflexion entdeckte. Beim genaueren Hinsehen erkannte ich eine kleine, silberne Münze. Sie war nicht rund, sondern unförmig und erinnerte mehr an ein Quadrat. Als ich sie behutsam aufhob, fiel mir die Zehn auf, die in sie geprägt war.

Mutiger durchsuchte ich das weitere Stroh und fand nochmals zwei Münzen, sie waren etwas größer als die Erste und mit einer Zwanzig versehen.

Ich starrte sie verwirrt an, meine Handfläche bereits braun vor Dreck. Warum sollte mir ein Wachmann Münzen geben?

Mir fiel keine Antwort darauf ein und ich wagte es nicht, den Mann am Pfahl zu fragen. Er strahlte eine Aura aus, die einen Knoten in meinem Magen entstehen ließ. Obwohl er mich nicht ansah und sich nicht bewegte, spürte ich nichts außer Hass und Verachtung.

Ich wusste nicht, ob sie mir galten, wusste nicht, was hier mit mir geschehen sollte, aber ich würde mich nicht brechen lassen, würde wieder frei sein – koste es, was es wolle.

***

In ihrer ersten Nacht im Käfig stellte sie sich besser an, als er es nach dem anfänglichen Eindruck von ihr erwartet hatte.

Er hatte bereits geahnt, dass er bald eine Neue in seiner persönlichen Hölle vorfinden würde. Sallaria, die ihn bisher versorgt hatte, hatte anscheinend genug Münzen gespart, um sich von ihren Pflichten freizukaufen.

Münzen, die er verdient hatte.

Aber es war, wie es war. Er war gezwungen, jeden zweiten Tag, wahlweise auch öfter, für ebendiese Münzen in der Arena gegen Monster aus unterschiedlichsten Regionen zu kämpfen. Die paar Silbermünzen, die er und die anderen Kämpfer dabei verdienten, wurden ihren Anwärterinnen überlassen, die damit kaufen konnten, was immer sie wollten. Auch ihre Freiheit.

Er hasste sie nicht wegen dieser Möglichkeit – sie konnten sie nicht beeinflussen – doch er hasste sie dafür, wie sie mit ihnen umgingen. Für ihn und die anderen Kämpfer gab es keinen Ausweg. Starben sie im Kampf, wurden sie wiederbelebt, brachten sie sich selbst um, wurden sie wiederbelebt und bestraft.

Die Neue war seine vierte Anwärterin. Voller Angst hatte sie sich gegen den Käfig gepresst, als sie Karum, einem der Wachmänner, gegenübergestanden hatte. Das Bild eines Häschens, das einen Wolf entdeckt hatte, bildete sich in seinem Kopf. Sie war schwach, und er würde für diese Schwäche bezahlen müssen. Wie lange würde sie in dieser Umgebung durchhalten?

Wie lange würde es ihr möglich sein, ihn zu versorgen, wenn er hilflos hier angekettet war?

Ohne sie direkt anzusehen, war er zu diesem verfluchten Pfahl geschlurft. Seine Beine und Schultern hatten bei jeder Bewegung geschmerzt. Dennoch hatte er sich mit dem Rücken vor den harten Stamm gekniet und gehorsam die Arme hinter sich gekreuzt.

Er spürte die Blicke des Mädchens auf sich, beunruhigte Blicke, die auch lange nachdem die Wachen gegangen waren, nicht nachließen. Scheinbar befürchtete sie allen Ernstes, dass von ihm eine Gefahr ausging. Lächerlich.

Als es kälter wurde, zog sie sich in eine Ecke zurück. Er schätzte sie so ein, dass er heute auf eine Decke verzichten musste. Ängstlich wie sie war, würde es nicht einmal etwas bringen, sie darauf hinzuweisen, dass eine davon für ihn bestimmt war.

Er ließ den Kopf hängen, da dadurch seine Sitzposition etwas erträglicher wurde, und versuchte, zu entspannen. Er musste einschlafen, bevor die Kälte und die Schmerzen unerträglich wurden.

***

Ich beobachtete ihn in dem Wissen, dass auch ihm keine meiner Bewegungen entging. Ich hatte tausende Fragen, doch er machte nicht den Eindruck, als würde er mir antworten. Irgendwann wurden seine Atemgeräusche leiser, und sein Kopf fiel gegen seine Brust.

Inzwischen war die sternenklare Nacht eiskalt geworden. Es wunderte mich, dass er nicht nach einer der Decken gefragt hatte. Einen kurzen Moment lang überlegte ich, beide für mich zu behalten, doch ich verwarf den Gedanken sofort wieder.

Ich hatte bereits in meiner Kindheit gelernt, dass manche Probleme nicht allein lösbar waren. Hier hatte ich niemanden außer ihn, also musste ich ihn irgendwie dazu bringen, mit mir zusammenzuarbeiten. Ihn am ersten Tag frieren zu lassen, würde kaum einen guten Eindruck bei ihm hinterlassen.

Obwohl er schlief, beschlich mich ein sonderbares Gefühl, als ich mit einer Decke in der Hand aufstand. Aufgrund meiner Vorgeschichte würde es schwierig werden, mich auf ihn einzulassen. Mein Herzschlag beschleunigte sich mit jedem Schritt, trotzdem zwang ich mich, auf ihn zuzugehen.

»Er ist gefesselt. Er kann dir nichts tun.«

Meine Vernunft versuchte, die aufkeimende Angst mit Fakten zu beschwichtigen, doch mein rasender Herzschlag blieb unbeeindruckt von ihren Versuchen.

Um nicht mehr Zeit als nötig in seiner unmittelbaren Nähe verbringen zu müssen, drehte ich zuerst einen Kreis um meinen Käfiggenossen und überlegte, wie ich die Decke am besten anbringen konnte. Schließlich entschied ich mich, sie von vorne um seinen Körper und den Pflock zu legen und an der Rückseite zu verknoten. Dadurch wäre er wohl am besten vor der Kälte geschützt.

Mit zusammengebissenen Zähnen legte ich die Decke auf seine Brust. Erleichterung durchströmte mich, als seine Augen geschlossen, und seine Atemzüge gleichmäßig blieben. Ich beeilte mich trotzdem, auf die Rückseite des Pfahls zu kommen, und sicherte die Decke mit zwei Knoten, einen oben und einen unten, damit sie nicht verrutschte.

Ich war mir sicher, dass er schlief, als ich mich in meiner Ecke zusammenrollte und versuchte, der ungewohnten Kälte zu trotzen, dennoch war mir, als wäre die Atmosphäre im Käfig entspannter geworden.

Wir bekamen zwei kleine Schälchen undefinierbarer Suppe und einen kleinen Laib Brot zum Frühstück. Der Mann – Chras – schlief noch immer, weshalb ich Zeit hatte, zu überlegen, wie ich ihm seinen Teil am besten einflössen sollte. Denn ich selbst würde keinen Bissen hinunter bekommen, bevor ich ihn nicht versorgt hatte.

Als ich mich umdrehte, nachdem ich nach einer Schüssel und dem Brot gegriffen hatte, starrten mir zwei braune Augen entgegen. Ohne es bewusst zu wollen, wich ich seinem Blick aus und senkte den Kopf. Genauso aufgeregt wie am Vortag näherte ich mich ihm zögerlich.

Vermutlich, um mir zu zeigen, dass er harmlos war – abgesehen davon, dass er gegen die grausamsten Monster kämpfte – legte er seinen Kopf zurück und sah auf das Essen in meinen Händen. Eine Armlänge vor ihm blieb ich stehen und ging in die Hocke, sodass wir auf Augenhöhe waren. Meine Muskeln waren zum Zerreißen angespannt, als erwarteten sie einen Angriff. Bewusst langsam, um mich selbst zu beruhigen, brach ich ein kleines Stück Brot ab. Es kostete mich meine ganze Überwindung, es vor seinen Mund zu halten. Meine Hand zitterte so offensichtlich, dass er bestimmt wusste, wie mir zumute war.

Vorsichtig nahm er das Stück an, kaute und schluckte. Ich reichte ihm zitternd das nächste, dann ein weiteres.

»Du bekommst heute nur noch am Nachmittag eine Kleinigkeit zu essen«, bemerkte er mit rauer Stimme, als die Hälfte des Brotes verzehrt war.

Ich zuckte zurück, wie ein Pferd, das eine Schlange entdeckte, und hätte fast die Suppe verschüttet. Mit großen Augen starrte er mich entgeistert an.

»Du hast Angst vor mir«, stellte er mit einem spöttischen Ausdruck in den Augen fest.

Falsch, dachte ich, doch ich wagte weder, ihm zu verraten, dass ich nicht vor ihm im Speziellen, sondern vor Männern im Allgemeinen Angst hatte, noch zu sagen, dass meine Angst ihre Gründe hatte. Außerdem war ich zu beschäftigt, mich von dem Schreck zu erholen, um ihm zu antworten.

Schließlich schüttelte er den Kopf, als könne er nicht begreifen, wie man einen derart Gefesselten fürchten konnte. Dabei wirkte er weder spöttisch noch aggressiv, sondern verloren. Er hatte die Augen eines Kriegers, doch sie waren müde, als kämpfe er einen Kampf, den er nur verlieren konnte.

Da mir mein Appetit nun ganz vergangen war, hielt ich ihm das nächste Stück vor die Nase. Diesmal nahm er es, ohne zu zögern, an.

Ich kam nicht dazu, ihm die Suppe zu reichen, da uns eine der Wachen unterbrach und mich aufforderte, Wasser zu holen. Chras starrte dabei auf den Krug, der verlassen herumstand, weshalb ich ihn nahm und der Wache folgte.

Die Münzen hatte ich zur Sicherheit unter meinem Lager versteckt. Ich ging davon aus, dass Chras ein Auge auf sie haben würde, doch was konnte er schon tun, um einen Diebstahl zu verhindern?

Die Wache führte mich durch die kühlen Sandsteingänge der Arena, bis wir vor einer hölzernen Tür stehenblieben, die tiefer in ihr Inneres zu führen schien. Kalte Luft schlug mir entgegen, als der Wachmann sie öffnete.

Er bedeutete mir, einzutreten, und ich klammerte mich an den Krug, bevor ich in die Finsternis schritt.

Ich spürte die Wache hinter mir und eine Welle der Panik raste durch meinen Körper. Erschrocken fuhr ich zusammen, als plötzlich Lichter im ganzen Raum aufflammten.

Ich wagte erst weiterzugehen und mich umzusehen, als der Wachmann an meinem erstarrten Ich vorbeigegangen war. Vorsichtig folgte ich ihm in den hinteren Bereich des Raumes. Dabei konnte ich nicht aufhören zu staunen, als wir an den Regalen vorbeigingen, die jeden freien Winkel einnahmen. Regal reihte sich an Regal, gefüllt mit unterschiedlichsten Nahrungsmitteln, Alltagsgegenständen und Waffen.

Mir fiel keine Sache ein, die ich hier nicht finden konnte. Sogar kleine Gläser mit eingelegten Fischen aus fernen Ländern lugten zwischen anderen essbaren Köstlichkeiten hervor. Könnte ich wählen, wäre der Raum mein persönliches Paradies.

Die hölzernen Lagergestellen hemmten die Geräusche unserer Schritte, weshalb ich das leise Plätschern einer Quelle hören konnte. Ich folgte dem Wachmann um ein weiteres Regal, das eine wunderschöne weiße Wandskulptur preisgab. Sie stellte eine langhaarige Frau in seidigen Gewändern dar, die ihre Arme geöffnet hielt, als würde sie mich willkommen heißen.

Dara, die erste Göttin und Gründerin dieser Stadt. Zu ihren Füßen saßen ein Bär, ein Pferd, eine Raubkatze und ein Falke, die die vier Regionen symbolisierten, die von ihr unterdrückt wurden. Hier wurde sie als Retterin dargestellt, doch in Wahrheit hatte sie ihnen ihre Freiheit genommen.

Aus den Mäulern der vier Tierstatuen floss klares Wasser, weshalb ich mit einem unsicheren Blick in Richtung des Wachmannes auf das Pferd zuschritt.

Pri-Mar, die stolze Herrscherin der westlichen Weite. In meiner Heimat hatten wir sie verehrt, hier wurde sie als gebrochenes Tier dargestellt. Als wollte man uns zeigen, dass unsere Götter uns an diesem Ort, in der Stadt der Götter, verlassen hatten.

Mit dem Gedanken, dass noch eine Verbindung zwischen mir und der Westlichen Weite bestand, füllte ich den Krug. Im Stillen bat ich die Stute um ihren Beistand, bevor ich mich abwandte.

Während wir auf dem Rückweg waren, räusperte sich der Wachmann und begann schließlich zu reden. Er erzählte, dass ich von den Münzen alles kaufen konnte, was ich wollte, um mir das Leben im Käfig schöner zu gestalten.

»Und meine Freiheit?« Ich kratzte all meinen Mut zusammen, um ihn zu fragen.

Der Wachmann zögerte, und ich glaubte schon, er würde nicht antworten.

»Alles in dieser Stadt ist käuflich«, murmelte er nach einigen Schritten doch noch.

Ich wusste nicht, ob diese Worte für mich bestimmt waren, aber ich wusste, dass ich mich nicht aufgeben durfte. Es gab Hoffnung. Hoffnung, dass ich dem Wind, der an meinen Haaren zerrte, wieder folgen konnte.

Mit festem Schritt trat ich entschlossen in die Zelle. Chras' Blick richtete sich auf mich, als spüre er, dass sich etwas in mir verändert hatte.

»Wir werden frei sein«, sagte ich, als sich unsere Augen trafen. Diesmal schreckte ich nicht zurück.

Ich brauchte ihn, und er brauchte mich, es war an der Zeit, dass wir anfingen, zusammenzuarbeiten.

»Du wirst frei sein«, antwortete er leise. »Aber für mich gibt es keinen Ausweg.« Seine Stimme brach, als er es aussprach.

Mit pochendem Herzen beobachtete ich, wie er seinen Kopf sinken ließ. Sein Gesicht war hinter seinem Haar verborgen, doch die Tränen, die zu Boden fielen, verrieten ihn.

Das war der Moment, als mir bewusst wurde, wie grausam Götter wirklich waren. Und es war der Moment, in dem ich beschloss, dass ich ihre Herrschaft beenden würde.

Zu der Autorin:

Bianca Brandl wurde 1998 geboren und ist eine Autorin aus Österreich. Momentan arbeitet sie daran, ihr Studium abzuschließen und schreibt in ihrer Freizeit über alles, was ihr im Kopf herumspukt. In ruhigen Momenten liebt sie es, in einer stillen Ecke zu lesen, zu schreiben oder schwimmen zu gehen. Mit ihren Texten möchte sie den Lesern und Leserinnen eine schöne Zeit bescheren. Zusätzlich versucht sie auf unterhaltsame Weise dazu zu ermutigen, sich auch mit Problematiken auseinanderzusetzen, die im Alltag häufig unausgesprochen bleiben. Die Autorin kann auf Wattpad unter dem Profil bebwrites gefunden werden, wo sie Geschichten aus den Genres Fantasy und Abenteuer veröffentlicht. Instagram: bebwrites

Lektorat: Lara Andrea Habegger; Korrektorat: Cara Kolb; Illustration: Anna Vriede

MAUIS LETZTE SUCHE

Rebecca Heyn

Maui betrachtet den hohen Torbogen misstrauisch. So unscheinbar steht er auf einer kleinen Lichtung im Schatten des Berges, ohne dass er erkennen kann, welche Welt sich dahinter verbirgt. Ohne zu wissen, was ihn auf der anderen Seite erwartet.

Wenn er jetzt hindurch geht, dann ist es endgültig. Dann kann er es nicht mehr rückgängig machen. Wenn er diese paar Schritte wagt – das weiß er – führt kein Weg daran vorbei, dass er seinen Plan tatsächlich in die Tat umsetzen muss. Ansonsten ... Er schüttelt den Kopf. So weit wird es nicht kommen. Das sagt er sich, doch die Stimme seines Vaters durchkreuzt seine Gedanken: *Du bist ein Narr, wenn du denkst, dass du das schaffst. Die Götter fordert man nicht heraus!*

Doch was weiß er schon! Wegen ihm ist er überhaupt in dieser Situation. Wenn damals diese Zeremonie nicht schiefgelaufen wäre ... Erneut schüttelt Maui den Kopf und ballt die Fäuste. So häufig hat er schon darüber nachgedacht. Er muss es endlich riskieren. Es steht ihm schließlich zu. Rangi, der Gottvater und Herrscher der Welt, hat ihm dieses Erbe persönlich vermacht. Er ist ein Halbgott und heute wird er seine Unsterblichkeit zurückfordern. Hier und jetzt. Ehe ihn eine weitere Welle der Unsicherheit überkommt, geht er mit entschlossenen Schritten durch den Torbogen.

Eine durchdringende Stille empfängt ihn auf der anderen Seite. Beinahe, als hätte man auf ihn gewartet. Vielleicht hat Hine etwas von seinem Plan mitbekommen? Er beißt sich auf die Lippe. Falls es so wäre, könnte es deutlich schwieriger werden, als erwartet. Aber jetzt ist es zu spät. Unruhig spielt er mit dem Fischerhaken, den er um seinen Hals trägt, und lässt seinen Blick schweifen.

Eine weite, wildwachsende Wiese erstreckt sich bis zum Horizont und wird immer mal wieder von zusammenstehenden Bäumen unterbrochen. Der Mond taucht das Gras in einen matt-silbrigen Glanz. Ein leises Stimmengewirr dringt an seine Ohren, was kaum mehr als ein Flüstern ist. Nur verstehen kann er es nicht. Es hätte ihn vermutlich beängstigt, wenn er nicht seinen Vater darüber hat sprechen hören, dass es sich um verlorene Seelen aus längst vergessenen Tagen handelt. Neben ein paar Bäumen entdeckt er sie schließlich. Ziellos fliegen sie als leuchtende Objekte durch die Gegend so wie flackernde Kerzen im Wind.

Er muss bei dem Vergleich grinsen. Nur wegen ihm ist es den Menschen möglich, die gewaltige Wunderwaffe des Feuers einzusetzen. Sind sie dafür dankbar? Nein. Haben sie überhaupt gesehen, welch Wagnis er dafür eingegangen ist?

Eine Wut breitet sich in seinen Gliedern aus, je länger er darüber nachdenkt. Warum sehen sie es nicht? Warum bekommt er nicht das, was er sich sehnlichst wünscht? Mit einem Seufzen wischt er sich über seine linke Gesichtshälfte, die seit jeher ein unschönes Mal trägt. Er kann es nicht mehr ändern.

Entschlossen läuft er über die Wiese auf der Suche nach dem kleinen Tempel, welcher ihn schon in seinen Träumen heimgesucht hat. So häufig hat er sich die Unterhaltung mit Hine vorgestellt. So häufig hat er fest daran geglaubt, dass sein Plan gelingen wird.

Doch langsam bahnt sich eine erneute Welle der Unsicherheit an. Sein Herz macht einen Satz, als er den Tempel von Hine endlich erblickt. Seine Beine beginnen zu zittern und er spürt den

Schweißfilm auf seiner Stirn. Unruhig streicht er sich eine schwarze Strähne hinter das Ohr.

Was ist, wenn sie tatsächlich dieses Monster ist, wie alle sie beschreiben? Ein bestialisches Weib, welches vor nichts zurückschreckt. Wie sonst wäre sie zu diesen Gräueltaten fähig gewesen? Die eigenen Eltern!

Ein Schauder läuft ihm den Rücken herunter, wenn er an die Erzählungen denkt. Tochter von Tane, dem Vogel- und Waldgott, und Maata, der Göttin des Gesanges, die nie wieder jemand singen hörte. Er kann es Tane nicht verübeln, dass er diesen Ort für Hine gewählt hat: die Unterwelt. Damit sie nie wieder einen Fuß auf die Erde setzen kann.

Maui versucht, seine wirbelnden Gedanken um Hine zu ignorieren. Er hat das alles von Beginn an gewusst, dennoch ist er hierhergekommen. *Es gibt keine andere Möglichkeit*, sagt er sich. Er will nicht als Sterblicher enden.

Zögerlich geht er die vielen Treppen zum Tempel hinauf. Bei jedem Schritt knackt es, als würden Knochen unter ihm brechen. Doch er kann keine sehen. Er läuft auf Stein. Stein, in dem merkwürdige Verzierungen eingemeißelt sind und ihn an flehende Hände erinnern. Oder täuscht er sich? Spielt Hine mit seiner Wahrnehmung? Befindet er sich in Wahrheit auf einem Friedhof? Er keucht leise. Warum empfindet er solche Angst? Mit der Feuergöttin Mahuika ist er auch fertiggeworden. Er kann es schaffen!

Er erreicht den Treppenabsatz, schreitet durch einen riesigen Torbogen und steht erneut vor einer Treppe, die zu einer Anhöhe führt. Bleiches Mondlicht erhellt den Platz vor ihm und er ahnt, dass er seinem Ziel nun ganz nah ist.

Abrupt bläst ein eisiger Windstoß auf sein Gesicht. Er erstarrt. Da ist sie! Hine sitzt auf ihrem schwarzen Thron und hat die Beine graziös übereinandergeschlagen. Ein Lächeln huscht über ihre Lippen, beinahe, als hätte sie mit ihm gerechnet.

»Du hättest nicht herkommen sollen, Maui«, sagt sie in strengem Ton, während sie behutsam über den Kopf des

Fächerschwanzes streift, der auf ihrer Armlehne sitzt. Einer jener Vögel, die Maata, ihre tote Mutter, stets bei sich gehabt hatte. Maui schluckt. Dann ist es wahr. Sie ist dieses Monster.

»Woher weißt du meinen Namen?«, fragt er.

Hine lacht und entblößt ihre spitzen Zähne. »Ich weiß vieles.« Gemächlich steigt sie die Stufen herunter. Ihr Gang ähnelt dem einer Raubkatze. Gefährlich, aber doch elegant und bedacht. Das wallende Haar, welches schwärzer als die tiefste Nacht ist, umrahmt ihr zartes Gesicht und steht im starken Kontrast zu ihren grauen, ja fast weißen Augen. Auf eine gewisse Weise erinnert es ihn an den Mond, umgeben von der Finsternis. Doch mit der fast namensgleichen Mondgöttin hat Hine nicht viel gemein. Zumindest sagt er sich das. Denn sie ist so atemberaubend schön, dass es ihm kurz die Sprache verschlägt.

Langsam geht sie auf ihn zu. Ihre durchdringenden Augen bohren sich in seine.

»Ich weiß, warum du hier bist«, säuselt sie in sein Ohr.

»Gut, dann müssen wir nicht lange darüber diskutieren.« Obwohl diese Worte Mauis Mund selbstsicher verlassen, kann er nicht leugnen, dass er im Inneren vor Anspannung bebt. Wie kann sie davon wissen? Wenn sie ihm einen Schritt voraus ist, wird sein Plan dann überhaupt funktionieren?

Sie schnalzt mit der Zunge. »Die Zeit spielt keine Rolle. Zumindest nicht für mich.« Sanft streift sie ihm über den Mund, kaum mehr als der Hauch einer Feder, sodass er sich nicht sicher ist, ob er sich diese Berührung einbildet.

»Man sagt, du brachtest den Menschen Land. Mit nur einem Fischerhaken schufst du Aotearoa. Man sagt, du hast die Sonne verlangsamt, dass kein Tag kürzer als der andere ist. Man sagt, du brachtest den Menschen das Feuer. Und nun bist du hier und sehnst dich nach deiner verlorenen Unsterblichkeit. Glaubst du, dass es etwas ändern wird?«

»Was meinst du damit?« Irritiert blickt Maui sie an.

Ein Lächeln huscht über ihr Gesicht. Schwungvoll wirft sie ihre Haare zurück und läuft die Treppenstufen hinauf zu ihrem

Thron. Mit einer subtilen Handbewegung deutet sie ihm an, zu folgen. Ohne dass Maui überhaupt darüber nachdenken kann, setzen sich seine Beine in Bewegung und stoppen erst, als er den Treppenabsatz erreicht.

»Ich weiß, was du dir davon erhoffst. Es geht nicht nur darum, was dir zusteht. Nein, es geht um so viel mehr. Doch ich kann dir sagen, dass du es nie bekommen wirst.«

»Das ist nicht wahr!«, schreit Maui und ist selbst erschrocken, wie schnell sie ihn aus seiner Reserve lockt. Woher kann sie wissen, was tatsächlich in ihm vorgeht? »Ich bin hierhergekommen, um mir das zu holen, was mir zusteht«, sagt er und klingt diesmal ruhiger. »Ich komme, um meine Unsterblichkeit zurückzufordern. Rangi hat sie mir persönlich vermacht und ich werde nicht eher gehen, bevor ich sie bekommen habe.«

»So?« Hine schnaubt. »Vielleicht wäre es besser, wenn du mich dann nicht verärgerst.«

Maui öffnet den Mund, um etwas zu erwidern. Doch ihm fehlen die Worte. Sie hat recht. Er will etwas von ihr und nicht umgekehrt. Dennoch hat er sich noch nie vor Konfrontationen gescheut. Wie hätte er sonst all seine ruhmreichen Taten bewerkstelligen können? Er muss der Gefahr direkt ins Auge blicken. Vielleicht muss *er* sie nur herausfordern.

»Man kann dich leicht durchschauen«, fährt Hine fort. »Ich kenne den wahren Grund, warum du hier bist.«

»Ach, tust du das?« Maui lacht auf. »Was weißt du schon? Du bist eine Verräterin und das hier«, er hält kurz inne und deutet auf seine Umgebung, »ist dein Gefängnis.«

Hine verzieht das Gesicht zu einer teuflischen Grimasse. Ihre Augen flackern auf. »Es ist klar, dass du so denkst, denn die Wahrheit ist auch dir verborgen.«

»Ist das deine Rechtfertigung für das, was du getan hast?«

Hine schnaubt und setzt sich auf ihren Thron. Sofort fliegt der Fächerschwanz auf ihre Schulter und zwitschert ein leises Lied.

Maui hält abrupt inne. Er kennt die Melodie.

Im Volkstum heißt es, dass Maata es zu jedem Sonnenaufgang sang. Gedankenverloren schüttelt er den Kopf und richtet seinen Blick auf die Göttin der Unterwelt.

»Weißt du, was man über dich sagt?«, fragt Maui mit funkelnden Augen. »Du liebst deinen Vater, mehr, als es dir als Tochter zusteht. Deswegen hast du diesen heimtückischen Plan geschmiedet. Aus Neid hast du deine Mutter in Erde verwandelt und damit ihre Seele vernichtet. Tane hast du so manipuliert und in Trance gesetzt, dass ihr Mann und Frau wurdet. Doch er konnte sich von dir befreien und schaffte es, dich hierher zu verbannen, sodass du nie wieder einen Fuß auf die Erde setzen kannst. Du hast ...«

»Genug!«, kreischt Hine. Es klingt so schrill in Mauis Ohren, dass er zusammenzuckt. »Du weißt überhaupt nichts!«

Einen Augenblick rührt sich Maui nicht und mustert sie. Beinahe kann er ihr schweres Atmen hören. »Wie soll es sich dann zugetragen haben?«

Hine hebt ihren Kopf. »Du willst es wirklich wissen?« Etwas liegt in ihrem Blick, was er nicht deuten kann.

»Ja«, sagt er, obwohl er sich nicht sicher ist, wohin dieses Gespräch führt. Er will einfach nur seine Unsterblichkeit zurück. Nicht mehr und nicht weniger.

Hine nickt und erhebt sich von ihrem Thron. Langsam schreitet sie auf ihn zu. Bei jedem Schritt formt sich ihr zartes Gewand neu um ihren Körper und entblößt ihre langen Beine.

»Ich kann es dir zeigen«, haucht sie und streicht ihm über seine vernarbte Wange.

Maui weicht von ihrer Berührung zurück, doch mittlerweile hat sie mit der anderen Hand nach seinem Arm gegriffen, sodass er sich ihr nicht entwinden kann. Seine Haut beginnt zu kribbeln. Noch nie hat ihn dort jemand berührt. Vielleicht, weil es ein Zeichen seiner Schwäche ist. Ein Zeichen seiner Fehlkalkulation, als er damals Mahuika zur Weißglut brachte und ihr Feuer stahl. Nur um Haaresbreite war er den Flammen entkommen.

Behutsam fährt Hine mit den Fingerkuppen über das Narben-geflecht. Jede kleine Nuance nimmt er auf und beinahe vergisst er, warum er überhaupt hier ist. Ihr süßlicher Atem benebelt seine Sinne. Doch er fängt sich wieder. Er muss den Plan zu Ende bringen.

Hine dreht sein Kinn, damit er sie anschauen muss. Ihre hellen Augen wirken wie Spiegel aus einer anderen Zeit. Abrupt ver-ändern sie ihre Farbe, als würde sich eine gigantische Sturmflut in ihnen zusammenbrauen.

Und plötzlich! Er hält den Atem an. Eine kleine Abfolge von Bildern spiegelt sich in ihren Augen. Immer wieder zeigen sie dieselben Nuancen. Dieses verletzte Kind! Und auf einmal ver-steht Maui, was vorgefallen ist. Zumindest, was sie ihn glauben lassen möchte. Schließlich kennt er die Tricks der Götter, denn er hat sie schon öfter mit ihren eigenen Waffen geschlagen.

»Ich glaube dir nicht«, sagt er trocken.

Hine lacht verbissen auf. »Warum glaubst du, ist das so? Mein Vater steht schon immer über mir. Warum sollte man mir ver-trauen, wenn Tane, Gott des Waldes und der Vögel, das Gegen-teil behauptet?« Sie wendet sich von ihm ab und starrt zum Mond.

»Er hat so ein leichtes Spiel mit mir gehabt.« Nachdenklich schüttelt sie den Kopf und blickt wieder zu Maui. »Weißt du, das hier ist nicht mein Gefängnis. Nein, das hier«, mit einer zarten Handbewegung zeigt sie auf den Thron, »ist mein Zuhause.«

Maui atmet geräuschvoll aus. »Das kann nicht wahr sein. Das kann es einfach nicht!« Wie können sie sich alle von Tane täu-schen lassen? *Nein*, sagt er sich. Er darf ihre Gedanken nicht zu-lassen. Das ist es genau, was sie von ihm will. Wie sie andere manipuliert.

»Du glaubst mir nicht.« Sie schnalzt mit der Zunge.

»Schön, Maui. Dann habe ich eine Aufgabe für dich. Bring mir meine *Pounamu*-Kette, die mein Vater immer noch bei sich trägt, damit ich sie zerstören kann. Sie enthält unser Eheversprechen und solange bin ich an ihn gebunden.

Mein Vater sollte sie dir mit Freuden überreichen, wenn du an seiner Version festhältst. Was hat er schließlich zu verlieren?« Sie lacht hohl auf. »Und dann, Maui, werde ich dir deine Unsterblichkeit zurückgeben.«

***

Maui atmet den Schwall frischer Luft ein, der ihn zurück auf der Erde begrüßt. Er kann nicht fassen, dass er tatsächlich lebendig aus der Unterwelt zurückgekommen ist, denn ohne Hines Willen können Sterbliche nicht die Schwelle zur Welt überqueren.

Sowas steht nur den unsterblichen Göttern zu. Etwas, was er eigentlich auch tun könnte, wenn sein Kindheitsritual nicht schiefgelaufen wäre. Er hasste es, immer wieder über diesen Tag nachzudenken.

Die meiste Zeit seiner Kindheit verbrachte er bei Rangi. Denn er hat ihn aus dem Meer gezogen, nachdem seine Eltern dachten, er wäre tot zur Welt gekommen. Als er schließlich loszog und nach ihnen suchte, glaubten sie ihm nicht, dass er der verlorene Sohn sei.

Wie viele Jahre kämpft er nun schon um ihre Anerkennung? Maui beißt sich auf die Lippe. Doch sein Vater hat sich letztlich bereiterklärt, das nicht durchgeführte Kindheitsritual nachzuholen. Jedoch vergaß er dabei einen wichtigen Teil des Liedes und machte Maui damit wieder sterblich. Seit jeher meint seine Familie, der Ärger schwebe direkt über ihm und er bringe nichts als Unheil. Dabei tut er doch so viel.

Maui ballt die Fäuste und ein Schrei purer Wut entfährt seiner Kehle. Er will doch nur zu ihnen gehören. So sein wie seine Brüder. Er will doch einfach nur anerkannt und geliebt werden. Und die Unsterblichkeit bringt ihn einen Schritt näher.

***

Der Tempel von Tane liegt auf einer breiten Lichtung. Das Sonnenlicht bricht durch das Blätterdach der wenigen Bäume. Die Vögel auf den Ästen singen ein harmonisches Lied, welches Maui kurz seine Sorgen vergessen lässt.

Mit mulmigem Gefühl steht er vor dem hölzernen Eingangstor. Er weiß nicht, was ihn erwarten wird, denn die Götter können es nicht leiden, wenn man sie ungebeten stört. Und gegen einen Gott kann er nichts ausrichten.

Doch soll dieses Gespräch wirklich so schwerwiegend verlaufen? Es muss in Tanes Interesse sein, dass die *Pounamu*-Kette zerstört wird. Schließlich wollte er gar nicht seine Tochter heiraten und ist nur auf ihre manipulativen Spiele hereingefallen. Tane wird es sicherlich freuen, dass Hine sich dazu bereit erklärt hat. Das sagt sich Maui immer wieder, als er durch die grünen Hallen des Waldgottes läuft.

Auf einem einladenden Balkon, der einen weiten Blick auf das Waldlandreich ermöglicht, findet er ihn schließlich. Der Gott steht leicht bekleidet vor ihm, weswegen seine breiten Muskeln und die riesige Statur – er ist ganze zwei Köpfe größer als Maui, obwohl er nicht als klein gilt – einschüchternd wirken. Dennoch ist Maui mit der gleichen Stärke der Götter ausgestattet und muss sich davor nicht verstecken.

Aber trotzdem – es ist immer noch Tane. Er hat damals mit seinen Brüdern seine Eltern entzweit. Rangi hat ihm häufig genug die schmerzliche Trennung zu seiner Frau Papa erzählt. Die Erkenntnis trifft ihn wie ein Schlag. Wie kann er Tane überhaupt trauen? Noch ehe er es sich anders überlegen kann, nimmt der Gott ihn ins Visier.

»Was führt dich zu mir, Ziehsohn des Rangi?« Seine waldgrünen Augen bohren sich in seine, als er dies sagt.

Maui tritt langsam aus dem Schatten des Torbogens hervor. Er versucht, seine zitternden Knie zu ignorieren. Warum bekommt er nur all diese Zweifel? Alle kennen den Verlauf der Geschichte. In etlichen Mitschriften steht es geschrieben. Es kann nicht anders gewesen sein.

»Ich bringe eine freudige Nachricht, Tane, Gott des Waldes und der Vögel.« Er hält inne und bedenkt Tane mit dem Göttergruß. »Deine Tochter Hine möchte die Ehe annullieren. Sie hat sich endlich dazu bereiterklärt. Wenn ich die *Pounamu*-Kette bekomme, kann ich sie zerstören.«

»Ist das so?« Tanes Augenbrauen schießen in die Höhe. »Warst du bei ihr?«

»Ja, und ich konnte sie überzeugen.« Maui lächelt wohlwollend und hofft, dass Tane ihm seine halbe Lüge abkauft. Wie das Gespräch tatsächlich verlaufen ist und dass er sie gar nicht überreden musste, hat den Gott schließlich nicht zu interessieren.

»O Maui.« Tane schüttelt den Kopf. »Das hättest du nicht tun sollen.« Erst jetzt fällt Maui auf, wie Tane instinktiv zur Kette um seinen Hals greift. Sie passt genau auf Hines Beschreibung. Warum trägt er sie noch?

»Ich wollte mich nur nützlich machen«, entgegnet Maui leise.

»In der Tat.« Der Gott fährt sich über seinen kurzen Bart, während er ihn mustert. Noch immer ruht der durchdringende Blick auf ihm.

Maui schluckt. Auf einmal fühlt er sich so unbehaglich. Die Stille frisst sich in seine Glieder und lässt ihn erschaudern. Was ist, wenn Hine ihm tatsächlich die Wahrheit gezeigt hat? Was ist, wenn nicht Hine, sondern Tane das wahre Monster ist?

»Du bist sterblich, nicht wahr?«

Maui nickt unsicher. Es ist egal, ob er die Frage beantwortet, denn Tane weiß es sowieso. Alle wissen es.

»Dann sollte es ein leichtes Spiel für mich werden.« Tanes scharfe Zähne blitzen auf.

Ehe Maui überhaupt begreift, was geschieht, kommt der Gott auf ihn zu. Hastig weicht er mehrere Schritte zurück. Sein Herz stolpert, als er den kalten Stein in seinem Rücken spürt. Unaufhörlich pulsiert das Blut in seinen Adern und lässt seine Muskeln vibrieren.

»Also, dann ist es wahr?«, fragt er mit zitternder Stimme. »Du hast Maata in Erde verwandelt und ihre Seele genommen?«

»Ich habe sie zusammen mit Papa, unserer Gottmutter, aus Erde geschaffen. Es stand mir jederzeit zu, ihr dieses Leben wieder zu nehmen.«

Maui will am liebsten aufschreien. Warum streitet es Tane gar nicht ab? Warum erzählt er ihm hier und jetzt eine ganz andere Geschichte? Mit pochendem Herzen versucht er, den Gott auf Abstand zu halten.

Sein Blick wandert über den breiten Balkon. Fieberhaft überlegt er, wie er Tane entkommen kann. Am besten noch mit der Kette. Doch der Gott steht so bedrohlich vor ihm, dass es ihm kaum möglich erscheint, einen klaren Gedanken zu fassen. Er muss Zeit gewinnen, aber wie?

»Dann war es dein Wille, Hine zur Frau zu nehmen?«

Tane lacht ungehalten. »Niemand konnte ahnen, welche Schönheit aus ihr werden würde.«

»Dann hast du sie gar nicht in die Unterwelt verbannt. Sie ist freiwillig gegangen.«

Diesmal stellt Maui keine Frage, denn er hat das Gefühl, dass er die Antwort bereits kennt. Dass er die Wahrheit bereits gesehen hat.

Tane schnaubt. »Sie hat sich für diesen Ort entschieden. Aber was stört es dich?«

Maui ist für einen Moment wie erstarrt. Die Erkenntnis trifft ihn mit voller Wucht. Was werden die anderen Götter dazu sagen? Stört es sie überhaupt, dass Hine so viel Unrecht angetan wurde? Dass sie von allen als Biest und Verräterin hingestellt wird?

»Oh, verstehe.« Der Gott streicht sich süffisant über das Kinn und grinst. »Natürlich! Es interessiert dich in Wahrheit gar nicht, denn du hast ein ganz anderes Ziel von Beginn an gehabt. Zu schade, dass es dafür zu spät sein wird.«

Mittlerweile steht Tane direkt vor ihm. Sein massiger Körper versperrt ihm jegliche Sicht. So als wäre die Nacht über ihn hereingebrochen.

Maui keucht auf, als der Gott zu einem Schlag ausholt. Er will zurückweichen, doch der Weg ist ihm blockiert. Die kalte Steinwand bohrt sich in seinen Rücken. Die Faust trifft ihn hart und unvorbereitet.

Schmerz entbrennt in seinen Gliedern und lässt ihn aufstöhnen. Wie ein Lauffeuer breitet es sich in seinem Inneren aus, als er erneut die Fingerknöchel auf seiner Schulter spürt.

Er muss etwas tun. Sich dagegen wehren. Doch gegen Tane ist er machtlos.

Der Gott hebt ihn lachend vom Boden hoch. »Es wäre dir eh nie gelungen, denn Hine müsste dir ihr Herz schenken. Und das wird sie niemals tun! Ich kenne meine Tochter. Sie hat kein Herz.«

»Es würde mich nicht wundern, wenn sie das von dir hat«, gibt Maui röchelnd von sich. Ein Schwall Blut läuft ihm über die Lippen. Tane entblößt seine Zähne zu einem fiesen Grinsen.

»Du bist vorlaut, dafür, dass du gleich sterben wirst. Vielleicht sollte ich ...« Abrupt hält er inne und schaut sich um. Ein Fächerschwanz sitzt unweit von ihnen auf der Balkonbrüstung und stimmt ein ihm bekanntes Lied an. Maatas Lied!

Maui nutzt diese kleine Ablenkung. Ohne einen weiteren Augenblick zu verschwenden, verwandelt er sich in seine Vogelgestalt – einen *Kererus*. Die Verwandlung ist riskant. Er ist geschwächt und es ist weder klug noch ratsam, wenn er es mit dem Vogelgott höchstpersönlich zu tun hat. Doch er hat kaum eine andere Wahl. Nicht, wenn er diesen Tag überleben will.

Maui entschlüpft aus den Händen des Gottes und greift mit einer Entschlossenheit nach der Kette um Tanes Hals. Seine Füße umklammern sie, als wäre es sein größter Schatz.

»Du Narr!«, brüllt Tane. »Ergreift ihn!«

Kaum hat Maui den Balkon verlassen und sich in den Lüften wiedergefunden, bemerkt er, wie mehrere Greifvögel auf ihn zufliegen. Schnell und zielsicher. Ihre Schwingen sind fast dreimal so breit.

Er hingegen wirkt wie ein frisch geschlüpftes Küken mit seinen unbeholfenen Flügelschlägen. Seine weiße Brust ist blutdurchtränkt und er spürt die Erschöpfung mit jeder weiteren Bewegung. Es ist ein ungleiches Spiel.

Vor Angst schließt er die Augen, als das Kreischen eines Adlers immer näherkommt. Sie haben ihn fast eingeholt und der Eingang zur Unterwelt ist noch weit entfernt. Plötzlich taucht neben ihm einer der Greifvögel auf. Schreckhaft setzt er zum Sinkflug an, wird jedoch von einem zweiten Adler überrascht. Dumpf prallt er gegen den Rumpf und vergisst für einen Moment, wo er sich befindet. Er kann es niemals schaffen.

Doch auf einmal erkennt er in seinen Augenwinkeln einen Schwarm Fächerschwänze. Entschlossen fliegen sie auf die Adler zu und bringen die Formation durcheinander. Ein gellender Schrei ertönt. Maui duckt sich unter einem Greifvogel hinweg, der von den kleinen Singvögeln attackiert wird.

Hinter ein paar Bäumen entdeckt er endlich das rettende Portal. Auf den letzten Metern versucht er, die Umgebung auszublenden. Das Gekreische der Vögel dringt nur noch dumpf an seine Ohren. Die toten Fächerschwänze rieseln wie frischer Schnee vom Himmel. Doch er hat nur noch Augen für dieses eine Ziel.

Mit den letzten Kraftreserven jagt er auf den Torbogen zu. Es trennen ihn nur noch wenige Meter. Ein stechender Schmerz breitet sich in seiner Brust aus. Vor Anspannung hält er den Atem an. Abrupt trifft ihn etwas an der Seite. Ein Feuer jagt durch seinen rechten Flügel. Mit aufgerissenen Augen bemerkt er, wie ihm mehrere Federn fehlen. Angestrengt versucht er, seine Schieflage auszugleichen, doch er trudelt unkontrolliert in die Tiefe. Dabei hätte er es fast geschafft!

Mit einem dumpfen Geräusch landet er bäuchlings auf den Boden. Der Aufprall schmerzt in seinem Brustkorb so stark, dass er laut aufstöhnt. Keuchend verwandelt er sich in seine Menschengestalt zurück und erkennt seine Wunden.

Sein rechter Arm ist blutüberströmt und er vermutet, dass er sich durch die Landung mehrere Rippen gebrochen hat. Er beißt sich vor Schmerzen auf die Lippe. *Ich muss weiter*, sagt er sich und blickt zum Torbogen. Kriechend bewegt er sich vorwärts. Jede Bewegung setzt ein brennendes Stechen in ihm frei. Noch nie hat er solche Blessuren verspürt.

Auf einmal verdunkelt sich der Himmel über ihm. Wie ein zielgerichteter Pfeil schießt ein Adler auf ihn zu. Nur um Haaresbreite kann sich Maui rechtzeitig zur Seite rollen. Doch ein weiterer Greifvogel erwischt ihn am Bein. Er brüllt vor Schmerzen auf. Eine warme Flüssigkeit läuft ihm die Kniekehle entlang.

Wieder setzen die Greifvögel zu einer Attacke an. Diesmal, so ist sich Maui sicher, ist es vorbei. Er kann nichts mehr tun.

Sein Blick verschwimmt. Nur vage nimmt er eine Hand wahr, die nach ihm greift. Eine wohlige Wärme umgibt ihn und seine Mundwinkel wandern nach oben, als ihm bewusst wird, wo er sich befindet.

***

Maui wird langsam wach. Hine ist über ihn gebeugt und schenkt ihm ein zaghaftes Lächeln.

»Du hast es tatsächlich geschafft«, sagt sie. »Dabei war ich mir nicht einmal sicher, ob du überhaupt wiederkommst.« In ihrer Hand hält sie die zerstörte *Pounamu*-Kette. Beinahe kann er sie erleichtert ausatmen hören.

»Du meinst, weil es mehr als waghalsig war?«, krächzt er und ist über seine Stimme erschrocken. Sein Hals brennt vor Trockenheit.

»Nein, nicht deswegen.« Hine lacht leise und reicht ihm einen Krug. Dankbar nimmt ihn Maui entgegen. »Aber glaubst du mir jetzt?«

Er nickt langsam. Noch immer kann er nicht fassen, was sich in den letzten Stunden ereignet hat. Wie konnten sich alle nur so in Tane täuschen? Auch wenn es vielleicht die anderen Götter nicht stört, so ist sich Maui sicher, dass er die Taten des Gottes nicht akzeptieren kann. Wahrscheinlich ist ihm Hine gar nicht so unähnlich, denn auch sie wird als Außenstehende betrachtet.

»Bekomme ich nun meine Unsterblichkeit?«, fragt er und begutachtet seine rechte Hand. Tatsächlich fehlen ihm zwei Finger. Leise flucht er, denn er weiß, dass er sie nie wiederzurückbekommen wird, selbst wenn er jetzt seine Sterblichkeit verliert. Sie werden ein weiterer Makel seiner begrenzten, sterblichen Lebenszeit sein. So funktioniert es leider – nachträglich bringt die Unsterblichkeit nichts.

»O Maui, du hast die Götter ziemlich erzürnt. Tane wird schon einen Plan gegen dich geschmiedet haben. Willst du wirklich wieder zu diesem Kreis dazugehören?«

Ungläubig starrt er sie an. Meint sie das im Ernst? Warum sollte er sonst das alles auf sich genommen haben? »Ja, natürlich«, sagt er. Wut schwingt in seiner Stimme mit. »Aber du kannst es nicht, nicht wahr? Dein Vater hat es mir gesagt ...« Er schlägt sich die Hand gegen die Stirn. »Wie konnte ich nur ...«

Hine schüttelt beharrlich den Kopf. »Mein Vater weiß überhaupt nichts. Er hat die Zeilen in den Mitschriften nie verstanden.«

»Ich verstehe nicht. Dann bekomme ich dein Herz?«

Hine nickt und holt aus ihrem geschmeidigen Gewand einen Dolch hervor. Im Mondlicht schimmert er bedrohlich und scharf. Maui muss unwillkürlich schlucken, als Hine ihn langsam auf ihrer Brust ansetzt. Kann er das wirklich zulassen? Mit einem Mal weiß er gar nicht, ob es das Richtige ist. Ja, er will seine Unsterblichkeit zurück. Aber nicht so!

»Stopp!«, ruft er. »Hör auf damit.« Geräuschvoll stößt er einen Schwall Luft aus.

Hine verharrt in ihrer Bewegung. Ein Tropfen Blut läuft an der Klinge herunter. Doch ein kaum merkliches Lächeln huscht über ihr Gesicht.

»Ich hatte diese Hoffnung ...«, meint sie leise.

Perplex blickt Maui zu ihr. »Was meinst du damit?«

»O Maui, es war nie wörtlich gemeint. Ich schenke dir etwas, nach dem du dich tatsächlich sehnst.« Zaghaft streicht Hine über seine vernarbte Wange. Wie ein Blitz durchzuckt es ihn und ein warmes Kribbeln breitet sich in seinem Körper aus.

»Und das wäre?«

»Liebe. Ich schenke dir meine Liebe.«

Zu der Autorin:

Als geborenes Nordlicht hat es Rebecca Heyn für ihr Studium in ein beschauliches Städtchen im Süden von Deutschland gezogen. Mittlerweile hat sie einen abgeschlossenen Bachelor in Betriebswirtschaftslehre und studiert derzeit ihren Master im gleichen Fachgebiet. Die Idee für ihren ersten Roman – der Auftakt einer Fantasy-Jugendbuchtrilogie – hatte sie bereits mit vierzehn Jahren, jedoch mussten ganze elf Jahre vergehen, bis sie ihn zu Papier brachte. Neben »A wie Alpaka« erscheint diese Geschichte 2021 im Wreaders Verlag. Instagram / Wattpad: Bexcris

Lektorat: Hanna Jung; Korrektorat: Keah Rieger;
Illustration: Anna Vriede

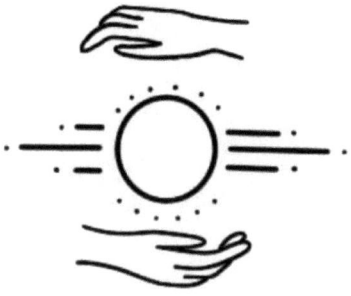

GAYAWA

Hanna Jung

Die Welt lag in Trümmern. Keine Farben sah man mehr. Verschwunden war das Blau der Ozeane, das Gelb der Sonne und das Rot des Himmelsfeuers. Der Künstler, der die Farben auf der Erde zu Kunstwerken vermischt hatte, war in der Dunkelheit verschwunden. Er war mit dem Leben verschluckt und in die Tiefe der Unterwelt verdammt worden.

Dort musste er nun seine Bilder grau in schwarz färben, von seinen Farben konnte er nur mehr träumen.

Manchmal sah man die Blasen seiner Fantasie an die Erdoberfläche steigen, die dann als schwarze Falter gen Himmel stiegen und sich dort zu Molekülen zersetzten.

In der Galaxie tummelten sich die anderen Künstler und sammelten die Überreste seiner Träume ein, um das Werk des Universums weiter zu malen.

Die Sterne und Planeten leuchteten vor Freude um ihre Existenz und trauerten gleichzeitig um den Zerfall des Planeten namens Erde.

Das schwarze Loch kam der Erde immer näher. Es gierte nach der Dunkelheit, um noch schwärzer und größer zu werden.

Noch umkreiste der Wirbelsturm die Erde mit gnädigem Abstand wie ein hungriger Wolf ein wehrloses Schaf, doch worauf wartete es noch? Das Loch würde die Erde verschlingen, soviel war gewiss.

Die Sterne und Planeten fragten sich, ob nicht doch noch irgendwo Leben auf der Erde existierte. Versteckt, im hässlichen Gestein, wie ein Amethyst.

Schlummerte dort womöglich ein verborgener Edelstein, der die Fähigkeit besaß, die Welt im alten Glanz erstrahlen zu lassen?

Keiner der Sterne oder Planeten glaubte tatsächlich daran.

Doch! Da war ein Stern, ganz unbedeutend und scheu. Er duckte sich im Glanz seiner Brüder und Schwestern. Demütig, wie die Menschen es einst vor ihren Göttern getan hatten.

Der kleine Stern spürte ein Licht, dort unten auf der Erde. Er war sich sicher. Es wärmte seine Partikel und ließ ihn dann heller strahlen als alle anderen.

Hoffnung keimte in ihm auf und er schickte seine Energie auf den grauen Ball hinunter, auf dass es doch noch nicht zu Ende war und das Universum seinen Blauen Planeten behalten durfte.

***

Der Wind pfiff über ihren Kopf hinweg. Sie tauchte ihr Gesicht tief in die noch weichen Haare des Menschen vor ihr, den sie so sehr liebte wie das Universum unendlich war.

Sie saugte den Duft von Erde, Ruß und Steinen ein. Den Duft nach Leben, Liebe, Geborgenheit und Vertrauen. Es tröstete ihr Herz und gab ihr das Gefühl, zu Hause in ihrer Höhle zu hocken und nicht hier, in dieser Gruft.

Sie wollte den Geruch nie wieder hergeben, klammerte sich an ihn, an den Duft ihrer Mutter, als wäre sie noch ein Baby. Doch das war sie längst nicht mehr. Ihr Körper war der eines fast erwachsenen Mädchens, und doch, ohne ihre Mutter konnte sie unmöglich überleben.

Die Symbiose war unterbrochen worden. Einer allein war unfähig zu existieren – das Mädchen war verloren.

Ihre steifen Finger wollten die Haare nie wieder loslassen. Sie quollen dazwischen hervor und verhakten sich in ihrer rissigen Haut und den zersplitterten Fingernägeln.

Wie die Haare quollen nun auch die Gefühle aus jeder Ritze ihres Körpers hervor.

Der Schmerz quälte sich durch ihre Brust, als läge ein Felsbrocken darauf.

Die Trauer saß als dicker Klumpen in ihrem Hals und zog und zerrte an ihr. Nur ein Krächzen, wie das eines erstickenden Vogels, trat hervor.

Ein Hustengewitter durchzuckte das Mädchen, ihre Brust krümmte sich und sie musste die Hände von ihrer geliebten Mutter nehmen. Das Band zwischen ihnen riss unter Schmerzen. Wie gern würde sie mit ihr gehen, ins Reich der Geister, in den ewigen Frieden.

Sie kannte so viele tröstende Geschichten über den Tod, der die Erlösung und den Neubeginn eines besseren Lebens bedeutete.

Ihr Volk hatte keine Angst vor dem Sterben gehabt. Nein. Die andere Welt ist wie ein nie endender Traum. Still, friedlich und vollkommen.

Doch in diesem Augenblick hasste sie den Tod, diesen gemeinen Verräter. Er hatte ihr all die geliebten Menschen genommen und sie selbst einsam und allein zurückgelassen. Sie schlang ihre Arme um die knochigen Beine und wimmerte.

Was sollte sie nun hier? Wozu leben, wenn alles verloren schien? Wozu leben, wenn keine Aufgabe für sie wartete? Sie wiegte ihren Körper vor und zurück, summte beruhigende Melodien längst vergangener Tage. Ihr Verstand zog sich zurück in sein armseliges Schneckenhaus.

Das Gewicht, das auf ihrem Herzen lastete, wurde dadurch etwas leichter. Lange verharrte sie so. Es schlug regelmäßig und stark. Das Mädchen summte und wiegte sich. Nichts war mehr von Bedeutung. Der Wind pfiff mit ihr eine Melodie. Verstand er ihr Leid? Versuchte er sie zu trösten?

Es gab also noch Leben in dieser Gruft, und wenn es nur der Wind oder der Sand war, der ihre Haut streichelte.

Das Mädchen hielt inne. Ihr Blick wanderte nach oben zu der schwarzen Leinwand, die mit leuchtenden bunten Punkten besprenkelt war. Fast hätte sie die Sterne vergessen, die so unendlich weit entfernt waren.

»Mama«, hauchte das Mädchen und die Sterne spiegelten sich in ihren Augen, die von Tränen getragen wurden. Dann versanken sie vollkommen und das Mädchen musste sie schließen. Wasserfälle zierten nun ihre Wangen und tränkten die trockenen Lippen.

Dann kam die Erlösung wie eine gigantische Welle.

Wieso trauerte sie so? Wo doch alles andere geduldig existierte. Der Wind, der Sand, die Sterne und Planeten. Sie fragten nicht nach dem *Warum*. Sie fühlten sich nicht betrogen und beraubt. Die Elemente kannten weder Angst noch Wut. Der Wasserfall verebbte, das Meer in ihr stand still.

Der Horizont erstreckte sich ins Unendliche und tauchte die Wasseroberfläche in Gold.

Nun wusste sie, was zu tun war.

Warten – wie ein kleiner Vogel, der voller Geduld im Nest ausharrt, bis zu seiner Fütterung. Er fragt nicht, warum er in seinem Nestchen sitzt, warum er später seine Kreise am Himmel zieht. Die Natur wartet und existiert – im Hier und Jetzt.

Wärme durchströmte das Mädchen nach diesem Begreifen. Eine Wolkendecke hüllte sie ein und der Boden, auf dem sie lag, bettete ihren Körper wie auf Meeressand. Sie hörte sogar das Rauschen des Wassers, für einen Moment.

***

Die Gesichtszüge des Mädchens wurden elfengleich. Sie strahlte wie in Stein gemeißelt. Ein scheuer Glanz legte sich über ihre schmutzige Haut. Ihre Augen lächelten, als sie die tote Mutter betrachtete. Der Atem der Tochter ging tief und ruhig. Nichts konnte sie nun mehr beunruhigen.

Die Mutter war immer noch wunderschön.

Ihre sandfarbenen Haare umrahmten den Oberkörper wie ein Kunstwerk. Ihre hohen Wangenknochen, die geraden Brauen und die geschwungenen Lippen formten ihr Gesicht anmutig.

»Ich habe dich so unendlich lieb, mein Kind«, hatte dieser Mund vor wenigen Stunden noch gesprochen. Das Mädchen sah in das Gesicht einer Mutter, die nichts als Liebe in sich getragen hatte. Ihre langen dichten Wimpern saßen wie kleine Schmetterlinge in den Augenhöhlen und versiegelten das Tor in eine geheime Seele. Welche Bilder sie wohl in sich trug?

Mechanisch schob das Mädchen die Steine zurecht, die ihre Mutter umgaben.

Sorgsam hatte sie diese zusammengetragen und um den toten Körper herum verteilt. Es hatte sie von der Trauer abgelenkt und vor den Fängen des Wahnsinns bewahrt, der wie ein schwarzer Geier im Schatten gesessen hatte.

Dann hatte sie mühevoll den Wüstensand gesiebt und die Mutter damit bedeckt, wie es ihr Volk für gewöhnlich mit den Verstorbenen machte. Sie war ein besonderes Mädchen. So hatte sie es jedenfalls von allen Seiten stets gehört.

Als Kind hatte sie oft den ganzen Tag nur auf einem Fleck gesessen und in den Himmel gestarrt, den Kopf voll mit bunten Bildern und mächtigen Gedanken.

Sie wollte die Welt verstehen, den Blitz begleiten, wenn er sich zurück in den Himmel zog, nachdem er das Firmament durchzuckt hatte. Das kleine Menschlein, das dort unten saß wie ein Stein, wünschte sich die Sterne vom Himmel zu pflücken.

Es gab so vieles zu entdecken, die Erde war nur ein Sandkorn im Universum, soviel ahnte das kleine Mädchen.

Ihre Mutter stand oft lächelnd hinter ihr. Sie brachte es kaum über sich, ihre Verbindung zu der anderen Welt zu durchbrechen. Ihr Kind war kein gewöhnliches Kind, das hatte sie in diesen Momenten deutlich vor Augen. Das Mädchen machte ihrem Namen alle Ehre.

Iris – wurde sie genannt.

Dieser Name bedeutete so viel wie *Regenbogen*. Iris war in der Lage zwischen den Menschen und den Göttern zu vermitteln. Wie ein Regenbogen konnte sie das Land verzaubern und Schönheit verbreiten. Sie war ein Kind des Lichts und der Farben. Ein Kind des Glücks.

Dann kam die Dunkelheit über Iris' Volk.

Ihr kleiner Bruder war der erste von vielen, die eine schreckliche Krankheit überfiel. Selbst Iris – der Regenbogen – konnte das Glück im Dorf nicht mehr festhalten. Es versickerte im Boden wie Regentropfen.

Jahr für Jahr wurde das Volk kleiner. Bis nur noch eine Handvoll übrig war. Doch die Seuche machte keinen Halt. Was hatten die Menschen nur verbrochen, um so bestraft zu werden? Die Erde fegte die Menschen hinfort wie tote Ameisen. Lästig und überflüssig.

Iris und ihre Mutter waren die letzten im Volk. Ihnen blieb nichts als ihre Fantasie.

Tagein tagaus saßen sie in der Höhle und erzählten sich Geschichten längst vergangener Zeiten. Sie saßen in ihrer Blase aus Gedanken und Erinnerungen, kuschelten sich aneinander und vergaßen den Sturm und die Erdbeben, die draußen wüteten wie ein trotziges Kind. Beide waren zu einem Licht verschmolzen, zu einem pochenden Herzen voller Zuversicht und Vertrauen.

Die Fantasie hatte beide am Leben gehalten. Doch nun war Iris allein. Wie sollte sie nun weiterleben?

Iris malte mit dem Finger Symbole in den Sand, der ihre Mutter bedeckte. Die feinen roten Steine, so sagte man sich in Iris' Volk, sollten all die Gifte des Körpers und der Seele aus einem toten Menschen aufsaugen, damit dieser rein und frei zu den Göttern wandeln konnte.

Sie küsste die Stirn der Mutter und murmelte.

»Ihr Götter, hier bin ich bei der anderen Hälfte meines Herzens, hier ist mein einziges Stück Leben und hier allein fließt meine Kraft. Hier ist von jetzt an meine Heimat, ich will nie mehr schlafen oder Nahrung zu mir nehmen, bis auch ich erlöst werde von diesem toten Ort. Dort, wohin ich gehe, wenn mein Körper stirbt, dort allein herrscht das wahre Leben.

Dies hier ist die Hölle, sie ist emporgestiegen aus der Tiefe und das Paradies ist in den Himmel gewichen.

Oh, ihr Götter, holt auch mich, ich bitte euch!«

Mit diesen Worten kauerte sich Iris neben ihrer geliebten Mutter zusammen und verlor ihr Bewusstsein.

Langsam fiel grauer Staub vom Himmel. Die Hitze auf der Erde wurde stärker, doch Iris war geschützt, in der tiefen Sandmulde, da wo es noch etwas kühler war.

Dort lagen sie nun, Mutter und Tochter, bereit in die andere Dimension zu wechseln. Von Iris stiegen flirrende Partikel empor, sachte Farbspektren. Doch dies war unmöglich, Farben existierten schon lange nicht mehr.

Sie träumte von den Geschichten der paradiesischen Welt, voller Wunder, Schönheit und Liebe.

Ihr Geist war ein Regenbogen, bunt und erhaben, eine Brücke zwischen den Dimensionen. Der Wegweiser zum Glück und zur Erlösung.

***

Manchmal kam Iris kurz zu sich, trank wenige Schlucke aus dem Krug, den ihre Mutter von zuhause mitgebracht hatte.

Vor wenigen Stunden waren die beiden hierher gewandert, um einige Insekten zu sammeln. Doch genau diese besiegelten schließlich ihr Schicksal. Ein Stich des Sonnenskorpions und Iris' Mutter war sofort tot. Welcher Dämon hatte ihn entsandt?

Hier herrschte der Teufel, wie konnte er sich nur so lang auf dieser einst so schönen Welt behaupten?

Nun hatte er es bald geschafft. Die Erde würde sich in einen Vulkan verwandeln. Feuer, Asche und Schwefel würden die Erdkugel beherrschen und die Geister der verdammten Seelen für immer hier gefangen bleiben.

Das Wasser hielt Iris bei Bewusstsein, doch die Realität schmerzte wie Dornenstiche.

Sie glitt wieder in ihre Träume zurück, um auf erlösenden Wolken zu schweben. Sie wurde hinfort getragen wie eine Feder im Wind. Kühle Luft erfrischte ihren Körper und die Welt war ein rauschendes Fest.

Sie traf ihren längst verstorbenen Vater, der sie mit sanftem Blick ansah. Er war immer stolz auf seinen kleinen Regenbogen gewesen.

Der kleine Bruder streckte lachend die Arme nach seiner Schwester aus und Tränen der Freude rannen ihre Wangen hinab. Er war noch so jung gewesen, als er von ihr gegangen war. Jetzt glühten seine Wangen rot vor Freude.

Und dann standen Mutter und Schwester vor Iris. Schimmerndes Haar umrahmte ihre hübschen Gesichter, glänzende Augen spiegelten Lebensfreude und sie winkten eifrig nach ihr.

Iris wollte nie wieder zurück in die Realität. Dort wartete die Einsamkeit wie ein hungriges Tier. So blieb sie in der Zwischenwelt, mit dem Körper in der Wirklichkeit, mit dem Geist im Traum.

Ihr Körper wurde von Stunde zu Stunde schwächer, die Realität immer gefräßiger.

Der Wind heulte auf und Blitze durchzuckten den Himmel.

Iris murmelte im Dämmerschlaf, noch immer quälten sie die Fragen in ihrem Gehirn. Es ratterte unaufhörlich wie ein Uhrwerk.

Hat es eine Welt voll Schönheit gegeben? Wie konnten die Menschen es zulassen, dass sie verschwand?

Sie hätten das Leben auf unserer Erde hüten sollen, mit all ihrer Kraft und Weisheit.

Aber nichts von alledem haben sie bewacht. Nichts.

Dann wurde Iris sich wieder ihrer Aufgabe bewusst.

Warten. Ertragen und Warten. Keine Fragen stellen.

***

Nach drei Tagen erwachte Iris aus ihrem Delirium, als sie geblendet wurde. Gleißend helles Licht stach in ihre verkümmerten Augen und sie konnte sie nicht gleich öffnen.

Sie erhob sich mit zittrigen Gliedern und als die Bilder um sie herum deutlicher wurden, durchfuhr sie eine erlösende Erkenntnis. Die Götter haben sie nicht verlassen. Nun war es endlich soweit, sie würde endlich erlöst.

Der Schock stach in ihre Brust wie ein Dolch, als sie erkannte, wo sie sich befand. Dort lag ihre Mutter mit all den Steinen und dem verwischten Wüstensand.

Iris sank zurück auf die Knie, ein heftiger Weinkrampf durchzuckte ihren Körper. Sie schlug die Hände vors Gesicht und wimmerte. »Warum holt mich niemand? Warum bin ich noch immer hier?« Ihre Augen flehten den Himmel an, die Götter konnten sie doch nicht vergessen haben.

Dann war das Wunder plötzlich da. Iris hielt den Atem an, als sie dieses deutliche Zeichen der Hoffnung erblickte. Ihre Hände fingen an, heftig zu zittern. Zwischen ihr und dem Körper der Mutter war eine Pflanze entsprungen. Etwa kniehoch ragte ein Stängel aus dem Sand hervor.

Zwei geschwungene Blätter bildeten ein Kreuz, dessen Grün sich überirdisch von dem roten Staub rundherum abhob.

Das Mädchen beugte sich vorsichtig hinunter und strich über die zarten Blätter, als wäre es ein Neugeborenes. Und das war es auch irgendwie.

Wie konnte das sein? War doch nicht alles verloren? »Mein kleines Wunder«, sprach Iris, »bist du meine Rettung? Schicken dich die Götter, um mich zu trösten?«

Das Grün der Pflanze spiegelte sich in Iris' glänzenden Augen, nie zuvor hatte sie diese Farbe gesehen. Sie kannte nur die Farben der Erde und des Himmels.

Ihre Wangen färbten sich vor Aufregung und das Herz pochte voller Lebensmut. Iris war zuletzt so glücklich gewesen, als Marlo, ihr treuer Freund, ihr vor nicht allzu langer Zeit seine Liebe gestanden hatte.

Damals war sie in Tränen ausgebrochen, wofür sie sich noch immer ein wenig schämte. Wie ein kleines Kind, so hatte sie sich gefühlt, doch Marlo hatte nur gelächelt.

Er hatte sich seine dunklen Locken aus dem Gesicht gepustet und sie seufzend in seine starken Arme geschlossen.

Die Wärme hatte ihren Körper durchflutet und seine Schulter war nass gewesen von ihren Freudentränen.

Sie blickte in den Himmel und sprach: »Oh, mein Geliebter, diese Pflanze ist dein Geist, ich glaube fest daran.«

Sie wollte fortan nicht mehr schlafen, nicht mehr in ihr Unterbewusstsein fliehen. Das weise Mädchen wusste, wie kostbar die Pflanze war, und dass es von höchster Wichtigkeit war, sie am Leben zu erhalten, sie groß zu ziehen, mit all ihrer Liebe und Energie.

»Mein Schatz, endlich kann ich wieder Liebe geben und mich nützlich machen. Du wirst gedeihen und wunderschön und riesengroß wachsen. Wir werden leben.«

Iris gab der Pflanze einige Tropfen ihres Wassers, sie dachte nicht darüber nach, was geschehen konnte, wenn der Krug bald leer sein würde.

Das Wunder nahm seinen Lauf. Es geschah wie im Zeitraffer.

Innerhalb weniger Minuten schoss das Leben in die kleine Pflanze. Sie bildete Knospen und Blüten, die ihre Farbe wechselten – von blau zu violett, von rot zu orange, von grün zu gelb – wie ein Regenbogen.

Iris war hypnotisiert. Sie saß mit wässrigen Augen vor der Pflanze und schüttelte fassungslos den Kopf. »Oh, all ihr Götter«, hauchte sie wieder und wieder.

Irgendwann kroch ihr die Müdigkeit in die Glieder und Iris glitt in seligen Schlaf. Sie lächelte dabei und ihre Wangen schimmerten rosa im Schlaf.

***

Am nächsten Tag erwachte das Mädchen und konnte kaum glauben, was sie sah. Ihre Pflanze hatte sich in einen gigantischen Baum verwandelt. Seine Krone ragte bis zum Himmel empor.

Iris erhob sich ehrfürchtig und kletterte aus ihrer Grube heraus, um besser sehen zu können. Sie richtete ihren Blick hinauf zu dem Giganten.

»Endlich seid ihr bei mir, ihr Götter … Endlich«, flüsterte sie. Das Glück krabbelte ihre nackten, vor Trockenheit rissigen, Füße entlang und durch ihren zitternden Körper.

Aber dies war kein gewöhnlicher Baum, sie hatte zwar noch nie einen echten gesehen, denn sie kannte Bäume nur aus Erzählungen, doch etwas anderes wollte ihr beim besten Willen nicht einfallen. Ihr fehlten die Wörter, die dieses *Etwas* beschreiben konnten.

Sein Stamm hatte die Form eines menschlichen Körpers. Ein Riese mit einem schuppigen Erdmantel. Er wand sich, verbog sich und verdrehte seine Glieder, die aus dem Baumkörper herausragten.

Zwei davon erhoben sich wie ein Dach über Iris.

Nein! Kein Dach. Es waren zwei gigantische Flügel und diese verdunkelten das diesige Sonnenlicht. Ein angenehmer Schatten senkte sich über das erhitzte Land. Einzelne bunte Federn lösten sich und schwebten umher. Einige landeten vor Iris auf dem Boden. Sie hob eine von ihnen auf.

Leuchtendes Saphirblau schimmerte in unzähligen Tönen – Farben, so tief wie der Ozean. Die Feder war so groß wie Iris gesamter Oberkörper.

»Bei allen Göttern dieses Universums, welch sonderbares Wesen habt ihr mir geschickt? Noch nie habe ich von solch einer Kreatur gehört. Sie scheint den Menschen, die Tiere und die Pflanzenwelt zu vereinen, was hat dies zu bedeuten? Will es mir etwas mitteilen? Sprich mit mir, oh sonderbare Gestalt, ich fürchte mich vor nichts mehr und werde alles erdulden, was mir widerfährt!«

Iris blickte demütig gen Himmel und bestaunte das Wesen.

Es schwankte stetig hin und her, die Wurzeln in Form von Tierkrallen aber blieben fest auf einer Stelle.

Die Flügel schwangen auf und ab, wechselten die Farbe und reflektierten das Sonnenlicht, das unglaubliche Muster auf den

Wüstenboden warf. Der Stamm schwankte sanft und anmutig, als würde das Wesen tanzen.

Dann sah Iris hoch hinauf, so hoch sie nur konnte. Inmitten der Baumkrone blitzten schmale grüne Augen auf Iris herab.

Sie konnte nicht deuten, ob diese von einem Menschen oder Tier stammten und obwohl die Augen so weit entfernt waren, konnte Iris sie deutlich erkennen. Es war, als würde sie durch ein Fernglas sehen können.

Die Pupillen des Baumwesens wurden groß und schwarz, dann wieder klein und durchsichtig. Ein ständig pulsierendes Gewebe, permanent in Bewegung und Veränderung.

Federn fielen wie Schneeflocken auf das Mädchen herab – von Schnee hatte Iris immer gerne Geschichten gehört, er musste fantastisch gewesen sein.

Ein heller strahlender Schein ging von der Kreatur aus und Iris musste die Hand vor Augen halten, um hochblicken zu können.

Dann endlich, nach einer gefühlten Ewigkeit, begann das Wesen mit weicher Stimme zu sprechen. Sie hallte von allen Seiten. Es hörte sich an, als spräche der Wind.

Iris bekam weiche Knie vor Wehmut. Die Worte klangen wie Musik, die sie nie zuvor gehört hatte. Eine Sehnsucht, die sie schon lange quälte, wurde mit dieser Melodie gestillt.

Das Mädchen konnte sich nun weder an ihre Trauer erinnern noch an den Schmerz oder die Angst. Gebannt und mit offenem Herzen lauschte sie den Worten der Göttin.

»Mein liebes Kind, meine Zeit ist gekommen! Schon ewig schlummere ich in all den Lebewesen hier auf Erden. Lange musste ich warten und zusehen, wie eure Zahl schwand. Schmerzhaft und traurig ist die Geschichte dieses Planeten – ein Kind, das sein Glück niemals fand, obwohl es doch so nah war.

Es war in jedem Einzelnen verborgen. Du hast die Weisheit, liebes Kind. Du hast die Liebe und den Mut. Du hast mich gerufen. Dein Regenbogen hat die Götter erreicht, liebe Iris.

Ich bin hier, weil du mich im Herzen getragen und dein Glück gefunden hast. Nun darfst du mit mir gehen und kannst somit der Dunkelheit für allezeit entfliehen.«

***

Und dann war da dieses Rauschen. Ganz schwach in weiter Ferne. Ein Bach, der immer näher kam, der zu einem Fluss anschwoll, dann in einem Wasserfall endete.

Dieser Fall des Wassers, war sogleich der Fall der Stille. Die Melodien der Erde waren zurückgekommen. Sie kehrten nach Hause wie ein verlorener Sohn. Die Welt streckte ihre Arme nach ihm aus und die Erleichterung fiel ab. Der Regen prasselte auf die Wüstenlandschaft und der Geruch von Lehm stieg dampfend rot hinauf. Der Wind malte damit Kunstwerke in die Luft.

Sie tanzten, als wären es die Geister der Ahnen. Iris stand inmitten dieses Sandtheaters als einziger Zuschauer und hielt die Luft an. Ihre Seele wurde mit hinfort gerissen.

Die Göttin streckte ihren Flügel dem Boden entgegen. Iris zögerte kurz, es war doch nur ein Traum, oder etwa nicht?

Dann schüttelte sie ihren Kopf, lächelte und stieg, ohne weiter darüber nachzudenken, hinauf.

Sie blickte hinab auf die bunten Federn. Sie fühlte ihren Regenbogen, der dieselben Farben haben musste.

Ihr Herz blühte auf wie eine Knospe, die bisher fest verschlossen war. Ihr Verstand kribbelte und die Gedanken liefen kühlend wie Wassertropfen ihren Körper hinab.

Nun war sie frei.

Sie wurde sanft in die Luft gehoben. »Ich wusste, die Götter würden mich nicht im Stich lassen. Ich bin bereit für alles, was folgen wird. Ich glaube an dich – für allezeit«, flüsterte Iris kaum hörbar und die Göttin neigte ihren Kopf zu dem Mädchen.

Ihre Augen blickten sie mit den Augen einer Mutter an. Alle Mütter und Väter dieser Erde blickten Iris aus diesen tiefschwarzen Pupillen heraus an. Es war das Auge der Welt.

Dann lächelte die Göttin, mit dem Lächeln einer Königin. Eine Königin, die imstande war, alle zu vereinen, alle zu umsorgen.

Zuerst war es nur ein Windhauch, doch dann formten sich erneut Worte aus ihrem Blättermund. »Ich, Gayawa, Hüterin der Erde, werde immer bei dir sein. Du findest mich überall, wo Leben ist. Nie wirst du ratlos oder verzweifelt sein, solange du mich nicht vergisst – wo immer du dich auch befindest.«

***

Dann war alles schwarz rundherum. Nur vor Iris' Augen tanzten noch immer bunte Farbsprenkel. Ihr Bewusstsein wollte die neu entdeckten Farben nicht mehr loslassen.

Gayawa schwamm als grüner Schimmer durch die Schwärze. Sie zersetzte und verteilte sich – überall.

Iris ließ ihre Schultern hängen, blickte dem grünen Nebel hinterher, bis er verschwunden war.

Was geschah hier?

Die Frage verpuffte, bevor sie von Iris zu Ende gedacht werden konnte. Es war nicht wichtig. Es gab keine Fragen mehr.

Alles war gut. Nichts existierte.

Dann legte sie den Kopf in den Nacken. Ihre langen Haare reichten bis zu ihren Hüften. Sie kitzelten in ihrem Nacken.

Das zarte Gesicht blickte zum Himmel empor und wartete auf das Wunder – Es würde kommen.

Iris, der kleine Regenbogen, lächelte und schloss ihre Augen.

Zu der Autorin:

Hanna wohnt mit ihrem Mann und ihren beiden Kindern im Bayerischen Wald nahe der tschechischen Grenze. Ihr erstes Buch »Waldemar Wildwood« veröffentlichte sie 2019 über einen Kleinverlag. Der zweite Teil dieser Kinderbuch-Reihe folgte 2020 über Selfpublishing. Ihr nächstes Projekt liegt schon in den Startlöchern und soll im Sommer dieses Jahres herauskommen. Neben dem Schreiben ist Hanna auch als freie Lektorin tätig. Mehr über ihre Person und Projekte findest du auf Instagram unter den Profilen: hanna_jung.autorin und lektorat_felidea

Lektorat und Korrektorat: Keah Rieger;
Illustration: Alina Sawallisch

TOO OLD TO DIE

Peter Kirschstein

Scharfe Winde und aufgebrachter Schnee am Vorabend des Weihnachtsfestes. Eiji ließ eine Katze die Straße überqueren. Sie drehte sich nicht einmal um, das undankbare Ding. Dann setzte er den Wagen wieder schlitternd in Bewegung, durch die vom Matsch schlierige Himmelswatte und vorbei an hell erleuchteten Häusern, weihnachtlich schillernd.

Auch hier in der Präfektur Gunma sang man die alten Lieder, kam zusammen und schlug sich den Bauch voll. Indessen hatte Eiji noch zu arbeiten – Frau und Kind mussten auf ihn warten. Einer musste es ja tun. Wo immer man war, es ist ein ungeschriebenes Gesetz, dass die Neulinge solcherlei unliebsame Aufgaben übernehmen mussten.

Dieser Meinung waren auch Eijis Kollegen gewesen und Eiji selbst war zu höflich, um zu murren. Sicher lagen schon die meisten von ihnen betrunken im Bett, träumten ihre wilden, von fettigem Essen inspirierten Träume und hatten kein bisschen Mitleid mit ihm, dem armen Eiji, der noch wachte. Feine Freunde waren das. Ungeschliffen nannten sie ihn, meinten jedoch etwas ganz anderes und hätten ihn wohl als tollpatschig bezeichnet, wenn sie ihn alle nicht so sehr gemocht hätten.

Nein, sie sparten sich ihre ehrliche Meinung für seinen Rücken auf, so, wie es sich gehörte. Unsicher bog er in eine Schneise ein, wie frisch geschlagen in Nacht und Wald, spärlich beleuchtet und gerade breit genug für sein kompaktes Fahrzeug.

Was würde er tun, wenn ihm jemand entgegenkäme? Seinen Ärger wegwischend, denn er wusste wohl, dass er seinen Kollegen in diesem Jahr viele Scherereien gemacht hatte, versuchte Eiji sich auf die Sachlage des Falls zu konzentrieren, die Umstände des Ablebens des Unbekannten, und ließ die Reifen über den Schotterweg hinauf zum Anwesen rollen, während Äste über das Dach seines Autos kratzten.

Nein, dachte Eiji, es kann nur so sein und nicht anders. Noch bevor er ankam und ausstieg, den Mantel ob der klirrenden Kälte fröstelnd zuzog, war er bereits übereingekommen mit seinen Vorgesetzten, welche ihm gesagt hatten, dass es sich mit ziemlicher Sicherheit um Selbstmord handeln werde – den Selbstmord eines armen, alten Mannes.

Eine Dame mit schmalen Lippen, das Gesicht ernst und von der Zeit verhärtet, schritt ohne Eile auf ihn zu, klein und stramm, die Arme fest am Körper. Sie zog an ihrer Zigarette und musterte ihn wie etwas, an dem ein Preisschild hängt. »Der Polizist, nehme ich an?« Eiji verbeugte sich und machte Anstalten, auf sie zuzugehen, kam jedoch nicht weit, denn seine Mantelspitze stak noch in der Fahrertür. Er fluchte kleinlaut.

»Einen schönen Polizisten haben sie uns geschickt – wahrhaftig. Sag mal, Junge, ziehst du dich schon selbst an oder legt dir noch immer deine Mutter die Kleider raus?« Sie ignorierte seine Verbeugung, schnippte stattdessen ihren Zigarettenstumpen in die Nacht und ließ Rauch aus Nüstern und Mund quellen. »Du bist doch Polizist?«

»Ich bin für sie verantwortlich«, antwortete Eiji freundlich und richtete sich wieder auf.

»Einen schönen Polizisten haben sie uns geschickt«, wiederholte die Dame enerviert und ging kommentarlos zurück zum Gebäude, einem mehrstöckigen Wohnhaus mit spiegelnden Fensterreihen und großzügigem Steingarten. Es war die Art von Haus, die Eindruck schinden, aber nichts über ihre Bewohner verraten sollte.

Eiji öffnete die Fahrertür, krampfte sich sein Lächeln zurück, welches neben seinem Notizbuch sein wichtigstes Arbeitsmittel war und folgte der unfreundlichen Person. Er trat sich den Schnee von den Schuhen, konstatierte die vielen Klingelschilder und betrat den Bau.

Im Inneren wurde er von einem Europäer begrüßt, »Ciao, Wertester. Sie müssen die Dame entschuldigen, sie stand dem Verstorbenen recht nahe und ist auch sonst nicht besonders umgänglich. Bitte korrigieren sie mich, falls ich mir einen Schnitzer in ihrer Landessprache erlauben sollte.«

»Ihr Japanisch ist ausgezeichnet, Herr …?«

»Arturo Morricone. Nomen est omen, nicht wahr? Aber was zählt das noch, wenn wir alt sind? Wir sind hier, um vergessen zu werden und um uns selbst zu vergessen, Commissario …?« Der Mann war galant und duftete nach Rosenblättern.

»Eiji. Sie können mich Eiji nennen.«

Der Europäer griff nach Eijis Gesicht und befühlte es, »Scusi tanto! Sie müssen entschuldigen, aber ich möchte gerne wissen, mit wem ich es zu tun habe, Eiji.« Erst jetzt fiel Eiji auf, dass der Mann vor ihm vollkommen blind war. »Ja …«, sprach Arturo und lächelte, »… Sie sind ein liebenswerter Zeitgenosse. Großherzig, nicht? Ja, ich kann es sehen.«

»Ich weiß nicht«, erwiderte Eiji und nahm sanft die Hände des Alten von seinem Gesicht. »Wenn Sie jetzt erlauben, würde ich Ihnen gern einige Fragen stellen.«

»Sì, sì. Doch ich fürchte, Sie werden sich umsonst herbemüht haben, Commissario. Ich sage es Ihnen – der Mann hat sich das Leben genommen. Und auch wenn dem nicht so wäre; er war alt, furchtbar alt, nicht? Da kräht kein Hahn danach, Commissario. Keinen kümmert das.«

»Warum sind Sie sich so sicher?«

»Dass er es war? Nun, der Mann war so bitter und zäh, keiner hätte ihm den Garaus machen können, wenn nicht er selbst – ein Nemeischer Löwe war das.«

»Warum sind Sie sich so sicher, dass es keinen kümmert?«

Arturo durchschritt den an eine Kolonnade gemahnenden Eingangsbereich selbstsicher und nahm ein halbvolles Glas Rotwein von einem Beistelltisch. »Nun, no, es hat nicht keinen interessiert. Die Dame von eben, sie war dem Herrn recht nah, meine ich – und ich habe ein gutes Gespür für Derlei.«

»Die Dame von eben?« Eiji zückte sein Notizbuch.

»Ja. Madame Ama...«, er räusperte sich, »Madame Ama und er hatten ein Liebesverhältnis. Das habe ich im Gefühl.«

»Ihre Gefühle in allen Ehren, aber ... « Morricone zuckte mit den Schultern.

»Wie Sie wünschen. Eines noch. Dies hier ist ein großes Haus, Herr Commissario. Wenn Sie schon keinen Wert auf meine Gefühle legen, dann vielleicht wenigstens auf meine Warnungen. Geben sie acht, wohin Sie treten! Die Schatten sind trügerisch und die Wege verworren. Und nun fort mit Ihnen – Sie langweilen mich.«

»Wenn ich Sie beleidigt haben sollte ... «

»Vattene! Sie langweilen mich, Signor Commissario.«

Arturo ging unvermittelt davon, entschwand in den Schatten der Hallen, welche seine Dunkelheit nicht würden bereichern können. Eiji war es gewohnt, dass man so mit ihm umsprang.

Eigentlich freute sich niemand über seinen Besuch, weil ihm immer etwas Schlimmes vorauseilen musste.

Exzentrischer Kerl, dachte Eiji sich und berührte gewohnheitsmäßig die eigenen Lippen, wie um sicherzugehen, dass das Lächeln nicht verschwunden war. Die Schritte seiner tadellos polierten, ehrlich glänzenden Schuhe schwollen in den schweigenden, zyklopischen Gängen an.

Eiji erinnerte das Haus eher an ein Museum, denn es wirkte kalt, unbewohnt und die Dinge darin unberührt, so, als sollten sie nur den Anschein erwecken, als würden sie benutzt, wohingegen ihre einzige Aufgabe im Vergehen bestand – in der ›Staub-Werdung‹.

Vor einem hohen Kaminfeuer traf er Madame Ama in einem Ohrensessel an. Er war nur dem Licht gefolgt, doch kam ihm das gelegen. »Herr Polizeibeamter.« Sie brauchte sich nicht einmal nach ihm umzudrehen, um ihn zu erkennen?

»Madame Ama.«

»Ama nennen sie mich ... Womit kann ich Ihnen helfen? Haben Sie sich verlaufen? Suchen Sie den Ausgang?«

Eiji nahm das Notizbuch abermals hervor, während Madame Ama sich eine Zigarette anzündete. »Sie könnten mir im Falle des Verstorbenen behilflich sein.«

»Was gehen mich Ihre Ermittlungen an?«, fragte sie.

»Zuerst vielleicht eine Grundsätzlichkeit ...«, Eiji beschloss, dass es sie etwas anging, »... Ich würde den Verstorbenen gern beim Namen nennen, doch mir ist keiner bekannt.«

Madame Ama lächelte dürr. Noch immer dem Feuer und nicht ihrem Gesprächspartner zugewandt, betrachtete sie das Knistern und Zischen der Lohe und wirkte recht zufrieden dabei.

»Damit kann ich Ihnen nicht helfen, Bürschchen – ich kenne ihn selbst nicht. Und ich bezweifle, dass ein anderer es tut. Nein, ich war seine Vertraute, am ehesten hätte ich davon wissen müssen.«

»Sie waren ein Paar«, sagte Eiji, bewegte sich plump auf ein Tischchen zu und stieß dabei eine Karaffe um.

Verhohlener Ärger. »Herrje, sind Sie ungeschickt. Ja, wir waren ein Paar, woher ... Nein, sagen Sie es mir nicht. Unser Freund, die Blindschleiche, habe ich nicht Recht?«

Eiji ordnete die Dinge auf dem Tischchen neu, klimpernd und klirrend.

»Natürlich. Sagen Sie nichts – ich weiß es doch. Hat er Ihnen seinen ›Wir sind hier, um vergessen zu werden‹-Mist eingeflößt? Sagen Sie schon.«

»Ja. Doch«, antwortete Eiji.

»Dieser Dummschwätzer«, sie lachte, »hat Sie berührt, habe ich nicht Recht?« Eiji tastete unvermittelt nach seinen Lippen.

»Waschen Sie sich lieber Ihr Gesicht, Eiji. Man kann nie wissen, wo er vorher mit seinen Händen war.«

Seine Bemühungen, die Karaffe und die Gläser auf dem Tischlein zu ordnen, wurden von einem Scheppern beendet.

»Ungeschickt ...«, sprach Madame Ama gelassen und sah Eiji zum ersten Mal ins Gesicht – ihre Augen bargen das Feuer und wirkten darob freundlicher und warm, obwohl sie langsam den Kopf schüttelte. »Ungeschick, das bedeutet, dass die Götter Sie bei der Verteilung der Gaben über den Tisch gezogen haben. Hat Ihnen das schon einmal jemand gesagt, Eiji?«

»Ich glaube nicht«, antwortete er und machte sich daran, die Scherben aufzusammeln. Er stutzte. »Woher ... woher kennen Sie eigentlich meinen Namen, Madame Ama?«

Sie nahm einen tiefen Zug von ihrem Glimmstängel, die Flamme glitt rasch auf ihre dürren Lippen zu. »Nun ...«, antwortete sie, »... Sie haben ihn mir genannt.«

»Ihnen habe ich mich nicht namentlich vorgestellt, Frau ... Ama.« Die Alte lächelte schelmisch. Mit ihren gefärbten Haaren, dem straffen Gesicht und dem goldenen Licht auf den Wangen hatte sie etwas von einem spitzbübischen Mädchen.

»Namen. Namen lügen, nicht? Sie lügen immer. Wir geben sie nicht uns selbst, andere tun das für uns. Auch meinen haben mir Menschen verliehen, welche mir fremd waren. So ein Name ist eine falsche Prophetie, Eiji. Er bedeutet nichts. Ich habe viele,

viele Namen – und sie bedeuten alle nicht das Geringste.« Madame Ama lachte und widmete ihre Aufmerksamkeit wieder dem Feuer. »Geh deiner Aufgabe nach, Bürschchen. Finde den Mörder. Und wenn du schon dabei bist – finde meine Autoschlüssel ... hahaha. Nein, Eiji – Meine Jugend, finde meine Jugend.«

Er wandte sich ab, bewahrte sich professionell seine Fröhlichkeit und ging beschwingt davon, als Madame Ama erneut das Wort an ihn richtete. »Eiji!« Sie sah ihn an. »Mit einem hatte die Blindschleiche aber Recht. Wir sind hier, um vergessen zu werden, hörst du? Was auch immer du da in deinem kleinen Notizbüchlein vermerkst – wirble uns hier bloß nicht zu viel Staub auf, Bursche.«

Das Feuer legte sich wie ein zweites Angesicht auf ihr verhärtetes Antlitz. »Das Ende ist ewig. Das solltest du am besten wissen. Verdirb uns das nicht. Und ... ach ja. Die anderen sind oben. Halte dich links und weiche nicht vom Weg ab, kleiner Trottel.« Sie lachte wieder und wider die Zeit lachte sie. Jeder geht mit seinem Unglück anders um. Manche lachen ihm ins Gesicht.

Eiji fand nach einiger Zeit zuerst – und er hätte nicht sagen können, wie viel vergangen war – das Zimmer des Verstorbenen, welches dieser sich mit einem mageren, dunkelhäutigen Herrn geteilt hatte. Jener saß auf seiner Pritsche, verspeiste einen Granatapfel, wobei die Kerne in seinem Bart landeten, wie Särge in der Erde, und besah sich ungeniert die Arbeit Eijis am Kadaver des Niedergestreckten.

»Und?«, fragte der Alte und zeigte seine Zähne, groß und weiß wie Grabsteine.

»Es ist eigentlich unüblich, dass wir bei der Arbeit beobachtet werden«, antwortete Eiji.

»Kann ich mir nicht vorstellen, mon ami. Ein Polizist wie du sollte das gewohnt sein, non?«

Eiji untersuchte die Hand, den starren Griff um die Schusswaffe. »Ich bin kein Polizist.«

Staunend legte der dürre Alte seinen Granatapfel beiseite. »Nicht?«

»Ich habe nie behauptet, dass ich ein Polizeibeamter sei.«

»Nun ja, oui ... das stimmt wohl«, pflichtete ihm der Großvater bei, als hätte er alles vernommen, was um das Anwesen herum gesagt und getan wurde.

»Dann stellt sich doch die Frage ... «, sprach er ferner, »... mit wem wir es hier zu tun haben«, und setzte sich eine Brille aufs Nasenbein. Dann grinste er ein vollkommenes Grinsen, wie die Sichel des Mondes oder wie einer, dessen Gesicht man von einem Ohr zum anderen aufgeschlitzt hatte. »Magnifique. Dann bist du sozusagen ein Kollege, non?«

Kratzend notierte Eiji sich etwas in seinem Notizbuch, wobei er nicht aufsah. »Könnte man sagen.«

»Und die anderen haben dich nicht erkannt? Einfaltspinsel.«

»Ich denke, man sieht nicht oft meinesgleichen hier.«

Amüsiert schlug der alte Knabe sich auf die Schenkel. »Ha! Dann bist du im Bilde? Naturellement. Du lässt dich nicht behumpsen, nicht wahr? Nicht ganz so ungeschickt, wie du tust?«

Eiji blickte dem Alten ins Gesicht. »Unsicher war ich mir, bis ich Madame Ama begegnet bin und die Sonne in ihren Augen sah. Ich hatte mich schon gewundert, warum keiner meiner Kollegen diesen Fall übernehmen wollte, nun, abgesehen vom Feiertag natürlich ...«

»Oh ja«, der Alte zeigte mit dem langgliedrigen Finger an die Decke, »er – der kleine Lord – hat heute Geburtstag.«

»Und was mein Geschick angeht – ich werde mich wohl niemals an diese Hülle gewöhnen.«

»Scharade être fini? Vorbei, ja?«

»Gern«, antwortete Eiji und entledigte sich seines Gesichts, »nicht viele begrüßen mich, doch wie mir scheint, steht es in diesem Hause anders.« Sein blanker Schädel funkelte im Mondlicht, welcher nebst einer armen, kleinen Kerze das Zimmer ausleuchtete.

»Oui«, pflichtete das schwarze Großväterchen Eiji bei und legte die ebenholzfarbene Haut ebenfalls ab, sodass Schädel auf Schädel starrte, »wenn ich mich vorstellen darf. An einem Samstag wurde ich geboren und an einem Samstag bin ich unter die Erde gefahren, mon ami.

Ich bin der Herr der Grabkreuze und ich spiele Xylophon ...«, klangvoll schlug der Alte mit den Fingern auf seine Rippen, »und man nennt mich den Baron Samedi. Ich bin Ankläger, ich bin Sargträger, ich bin Grabwächter und mit Sicherheit bin ich kein Kostverächter.«

Samedi nahm eine Sektflöte, reichte Eiji eine weitere und grinste dabei auf die einzigartige Weise eines Skeletts. »Minuit – Mitternacht, mein Freund. Du darfst dir doch einen Schluck genehmigen?«

»Wie ich bereits sagte. Ich bin kein Polizist. Wie vollbringt ein Unsterblicher es, sich selbst zu erschießen?«, fragte Eiji und stellte die Sektflöte zur Seite.

»Nun, das kann dir egal sein, non? Du bist nicht hier, um zu ermitteln, sondern um ihn abzuholen, oder nicht?«

Eiji versuchte die Augenbrauen kummervoll zusammenzuziehen, allein er hatte kein Gesicht. »Kennst du seinen Namen, Samedi?«

»Baron Samedi – so viel Zeit muss sein, Eiji. Den kennt keiner – selbst er hatte ihn vergessen.«

»Er hatte seinen eigenen Namen vergessen?« Eiji ließ vom Kadaver ab.

»Wenn die Welt uns vergisst, vergessen auch wir, mon ami. Das ist der Lauf der Dinge – c'est la vie! Nichts ist ewig, außer der Tod. Du weißt es. Ich weiß es.«

In seiner Hand hielt Eiji einen Revolver. Eine Kugel steckte noch im Lauf. »Er hat dreimal abgedrückt«, sagte er und besah sich die Wunden, »wollte wohl sichergehen.«

»Er wurde dreimal geboren. Als Idee, als Lüge, als Hoffnung. Er hatte es eilig. Es ging mit ihm zu Ende. Wie ich sagte, nichts ist ewig. Wenn sie anfangen, uns zu vergessen, verglühen wir. Merde!«

»Was ist?«

»Ich stehe in seinem Blut und kenne nicht einmal seinen Namen. Auf die Gesundheit.« Samedi kippte den Inhalt seines Glases hinunter. Eiji dachte, dass, wenn sie wüssten, wo der Sekt nun landete – denn er regnete nicht auf den Boden hinab – sie vielleicht das entscheidende Rätsel des Universums entschlüsselt hätten.

»Die Frau mit der Sonne in den Augen – Amaterasu – meinst du, sie könnte etwas hiermit ...«

»Auf keinen Fall«, unterbrach der Baron Eiji, »wer immer er auch war, sie hat ihn wirklich geliebt.«

Eiji notierte etwas in seinem Büchlein und klappte es wieder zu. Er schüttelte den Schädel. »Ein Unsterblicher stirbt«, murmelte er, nahm die Kugel aus der Kammer des Revolvers – Waffe und Stift in einer knöchernen Hand.

»Du hast nicht gelogen, mein Lieber. Ohne die Hülle scheinst du um einiges geschickter zu sein. Très bien.« Eiji hob die Kugel vor die Augenhöhle, ließ sie jedoch sofort instinktiv fallen. Sie pulsierte, atmete. Im ursprünglichsten Sinne **war** sie.

»Was ist das?« Samedi wirkte unruhig. Auch ihm entging die Schwere des Seins der Kugel vor ihm nicht.

»Nun, das ist nicht so leicht zu beantworten, Baron. Manche nennen es Brahman, manche Apeiron. Wenn auf dem Webstuhl des Universums der Teppich des Schicksals gefertigt wird, dann ist das hier ... der Faden. Die Ursubstanz. Diesseits, dieser Traum des Seins, wird gewoben aus dem Hier«, er hob die Kugel auf, »alles was ist, ist aus dem Hier gewoben und wird wieder dazu werden, nun – so sagt man. Wir suchen einen Kugelgießer, einen Schützen womöglich, Samedi. Kennst du einen?«

Baron Samedi grinste in der Art eines Schädels, so sardonisch, dass es schon wieder traurig war. »Und ob, Eiji. Und du auch.«

***

»Wieso hätte ich das tun sollen, Commissario?« Der Europäer – Arturo Morricone, nun, so nannte er sich zumindest – lümmelte auf einem Diwan.

»Ich weiß es nicht, sagen Sie es mir.« Eiji legte sich den knöchernen Finger auf das Gebiss. Sein Lächeln war noch immer da.

»Ich bin nur ein armer, blinder ...«

»Warum verstellen Sie sich? Ich stehe vor Ihnen ohne Falsch und ohne Maske.«

»Ein verdammter Shinigami – Todesengel, merda.« Arturo Morricone spuckte verächtlich aus. Eiji ließ das unbekümmert. Niemand freute sich über seinen Besuch, weil ihm immer etwas Schlimmes vorauseilen musste.

»Stimmt es, hast du ihn auf dem Gewissen?«, fragte Amaterasu, ihre Augen glühten wie die Kohlen der Hölle. Feuer stob aus ihrem Mund.

»Ich leugne es nicht. Die Kugeln hat er von mir.« Arturo aß ein paar Trauben.

»Verdammtes Balg ...«, hob Amaterasu an, wurde jedoch augenblicklich von Arturo unterbrochen.

»Balg? Ich bin alt! Wir sind alle alt. Dein Freund war alt, Liebchen. Sie haben ihn auf Knien angebetet – in Höhlen! Sein Antlitz mit Blut an die Wände gemalt und für ihn Widderhäupter gespalten. Gebeten haben sie ihn um Regen, Feuer und Tod. Er wollte nicht mehr. Ich bereue es nicht. Buon giorno! Wach doch auf, Mutter Sonne! Von hier aus geht es nur noch in eine Richtung, und zwar abwärts.« Arturo erhob sich und strich sich die Locken aus dem Gesicht.

Samedi beobachtete alles aus sicherem Abstand und plünderte die Tokajerbestände des Italieners – die Sektflöte spielte ihm ein süßes Liedchen. »Lassen Sie die Verkleidung fallen«, insistierte Eiji und Arturo tat nun wie ihm geheißen – einem Shinigami schlägt man immerhin nicht zweimal die Bitte ab.

Aus Hemd und Rücken drang ein kräftiges, weißes Flügelpaar und der süßliche Duft, welcher vom blinden Alten ausging, wurde Eiji schier unerträglich.

»Dabei liegt die Täuschung gewissermaßen in meiner Natur, amico«, sprach der Geflügelte.

»Arturo Morricone. Ich verstehe. Clever ...«

»Nicht wirklich, nicht? Aber dafür bin ich besonders liebreizend.« Er breitete die Arme keck aus wie ein Kind, das beim Versteckspiel gefunden wurde, »scusi tanto. Sie werden verzeihen, Commissario. Ein bisschen Spaß muss sein in meinem Alter.« Amor zündete sich eine lange, dürre Zigarette an, welche seinem impertinenten Rosenduft, den von Vanille hinzufügte.

»Sie waren also der Kugelgießer?«

»Warum hast du kleiner Scheißer das getan?«, platzte es aus Amaterasu heraus, deren Mund nun deutlich mehr Feuer versprühte.

»Sie hält mich immer noch für einen Knaben, Signore Commissario. Dabei bin ich so alt wie die Liebe und die Liebe ist so alt wie die Habsucht und der Leib.«

»Beantworten Sie die Frage, Amor«, insistierte Eiji.

»Warum ich es getan habe? Ganz einfach – er hat mich darum gebeten. Machen Sie sich nichts vor, Signore Commissario. Er war keiner von den Göttern, welche sich nicht in Blut bezahlen lassen. Er war ein grausamer, dunkler Schatten auf seinen Anhängern – Kriegern, denen er die Demut mit der Narbe eingegeben hat. Ein Glück für die Welt, dass sie ihn vergessen konnte. Doch er hätte nicht loslassen können. Wissen Sie, was aus einem Gott wird, der nicht loslassen kann, Signor Commissario?«

»Ein Dämon«, antwortete ihm Eiji.

»Sì, sì. Und was ist ein Dämon? Verzweiflung und Zorn ohne ein Ziel, ewiger Hunger, ewige Qual. Es bedeutet ein immerwährendes Wollen zu sein, in den Ketten, die man selbst geschmiedet hat.«

»Sie haben ihn also ... was? Erlöst?«

Amor lachte. Verblüffung und Belustigung standen ihm gleichsam ins Gesicht geschrieben. »Unsinn, Commissario – ich habe mich von seinem Jammern erlöst. Das ist alles.«

Amaterasu packte sich den Cupido, brüllte und schleuderte ihn durch den Raum, sodass seine Flügel zerbarsten und von Flammen verzehrt wurden und er am Boden zerschellte wie eine Motte, die mit der Kerze getanzt hat.

Ihr blieb kaum ein Augenblick der Genugtuung, bevor Amor sich wieder zusammenfügte und aller Schmerz von ihm wich, denn er war noch immer ein Gott.

»DU HAST IHN MIR GENOMMEN. ER GEHÖRTE MIR UND DU HAST IHN MIR GENOMMEN. ICH WAR SEINE SONNE!«, schrie sie.

Amor aber lachte nur darob, richtete seinen Unterkiefer und entgegnete bitter und trocken: »Was glaubst du denn, wer dich dazu gemacht hat?«

***

Eiji küsste den Kadaver des toten Gottes mit seinem immerwährenden Grinsen, seine blaue Essenz vorerst in sich aufnehmend. Amor aber überließ er dem Gutdünken der Alten, welche in Sachen Strafe ohnehin stets größere Fantasie bewiesen hatten.

Er wurde am Eingang von der alten Dame mit den strengen Lippen und dem knöcherigen, greisen Brillenträger verabschiedet. Der Welt zuliebe trugen sie alle wieder ihre Masken, denn wie erginge es einem Menschen, welcher seinen Göttern begegnete und feststellen müsste, dass sie in gewisser Hinsicht auch nur menschlich waren?

»Eines verstehe ich noch immer nicht. Wer hat mich zu euch gerufen?«, fragte Eiji.

»Ich war es jedenfalls nicht, kleiner Trottel«, entgegnete Amaterasu und warf ihren Zigarettenstummel in die Nacht hinaus.

»Vielleicht war es einer der Götter, denen du nicht begegnet bist? Dieses Haus hier ist – nun – unendlich, mon ami. Vielleicht war auch Amor selbst es. Er liebt es, im Mittelpunkt zu stehen. Denke nur, wie viele schlechte Lieder sie über ihn geschrieben haben, non?

Und wie viele Lieder schreiben sie über uns? Den Tod? Dabei bieten wir die gleiche Lösung an – Selbstaufgabe. Wenn ich es mir recht überlege, vielleicht war auch ich es, mon ami. So genau kann man das bei mir nie wissen. Adieu, Knochengesicht, und gutes Gelingen.«

Mit diesen Worten verschwand Samedi im Götterbau und drehte sich nicht um, denn er wusste, dass das seinen Abschied geschmälert hätte – und auf Abschiede verstand er sich.

»Nun ...«, fügte Amaterasu dem hinzu und kramte eine Zigarette aus ihrer Tasche hervor, »... erwarte bloß nicht, dass ich mich bei dir bedanke, Shinigami.«

»Och ...«, gab sich Eiji bescheiden, »... das kommt ohnehin in den seltensten Fällen vor und so wie es aussieht, könnte ich sogar zum Essen zuhause sein.«

»Mit einem hast du aber doch meine Neugierde geweckt, Shinigami. Was schreibt einer wie du, der du ja kein Polizist zu sein scheinst, die ganze Zeit in ein Notizbuch?« Sie begleitete den Todesgott zu seinem kleinen Wagen, in welchen er sich umständlich und plump bugsierte.

»Tollpatsch«, sprach Amaterasu, doch nicht bar jeder Wärme.

»Wenn dich das so brennend interessiert, schenke ich es dir. Ich habe es ohnehin bereits gefüllt.« Er reichte ihr das Büchlein.

»Vollgeschrieben? Schon?«

»Ich weiß, ihr seid hier, um vergessen zu werden und um euch selbst zu vergessen, Amaterasu, doch seid euch des Einen versichert – für mich war diese Begegnung wahrhaftig unvergesslich. Auf Wiedersehen.«

Der Wagen des Shinigami setzte sich schlingernd in Bewegung und, wie zum Abschied, kratzten die Äste über sein Dach und zerklangen die Eiszapfen daran.

»Leb Wohl«, sprach Amaterasu und sah dem Wagen noch lange nach, bis sich schließlich die Schneise im Wald knisternd wieder schloss.

Sie schlug vor den Hallen des Vergessens das Notizbüchlein des Totengottes auf und las mit Verblüffung, dass es gefüllt war mit einem Wort, einem einzigen, unzählige Male niedergeschrieben – dem Namen des Shinigami, Eiji – 永治. In den Kanji-Schriftzeichen ›Ewiger‹ und ›Frieden‹.

Ja, ewiger Friede auch mit dir, dachte Amaterasu und lächelte. Irgendwo berührte der Todesgott sein eigenes Lächeln, welches noch immer nicht verschwunden war.

Zu dem Autor:

Peter Kirschstein wurde am 18. April 1990 im ruhigen Oelsnitz im Vogtland geboren. Als Junge begeisterte er sich vor allem für das Zeichnen, Superhelden und für die Genres Horror und Fantasy. Kirschstein verfasst seit seinem vierzehnten Lebensjahr Gedichte, Kurzgeschichten und Songtexte und arbeitet seit mehreren Jahren auch an längeren Arbeiten und Romanen. Neben seinem Design-Studium spielt er leidenschaftlich gern E-Gitarre und nimmt immer wieder an Schreibwettbewerben oder anderen Projekten teil. Seine Kurzgeschichte *Midnight Paradise* wurde 2018 neben anderen in die *Noir Anthologie 1* des SadWolf Verlags aufgenommen, welche 2019 mit dem Deutschen Phantastik Preis prämiert wurde. Er liebt Terry Pratchett, Rockmusik, Katzen und gruselige Filme. Seit dem Jahre 2020 ist Peter Kirschstein Vater eines Sohnes. Instagram: ghoulferatu

Lektorat: Lara Andrea Habegger; Korrektorat: Hanna Jung;
Illustration: Peter Kirschstein

GLÜCKSSTAUB GEGEN TODESHAUCH

Joel. N. Krehl

Wir sollten sie alle töten!« Die Worte – mit dunkler Stimme grollend gesprochen – drangen unheilvoll an Dios Ohr. Gleichzeitig erfüllten sie ihn mit Erleichterung. Mit undurchdringlicher Miene betrachtete Dio den Sprecher, der sich auf seinem Steinsitz nach vorn gebeugt hatte, um alle Anwesenden mit finsterem Blick anzustarren.

Mortem hatte sich an diesem Tag für eine äußere Erscheinung entschieden, die Dio als ausgesprochen passend für den Gott der Trauer und des Todes empfand. Er schien aus schwarzem Dunst zu bestehen, der sich wie düstere Gewitterwolken zu einem Gebilde zusammenballte, das man mit etwas Fantasie als halbwegs menschlichen Körper bezeichnen konnte. Rot glimmende Punkte durchbrachen die Dunkelheit an der Stelle, wo bei einem Homo sapiens Augen und Mund zu finden gewesen wären.

Dio selbst hatte sich als Zeichen einer letzten Ehre für einen menschlichen Körper entschieden. Mit den blonden Locken, den himmelblauen Augen und dem muskulösen Oberkörper hätten ihm viele Frauen zu Füßen gelegen. In der Tat hatte er diese Hülle in der Vergangenheit des Öfteren benutzt, um bei den

weiblichen Exemplaren der untergeordneten Gattung voranzu-
kommen.

Einige der anderen Götter hatten heute mit Missbilligung auf
sein Aussehen reagiert, doch das kümmerte ihn nicht. Für ihn
war es ein letzter Gruß an die Menschheit; ein letzter Respekt,
den er dem Volk erwies, das er vor so langer Zeit mit Hilfe seiner
Brüder und Schwestern erschaffen hatte.

»Wie kannst du das sagen?«, zischte Aletea empört. Die Göttin
des Lebens und der Liebe präsentierte sich als eine energetisch
leuchtende weiße Kugel, die über der Sitzfläche des aus grobem
Stein gehauenen Stuhls schwebte und bei jedem Wort pulsierte.
»Wir alle haben zu ihrer Entstehung beigetragen! Wir alle sind
für sie verantwortlich!«

Dio pflichtete ihr nur bedingt bei.

Nachdenklich ließ er den Blick schweifen. Hier saßen sie, in einer von ihm erdachten Grotte aus grauem Stein inmitten von Sta-
laktiten und Stalagmiten, die mit kleinen Diamanten bestückt
waren und das Licht einer undefinierbaren Quelle glitzernd reflektierten. Der Tisch und die Stühle, die von seinen Geschwistern besetzt wurden, waren aus demselben Material wie die
Wände, die Decke und der Boden. Einzig und allein die Wand in
Dios Rücken wurde von einem riesigen Panoramafenster einge-
nommen. Er hatte es geschaffen, um einen letzten Blick auf das
zu werfen, was er von ganzem Herzen liebte.

»Wir schenkten ihnen das Leben, ja«, grollte Mortem. »Aber sie
zerstören sich selbst und alles andere. Wir müssen sie aufhalten,
bevor alles, was gut und unschuldig ist, in ihren Händen zu
Staub zerfällt!«

Aletea pulsierte nach seinen Worten scheinbar empört vor sich
hin, aber es kam kein akustischer Reiz bei ihnen an, der

Aufschluss darüber gegeben hätte, was die Göttin tatsächlich empfand.

Dafür meldete sich nun Jesaja, der Gott der Hoffnung und der Stärke, zu Wort. Er bevorzugte die Erscheinung einer Miniatureiche, die ein friedliches und gutmütiges Gesicht in ihrer Rinde trug, mit Eicheln als Augen und Moos als Brauen. »Ich verstehe dich ja, liebste Schwester«, begann er mit tiefer, rumpelnder Stimme, während er seine Äste in einer menschlichen Geste Verzeihung heischend in Aleteas Richtung rang. »Aber selbst ich, für den Hoffnung alles bedeutet, habe die Hoffnung aufgegeben. Sie sind engstirnig, überheblich und in vieler Hinsicht stur. Ja, sie könnten lernen, doch sie wollen es nicht.«

Auch hier pflichtete Dio bei, obwohl es ihm unendlichen Schmerz zufügte. Seufzend stand er auf, kehrte seinen Brüdern und Schwestern den Rücken und trat zu der Fensterfront.

Wehmütig blickte er auf die Welt hinab.

Er hatte diese göttliche Grotte, diesen Raum der absoluten Abgeschiedenheit, absichtlich über den Wolken platziert, denn er hatte das, was er seit Jahrhunderten zu retten versuchte, betrachten wollen, wenn er es dem Untergang weihte.

Selbst aus dieser Entfernung war es ihm möglich, das geschäftige Treiben auf der Erde zu beobachten. Es tat weh, ansehen zu müssen, wie ihre gemeinsame Schöpfung danach strebte, immer höher, schneller und weiter zu gelangen und sich dabei selbst aus den Augen verlor.

Wo wollten sie nur hin? Dahin, wo er und seine Geschwister thronten? Über allem? Es war schwer vorstellbar, dass sie so größenwahnsinnig sein konnten – so hatte er sie sich nie gewünscht. Doch sie hatten ihn schon des Öfteren eines Besseren belehrt. Sie hielten sich für Götter. Über allem erhaben.

Dio zuckte nicht zusammen, als Aletea plötzlich neben ihm auftauchte. Sie dimmte ihr strahlendes Licht, als sich die kleine Kugel auf der Höhe seines Gesichts befand. Offenbar wollte sie ihn nicht blenden. Oder aber, sie wollte so wenig Aufmerksamkeit wie möglich auf sich und den höchsten aller Götter lenken.

In Dios Rücken nahm die Diskussion Fahrt auf, denn offenbar hatte sich neben Aletea auch Prosper auf die Seite der Menschen geschlagen. Der Gott des Glücks und der Freude trat in Form einer Gestalt auf, die ihre Schöpfung vermutlich als Drache bezeichnet hätte. Der massige Körper war von goldenen und orangeroten Schuppen überzogen, die im diffusen Licht funkelten. Seine gelben Augen waren schon die ganze Zeit zu missmutigen Schlitzen verengt und vermutlich blitzten sie in diesem Moment zornig auf, als er Mortem gereizt anfuhr. »Deine Meinung sollte nicht zählen! Für dich ist dieser Tag der Vernichtung praktisch ein Festmahl. Trauer, Tod – das stärkt deine Macht beinahe bis ins Unermessliche!«

Mortems grollendes Schnauben machte deutlich, für wie abwegig er diese Argumentation hielt. »Macht?«, echote er höhnisch. »Mir geht es nicht um Macht. Ich bin doch kein Mensch!«

»Ach, als ob es denen immer nur darum ginge.« Ein Zischen verriet, dass der Grad von Prospers Erzürnung nicht gering war. Dampf stieg aus seinen Nüstern.

Dio konnte den Geruch nach Schwefel wahrnehmen.

»Es gibt auch Gutes an ihnen«, hielt Prosper weiter dagegen.

Aletea glomm neben Dio zu einer goldenen Farbe auf, ehe sie ihr Licht wieder abdunkelte. Ihre Weise, Prosper zuzustimmen.

»Ich weiß, dass du seiner Meinung bist«, sagte Dio leise und legte den Kopf schief, noch immer in das Antlitz der Erde

vertieft. Dunst lag über allem. Ein Dunst, der dort nicht hinge-
hörte, der alles verwaschen und verblasst aussehen ließ. Glanz-
los.

»Sie haben Fehler, gewiss«, räumte Aletea leise ein. »Aber sie
haben auch ihre Stärken. Sie sind schlau und widerstandsfähig.
Sie sind lösungsorientiert und intelligent.«

Dio nickte, stimmte ihr sogar zu, wartete aber zeitgleich darauf, dass sie sich mit ihren nächsten, mit Sicherheit folgenden
Argumentationen, selbst den Boden unter den Füßen nahm.

»Sie kennen die alten Werte, wissen was Liebe, Respekt und
Fürsorge ist, sie ...«

»Tun sie das?« Seine leisen Worte brachten sie zum Schweigen,
als habe er auf eine Pauke geschlagen.

» ... schon hundert Chancen gegeben!«, wetterte Mortem in die
zwischen ihnen entstandene Stille hinein. »Warnungen in Form
von Naturkatastrophen, Warnungen in Form von schlechten
Menschen, die nichts Gutes hervorbrachten, Warnungen in Form
von Krankheiten! Was willst du noch tun, damit sie begreifen?«

»Er hat recht«, stimmte Dio laut genug zu, dass auch die anderen ihn hören konnten. »Egal, was wir in der Vergangenheit
versucht haben, um sie zur Vernunft zu bringen, es hat nicht ge-
fruchtet.«

Das Experiment »Mensch« war von Anfang an als Selbstläufer
geplant gewesen. Sie hatten ein Wesen erschaffen wollen, das
ihnen vom Denken und Handeln her ähnlich war. Ein Abbild ihrer selbst, nur nicht so mächtig – leichter zu kontrollieren. Es war
schon ironisch, dass Götter anscheinend ebenso sehr unter einem
Götterkomplex litten wie manch einer unter den Homo sapiens.

Ein wehmütiges Lächeln schlich sich auf Dios Gesicht, als er
sich daran erinnerte, wie stolz sie zu Beginn gewesen waren. Der

Mensch hatte sich als schlau und sozial erwiesen; hatte sich zu Gruppen zusammengeschlossen und sich gegenseitig geholfen, das Überleben zu sichern.

Die ersten ernüchternden Rückschläge waren jedoch schnell erfolgt, als unterschiedliche Gemeinschaften das erste Mal auf fremde Gefüge gestoßen waren. Wie Tiere hatten sie ihr Territorium verteidigt, hatten einander im Kampf getötet. Kriege und Fehden waren wegen Nahrung und Wasser ausgefochten worden. Jahrelang.

Hoffnung war aufgekeimt und der Stolz zurückgekehrt, als sie beobachtet hatten, wie der Mensch sich weiterentwickelte. Wie er Dinge erfand und erschuf, wie sein soziales Empfinden wuchs und wie die Gesellschaft immer größer wurde und enger zusammenrückte.

Doch der Schatten – der Makel – den der Mensch nie loswerden würde, war allzeit gegenwärtig. Er war in alles Gute gesickert, hatte Dios Zuneigung immer mehr getrübt und sein Vertrauen in seine Schöpfung zerstört.

Krieg, Kampf und Tod – der Mensch konnte es nicht lassen. Erst war es die Gunst ihrer echten Götter gewesen, um die sie gekämpft hatten. Männer und Frauen hatten einander getötet, weil einer von ihnen Dio und der andere Mortem zugetan gewesen war. Ein Umstand, der beide Götterbrüder schockiert hatte.

Schweren Herzens – bedeutete es doch, die einzige Möglichkeit in wahrer Gestalt zu ihren Schützlingen sprechen zu können, zu zerstören – hatten sie sich alle auf das sogenannte Göttervergessen geeinigt. So war das Wissen der Menschen um ihre wahren Schöpfer komplett gelöscht, und jedes Material, das Zeugnis über ihre Existenz ablegen konnte, vernichtet worden.

Und was hatte der Mensch getan? Er hatte eigene Götter erfunden. Immer und immer wieder führte er Kriege um Religionen. Die römischen Götter, die griechischen, die germanischen, die ägyptischen – sie alle waren Einbildungen, die mehr Tote auf ihrer Liste zu verzeichnen hatten als die Pest, die Dio ihnen geschickt hatte, weil er so voller Zorn auf sie gewesen war. Allah, Buddha, Gott – nichts als ein Glaube, der einigen im besten Falle Kraft und Vertrauen schenkte, der aber für ebenso viele als Deckmantel für ihre Gräueltaten diente.

Dio hatte gar nicht bemerkt, dass seine Gedanken und Gefühle so heftig in ihm tobten, dass er sie in dem Bestreben, nicht vor Trauer zu bersten, nach außen getragen hatte. Als seien es nicht nur seine, sondern die Überlegungen und Erinnerungen aller hier in der Grotte, hatten sie die Bilder geteilt, die ihm dabei durch den Kopf gegangen waren.

»Nicht alle sind so.« Aleteas Stimme war sanft, einschmeichelnd. Sie hatte noch nicht aufgegeben, obwohl ihr klar sein sollte, dass sie auf verlorenem Posten kämpfte.

Dio war mit den Menschen fertig. Seine Enttäuschung war grenzenlos. Ebenso wie seine Wut.

»Das weiß ich«, gab er mühsam beherrscht zurück. »Aber zu viele von ihnen sind es. Zu viele schauen weg und rühmen sich mit Untätigkeit.«

»Aber …«

»Kein Aber, Aletea«, fiel er ihr bestimmt ins Wort und streckte den Arm aus, um nach unten zu zeigen, wo sich langsam die Nacht über einen Teil der Erde legte, während der andere langsam zum morgendlichen Leben erwachte. »Sieh doch! Das ist unser Planet. Erinnere dich, wie er einst aussah. Der blaue Planet. Wie strahlend und funkelnd die Meere von hier oben aussahen.

Wie blühend die Natur das Land bedeckte. Wie glücklich die Tiere waren, als sich der Mensch noch nicht als höchster in der Nahrungskette empfand.«

Er wusste, dass er sie damit kalt erwischte. Sie war die Göttin des Lebens und ihr lag jedes Lebewesen, jede Pflanze am Herzen. Die Achtlosigkeit, mit der die Menschen mit der Natur und den anderen Erdenbewohnern umgingen, hatte sie stets am allermeisten erzürnt.

Wie erwartet, schwieg sie nachdenklich.

Dio tat es fast ein bisschen leid, dass er sie so manipulierte. Er brauchte ihre Zustimmung nicht mal. Im Gegensatz zur Macht aller anderen hier im Raum war seine in der Tat unermesslich, aber es lag ihm fern, ohne das Einverständnis der anderen zu handeln. Er wollte, dass sie verstanden; dass sie seine Entscheidung billigten.

Aleteas Schweigen schien Prosper Angst einzujagen, denn nun ergriff er das Wort, kämpfte weiter um die vielen Seelen der Unschuldigen. »Dio, überlege doch mal! Wie viele unbescholtene Existenzen willst du auslöschen? Menschen, die wahrhaft noch Liebe leben, die sich um Umwelt und Mitmenschen sorgen, die für Frieden und Bescheidenheit kämpfen, ohne Waffen zu benutzen. Wie viele Kinder willst du morden?«

Dio schnaubte erbost. Davon, jemanden zu ermorden, konnte hier wohl kaum die Rede sein. Er war ein Gott. Er mordete nicht, er löschte einfach aus. Kurz und schmerzlos.

Seinen Unmut hielt er verborgen, warf nur einen mahnenden Blick über die Schulter zu Prosper, dessen Drachengestalt mit einem Mal zu schrumpfen schien.

Seufzend lehnte Dio die Stirn gegen das kühle Glas des Fensters, verglich noch einmal das einst strahlende Antlitz seiner Erde mit der trüben Kopie, die heute davon übrig geblieben war.

»Ich weiß, dass es viel Gutes unter ihnen gibt. Ich weiß, dass Liebe, Harmonie und Geborgenheit nicht bloß eine Illusion sind. Es gibt sie unter ihnen und es tut mir für jene leid, die bestrebt waren, alles richtig zu machen; für jene, die sich darüber im Klaren sind, dass Geld, Macht und Schönheit nicht das höchste Gut im Leben sind.« Er hob den Kopf wieder, drehte sich zu seinen Brüdern und Schwestern um und schaute jeden von ihnen aufrichtig traurig an, während sich das Glas hinter ihm auflöste und eine kühle Brise in die Grotte ließ.

»Wir haben einen Fehler gemacht«, fuhr Dio fort. »Irgendwo als wir sie schufen, haben wir etwas falsch gemacht, haben übersehen, dass sie streitlustig, selbstsüchtig und stur sein würden. Nun müssen wir diesen Fehler korrigieren. Die Erde muss sich vom Menschen erholen, ehe wir einen zweiten Versuch starten.« Dios Blick glitt erst zu Aletea, deren Licht nur noch ein ganz schwacher Schein war, als sie zu ihrem Platz zurückkehrte. Sie würde nicht weiter widersprechen. Sie wusste, wann Dio nicht mehr umzustimmen war.

Dann schaute er Prosper an. Der riesige Drachengott wirkte klein und verloren, als sich eine glitzernde Träne aus einem seiner gelben Augen löste.

»Es ist nicht das Ende, Prosper«, versuchte Dio ihn zu trösten. »Es ist ein Neuanfang.«

Langsam hob er die Hand und begann damit, sich der zwei essenziellen Mächte seiner Brüder zu bedienen. Sie selbst produzierten sie, konnten sie auch nutzen, aber nicht in dem Maße, in dem er es konnte; nicht in der Intensität, in der er es vermochte.

Wabernd und düster kroch der dunkle Nebel des Todes aus Mortem heraus, gelockt von Dios Anziehungskraft, mit der er auf die Kapazitäten seines schattenhaften Bruders zugriff.

Die gleiche Anziehungskraft war es, die auf der anderen Seite feinen goldenen Staub puren Glücks und reiner Freude aus Prosper herauszog.

Es war ein atemberaubendes Schauspiel, wie Dio zugeben musste, als die glänzenden Funken sich mit der Dunkelheit des Nebels verbanden. Der Staub leuchtete rot auf, wenn er mit dem Hauch des Todes in Berührung kam, dann wurde er vom Wind erfasst und fiel leuchtend und glitzernd zur Erde hinab.

Stumm schaute Dio zu, wie er auf Pflanzen niederging, die daraufhin aufblühten und wuchsen; wie er sich im Fell oder auf der Haut der Tiere verfing, die dann ungestüm und vergnügt umhertollten. Ein schöner Anblick. Dio hatte Mortems Macht bei ihnen unwirksam gemacht.

Die Augen eines Gottes waren gut genug, um auch auf diese Entfernung zu sehen, wie sich der Goldregen durch Häuser-, Hütten- und Zeltdächer fraß, wie er die Haut der Schlafenden bestäubte und ihnen ein glückseliges Lächeln auf die Lippen zauberte, ehe ihr Herz aufhörte zu schlagen.

Sie waren gut genug, um zu sehen, wie sich auf der anderen Seite der Welt die Gesichter erstaunt gen Himmel hoben, wie der todbringende Götterglanz Autodächer, U-Bahntunnel und Bürogebäude durchdrang und wie das pure Glück durch die menschlichen Seelen pulsierte, ehe ihre Körper als leblose Hüllen zu Boden fielen.

Die Augen eines Gottes konnten weinen, eine Götterseele leiden.

Zu dem Autor:

Joel Nicholas Krehl wurde 1983 in Frankfurt am Main geboren, wo er auch heute noch schreibt, liest, liebt und lebt. Als Autor mit Leib und Seele erweckt er seine Charaktere in unterschiedlichen Genres zum Leben. Wenn Joel nicht arbeitet oder schreibt, verbringt er seine Zeit am liebsten mit seinem Partner und den gemeinsamen Hunden. Familie steht bei ihm an erster Stelle. Joel ist harmoniebedürftig, hilfsbereit und sensibel, genauso oft ist er leider seiner Impulsivität ausgeliefert. Das Schreiben ist für Joel Liebe. Instagram: joel_nicholas_krehl_autor

Lektorat: Hanna Jung; Korrektorat: Keah Rieger

DER GOTT DER FIKTION

Annabelle Laprell

Du denkst, es ist immer vorteilhaft, alles zu wissen. Was der Nachbar über dich und deinen Job denkt und was dem Marienkäfer durch den Kopf geht, während die vierjährige Lotte nichtsahnend mit ihrem Laufrad über das machtlose Geschöpf fährt. Lotte hört nicht einmal das dumpfe Geräusch, das erklingt, als der Marienkäfer zu Matsche wird.

Du denkst, es ist grandios, genau in Erinnerung zu haben, was war und was sein wird. Dass der Mann aus der Balkonstraße schon als Kind nicht richtig die Schnürsenkel binden konnte und seine Zukunft leider genauso aussichtslos ist. Du denkst, dass ist die reinste Erleuchtung, weil du im ersten Augenblick nur an das rosige Wissen gedacht hast. Dass die Floristin, die deine Blumen schneidet über ihre erste richtige Liebe träumt und sich deswegen nicht auf ihre eigentliche Tätigkeit konzentrieren kann. Dass die alte Dame, die gerade das Haus verlässt, jeden Sonntagmorgen auf der Bank sitzt und die Eichhörnchen füttert.

Ich würde gerne platzen, weil mir das alles zu viel wird, doch dafür fehlt mir der Körper. Als Gott der Fiktion bin ich dazu verpflichtet, all das zu berichten. Doch niemand interessiert sich für mich. Auch nicht du. Ich bin das einsamste Geschöpf der Welt.

Denn jeder möchte nur den Geschichten lauschen, die ich zu erzählen habe. Aber niemand will wissen, was in meinem Leben passiert. Dazu bin ich auf ewig verdammt. Denn ich bin der auktoriale Erzähler.

Möglicherweise bin ich für dich auch nur ein bereits verdrängtes Thema aus dem Unterricht. Doch ich winke laut und schreie. Ja ich bin es! Der auktoriale – allwissende Erzähler. Ich weiß alles, nur kaum etwas über mich selbst.

Als auf unserem Planeten die ersten Pflanzen erblühten und Einzeller vor sich hindümpelten, war ich bereits lange da und wartete. Worauf genau wusste ich nicht. So naiv und schüchtern war ich, dass ich zu hoffen gewagt hatte, irgendwann ein eigenes Leben führen zu können.

Das erste Mal, dass ich sprechen durfte, war als ein Tier, dessen Art es heute gar nicht mehr gibt, von einer ziemlich langweiligen Geschichte berichtete, die es sich ausgedacht hatte. Es entschloss sich, mich sprechen zu lassen, um all die Details auszumalen, die es eigentlich gar nicht kennen konnte.

Zu Beginn meiner Karriere war ich wie so viele Berufsanfänger hoch motiviert und fest entschlossen, gewissenhaft und zielstrebig zu berichten. Doch nach der hundertsten Erzählung über verschimmeltes Fallobst war meine jugendliche Vorstellung über das Leben schnell überholt und ebenso wieder vergessen. Heute schlage ich mich meistens mit den Menschen herum. Die Delfine haben die Literatur mittlerweile hinter sich gelassen und reiten auf der Welle der Musik. Auch die Alpakas und Labormäuse haben sich nun anderen Freizeitbeschäftigungen gewidmet. Aber die Geschichten der Menschen sind so unglaublich langweilig! Da sind sogar die Erlebnisse dieses Käfers interessanter, der immer eine Kugel aus Scheiße vor sich herschiebt.

Da so viele Leute auf der Welt gleichzeitig Geschichten schreiben, besitze ich die nützliche Fähigkeit, überall auf einmal zu sein. Das ist vielleicht anstrengend! Ich darf bei weitem nicht alle Geschichten der Menschen erzählen. Schließlich bin ich nicht die einzige Art, wie man etwas berichten kann. Ehrlich gesagt, bin ich ziemlich froh darüber, denn ich habe auch so schon genug zu tun.

***

Vor ein paar Jahren ließ mich eine junge Autorin sechzehn Romane schreiben. Sie waren unzusammenhängend und da sie ein Mensch war, auch nicht besonders spannend, aber irgendwie mochte ich die Frau besonders gerne. Sie studierte Theologie, da ihre Eltern sie dazu überredet hatten. Eigentlich glaubte sie gar nicht an Gott, aber sie würde sich niemals trauen, dies auch nur anzudeuten.

Sie roch auch sehr gut nach einem veralteten Parfüm. Die Art, wie sie analog auf einem Bleistift kaute, während sie digital auf ihrem Laptop schrieb, weckte irgendetwas in mir. Unter einem Pseudonym veröffentlichte sie einen Erotikroman nach dem anderen.

Das erste Mal in meiner Existenz wünschte ich mir eine Freundin, mit der ich quatschen konnte. Jemand, der sich für meine Bedürfnisse interessierte. Auf einmal wollte ich so richtig über meinen Beruf ablästern.

Wenn ich einen Körper gehabt hätte, wäre mein Gesicht andauernd rot angelaufen, während ich für sie berichtet und nachgeforscht habe. Doch während ich mir die Worte zurechtlegte, die ich an sie richten wollte, schrieb sie weiter und weiter. Erst dachte ich, dass sie einfach nur schüchtern war. Schließlich hatte sie Sandra aus ihrem Studiengang immer noch nicht angesprochen, obwohl sie schon seit zwei Jahren in sie verliebt war. Ob das wohl daran lag, dass ihre Eltern sich wünschten, dass sie einen Mann heiratete?

Nach drei weiteren Romanen wurde mir schließlich bewusst, dass sie nicht nur schüchtern war. Sie interessierte sich einfach nicht für mich. Auch interessierte sie sich nicht für das, was sie schrieb, sondern nur für die Tatsache, dass sie heimlich schrieb. Doch bevor ich noch Mitleid mit ihren vergessenen Buchcharakteren bekommen konnte, wurde ich wütend.

Ich erinnerte mich an die letzte Danksagung zurück, die sie sehr geheimnisvoll formuliert hatte. Sie hatte ihren Eltern gedankt, natürlich ohne ihren richtigen Namen zu nennen. Sogar ihrem verdammten Köter hatte sie ein Dankeschön dagelassen! Ich hatte nichts gegen ihren Hund, er war eigentlich eine bessere Gesellschaft als sie. Aber warum bekam er ein Dankeschön? Schließlich hatte er sie mit seinem Bellen eher vom Schreiben abgehalten. Und ich? Pustekuchen! Ich meine, ein kleiner Satz hätte völlig ausgereicht. Ein kleines Dankeschön an den auktorialen Erzähler, der die ganze Arbeit gehabt hatte.

Ich hätte dann natürlich in mich hineingelächelt und gesagt, dass das gar nicht nötig sei. Aber soll ich mal eins feststellen? Natürlich ist es nötig! Meine ganze Existenz geht in dem Klappern ihrer bescheuerten, lila Tasten unter, und es geht ihr am Arsch vorbei, wie ich mich dabei fühle. Und so jemand studiert Theologie und behauptet, empathisch zu sein.

Bei Benni war ich mir schließlich sicher, dass es ganz anders kommen würde. Jeden Freitagabend erzählte er seinen Enkelkindern eine Gutenachtgeschichte. Und weil er sich bei den Kindern beliebt machen wollte, nahm er kein langweiliges Vorlesebuch, sondern dachte sich die Geschichten selbst aus. Dadurch war er nicht nur zum besten Opa geworden, sondern strengte seine grauen Zellen nochmal ein bisschen an, die seit dem Tod seiner Frau vor sechs Jahren etwas verkümmert waren. Um die Kinder noch mehr zum Lachen zu bringen, hatte er beschlossen, sie in die Geschichten mit einzubauen. Das kam sehr gut bei ihnen an und ich musste zugeben, dass Benni einen besseren Stil als die meisten Menschen hatte.

Manchmal musste ich sogar ein wenig kichern. Ich meine, mit den Delfinen konnte er natürlich lange nicht mithalten, aber man muss ja nehmen, was man kriegt. Wenn die Kinder sich schließlich schlaftrunken bei dem alten Mann bedankten – er sollte übrigens noch drei weitere Jahre zu leben haben –, hatte ich manchmal sogar das Gefühl, als würden sie das Wort an mich richten.

Schließlich legte ich meinen nächsten Plan zurecht. Da meine erste Idee, mit den Menschen zu sprechen, gescheitert war, wollte ich beginnen, mich in Bennis Geschichte einzubauen. So kompliziert konnte das ja nicht sein. Als der nächste Freitag angebrochen war, war ich schon etwas aufgeregt. Gleich würden aus dem Mund dieses Menschen die ersten Worte erklingen, die von mir berichteten. Ich hatte sicherheitshalber kontrolliert, ob sich der alte Mann am Morgen die Zähne geputzt hatte, was der Fall war. Die Kinder waren ebenfalls schon aufgeregt und hatten sich den ganzen Tag auf diese Freitagstradition gefreut.

Benni setzte sich in den Sessel und begann zu erzählen. Ich wusste genau, dass ich nicht von jetzt auf gleich einen Schalter bei ihm umlegen konnte. Deswegen wollte ich mich erstmal unauffällig einbauen. In meinen Gedanken war ich Bennis Geschichte schon unendliche Male durchgegangen. Ich hatte mich elegant als Bäcker untergebracht, der davon berichtete, wie einsam er war.

Als Benni dieser Stelle in der Geschichte näherkam, wurde ich ganz hippelig. Wie lange ich darauf schon gewartet hatte! Ich fokussierte mich komplett auf diesen Augenblick. Doch als mein Auftritt kommen sollte, blieben dem Mann die Worte im Halse stecken und er musste laut husten. Genau genommen, hörte er gar nicht mehr damit auf. Die Kinder dachten, dass er nun sterben müsse und eines eilte in die Küche, um ein Glas Wasser zu holen, während das andere auf den Rücken des Großvaters schlug.

Nach drei Minuten war alles wieder gut und Benni erzählte seine Geschichte zu Ende, als ob es mich gar nicht gegeben hätte. Die Kinder hatten den Vorfall am nächsten Morgen wieder vergessen, und ich war ab diesem Erlebnis nicht mehr gut auf Benni zu sprechen. Zum Glück starb er nach drei weiteren Jahren.

Alle guten Dinge sind drei, sagte ich mir schließlich, als ich Thomas kennenlernte. Während meine letzten zwei Versuche, Teil der Realität zu werden, gescheitert waren, hatte ich etwas an meiner Taktik geändert. Ich wollte spontan an Thomas herantreten, nicht jahrelang warten und Pläne schmieden. Der Junge war acht Jahre alt und schien für den Geschmack seiner Lehrerin, zu viel Fantasie zu haben. Außerdem hatte er eine gewisse Vorliebe, in jeden Schreibauftrag ein Mammut mit einzubauen, was die Lehrperson manchmal an den Rand des Wahnsinns trieb.

Die Aufgabe der Klassenarbeit war sehr einfach: »Schreibe eine Geschichte, die die Wörter: Zauberer, Schloss und Kessel beinhaltet. Benutze mindestens hundert Wörter.« Bei Thomas hatte sie außerdem noch per Hand daruntergeschrieben: »Wehe ich lese von einem Mammut!«

Da die Zeit für das Schreiben einer ausgetüftelten Geschichte lächerlich kurz war, legte der Junge sofort los.

Ich bin mir bis heute sicher, dass Thomas nicht davon wusste, dass er mich – den auktorialen Erzähler – mit ins Boot holte. Doch in der Sekunde, als Thomas seinen halbangespitzten Bleistift auf das Schreibblatt niedersenkte, erschien ich auf der Fensterbank des Klassenzimmers. Sofort gab ich mir beim Erzählen seiner Geschichte besonders viel Mühe. Irgendwie war ich auch stolz auf das Kind, da er die Anforderung seiner Lehrerin missachtet und sein Lieblingstier, das Mammut, trotz aller Warnung mit eingebaut hatte.

Während ich erzählte und erzählte, fing er an zu lächeln. Thomas schien zufrieden mit meinem, seinem, unserem Werk, zu sein. Plötzlich blickte er von dem Blatt auf. Ich war in absoluter Gewissheit, dass der Junge mich sehen konnte. Seine leuchtenden, kleinen Kinderaugen erblickten das, was noch keine Menschenseele zu sehen vermocht hatte. Die Freude war groß und meine nicht vorhandenen Augen starrten zurück. Sie war sogar so groß, dass mein nicht vorhandener Mund zurücklächelte. Schließlich zwinkerte das Kind mir zu. Es gab keinen Zweifel, dass es meine Anwesenheit wahrnahm. Würde Thomas mit mir sprechen? Würde er mich womöglich sogar in seine Geschichte einbauen? Ich sah, wie er den Mund öffnete, um etwas zu sagen.

Doch bevor auch nur ein kleines, verspieltes Wort seinen Mund verlassen konnte, tippte die Lehrerin auf seine Schulter und fauchte: »Keine Mammuts habe ich gesagt.« Sie nahm dem Jungen das Papier weg und riss es geräuschvoll in zwei Hälften. Mit dem Riss wurde nicht nur die Struktur des Papiers zerstört, auch ich verschwand von diesem Ort und mein nicht vorhandenes Herz war gebrochen.

***

Von meiner Enttäuschung habe ich mich immer noch nicht erholt. Seit jeher erzähle ich die Geschichten nur noch in meiner Pflicht, ohne dabei irgendeine Form von Enthusiasmus zu spüren. Ähnlich geht es leider dem kleinen Thomas, dem das Schreiben seit diesem Fiasko keinen Spaß mehr macht.

Während ich an unzählbaren Orten der Welt einsam und traurig zugleich Geschichten erzähle, verbleibe ich doch bei einem Individuum. Orla ist im vierten Monat schwanger, als das Kind in ihrem Bauch beginnt, sich Geschichten auszudenken. Da das Kind noch nichts, außer Geräuschen und beruhigender Dunkelheit kennt, sind diese Geschichten seit einigen Wochen mein Rückzugsort. Ich weiß einfach nicht mehr, wie es weiter gehen soll. Obwohl ich im Moment besonders viel zu tun habe, fühle ich mich so nutzlos und missverstanden. Ich weiß gar nicht mehr, wie ich früher die Einsamkeit so gut vertragen habe.

Auf die Geschichten, die ich berichte, achte ich gar nicht mehr. Sie ziehen vorbei, als wären sie identisch. Genau wie die endlos langen Tage, die sich einfach nie dem Ende zuneigen wollen. Und wenn ich dann denke, dass ich es geschafft habe, geht alles wieder von vorne los.

Warum muss es mir überhaupt so schlecht ergehen? Ich finde, dass ich das gar nicht verdient habe! Andere Götter werden mit so viel Hingabe und Gedenkzeit behandelt. Viele, viele Menschen wenden sich jeden Tag an Götter. Doch ich tue so viel für die Menschen! Ich verlange ja kein Gotteshaus, aber für mich wurde nicht einmal ein Vogelhäuschen gebaut. Ach was ... ich brauche nicht einmal etwas Materielles.

Vielmehr den Moment einer Anerkennung. Wahrscheinlich sollte ich aufhören, darüber nachzudenken, wenn es doch sowieso nie eintreten wird. Die Geschichten von Orlas Baby machen mich müde. Dabei kann ich doch gar nicht schlafen. Was für ein grausames Gefühl. Vielleicht sollte ich meinen Job an den Nagel hängen?

Kann ich das überhaupt? Seit Anbeginn der Zeit bin ich schon hier und es gibt keinen zuverlässigeren Arbeiter als mich. Aber es kann mir doch keiner übelnehmen, oder? Ich kann das einfach nicht mehr ertragen. Ich fliehe aus dem Schutzraum voller einschläfernder Geschichten von Orlas Kind und lasse mich schließlich an einem Waldrand nieder. Ein Kaninchen, für das ich letzte Woche noch eine Geschichte erzählt habe, hüpft nichtsahnend an mir vorbei.

Du denkst, es ist toll, alles zu wissen, weil du selbst so wenig weißt. Weil ich so viel mit Individuen zu tun habe, kann ich dir sagen: Es gibt Wichtigeres, als zu wissen, was die Nachbarin über einen denkt und was für ein Geräusch der Marienkäfer macht, wenn man ihn plattfährt. Und das habe ich auf die harte Tour gelernt. Sich selbst zu wissen, das ist das Wichtigste.

Diese Erkenntnis zu erlangen, hat lange gedauert. Doch nur, weil ich der auktoriale Erzähler bin, darfst du mir nicht vorwerfen, kein Charakter zu sein. Und jetzt ist es so weit: Ich hänge meinen Job an den Nagel.

Um meinem Auftritt mehr Glanz zu verleihen, steht mein nicht vorhandener Körper auf und ein tosender, lauter Schrei verlässt meinen nicht vorhandenen Mund. Dann passiert das, womit ich niemals gerechnet hätte: Obwohl man den Ton nicht hören kann, schlägt das Kaninchen einen Haken. Die Theologiestudentin hält einen Augenblick inne, bevor sie wieder die lila Tasten klimpern lässt. Benni hebt seine Hand, wie zum Gruß und Thomas zwinkert mir zu. Es ist, als ob die ganze Welt mir seine Reaktion auf meine Existenz schenkt. Orla wird unerwartet von ihrem Baby getreten. Die Delfine wackeln lustig mit ihren Flippern auf und ab. Obwohl sie auf der Welle der Musik sind, haben sie mich nicht vergessen.

Auch, wenn ich niemals ein Zeichen von ihnen bekommen habe, wussten sie doch die ganze Zeit, dass ich da bin. Warum habe ich nie in Betracht gezogen, dass es ihnen genauso wenig möglich war, Kontakt mit mir aufzunehmen?

Ich fange das »Danke« der Welt mit meinen nicht vorhandenen Händen ein und erzähle weiter.

Zu der Autorin:
Annabelle Laprell wurde 2000 geboren und entdeckte schnell die Welt der Bücher und des Schreibens. Obwohl sie nie den Füller-Führerschein bekam, wurden die Autofahrten zu kurz und die Notizbücher zu dünn für ihre Ideen. Mit fünfzehn Jahren schrieb sie ihren ersten Roman. Hierbei legt sie sich nicht auf ein Gerne fest, sondern sie schreibt die Geschichte, die nicht mehr Ruhe geben will. Am liebsten schreibt sie im Bett oder auf einem schönen Baum. Momentan studiert sie Gymnasiallehramt für die Fächer Deutsch und Englisch in Köln. Ihr Schreibmotto: »Aktive Langeweile ist die beste Inspirationsquelle.«
Instagram: annabellelaprell

Lektorat: Hanna Jung; Korrektorat: Cara Kolb;
Illustration: Raphaela Spanfelner

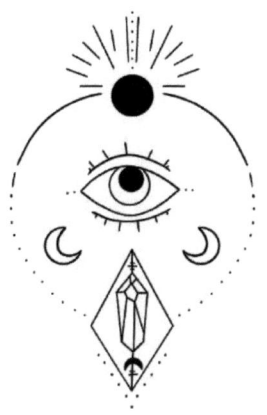

FLAMMENDE FARBEN
Luna Lymond

Ich fühlte mich beobachtet. Nervös knetete ich mir die Hände und versuchte, Augenkontakt mit meinem Gegenüber zu halten und ihm zuzuhören. Der Geruch der vielen Gewürze, die der ältere Herr mit dem weißen Vollbart auf dem Bazar meines Heimatdorfes Rakhipur anbot, stieg mir in die Nase. Eine Mischung aus Curry, Kurkuma und Safran.

»Jede Nacht hören wir eine Melodie und anschließend das Lachen einer Frau. Sie wissen, was das bedeutet, *Beti*.«

Ich zog fragend die Augenbrauen hoch. Der Mann beugte sich zu mir vor.

»Krishna.«

In dem Moment trat jemand in mein Sichtfeld und wieder spürte ich, wie sich Blicke in meine Haut bohrten. Ein hochgewachsener junger Mann mit dunklen Haaren und Augen in einem beigefarbenen *Sherwani*, einem knielangen Hemd über einer langen Hose, kam auf mich zu. Als unsere Blicke sich trafen, stellten sich augenblicklich die Härchen auf meinen Armen auf. In seinem Blick lag etwas, das ich nicht deuten konnte. Etwas Drängendes, Sehnsüchtiges. Schnell wandte ich mich wieder dem alten Mann zu.

»Was genau meinen Sie damit?«

»Wir glauben, dass der Gott Krishna wieder auf der Erde wandelt und die jungen Frauen, die vermisst werden, verführt.«

Ich versuchte, nicht laut aufzulachen. Von allen Möglichkeiten war diese am unwahrscheinlichsten.

»Danke für Ihre Hilfe. *Namaste*.«

Ich legte meine Hände aneinander und senkte leicht den Kopf. Dann wandte ich mich ab und lief in die entgegengesetzte Richtung von dort, wo der junge Mann stand. Etwas angespannt drängte ich mich durch die Menschentrauben an den Bazar-Ständen. Im Dorf war bereits die Hölle los. Am Abend würde im Zentrum des Dorfes auf dem großen Platz ein riesiges Feuer brennen. *Holi* – das Farbenfest stand vor der Tür und verdrängte das Verschwinden der drei jungen Frauen aus Rakhipur vor wenigen Tagen aus den Köpfen der Menschen.

Die Leute im Dorf versanken immerzu in ihren Traditionen und ihrer Gottesfurcht. Was war das Leben von unschuldigen Menschen schon wert? Meine Eltern hatten mir abgeraten, Untersuchungen anzustellen, doch ich konnte nicht mit ihnen ruhig beim Tee sitzen oder in den Tempel gehen und so tun, als wäre nichts passiert. In Vermisstenfällen zählte jede Sekunde und die Ermittlungen der Polizei verliefen nur schleppend. Sie verloren die Hoffnung, konzentrierten sich auf Holi und die anderen Dorfbewohner suchten Antworten bei den Göttern.

Ein seltsames Gefühl beschlich mich, ich wagte nicht, mich umzudrehen. Jemand war mir auf den Fersen, das spürte ich so deutlich wie die Straße unter meinen Füßen. Mein Atem beschleunigte sich, hastig bog ich in eine schmale Seitengasse ein und stolperte beinahe über einen Krug mit feuerrotem Pulver darin. Mein Atem ging immer schneller und ich spürte, dass ich verfolgt wurde. *Wäre ich nur in Delhi geblieben*, verfluchte ich mich selbst. Dort waren meine Freunde, die Uni, mein ganzes, neues Leben.

Erschrocken blieb ich stehen. Ich kannte das Dorf nicht mehr so gut, wie ich gehofft hatte. Statt zum großen Platz und in die Nähe meines Zuhauses war ich an den Rand gelangt. Ein breiter Feldweg führte zum Wald und zum Fluss. Als ich kurz aufhorchte, hörte ich hastige Schritte hinter mir. Ich hatte keine Zeit, lange nachzudenken, also lief ich in Richtung des Flusses.

Zitternd fischte ich in meiner Hosentasche nach meinem Smartphone. Das Rauschen des nahen Wassers wurde immer lauter und das Gras reichte bereits bis zu meinen Knöcheln. Doch als ich gerade meinen Bildschirm entsperren wollte, ließ ich das Gerät vor Schreck fallen.

Vor mir schlängelte sich ein Wesen durch die blassgrünen Halme direkt auf mich zu. Zuerst dachte ich, es sei eine Kobra, doch gleich drei große Schlangenköpfe erhoben sich vor mir und die schuppige Haut des Wesens leuchtete smaragdgrün. Meine Augen weiteten sich. Ehe ich mich rühren konnte, schnellten die Köpfe nach vorne und spitze Zähne bohrten sich durch meine dünne Kleidung in meine Wade.

Ich heulte auf. Schmerz schoss durch meinen Körper.

»Nicht bewegen!«, hauchte eine Stimme hinter mir. Der junge Mann aus dem Dorf, mein Verfolger, packte das Monster am Hals und riss es von meinem Bein. Erneut schrie ich auf vor Schmerz und verkrampfte mich. Der Fremde warf das Wesen von sich weg, zurück ins hohe Gras.

»Ich dachte, du hättest aus unseren letzten Begegnungen gelernt, *Kalia*.«

Der Mann zückte eine dünne Flöte aus hellem Holz, legte sie quer vor seine Lippen und begann, zu spielen. Die ersten Töne versetzten mich in eine Art Trance wie in einem Traum. Bilder schossen in meinen Kopf. Blaue Hände, die mich berührten. Lippen, die mich küssten. Feuer. Flammen. Tod. Die grauenvollen Bilder nahmen kein Ende und die Melodie war nichts mehr als ein lautes Kreischen in meinem Inneren. Ich sank auf die Knie und hielt mir die Ohren zu. Meine Wade brannte wie das Feuer, das in meinem Kopf loderte. Es schien eine halbe Ewigkeit zu vergehen, bis die Melodie endlich verklang und nur noch das Rauschen des Flusses zu hören war.

Warme Hände legten sich zärtlich um meine. Sie beruhigten mich und wühlten mich gleichermaßen auf.

»Es ist alles gut. Der Dämon ist verschwunden.«

Ängstlich öffnete ich die Augen. Durch einen Tränenschleier erkannte ich den fremden Mann aus dem Dorf. Sofort schlug ich seine Hände weg und wollte aufstehen, doch schrie vor Schmerzen auf.

»Vorsichtig.«

Sanft umfasste er meine Schultern. Für einen Moment waren sich unsere Körper gefährlich nah. Ich blickte hoch in diese dunklen, geheimnisvollen Augen. Mein Herz schlug augenblicklich schneller. Warum kamen mir diese Augen so vertraut vor?

Vorsichtig half er mir, mich auf einen Baumstumpf nahe dem Flussufer zu setzen. Die Grashalme streiften die drei Bisswunden und ich zuckte zusammen.

»Dieser verfluchte Dämon hat dich übel erwischt, aber das bringe ich in Ordnung.«

Der Fremde machte Anstalten, meine Hose hochzuziehen, um die Bisse zu sehen. Als ich seine Hand abwehren wollte, hielt er sie fest. Unsere Blicke trafen sich und wieder war es, als würde eine Verbindung entstehen. Sein entschlossener Blick wich einem weichen Lächeln.

»Lass mich bitte die Wunden sehen, du Dickkopf.«

»Sag mal, wie redest du eigentlich mit mir? Wir kennen uns nicht und du hast mich durch das halbe Dorf gejagt. Dann machst du auf einmal auf Schlangenbändiger und versuchst, mich auszuziehen. Woher soll ich wissen, dass du es nicht schlimmer machst?«

Mein Gegenüber verdrehte die Augen und ein breiteres Lächeln huschte über sein Gesicht. Unglaublich.

»Ich muss die Bisse behandeln, sonst stirbst du.«

Zärtlich nahm er meine Hand. Seine Direktheit überrumpelte mich. »Bitte.«

Ich nickte ein wenig widerwillig.

Er zog mein Hosenbein hoch und ich zuckte zusammen. Die Verletzungen brannten. Entschuldigend lächelte er mich an und ging zum Fluss. Mit seinen Händen schöpfte er das ungewöhnlich klare Wasser und brachte es zu mir.

»Das haben wir gleich«, sagte er und ließ das Flusswasser über die blutenden Wunden laufen. »Ich bitte dich, Flussgöttin *Yamuna*. Bitte segne das Wasser und heile sie.«

Schwer atmend beobachtete ich, wie das Wasser in meine Haut zog und die Wunde verschwand. Auch der Schmerz war wie weggeblasen.

»W-wer zur Hölle bist du?«, keuchte ich.

Der Fremde lächelte. »Nenn mich Krish.«

»K-Krish?«, stotterte ich zurück.

Locker setzte Krish sich vor mich und verschränkte stolz die Arme. »Und du?«

»M-Meera«

Etwas Verletztes lag in seinem Blick. »Meera also. Das mit dem Verfolgen tut mir leid. Ich wollte unbedingt mit dir reden, aber ich habe mich ziemlich doof angestellt und dich in Gefahr gebracht.«

Vorsichtig bewegte ich mein Bein und musste feststellen, dass der Schmerz tatsächlich verschwunden war. »Nun ja, in den letzten Tagen sind mehrere junge Frauen verschwunden und …«, begann ich.

»… und du hast mich für den Entführer gehalten. Das hätte ich mir denken können.«

Ich schluckte. »Tut mir leid, Krish, aber ich muss wirklich nach Hause.« Zitternd sammelte ich mein Smartphone aus dem Gras ein. »Die Sonne geht bald unter und meine Eltern machen sich garantiert Sorgen. Ich muss außerdem Shanti finden.«

Krish hielt mich am Handgelenk fest. Jede seiner Berührungen elektrisierte mich. Er hatte wirklich keinerlei Gespür für Privatsphäre oder Anstand.

»Wer ist Shanti?«

»M-meine Freundin. Sie gehört zu den Frauen, die verschwunden sind. I-ich muss sie finden, bevor es zu spät ist.«

Der junge Mann zog mich näher zu sich und ich betrachtete ihn genauer. Er hatte tiefgründige, dunkelbraune Augen, die mir gleich aufgefallen waren und volle Lippen. Sein Haar war ebenso dunkel und reichte ihm bis zum Kiefer.

»Du kannst sie nicht finden. *Holika* hat sie.«

Verwirrt zog ich die Augenbrauen zusammen und versuchte, mich von ihm loszureißen. So attraktiv er auch war, er hatte eine Schraube locker.

»Holika? Wovon sprichst du?«

Krish lachte leise auf. »Ich hatte gehofft, dass du dich erinnerst …« Er hielt kurz inne. »Ich meine, dass du inzwischen verstehst, wer und was ich bin. Hatte der alte Gewürzhändler nicht gerade von mir gesprochen?«

Er kam näher und mir wurde plötzlich klar, was er meinte. Ich riss die Augen auf und stieß ihn mit beiden Händen von mir.

»DU BIST KRISHNA?«

Ein paar Krähen flogen erschrocken auf und Krish drückte seine Hand auf meinen Mund.

»Psst! Das muss nicht jeder wissen.«

Wieder nahm er meine Hand und zog mich weg vom Fluss, Richtung Dorf. Ich sträubte mich. Er musste aus einer Irrenanstalt geflohen sein und hielt sich für einen Gott. Das erklärte jedoch nicht die dreiköpfige Schlange und die Aktionen mit der Flöte und dem Wasser.

»Lass mich los. Selbst wenn du wirklich der GOTT Krishna bist, was ich dir nicht glaube, ist das keine Entschuldigung dafür, dass du mich entführst.«

Abrupt blieb er stehen und drehte sich zu mir. »Du glaubst immer noch, ich würde dich entführen?«

Wieder riss ich meine Hand von ihm los. Er berührte mich eindeutig zu oft und zu gerne. Als würde er mich schon ewig kennen. »Allerdings.«

Er verschränkte die Arme. »Und du glaubst mir nicht, dass ich der GOOOTT Krishna bin?«

Bei dem ›Gott‹ äffte er mich albern nach. Ich funkelte ihn an und er seufzte.

»Gut. Ich zieh dich nicht mehr hinter mir her, aber bitte folge mir einfach. Wir brauchen einen Ort, wo wir in Ruhe reden können.«

Sofort zog ich meine Augenbrauen hoch.

Krish verdrehte genervt die Augen, schnipste mit den Fingern und wurde von einem strahlenden Licht erfasst. Erschrocken trat ich zurück. Tatsächlich sah er nun aus wie der Gott Krishna von all den Zeichnungen und Abbildungen, die ich von ihm gesehen hatte. Seine Haut war hellblau gefärbt und sein nackter Oberkörper mit goldenen Ketten geschmückt. Auf seinem langen, dunklen Haar prangte eine Krone aus Gold, Ringelblumen und Pfauenfedern. Er lächelte mich an, ein wenig Hoffnung lag in seinem Blick.

Ich musste träumen. Das konnte alles nur ein schlechter Traum sein. Hatte ich zu viel von Großmutters extra scharfem Chicken Tikka Masala gegessen? »O-okay. Okay, ich glaube dir.«

Krish schnipste erneut und war wieder der Alte. »Folgst du mir?«

Ich nickte verwirrt und folgte ihm zu der alten Bäckerei in der Nähe meines Elternhauses.

Im Inneren des kleinen Steinhauses war es stockdunkel. Sehr vertrauenserweckend. Wieso folgte ich ihm überhaupt?

»Da wären wir. Es gibt einiges, was wir zu bereden haben. Holika hat garantiert Kalia auf dich angesetzt. Den Schlangendämon von vorhin. Ich bin so froh, dass ich dich endlich gefunden habe.«

Erwartungsvoll lächelte er mich an, doch ich starrte nur zurück. Es war wirklich schwer zu verarbeiten, was hier gerade passierte und was er zu mir sagte. Wo war ich nur hineingeraten? Vermutlich hatte mich eine richtige Schlange gebissen und ich lag noch immer im Gras und halluzinierte, bis meine Seele wahrlich zu den Göttern aufstieg, und in einen neuen Körper fuhr. Der Gott vor mir war vielleicht mein Weggefährte in den

Tod und mein nächstes Leben. Krish ließ sich jedoch nicht beirren und erzählte weiter.

»Holika will sich an mir rächen. Unsere Fehde hält bereits seit Jahrtausenden an. Sie will mir alles nehmen, was ich liebe.«

Sein Blick blieb ein paar Sekunden zu lang an mir hängen. Ich wusste nicht wirklich, was ich dazu sagen sollte. Warum sah er mich die ganze Zeit so seltsam an?

Bevor ich etwas erwiderte, atmete ich noch einmal tief ein.

»Okay, noch einmal von vorne. Du bist Krishna und hast einen Kampf mit einer Dämonin am Laufen. Sie entführt Frauen aus Rakhipur, um dich zu ärgern. Ist das richtig so?«

Bittersüß lächelnd nickte er.

»Genau. Sie will, dass die Menschen mich hassen. Dass sie mich für das Verschwinden der Frauen verantwortlich machen, genau wie der alte Mann auf dem Bazar. Das würde mich so sehr schwächen, dass Holika mich vernichten könnte.«

Ich hob eine Augenbraue.

»Du bist ein Gott. Bist du dann nicht unsterblich?«

Tatsächlich hatte ich nicht allzu viel Ahnung von Göttern. Zwar befasste ich mich im Studium mit der Geschichte und Kultur meiner Heimat Indien und kannte einige Erzählungen von den Gottheiten, doch im Detail war ich überfragt.

»Wie stark ist ein Gott, an den niemand glaubt? Der keine Opfergaben mehr erhält und aus den Morgengebeten verschwindet?»

Ich schluckte. Hier schien es nicht nur um Rakhipur zu gehen. Diese Holika musste schon Vorarbeit geleistet haben.

»Bereits seit Wochen spüre ich, dass meine Macht schwindet. Deswegen bin ich so froh, dich gefunden zu haben.«

»Wieso mich?«

Krish seufzte leise. »Vertrau mir und schließe deine Augen.«
Die Wärme in seinem Blick beruhigte mich allmählich und ich
tat, was er sagte. Krishs leicht raue Handfläche legte sich auf
meine Stirn und im ersten Moment hatte ich das Gefühl, in Ohnmacht zu fallen. Rauch stieg in meinem Kopf auf und meine Gedanken verschwammen.

Auf einmal sah ich Schatten, Silhouetten und Fragmente. Nach
und nach wurden die Farb- und Lichtkleckse zu Bildern.
Krishnas blaue Haut erkannte ich sofort. Er hielt menschliche
Hände in seinen. Sie gehörten einer jungen Frau. Die Handgelenke waren von goldenen Armreifen geschmückt. Ein Milch-
krug fiel scheppernd zu Boden, doch die beiden Gestalten schien
es nicht zu stören.

Sie verloren sich in einem Kuss, der ihre Körper beinahe zu einem verschmelzen ließ. Auf einmal sah ich die Silhouetten nicht
mehr. Alles wurde dunkel und ich spürte die süße Leidenschaft
des Kusses, die mich wie eine Welle erfasste. Ich war es, die von
Krishna geküsst wurde. Doch bevor ich es überhaupt begreifen
konnte, wurde es unendlich heiß auf meiner Haut. Ich riss die
Augen auf und schrie Krishnas Namen. Flammen leckten an mir
und meinem langen Rock. Schmale, dunkle Augen blitzten hämisch vor mir auf und das Lachen einer Frau erklang, bevor ich
schreiend starb.

Keuchend und mit Tränen in den Augen erwachte ich aus meiner Trance und klammerte mich an Krish. Wir waren wieder in
der alten Bäckerei und ich lag weinend in seinen Armen. Verwirrt richtete ich mich auf und sah in sein Gesicht. Er hatte ebenfalls geweint und fasste sich an sein Herz, an das ich mich noch
vor wenigen Sekunden gelehnt hatte.

»Es tut mir leid, dass du das noch einmal erleben musstest.«

Völlig benommen massierte ich meine Schläfen und versuchte gegen das Kreischen anzukämpfen, das noch in meinen Ohren hallte. »W-was hast du mir da gezeigt?«

Krish sah in diesem Moment nicht aus wie ein Gott, sondern wie ein Häufchen Elend. Als wäre er mit mir gestorben.

»Dein früheres Leben. Als Radha.«

Ich traute meinen Ohren nicht. Radha, das Milchmädchen, das Krishna als seine Geliebte auserwählt hatte. Die Frau, die er so sehr begehrt hatte, dass er seine eigene göttliche Gemahlin verriet. Radha wurde als Göttin der Hingabe angebetet und in vielen Liedern besungen. Ihre Liebe zu Krishna war legendär. Ohne einander waren sie nicht vollständig.

»D-du meinst, dass ich … und du?«

Er nickte und auf einmal machten die Geschehnisse des heutigen Tages Sinn.

»Du bist ihre Reinkarnation. Ihre Seele lebt in dir.«

Sein Blick wurde intensiver. »Ich habe dich sofort erkannt.«

Nach jedem Satz musste er um Fassung ringen. Wenn das stimmte, war er bereits Jahrzehnte, wenn nicht Jahrhunderte von Radha getrennt gewesen, ohne sie zu finden.

»Diese Holika hat mich bei lebendigem Leib verbrannt, oder? I-ich meine, sie hat Radha verbrannt.«

Krish nickte erneut.

»Es war hier in Rakhipur. Deshalb ist sie hier. Sie sucht dich. Dich noch einmal und dann immer wieder zu töten, würde ihr große Freude bringen.«

Erschrocken fasste ich mir ans Herz. Eine Dämonin wollte mich wirklich umbringen. Nur weil es ihrem Rivalen Krishna Leid bereiten würde.

»Es tut mir leid, dass du es so erfahren musstest und dass du wieder einmal wegen mir in Gefahr schwebst. Ich habe gesehen, wie glücklich du in diesem Leben bist und wollte dich von diesem Kampf und von mir fernhalten.«

Er atmete schwer und unsere Finger verschränkten sich ineinander. »Dieses Mal werde ich dich nicht sterben lassen, Radha.«

Krish kam näher, doch ich wich zurück, was ihn sichtlich kränkte. Er rang sich ein Lächeln ab und ich spürte, dass er verstand. Radhas und meine Seele waren die gleiche, doch ich war noch immer Meera und hatte keine Erinnerungen an mein früheres Leben, abgesehen von dem, was Krishna mir gezeigt hatte.

Bei dem Gedanken wurde mir seltsam warm ums Herz. Doch er hatte Recht. Ich liebte mein Leben und es lag noch so vieles vor mir. Wenn ich nicht noch vor Holi sterben würde.

»Ich bringe dich nach Hause und werde dich bewachen, bis das *Holika Dahan*, das große Feuer, brennt.«

Natürlich. An Holika Dahan wurde Krishnas Sieg über die Dämonin gefeiert. Kein Wunder, dass sie heute zuschlagen würde, wenn die symbolischen Feuer brannten.

»Aber, Shanti …«

Beruhigend legte Krish seine Hand auf meine. »Ich werde Holika besiegen. Dir und den anderen Frauen wird nichts passieren. Ich möchte, dass du in Sicherheit bist, wenn ich kämpfe.«

Seine Lippen legten sich sanft auf meinen Handrücken und ein warmes Kribbeln erfüllte mich. Ich konnte kaum glauben, dass ich in meinem früheren Leben wirklich Radha gewesen war und diesen trotzigen, jedoch zärtlichen Mann vor mir mit ganzem Herzen geliebt hatte.

»Du wirst ganz alleine gegen sie kämpfen?«

In meiner Stimme lag Sorge.

»Ja, das schaffe ich, mein Herz.«

Ich räusperte mich leise und ich hätte schwören können, dass Krish errötete.

»Tut mir leid, alte Gewohnheit.«

***

Krish begleitete mich tatsächlich durch die vielen verworrenen Gassen von Rakhipur nach Hause und ich fühlte mich in seiner Nähe auf einmal viel wohler. Dennoch war mir die ganze Sache mit dem nahenden Kampf nicht geheuer.

»Vielleicht solltest du mich nicht direkt bis vor die Tür bringen. Meine Familie wird noch denken, du führst etwas im Schilde oder wir hätten etwas Verbotenes getan.«

Sein Lächeln war wieder zurückgekehrt und entblößte seine weißen Zähne. Er schien erleichtert zu sein.

»Danke für deine Hilfe, Krish.«

Mit diesen Worten drehte ich mich um und lief nach Hause.

Nach einem ewig langen Vortrag meiner Familie, dass sie sich Sorgen gemacht hatten, stürmte ich auf mein Zimmer und betrat augenblicklich meinen kleinen Balkon. Ob ich Krish von hier aus sehen konnte?

Tatsächlich lungerte er unten in der Gasse herum und lehnte sich an eine Häuserwand. Er winkte mir zu, doch ich verzog mich kopfschüttelnd wieder in mein Zimmer.

Rücklings ließ ich mich auf mein Bett fallen und grübelte. Der Gedanke an Krishnas Kampf gegen Holika, die meine Freundin und die anderen Mädchen gefangen hielt und mich töten wollte, ließ mich selbst bei diesen warmen Frühlingstemperaturen frösteln. Er war geschwächt, wie sollte er so gegen eine mächtige Dämonin kämpfen?

Meine Gedanken kreisten um Krish. Seine dunklen, sanften Augen. Die Entschlossenheit, mit der er mich vor dem Schlangendämon gerettet hatte. Seine liebliche Melodie und jede seiner Berührungen. Sehnsucht flammte in mir auf und drang zu mir wie das Klingen einer leisen, stetigen Tempelglocke. Erinnerungen zogen an mir vorbei. Krishna, der mich als Radha beobachtete, fasziniert von den Menschen. Seine Musik, sein Lachen und seine Küsse.

Ich schreckte hoch. Entschlossen setzte ich mich an meinen Laptop und suchte im Internet nach Informationen über Holika und Krishna. Doch ich fand nur die Geschichten, die Krish mir bereits erzählt hatte. Über die Rivalität der beiden und Holika Dahan. Das große Feuer, welches das Fest der Farben einläutete und den Sieg über das Böse symbolisierte.

Krishna hatte Holika schon einmal besiegen können. War er stark genug, es wieder zu tun? Etwas in mir, vermutlich Radhas Seele, wollte ihm helfen. Aber Holika hatte mich schon einmal aus Rache an dem Gott getötet und nichts würde sie davon abhalten, es wieder zu tun. Außer Krishna. Doch könnte ich es ihm antun, mich wieder in Gefahr zu bringen? Würde er es ertragen, seine Radha erneut zu verlieren? Und was würde mit Shanti und den anderen geschehen, wenn wir versagten?

Frustriert blickte ich nach draußen. Der Himmel war in orange-gelbes Licht getaucht. Es begann, langsam zu dämmern und ich atmete ein paar Mal tief durch, bevor ich eine Entscheidung traf.

***

So schnell ich konnte, steckte ich meine Haare hoch und zog mich um, als würde ich zum Holika Dahan gehen, um nicht aufzufallen. Ich warf einen letzten Blick aus dem Fenster, um sicher zu gehen, dass Krish bereits verschwunden war, bevor ich neben meinem Balkon die Häuserwand hinunterkletterte, wie ich es hunderte Male als Kind getan hatte.

Stimmengewirr war aus den Gassen zu hören. Sie alle machten sich auf den Weg zum Dorfplatz, um das große Feuer anzuzünden. Atemlos blickte ich mich um und überlegte, wo Krishna und Holika kämpfen würden. Einer Eingebung folgend, rannte ich zum Fluss, wo ich heute schon einmal einen Kampf beobachtet hatte.

Der vertraute Gesang der Dorfbewohner verfolgte mich noch bis zum Rand von Rakhipur, bis wieder nur noch Felder, Bäume und der Fluss zu sehen waren. Es wurde von Sekunde zu Sekunde dunkler.

In der Ferne erkannte ich mehrere Scheiterhaufen, die bereits lichterloh brannten und dazwischen zwei Gestalten am Flussufer. Krish war noch immer in seiner Menschengestalt. Er wirkte angespannt und erschöpft. Hatten sie etwa schon angefangen?

Gegenüber von ihm stand eine Frau in einem schwarzen Sari mit goldenem Rand. Sie war prächtig geschmückt und strahlte etwas Elegantes und doch Gefährliches aus. Als ich näher kam, drehte sie sich zu mir und ich erschrak. Die dunklen Augen. Das letzte, was ich in meinem vorherigen Leben gesehen hatte. Es war Holika.

»Krishna, sieh nur, wer da ist. Dein kleines, dummes Menschenmädchen lernt einfach nicht dazu.«

Wie konnte die Stimme einer Feuerdämonin nur so kalt sein?

Krish funkelte mich wütend an und kam auf mich zu. »Was im Namen aller Götter tust du hier? Geh sofort zurück zu deiner Familie.«

»Nein! Ich kann nicht zulassen, dass sie gewinnt. Dann wäre Shanti verloren. Und du auch.«

Für einen Moment war ich davon überzeugt, dass Krish mich gern geküsst hätte, doch er tat es nicht. Wieder erfasste ihn helles Licht und er stand in seiner Göttergestalt vor mir. Er hielt seine Flöte fest umklammert und stellte sich beschützend vor mich.

Holika grinste und pustete eine Flamme auf ihre Schulter. Ihr ganzer Sari begann zu brennen. Ihr geflochtener Zopf löste sich und pechschwarzes Haar floss wie dunkler Honig an ihrem Rücken hinab. Sie stand vollkommen in Flammen. Dies war ihre wahre Gestalt, wie ich sie auf Bildern gesehen hatte.

»Du musst wahnsinnig sein, dass du trotz allem hier bist.«

Ich schluckte schuldbewusst.

»Ich habe eine Heidenangst, dich zu verlieren. Trotzdem tut es unheimlich gut, dass du hier bist«, flüsterte Krish, bevor er begann, eine Melodie zu spielen. Schatten in Form von verschiedenen Tieren sprangen aus dem Gras und dann auf Holika zu. Lächelnd wehrte die Dämonin die Schatten mit nur einer Bewegung ab.

Krishna versuchte es weiter, immer darauf bedacht, mich zu schützen. Ich stand teilnahmslos und hilflos da. Das hier war eine absolut dumme Idee gewesen. Ich lenkte ihn nur unnötig ab. Irgendetwas musste ich doch tun können.

Holika schoss Feuerbälle auf Krishna und mich, doch er blockte sie ab. Sein Keuchen ließ mich zusammenzucken. War er schon so geschwächt?

Schrill lachend kam Holika auf uns zu. Ich erkannte diesen Laut aus meiner Todesvision und es ließ mich erschaudern. Die Hitze brachte mich um den Verstand.

Krishna umfasste seine Flöte, die sich in einen Bogen verwandelte und schoss goldene Pfeile auf die nahende Dämonin. Sie wurden allesamt von den Flammen verschluckt. Der letzte traf Holika an der Wange. Schwarzes Blut tropfte von ihrem Kinn und ihr Lächeln wurde zu einer wutentbrannten Fratze.

»Ist das alles, was du drauf hast? Gib doch endlich auf, Krishna. Die Menschen verlieren ihren Glauben und dein Milchmädchen erinnert sich nicht mehr an dich.«

Ich konnte Krishnas Wut spüren. »Doch, das tut sie!«, spuckte er ihr entgegen.

»Sie macht dich noch schwächer als die anderen törichten Menschen. Liebe macht schwach.«

Amüsiert leckte sie sich über die Lippen. »Es wird mir eine Freude sein, sie noch einmal zu töten.« Langsam hob sie ihre Hand, in der bereits Funken sprühten. Grob packte Krishna mich am Arm und zog mich hinter sich. Er würde sich für mich opfern, doch er war nicht stark genug.

»Ich kann euch natürlich auch zusammen verbrennen, warum bin ich nicht gleich darauf gekommen?«

Ich dachte daran, was Krishna gesagt hatte. Dass er unsterblich war, doch seine Kraft schwand. Holika könnte ihn vielleicht mit diesem Angriff vernichten. Die Menschheit wäre ohne Krishna verloren. Er war der Einzige, der Holika je besiegt hatte.

Der Feuerball verließ die brennende Hand Holikas und auf einmal geschah alles wie in Zeitlupe. Ich riss mich von Krishna los und stellte mich vor ihn, als könnte mir kein Feuer dieser Welt etwas anhaben. War ich vollkommen verrückt?

Eine leise Stimme in meinem Inneren flüsterte mir etwas zu und ich hob schützend meine Handflächen vor meine Brust.

Bevor der glühende Ball mich erreichen konnte, erfasste mich ein helles Licht. Holika riss ihre Augen auf.

»Nein. Was? Das kann nicht ...« Sie kreischte, als sie von dem Licht getroffen wurde und die Feuer um uns herum erloschen. Angestrengt kniff ich die Augen zusammen. Bis auf leises Knistern war nichts mehr zu hören.

Als ich meine Augen wieder öffnete, waren Krishna und ich noch immer von diesem seltsamen Licht umhüllt. Ich hörte ihn etwas rufen, doch es drang nicht zu mir durch, als wäre ich nicht wirklich da. Frieden und Unruhe kämpften in mir gegeneinander und ich sank erschöpft auf meine Knie.

»Radha, bleib bei mir.«

»W-was ist passiert?«

Krishna hielt mich in seinen Armen und drückte mich an sich. Er roch nach Rauch und Ringelblumen. Ich lächelte.

»D-du hast Shakti freigesetzt. Die weibliche Kraft der Götter. Holika ist vernichtet.«

Seine Lippen legten sich auf meine Stirn. »Ich habe gespürt, dass es eines Tages passieren würde. Dass die Shakti dich erwählt. Endlich wirst du zu der meinen. Eine Göttin, für immer an meiner Seite.«

Mein Körper zitterte und ich begann, unkontrolliert zu husten. Sagte er gerade tatsächlich, dass ich eine Göttin war? Meine Gliedmaßen verkrampften sich und wurden taub. Das Atmen fiel mir immer schwerer.

»W-was passiert mit mir?«

»Dein menschlicher Körper löst sich auf, damit du eine Göttin werden kannst. Damit du wie ich werden kannst. Du hast dich für mich geopfert, Geliebte. Du wirst belohnt. Wir werden wieder zusammen sein.«

Eine Träne landete auf meiner Wange und ich war nicht sicher, ob es meine oder Krishnas war. »I-ich, also Meera … sie wird sterben?«

Ich dachte an meine Familie, an Shanti und an Delhi. Das Leben, das ich mir aufgebaut hatte, die Dinge, die ich geplant hatte. Meine Hoffnungen und Träume.

»Nein. Du wirst unsterblich für immer an meiner Seite sein. Wir können auf der Erde wandeln, doch wir gehören nicht hierher.« Zum ersten Mal sah er wirklich glücklich aus und ein Teil von mir war es auch. Doch der andere, der Meera-Teil trauerte. Krishna schien es zu spüren.

»W-warte. Du willst das nicht, habe ich recht?«

Keuchend brach ich in Tränen aus. Ich ertrug weder die Schmerzen in meinen Knochen noch die Trauer in seiner Stimme. »E-es tut mir leid, Krish. Es tut mir so leid. Ich bin keine Göttin.«

Der Gott umfasste mein Gesicht mit seinen Händen. Seine blaue Haut war so weich und warm. Er kam näher und unsere Nasenspitzen berührten sich sanft.

»Wir werden uns wiedersehen, Radha. Ich werde dich immer wieder finden, bis in alle Ewigkeit.«

Leidenschaftlich küsste er mich und mit unseren Lippen trafen sich auch unsere Tränen. Wie in meinen Erinnerungen verschmolzen wir miteinander und ich war von purem Glück erfüllt. Von einer Liebe, wie es sie nur einmal in allen Leben geben konnte.

***

»Meera, was starrst du so in die Asche? Hast du einen Geist gesehen?«

Ich zuckte zusammen und wandte meinen Blick von der Stelle ab, an der wir am Abend zuvor Holika Dahan gefeiert hatten. Es war schwer, Shantis Worte zu verstehen. Trommler hatten sich auf dem Platz versammelt und das Holi-Fest war bereits in vollem Gange.

Kinder wie Erwachsene warfen das bunte Pulver umher und schossen farbiges Wasser aus Spielzeugpistolen. Unsere weißen Klamotten waren schon von den verschiedensten Farben gesprenkelt und ich griff schnell in einen Krug ganz in der Nähe, um die wilden Locken meiner besten Freundin blau zu färben.

»Na warte, das bekommst du zurück.«

Lachend wie kleine Kinder rannten wir über den Platz, bis ich wie angewurzelt stehen blieb.

Ein paar Meter von mir entfernt stand ein großer, junger Mann mit kinnlangen, dunklen Haaren und unendlich dunklen Augen. Sein *Sherwani* war noch blütenweiß, als könnten ihm die umherfliegenden Farben nichts anhaben. Etwas an ihm faszinierte mich und er kam mir unendlich vertraut vor. Doch ich konnte mich nicht erinnern, ihn jemals hier gesehen zu haben.

Beinahe gleichzeitig setzten wir uns in Bewegung und gingen zielsicher aufeinander zu. Die singenden, tanzenden Leute um mich herum nahm ich kaum noch wahr. Er war alles, was ich erkennen konnte.

Als er vor mir stand, wusste ich nicht, was ich sagen sollte. Sanft hob er seine Hand und strich langsam über meine Wange. Rotes Farbpulver rieselte neben meinem Gesicht herab.

Ich lächelte verspielt, doch als ich meine in rotes Pulver getauchte Hand ebenfalls heben wollte und in seine Augen sah, fand ich dort nur Trauer und Sehnsucht vor.

»Ich werde dich immer wieder finden«, flüsterte er und ich nickte, während sich eine Träne ihren Weg durch die flammend rote Farbe bahnte.

Zu der Autorin:
Luna Lymond wurde 1993 in Essen geboren. Neben ihrer Leidenschaft fürs Schreiben bespricht sie in ihrem Buchpodcast gelesene Werke. Sie lebt mit ihren zwei Kaninchen in einer kleinen Wohnung, in der sich vielleicht ein kleiner Eingang nach Hogwarts befindet.
Instagram: lunatic.booklover

Lektorat und Korrektorat: Hanna Jung; Illustration: Alina Sawallisch

DER BRUDER DES TODES

Alexandra Maibach

D er Beobachter verbarg sich an der Stelle, wo die Nacht am finstersten war. Weder das bleiche Mondlicht noch der Schein der Laternen berührten seine dunkle Haut, doch seine Augen fanden alles, was sich in dem Garten abspielte. Ein Weg führte durch Büsche mit lavendelfarbenen Blüten, die trotz der hereingebrochenen Nacht einen betörenden Duft verströmten.

Zwei Menschen kamen durch den Garten in die Richtung des Beobachters. Eine junge Frau mit einem Kind an ihrer Hand. Es war ein Mädchen von acht Jahren.

»Wir sollten zum Haus zurückgehen«, sagte die Frau.

»Aber ich will noch nicht schlafen«, erwiderte das Mädchen und versuchte, ihrer Begleiterin die Hand zu entziehen. »Ich bin noch nicht müde, Moja!«

Ihr Weg führte direkt am Versteck des Beobachters vorbei, doch sie bemerkten ihn nicht.

»Ich weiß, dass du noch nicht müde bist«, sagte die Frau namens Moja. Sie war gerade alt genug, um die Mutter des Kindes sein zu können, doch der Beobachter wusste, dass die beiden Schwestern waren. »Aber ich werde dir noch eine Geschichte erzählen, wenn du brav bist.«

»Aber es muss eine lustige Geschichte sein«, verlangte das Mädchen. »Versprochen?«

»Versprochen « Hand in Hand liefen die Schwestern den Weg entlang, der zum Haus führte. Ihre Stimmen verwehten in der kühlen Nachtluft.

Jetzt trat der Beobachter in den Schein der Laternen. Er sah aus wie ein Mensch, wären da nicht die schwarzen Flügel auf seinem Rücken gewesen. Es war nicht das erste Mal, dass er diese Sterblichen besuchte. Er kannte sie gut, auch wenn er sich ihnen noch nie gezeigt hatte. Mit jedem Mal, das er herkam, wurde es schwieriger für ihn, unsichtbar zu bleiben.

»Grübelst du wieder, Bruder?« Eine Gestalt war neben dem Beobachter aufgetaucht. Sie glich ihm in Größe und Statur und die gleichen schwarzen Flügel sprossen von seinen Schultern, doch seine Haut hatte die Farbe von Milch. In der Hand hielt er eine Fackel, deren Feuer beinahe erloschen war. Lediglich orangerote Glut glimmte am Ende des Stocks.

»Bist du mir gefolgt, Thanatos?«, wollte der Beobachter wissen.

Thanatos schüttelte seine Flügel aus und faltete sie ordentlich auf dem Rücken zusammen. »Nein, Hypnos. Ich bin aus eigenem Interesse hier. Eine der beiden Frauen wird bald mir gehören. «

Hypnos runzelte die Stirn. »Eine davon ist erst ein Mädchen, das weißt du.«

Thanatos hob die Schultern. »Wenn sie zu mir kommen, sind sie alle gleich. Ob Mann oder Frau, Kind oder Erwachsener. Eines Tages komme ich sie alle holen und das macht sie gleich.« Er streichelte das Messer, das er an seinem Gürtel trug. Es war nicht besonders lang und hatte eine gebogene Klinge. Ein Opfermesser, wie es die Menschen benutzten, wenn sie den Göttern ihre blutigen Gaben darbrachten.

Hypnos antwortete nicht. Natürlich hatte er gewusst, dass sein Bruder früher oder später hier auftauchen würde. Ihre Wege waren stets untrennbar verflochten, seit ihrer gemeinsamen Geburt. Langsam folgte Hypnos dem Pfad, den die Schwestern genommen hatten. Er war gesäumt von lavendelfarbenen Blüten. Er ließ seine Hand über die Blätter der Pflanze streifen und die Blütenkelche schlossen sich.

»Die Frage ist, was du hier willst, Bruder.« Thanatos war ihm gefolgt. Auch er berührte eine der Blüten. Ihre Farbe verblasste, die Blätter welkten und segelten zu Boden. Er streckte die Hand nach einer weiteren aus.

»Nicht!«, sagte Hypnos und sein Bruder hielt inne. »Das ist meine Natur. Du schickst sie in den Schlaf, und ich bringe sie in die Unterwelt. Es ist unsere Natur, auch wenn du das nicht akzeptieren willst.«

»Ich bestreite unsere Natur nicht«, entgegnete Hypnos und wandte sich ab. Die Sache war viel komplizierter. Er hatte einmal den Fehler gemacht, mit seinem Bruder darüber zu sprechen, wie er sich fühlte, und seitdem sprach Thanatos ihn immer wieder darauf an.

»Dann ist es immer noch das alte Problem. Der Gott des Schlafs findet selbst keine Ruhe mehr, weil die Sterblichen ihn nicht lieben. Ihm keine Opfer darbringen, um ihre Zuneigung zu bekunden. Weil sie ihn hassen und fürchten, so wie seinen Bruder, den Gott des Todes.«

Hypnos erstarrte. Seine Bürde war schwer genug, doch sie wurde unerträglich, wenn sein kaltherziger Bruder ihn darauf hinwies.

»Wach auf, Bruder!«, fuhr Thanatos mit einem barschen Lachen fort. »Dir gehört ihr halbes Leben, das sollte dir reichen. Verlange nicht auch noch ihre Liebe. Die wird nur denjenigen von uns zuteil, die auf dem Berg Olymp wohnen. Unsere Heimat ist die Unterwelt, das Reich der Dunkelheit. Sie sehen uns eher als Dämonen denn als Götter.«

Hypnos fuhr zu ihm herum. »Aber ich bin nicht wie du! Ich schenke den Menschen den Schlaf, der ihnen die nötige Ruhe gibt, um sich zu erholen. Ich schenke ihnen das Erwachen, ohne selbst den Sonnenaufgang zu sehen. Es ist eine Gabe. Du zerrst sie nur hinab in den Hades, wo sie von da an ihr Dasein fristen müssen.«

Thanatos lachte spöttisch, und Glut rieselte von seiner Fackel zu Boden. »Schlaf und Tod sind Brüder, so wie wir. Bei beiden sinken die Sterblichen in Finsternis hinab. Sogar das Einschlafen ist das Gleiche.«

Sie maßen sich für einen Moment lang mit ihren Blicken. »Ich will, dass du verschwindest, Bruder«, sagte Hypnos dann. »Was auch immer du hier wolltest, es wird nicht geschehen.« Er dachte an die Schwestern, beide noch zu jung, um an seinen Bruder zu fallen.

»Wir beide haben nicht die Macht, uns dem Schicksal in den Weg zu stellen«, erwiderte Thanatos mit leiser Stimme. »Und das der Frauen ist bereits in Stein gemeißelt. Das Orakel hat es vor langem verkündet.« Er hob seine rechte Hand, und Hypnos sah eine rotbraune Haarlocke darin. Er musste sie schon vorher mit seinem Opfermesser abgetrennt haben. Damit war das Schicksal des Sterblichen besiegelt.

»Geh jetzt«, beharrte Hypnos. »Du hast dein Werk getan.«

Thanatos neigte den Kopf und mit einem Schlag seiner Schwingen erhob er sich in den Nachthimmel. Er würde zurückkehren, wenn die Zeit der Sterblichen gekommen war. Mit schwerem Herzen wandte sich Hypnos dem Haus zu. Er beschäftigte sich selten mit den Schicksalen der Sterblichen, die er besuchte. Ihre Leben waren zu kurz, um Gedanken an die Grausamkeit dessen zu verschwenden, was ihnen vorherbestimmt war.

Ein einziges Fenster war erleuchtet, und er trat heran, um hineinzusehen. Die Frau namens Moja hatte das Mädchen zu Bett gebracht und saß an ihrem Bettrand. Sie hatte die rötlich braunen Haare zu einem Knoten hochgesteckt, aus dem sich einige Locken gelöst hatten. Fehlte eine Strähne ihres Haars? Hypnos war sich nicht sicher.

»… und als sie in ihre Heimat zurückkehrten, fanden sie alles so vor, wie es das Orakel prophezeit hatte«, sagte Moja gerade. »Und sie lebten glücklich bis an das Ende ihrer Tage.«

»Und was wurde aus dem Pferd?«, wollte das Mädchen wissen.

Moja lächelte. »Auch das Pferd lebte glücklich bei ihnen.« Sie tippte dem Mädchen an die Nase. »Nur musste es im Stall schlafen und nicht wie du in einem schönen weichen Bett. Jetzt wird geschlafen, kleine Schwester.«

»Und wenn ich immer noch nicht müde bin?« Mojas Blick ging zum Fenster, als wüsste sie, wer dort stand und hineinsah. Sie ergriff die Öllampe auf dem Tisch, deren Schein an den Wänden flackerte. »Du wirst schlafen können, Liebes.« Sie gab dem Kind einen Kuss auf die Stirn und ging hinaus.

Hypnos schwang sich durch das Fenster hinein. Das Kind hatte die Augen weit geöffnet, doch er verbarg sich mit einem dunklen Nebel vor seinen Blicken, als er an das Bett herantrat. *Sie lebten glücklich bis an das Ende ihrer Tage.* Er hatte schon viele von Mojas Geschichten gehört. Sie hatten alle das gleiche Ende. Und es war nie traurig, auch wenn sie niemals verriet, wie viele Tage den Sterblichen in ihrer Geschichte noch blieben.

Hypnos beugte sich zu dem Mädchen herab und strich ihm über die Haare. Sofort fielen die Augen der Kleinen zu und sie begann, tief und gleichmäßig zu atmen. Sie drehte den Kopf zur Seite, als der Schlaf sie einhüllte und da war sie: Eine einzelne Strähne ihres rötlichen Schopfes, die ein Stück kürzer war als der Rest. Die Strähne, die Thanatos abgeschnitten hatte. Also würde er sie holen und nicht ihre Schwester.

Auf leisen Sohlen ging Hypnos durch den Raum und schlüpfte zur Tür hinaus. Auf der anderen Seite des Flurs befand sich Mojas Zimmer, das noch von der Öllampe erhellt wurde, so wie jede Nacht. Sie saß über ein Schreibpult gebeugt, als Hypnos eintrat. Ihre Schreibfeder kratzte auf dem Papier und ihr schönes Gesicht war von Sorgen umwölkt.

Hypnos hatte nur selten Sterbliche getroffen, die ihn schätzten, doch es hatte vor Moja und ihrer Schwester noch nie jemanden gegeben, der ihn so verehrte, wie sie es taten. Das war einer der Gründe, aus denen er herkam. Der andere Grund war Moja selbst. Moja und ihre Geschichten. Niemand konnte mit Worten solche Bilder zeichnen, wie sie es tat. Sie musste von den Musen berührt worden sein, um so kunstfertige Erzählungen zu spinnen. Nacht für Nacht schrieb sie die Worte nieder, nachdem sie

sie ihrer Schwester erzählt hatte. Ihrer Schwester und Hypnos, der jede Nacht herkam, seit er ihr das erste Mal gelauscht hatte.

Gerne wäre er eine Weile geblieben, doch heute musste er etwas anderes erledigen. Er trat an Moja heran und berührte sanft ihre Schulter. Sie gähnte und rieb sich die Augen, legte die Schreibfeder zur Seite. Sobald sie sich auf ihr Lager gelegt hatte, war sie in tiefen Schlaf versunken. Hypnos ging zum Fenster und breitete seine schwarzen Schwingen aus. Er würde seinen Schwestern einen Besuch abstatten.

***

Die Moiren waren nicht leicht zu finden. Sie waren die ewig Reisenden, die Göttinnen des Schicksals, die über das Leben der Sterblichen bestimmten und daher überall auf der Welt zu Hause waren. Thanatos arbeitete oft mit ihnen zusammen, denn er war derjenige, der ihren Willen ausführte und den Tod brachte. Dank ihm kannte Hypnos ihre Lieblingsorte. Einer davon war eine Insel im Mittelmeer, die die Heimat zahlreicher Winde und Stürme war. Sie war nicht mehr als ein Stück Fels mitten im Wasser, doch sie war umgeben von scharfen Riffen, an denen Schiffe zerschellten. Die Winde trugen sie her, als wären es ihre Spielzeuge, trieben sie direkt in die todbringenden Klippen. Die Insel war ein Ort von Zerstörung und Tod. Wahrscheinlich liebten die Moiren den Ort deshalb.

Hypnos Flügel waren durchnässt von Regen und Meerwasser, als er auf den Felsen landete. Er war so lange geflogen, dass der neue Tag bereits angebrochen war, doch die Wolken der Stürme, die sich hier versammelten, verdunkelten den Himmel.

Ein hübsches Mädchen saß auf einem der Felsen, eine Schrifttafel in den schmalen Händen. Obwohl der Regen auch auf sie niederprasselte, waren ihr Haar und ihr weißes Gewand trocken und sie begrüßte den Gott des Schlafs mit einem Lächeln. »Sei gegrüßt, Bruder.«

»Sei gegrüßt«, entgegnete Hypnos, der sich nicht von dem Trugbild blenden ließ. Die Moiren traten manchmal als junge Mädchen auf, meist jedoch als alte Frauen, was ihrer Natur eher entsprach. Das hier war Atropos, die jüngste und mächtigste unter ihnen. »Wo sind deine Schwestern?«

»Eine Schlacht wütet bei Theben«, erwiderte Atropos. »Sie sind dort, zusammen mit unserem Bruder Thanatos, um das Schicksal der Fallenden zu bestimmen. Ich jedoch habe auf dich gewartet. Thanatos sagte, dass du kommen würdest.«

»Ich komme, um das Schicksal einer Sterblichen zu erfragen.«

Atropos Lächeln wurde breiter. »Und nicht das irgendeiner Sterblichen, wie ich hörte. Du willst wissen, was Moja, der Musengeküssten, geweissagt wurde.«

»So ist es.« Atropos neigte die Schrifttafel, die sie in den Händen hielt.

»Die Moiren sind gnädig, und ich werde dir helfen, Bruder. Ich werde dir das Schicksal der Sterblichen enthüllen. Aber du musst mir versprechen, dass du nicht mit dem hadern wirst, was du hörst. Dass du nicht versuchst, mich umzustimmen.«

»Es wäre ohnehin zwecklos«, erwiderte Hypnos. Sogar der Göttervater selbst hatte versucht, die Moiren zu erweichen, und er war daran gescheitert.

Atropos nickte und fuhr mit dem Finger über die Steintafel. »Moja ward bei ihrer Geburt von den Musen gesegnet, die schönsten Geschichten zu weben, die die Welt je gehört hat.« Wie Hypnos bereits gedacht hatte. Es gab nur wenige Sterbliche, denen solche Gaben zuteilwurden, und meistens nahmen es sich die Moiren zum Anlass, das Glück dieser Gaben mit einem grausamen Schicksal auszugleichen.

Atropos schmaler Finger glitt über die Steintafel. »Hier ist der Spruch, den das Orakel von Delphi verkündet hat. Lausche, Bruder, denn ich werde ihn dir nur einmal verkünden:

Die Mutter wird ihr die Seuche nehmen, den Vater der Krieg.
Die Schwester wird ihr in den Armen des Schlafs entrissen.

Das ist das Schicksal der Sterblichen und sie wird ihm nicht entkommen. Auch nicht mit der Hilfe eines Gottes.« Ein grausames Schicksal. Und Thanatos war schon da gewesen und hatte die Locke der Schwester mit seinem Opfermesser abgetrennt. Es würde nicht mehr lange dauern, bis ihr Lebensfaden zu Ende war.

Atropos streckte drohend den Finger nach ihm aus. »Du wirst das Schicksal nicht ändern können, Hypnos.«

»Ich weiß«, erwiderte er tonlos. »Ich weiß.«

Sie lächelte. »Auf bald, Bruder.« Dann war der Fels, auf dem sie gerade noch gesessen hatte, leer. Hypnos wandte sich ab. Zum ersten Mal seit Langem sehnte er sich danach, nach Hause zurückzukehren. In die Unterwelt, wo sich Tag und Nacht begegneten, und wo er sich nicht mit dem Schicksal der Sterblichen befassen musste. Aber er wusste nicht, was mit Moja geschehen würde, wenn sich ihr Schicksal erfüllt hatte. Nicht selten verloren Musengeküsste ihre Gaben aus Trauer. Vielleicht würde sie nie wieder eine Geschichte erzählen.

Und Hypnos stemmte seine Flügel gegen den Sturm und erhob sich in die Lüfte, in die Richtung des Hauses auf den Klippen, das von einem Garten mit lavendelfarbenen Blüten umgeben war.

Die Nacht war bereits hereingebrochen und Hypnos flog diesmal direkt zum Haus. Obwohl der Mond hochstand, war das Zimmer von Mojas Schwester erleuchtet. Bedeutete das, dass er die Geschichte noch nicht verpasst hatte?

Moja saß am Bett ihrer Schwester und hielt deren Hand. Sie schwieg, denn obwohl das Kind wach war, konnte es sie nicht hören: Fieber hatte es ergriffen und seine Wangen rot gefärbt. Das Schicksal begann sich zu erfüllen, die abgeschnittene Locke ihre Wirkung zu tun.

Hypnos betrat geräuschlos den Raum und Moja hob den Blick. Obwohl sie ihn nicht sehen konnte, musste sie seine Anwesenheit spüren.

»Bitte«, flüsterte sie, die Stimme rau vor Angst. »Bitte, verschont meine Schwester.« Ihre Augen sahen ihn direkt an, auch wenn er unsichtbar war.

Und Hypnos ließ den Nebel sinken, der ihn verhüllt hatte. »Ich bin nicht der Gott des Todes«, sagte er. »Ich werde sie nicht mit mir nehmen.«

Mojas Augen wurden weit. »Wer seid Ihr?«

Er trat näher an das Bett heran. Eine Berührung von ihm und das kleine Mädchen würde Ruhe finden. »Ich bin derjenige, der den Schlaf bringt.«

Moja stand auf. »Bitte nicht. Nehmt sie nicht in Eure Arme. Ich gebe Euch alles, was ich habe, aber bitte, verschont sie. Ich gebe Euch mein Leben, doch bitte, verschont meine Schwester.«

»Ich würde dir gerne helfen, doch es ist nicht an mir, sie zu verschonen«, erwiderte er leise. »Mein Bruder hat ihr schon eine Locke genommen. Er wird kommen und sie sich holen. Ich kann es nicht verhindern. Die Moiren sind unerbittlich.«

Tränen liefen Mojas Wangen hinab. »Ich habe deine Geschichten gehört«, fuhr Hypnos fort. »Und sie haben mein Herz berührt. Lange schon komme ich her, um deiner Stimme zu lauschen.«

»Ich weiß«, erwiderte Moja mit zitternder Stimme. »Ihr wart es, der mir friedlichen Schlaf geschenkt hat, auch wenn die Angst mich in ihren Klauen hielt.«

Er nickte. »So ist es.« Moja wischte sich über die Augen. »Meine Geschichten waren auch für Euch.«

Unwillkürlich musste er lächeln. Eigentlich hatte er das gewusst, schon die ganze Zeit über. Mojas Geschichten waren ein Geschenk an ihn gewesen. Das einzige Geschenk, das er je von einer Sterblichen erhalten hatte.

Ein kalter Lufthauch fuhr durch das Fenster herein und ließ das Feuer der Öllampe flackern. Thanatos war neben dem Bett gelandet. Die Fackel in seiner linken Hand war nun beinahe ganz erloschen. »Es ist an der Zeit, Bruder«, sagte er. »Du hast das

Schicksal der Sterblichen vernommen. Nimm das Kind in deine Arme, damit ich es in die Unterwelt geleiten kann.«

Deswegen hatte Atropos Hypnos den Spruch verkündet. Weil er gebraucht wurde, um ihn zu erfüllen. Er sah Moja an.

»Und wenn ich es nicht tue?«

Thanatos schnaubte. »Du willst dich gegen das Schicksal stellen? Ich dachte, Atropos hätte dich gewarnt, Hypnos.«

»Das hat sie auch«, erwiderte er. »Aber wenn das Kind nicht schläft, kann sich sein Schicksal nicht erfüllen.«

Thanatos ergriff seinen Arm. »Du willst das Kind mit einem schlaflosen Leben verfluchen, Bruder? Mein Geschenk ist gnädiger als das.«

Hypnos zögerte. Moja selbst hatte sich für die Ruhe bedankt, die der Schlaf ihr brachte. Ein schlafloses Leben wäre erfüllt von quälender Müdigkeit. Thanatos hatte recht, es wäre mehr ein Fluch als ein Geschenk. Aber was, wenn es noch eine andere Möglichkeit gäbe?

»Die Schwester wird ihr in den Armen des Schlafs entrissen«, sagte er. »So lautet das Urteil der Moiren. Der Tod jedoch wird nicht erwähnt, Thanatos. Du wirst nicht erwähnt. Es gibt eine andere Möglichkeit.«

Thanatos runzelte die Stirn.

Hypnos wandte sich ganz seinem Bruder zu. »Verschone das Kind. Lass einmal mich das Schicksal erfüllen.«

Thanatos seufzte. »Und wieder stellst du dich gegen unsere Natur, Bruder. Aber diesmal werde ich dir nicht im Wege stehen.« Er streckte ihm die Locke hin und Hypnos nahm sie vorsichtig entgegen. Dann wandte er sich dem Fenster zu. »Ich überlasse es dir, ihr Schicksal zu erfüllen.« Und mit diesen Worten war er verschwunden.

Hypnos trat näher zu dem ruhenden Kind und ließ die abgeschnittene Locke fallen. Wie von unsichtbaren Kräften bewegt, fügte sie sich wieder an die Strähne, von der sie abgeschnitten worden war.

»Sie ist gerettet«, sagte Hypnos zu Moja. »Aber nun wirst du den Preis des Schicksals zahlen müssen.« Er streckte die Hand nach der jungen Frau aus. »Du wirst mit mir kommen müssen.«

»Das will ich gern tun. Was aber wird aus meiner Schwester? Sie ist noch ein Kind.«

»Ich werde die Göttin der Jungfrauen bitten, sich ihrer anzunehmen.«

»Danke«, flüsterte Moja. »Dann werde ich mich von ihr verabschieden.«

Hypnos lächelte. »Das musst du nicht. Du kannst sie jede Nacht besuchen und ihr deine Geschichten erzählen, während sie schläft. Dann wird sich der Schlaf nicht mehr so anfühlen wie der Tod und sie muss ihn nicht mehr fürchten.«

Als Moja ihm ihre Hand reichte, war sie keine Sterbliche mehr, sondern die Muse der Träume. Und seither ist der Schlaf der Sterblichen erfüllt mit ihren Geschichten.

Zu der Autorin:
Alexandra Maibach wurde 1994 als mittleres von drei Kindern in Mainburg geboren. Schon früh entdeckte sie ihre Liebe zu Geschichten und machte in ihrer Schulzeit erste Gehversuche als deren Verfasserin. Sie hat ihr Medizinstudium 2019 abgeschlossen und arbeitet nun als Ärztin. Sie lebt in Regensburg und im Allgäu. Instagram: alexandra.maibach

Lektorat: Lara Andrea Habegger/Hanna Jung; Korrektorat: Cara Kolb; Illustration: Katharina Strauß

IN EINEM BRENNENDEN LAND
Lena Obscuritas

Die Flammen schlugen um sich, leckten hungrig an allem, was sie berührten. Horus sah von einer Anhöhe aus zu. Das Feuer zerstörte sein Reich und seine Untertanen, doch er konnte nichts dagegen tun. Jedenfalls nicht mehr. Er schlug die Augen auf und die apokalyptische Szenerie verschwand.

»Was ist diesmal passiert?«, fragte Heimdall, ohne von seiner Zeitung aufzusehen.

»Sie sind gestorben«, antwortete Horus.

Nun sah Heimdall mit hochgezogenen Augenbrauen von seiner Zeitung auf. »Was, schon wieder?«

»Das ist nicht lustig«, meinte Horus, während er sich aufrichtet, »eher deprimierend.«

»Willst du nochmal?«, wollte Heimdall wissen.

Horus schüttelte den Kopf. Ihm war nicht nach einer weiteren Simulation. Es war nicht gerade angenehm, die Menschen, die ihn verehrten, immer wieder zu enttäuschen.

»Mach dir keine Sorgen«, sagte da Heimdall, als hätte er Horus' Gedanken gelesen. »Irgendwann bekommst du wieder eine Chance.«

Horus verließ Heimdalls Reich, ohne darauf zu antworten und ging die Brücke entlang, die in die Welt der Götter führte.

Sicher, Heimdall hatte vermutlich Recht. Irgendwann würde er es schaffen, das Reich der Menschen erfolgreich zu regieren. Und würde ihm das nur einmal in der Simulation gelingen, wäre es ihm gestattet, auf die Erde zurückzukehren. Doch Jesus war der Letzte gewesen, dem dieses Kunststück gelungen war und der hatte mit wehenden Fahnen die Flucht ergriffen, als die Menschen mit dem Bau der Atomwaffe begonnen hatten.

Seitdem hatten viele Götter versucht, die Menschheit wieder auf Kurs zu bekommen. Aber sie alle waren bereits an der Simulation gescheitert. Dabei lag Horus wirklich etwas an den Menschen. Er fand diese kurzlebigen kleinen Kreaturen … niedlich. So wie man ein Haustier niedlich fand. Der Gott war beeindruckt von ihrem Ideenreichtum, sogar von ihrer Grausamkeit.

Horus durchschritt ein Tor und betrat die Stadt, die die Götter seit Anbeginn der Zeit bewohnten. Es herrschte nicht gerade reges Treiben. Die alten Götter, wie er selbst einer war, hatten sich zurückgezogen und den neuen Göttern Platz gemacht. Besonders Buddha erfreute sich an immer größerer Beliebtheit, was dem Mönch allerdings nicht sehr zu gefallen schien.

Auf einer Mauer erblickte Horus Bast, die sich in der Sonne räkelte. Ihre Katzenohren zuckten, als sie seine Schritte näher kommen hörte.

»Warst du wieder in der Simulation, Horus?«, schnurrte sie, streckte sich ein letztes Mal und setzte sich dann auf.

»Du könntest es auch wieder versuchen«, erwiderte Horus und lehnte sich mit dem Rücken gegen die warme Steinmauer.

Bast zuckte nur kurz mit den Schultern. »Ich könnte«, stimmte sie ihm zu, »habe aber kein Interesse daran.«

»Warum nicht?«, wollte Horus wissen, was ihm einen mitleidigen Blick von der schönen, katzenartigen Göttin einbrachte.

»Ich bitte dich, du beobachtest die Menschen doch mehr als jeder andere. Die alten Götter haben keinen Wert mehr, Lilith hat mehr Chancen, von den Menschen angenommen zu werden, als wir.«

Horus sagte dazu nichts, stimmte Bast aber insgeheim zu. Die Menschen hatten eine eigenartige Besessenheit zu Lilith entwickelt, obwohl die Hälfte von ihnen keine genaue Vorstellung davon hatte, wer Lilith eigentlich war.

»Dann ist das also alles, was du mit deiner Existenz anfangen willst?«, fragte Horus, während Bast sich wieder der Länge nach auf der Steinmauer ausstreckte.

»Die Menschen nennen es ›Me-Time‹«, antwortete sie nur frech. »Vielleicht solltest du es einmal ausprobieren.«

Horus konnte sich ein Lächeln nicht verkneifen.

»Da fällt mir ein, Anubis hat nach dir gesucht.«

Das verwunderte Horus etwas. Er und Anubis stellten die Gegensätze des jeweils anderen dar. Allein deswegen war keinem von ihnen je an einer Zusammenarbeit gelegen.

»Weißt du, wo ich ihn finde?«

Bast zuckte nur mit den Schultern. »Ich glaube er wollte in die Bibliothek, aber das ist schon eine Weile her«, sagte sie mit geschlossenen Augen.

Horus verabschiedete sich von ihr und schlug den Weg zur Bibliothek ein. Vielleicht hatte er Glück und der Schakal war dort zu finden. Die Straßen waren wie ausgestorben, was Horus sehr begrüßte. Seine Niederlage in der Simulation steckte ihm noch zu tief in den Knochen. Irgendjemand musste sich den Menschen endlich annehmen. Sie waren verloren, ohne jede Orientierung und er wollte nicht dabei zusehen, wie diese faszinierenden Menschen sich selbst zerstörten.

In der Bibliothek war es kühl und schattig. Horus wanderte die langen Regale entlang, die sich bis weit nach oben an die Decke zogen. Die Tür zu einem der Leseräume stand offen und Horus trat ein.

Anubis stand mit dem Rücken zu ihm, über den Tisch gebeugt. Wie immer umgab ihn eine düstere Ausstrahlung, die Horus einen Schauer über den Rücken jagte.

Der Totengott sah nicht auf, als Horus sich neben ihn stellte und einen Blick auf die Bücher warf, die auf dem Tisch verteilt waren. »Du hast nach mir gesucht?«

»Ich habe gehört, du versuchst dich in letzter Zeit öfter an der Simulation«, sagte Anubis, ohne auf Horus' Frage einzugehen.

Horus war daran gewöhnt. Anubis' Hochmut kannte keine Grenzen. »Seit wann interessierst du dich dafür, was andere tun?«

Anubis' Lippen kräuselten sich zu einem Lächeln, als er endlich den Kopf hob, um Horus anzusehen. »Du bist nicht der Einzige, der sich mit den Menschen befasst.«

Horus zog nur ungläubig eine Augenbraue nach oben, was Anubis ein leises Lachen entlockte.

»Ich habe mich seit einiger Zeit mit der Geschichte der Menschheit befasst«, erzählte der Schakal und machte eine ausladende Bewegung über den Tisch, auf dem die Bücher lagen. »Die Menschen hatten schon immer Blütephasen, doch seit einiger Zeit steuern sie immer mehr in ihr eigenes Verderben.«

Horus nickte. Genau das war ihm auch aufgefallen.

»Also habe ich mir die Umstände dieser Blütephasen genauer angesehen«, erzählte Anubis weiter, »und dabei Folgendes festgestellt: Die Blütezeit der Menschen hängt stark von den Göttern ab, die sie in dieser Zeit verehrt haben.«

»Bist du dir dabei sicher?«, fragte Horus und trat neben Anubis, um einen Blick in die Bücher zu werfen.

Anubis sah in mitleidig an. »Natürlich bin ich mir sicher.«

»Na gut«, erwiderte Horus, »gehen wir davon aus, dass du Recht hast. Was genau möchtest du damit sagen?«

Anubis zeigte auf ein Papyrus, dass am Ende des Tisches lag. Horus sah es liebevoll lächelnd an. Er konnte sich gut an dieses Schriftstück erinnern. Im alten Ägypten war es zu seinen Ehren geschrieben worden.

»Niemand war so fortschrittlich, wie die alten Ägypter. Und wen haben sie angebetet? Dich, mich, Bast und noch so viele mehr«, sagte Anubis. »So sehr die Menschen auch nach neuen Göttern suchen, denen sie sich anvertrauen können, ich sage, dass es Zeit wird, die alten Götter zurückzubringen.«

Horus schwieg eine Weile. Eigentlich war er doch Anubis' Meinung, warum fühlte es sich trotzdem falsch an, ihm zuzustimmen? »Was sagt Bast dazu?«, fragte Horus stattdessen.

»Bast ist auf meiner Seite«, antwortete Anubis, »genauso wie Osiris, Seth und Amun.«

»Und was ist dein Plan?«

Anubis richtete sich zu seiner vollen Größe auf. Er überragte Horus um einige Längen. »Wir müssten alle in die Simulation und gewinnen«, sagte er, »aber seit dieser seltsamen Regel, dass es nur noch ein Gott auf einmal versuchen darf, ist das nicht mehr möglich.« Er ging um den Tisch herum und schlug einige Bücher an markierten Stellen auf. »Also müssen wir das umgehen. Ich habe Möglichkeiten gefunden, die Simulation zu manipulieren.«

»Heimdall würde es merken«, warf Horus ein.

Anubis schüttelte den Kopf. »Heimdall wird nicht dabei sein, wenn ich in die Simulation gehe.«

Horus massierte sich mit Zeige- und Mittelfinger die Schläfen. Er konnte Anubis nicht ganz folgen.

»Bast wird Heimdall ablenken«, erklärte Anubis, »ich werde in die Simulation gehen und sie besiegen.«

»Dann kann immer noch nur ein Gott auf die Erde gehen«, warf Horus ein.

Anubis schob ihm ein Buch über den Tisch zu. »Nicht, wenn wir diesen Zauber benutzen.«

Horus las die beiden aufgeschlagenen Seiten durch. Danach schloss er die Augen und atmete ein paar Mal tief durch. »Du willst Heimdall umbringen«, stellte er dann fest.

»Du hast nicht aufgepasst«, sagte Anubis. »Ich will ihn nicht umbringen, aber er ist das nötige Opfer, damit der Zauber wirken kann. Wenn Heimdalls Blut erst vergossen wurde, können wir alle zurück auf die Erde und wieder für Ordnung sorgen.«

»Wissen die anderen auch davon?«, fragte Horus leise.

Anubis nickte. »Allen ist bewusst, dass es ein Opfer ist, das wir bringen müssen.«

»Es ist Heimdall, der dieses Opfer bringt«, widersprach Horus.

»Es ist für das Wohl aller«, sagte Anubis. »Können wir auf dich zählen?«

»Wann soll es beginnen?«, fragte Horus zurück.

»Noch heute Nacht.«

Als Horus schwieg, zuckte Anubis nur mit den Schultern. »Solltest du dich dafür entscheiden, komm heute Nacht zu Heimdalls Thron.«

Damit ließ er Horus in dem Lesesaal allein. Dieser musste erst ein paar Mal ein- und ausatmen, bevor er ebenfalls die Bibliothek verließ. Im Schatten der Mauer erwartete Bast ihn bereits. Eigentlich hätte Horus sich das denken können.

»Was sagst du?«, schnurrte sie. »Bist du bereit für heute Nacht?«

»Du kannst es anscheinend kaum abwarten«, stellte Horus fest.

»Natürlich«, bestätigte Bast seine Vermutung, »wir haben lange genug auf unsere Chance gewartet.«

Horus ging davon, ohne etwas darauf zu erwidern. Er hörte Bast kurz fauchen, bevor sich ihre Schritte entfernten. Horus schlug den Weg zu Heimdalls Thron ein. Er wusste noch nicht genau, was er dort tun wollte. Vielleicht sollte er Heimdall warnen. Vielleicht sollte er ihn verteidigen, doch selbst Horus konnte nicht gegen so viele Götter auf einmal bestehen. Also stand er eine Weile unschlüssig vor Heimdalls Halle, bis sich die große Tür öffnete.

»Willst du da noch lange stehen bleiben oder kommst du auch mal rein?«, fragte Heimdall.

Horus lächelte. »Woher hast du gewusst, dass ich hier bin?«, fragte er zurück.

»Mein Auge sieht alles«, antwortete Heimdall.

»Aber ich kann von einem Ägypter nicht erwarten, etwas über die nordischen Götter zu wissen.«

Er trat zur Seite, um Horus hereinzulassen. Als sich die Tür hinter ihnen schloss und sich Horus' Augen an das dämmrige Licht gewöhnt hatten, erkannte er die Schemen von anderen Göttern, die bereits in der Halle warteten.

»Was ist hier los?«, fragte Horus.

»Ich habe dir gesagt, dass mein Auge alles sieht«, sagte Heimdall. Er deutet auf einen schlanken, hochgewachsenen Gott, der Horus an einen Falken erinnerte.

»Ich habe damals Lokis Verrat gesehen, ich sehe auch Anubis'.«

»Du weißt also Bescheid«, sagte Horus.

Heimdall stellte sich in die Reihe der nordischen Götter, die bewaffnet und grimmig die Ankunft des Totengotts erwarteten.

»Ich weiß es. Nur deine Rolle ist mir verborgen geblieben.«

Horus seufzte. »Das liegt vermutlich daran, dass ich noch nicht weiß, was ich tun werde.«

»Dann solltest du dich mit deiner Entscheidung beeilen«, riet ihm Heimdall. »Es wird bereits dunkel.«

»Kannst du auch sehen, ob Anubis erfolgreich sein wird?«, wollte Horus wissen.

Heimdall lachte. »Sehen kann ich es nicht, aber er wird es nicht ins Reich der Menschen schaffen. Wenn der Norden kämpft, gewinnt er auch.«

Horus nickte. »Ich werde gehen«, sagte er dann, einem plötzlichen Gefühl nachgehend.

Auch Heimdall nickte, sagte aber nichts. Ohne sich noch einmal umzusehen, verließ Horus die Halle. Er musste nicht hierbleiben. Er würde wissen, wie es ausging.

***

Horus saß auf der Mauer, an der er heute Morgen noch Bast getroffen hatte. Es kam ihm vor, wie in einem anderen Leben. Da ertönte die erste Explosion. Horus schloss die Augen. Er hatte das alles nicht gewollt.

Bald konnte Horus Rauch riechen. Er hörte die panischen Schritte der anderen Götter, die in die Richtung von Heimdalls Hallen rannten. Horus konnte nicht sagen, welche der beiden Seiten siegen würde. Er wusste auch nicht, worauf er hoffen sollte.

»Horus! Sitz da nicht einfach so rum, es gibt einen Kampf in Heimdalls Hallen!«, rief ihm jemand im Vorbeilaufen zu.

Horus seufzte. Es war wirklich Zeit, dass er sich dem Spektakel anschloss. Also öffnete er die Augen, sprang von der Mauer und lief in die gleiche Richtung, aus der er noch zuvor gekommen war. Als er ankam, lagen Heimdalls Hallen in Trümmern.

»Oh nein«, flüsterte Horus und bahnte sich einen Weg durch die Menge. Doch als er sich in die erste Reihe gekämpft hatte, bot sich ihm ein überraschendes Bild:

Der drahtige Loki hielt Bast in einem festen Würgegriff, Seth lag geschlagen am Boden, Amun hatte sich ergeben. Doch wo war Anubis?

»Heimdall!«, rief Horus.

Der nordische Gott kam blutend aus den Ruinen seiner Halle. »Er ist weg«, sagte er und spuckte Blut auf den Boden. »Dieser Bastard hat es in die Simulation geschafft.«

»Kannst du ihn nicht zurückholen?«, fragte Loki.

»Er wird doch sowieso zurückkommen, wenn er es nicht schafft, die Menschen am Leben zu halten«, vermutete Hermes, der neben Horus stand.

»Nein, das wird er nicht«, widersprach Horus. »Er hat einen Zauber gefunden, um die Simulation zu manipulieren.«

Heimdall fluchte.

»Was sollen wir jetzt tun?«, fragte Freya, die mit einem Dolch Amun in Schach hielt.

Heimdall zog erneut sein Schwert. »Ich gehe rein und hole Anubis zurück«, sagte er.

»Das wirst du nicht alleine schaffen«, prophezeite Loki.

»Er ist auch nicht alleine«, sagte Horus und trat vor. »Ich komme mit ihm.«

Loki stieß Bast von sich, die vornüber fiel und ihn dann wütend anfauchte. »Ich komme auch mit«, sagte er und warf Horus einen durchdringenden Blick zu. »Ich lasse dich nicht mit diesem ägyptischen Mistkerl alleine.«

»Misstrauen bringt uns jetzt nichts«, versuchte Heimdall zu schlichten, »denn ich befürchte, dass wir immer noch zu wenig sind, um Anubis aufzuhalten. Wir wissen nicht, ob er schon im Reich der Menschen ist und es geschafft hat, sie zu beeinflussen. Wenn dem so ist, wird sich seine Macht jede Sekunde steigern.«

»Worauf willst du hinaus?«, fragte Freya mit sorgenvollem Blick.

»Wir müssen alle hineingehen«, antwortete Heimdall.

Es herrschte betretenes Schweigen.

»Es ist die einzige Chance, die wir haben«, sagte Heimdall. »Entweder das oder wir überlassen die Menschen Anubis und riskieren, dass sie sich selbst vernichten. Wir müssen die natürliche Ordnung wieder herstellen, indem wir es den Menschen selbst überlassen, an welchen Gott oder an welche Götter sie glauben wollen.«

Freya ließ langsam ihren Dolch sinken und trat einen Schritt zurück. Seth setzte sich währenddessen auf und fluchte.

»Na gut«, sagte Hermes, »ich bin bereit.«

Jesus kam nach vorn und stellte sich neben Heimdall. »Ich auch. Schlimmer als beim letzten Mal kann es ja nicht werden«, sagte er augenzwinkernd.

Horus zuckte einfach nur mit den Schultern.

Heimdall ging wieder in die Trümmer seines Zuhauses und kam mit dem Kristall, der die Simulation auslöste, zurück. Er stellte ihn ab und alle Götter versuchten, sich in einem halbwegs geordneten Kreis darum zu positionieren.

Der Kristall begann bereits in stummer Erwartung zu leuchten. Heimdall warf einen letzten Blick in die Runde. Dann klatschte er in die Hände. Ein heller Lichtblitz und die Götter verschwanden aus ihrer Welt.

***

Als Horus die Augen öffnete, stand er in der Hölle, die er heute Morgen verlassen hatte. Die Welt um ihn herum stand in Flammen. Tiere und Menschen flüchteten in Scharen vor dem Feuer. Angstschreie erfüllten die Luft.

»Wo sind wir?«, flüsterte Freya neben ihm. »Was ist hier passiert?«

»Australien«, beantwortete Heimdall ihre erste Frage.

Nur er, Freya und Horus waren hier. Die anderen Götter waren über die ganze Welt verteilt worden.

»Horus?«, ertönte da Basts Stimme in seinem Kopf. »Wo bist du?«

»Heimdall sagt, wir sind in Australien«, antwortete Horus ihr. »Es ist schrecklich, alles steht in Flammen.«

»Hier ist ein Virus ausgebrochen«, erzählte Bast. »Die ganze Stadt steht unter Quarantäne.«

»Wir müssen das wieder in Ordnung bringen«, sprach Freya die Gedanken aller Götter laut aus.

»Viel Glück«, flüsterte Bast, bevor sie sich aus Horus' Verstand zurückzog.

»Dir auch«, flüsterte Horus zurück.

»Also dann«, sagte Heimdall, »fangen wir an.«

Und auf der ganzen Welt machten sich die Götter ans Werk.

Zu der Autorin:

Lena Obscuritas *1994 in München, veröffentlichte bereits in mehreren Anthologien. Ist sie einmal nicht mit Schreiben beschäftigt, arbeitet sie in einem Altenheim oder steht als Model vor der Kamera.

Instagram: lenaobscuritas

Lektorat und Korrektorat: Hanna Jung; Illustration: Louisa S. Reinwarth

APFEL DER ZWIETRACHT

Jenny Pietsch

Schwesterherz, die Hochzeit von Peleus und Thetis beginnt gleich. Kommst du?« Aphrodite steckt den Kopf durch meine Zimmertür und schaut mich mit hochgezogener Augenbraue an. Ich liege in meinem Bett und werfe einen goldenen, tennisballgroßen Apfel in die Luft, nur um ihn kurze Zeit später wieder aufzufangen.

»Der Schönsten« ist in den Apfel eingraviert, um mir zu schmeicheln. Doch Hermes, der mir diesen schenkte, entspricht nicht meinen Ansprüchen. Wie so viele andere, die meine Gunst erlangen wollten.

Neben Aphrodite gelte ich als eine der schönsten Göttinnen und entsprechend viele Götter wollen deswegen meine Aufmerksamkeit erlangen.

»Ich habe keine Lust«, sage ich und werfe den Apfel erneut in die Luft. »Geh du nur. Vielleicht komme ich nach.« Der Apfel landet in meiner Hand. Mein Blick wandert zu meiner Schwester. Sorgen umschatten Aphrodites Augen.

»Ach Eris«, seufzt sie. »Du weißt, was es dann wieder für Gerede geben wird«, sagt sie noch und wendet sich zum Gehen. Sie hat ja Recht. Es würde Gerede geben. Aber irgendwie gibt es das immer, wenn es um meine Person geht. Mein Job ist es eigentlich, Zwietracht und Streit unter den Menschen zu säen und somit gehen viele Götter davon aus, dass ich dies auch unter Unseresgleichen mache. Somit werde ich für jeden Streit und jede Zwietracht zwischen den Göttern verantwortlich gemacht. Ach, wie ich es hasse. Genauso, wie ich Streit hasse und die Harmonie liebe.

In kreisenden Gedanken versunken, werfe ich den Apfel weiterhin in die Luft und fange ihn auf. Ein leises Klopfen an der Tür lässt mich innehalten und aufsehen. Ein blonder Wuschelkopf steckt seine Nase in mein Zimmer. Innerlich seufze ich auf. Aphrodite teilt wirklich alles mit Ares.

»Hey Kleines! Aphrodite sagt, du willst nicht mit zur Hochzeit kommen?« Erwartungsvoll blicke ich in seine gewitterblauen Augen, denn diese Frage ist rein rhetorisch gemeint. So gut kenne ich meinen besten Freund und engsten Vertrauten dann doch. »Ist es wegen Thetis? Sie hat dich doch eh nicht verdient!«, sagt er nun und ich würde am liebsten fragen, wer mich denn dann verdient hat. Kaum versehe ich mich, da sitzt Ares bereits auf meiner Bettkante und streicht mir sanft eine Strähne meines wallenden Haares aus dem Gesicht.

»Du hast ja Recht«, seufze ich. »Aber ich kann sie einfach nicht mit diesem lüsternen Peleus sehen. Der würde jede Nymphe und jede Göttin bespringen, wenn er könnte.«

Ares lacht auf. »Du weißt doch, wie die Frauen sind. Sie denken, sie können ihren sturen Esel zu einem prächtigen treuen Hengst umbiegen.« Bei diesem Vergleich muss ich lachen.

Mit dem goldenen Apfel in der Hand richte ich mich im Bett auf und sage nun entschlossen: »Geh vor, Ares. Ich mache mich fertig und komme anschließend nach.«

Auf Ares Gesicht breitet sich ein selbstgefälliges Grinsen aus und er verlässt vergnügt mein Zimmer.

Die süße kleine Thetis hat mir eine Abfuhr erteilt, weil sie glaubt, mit dem Lüstling glücklich zu werden. Doch das wird sie nicht. Seit vielen Jahren beobachte ich immer wieder das Gleiche: Die schönsten und zartesten Göttinnen fielen auf diese oberflächlichen Herzensbrecher herein, die es mit der Ehe nicht allzu genau nahmen.

Allein Persephone ist mit Hades ein Glücksgriff gelungen. Die beiden lieben sich wahrhaft und hatten und haben nur Augen füreinander. Ich bin gerne bei den beiden zu Gast und fühle mich sehr wohl mit ihnen. So geht es mir nur bei den wenigsten Gottheiten.

Noch immer den goldenen Apfel in der Hand, stehe ich vor meinem Kleiderschrank. Mit einem Wink mit der Hand schiebe ich Kleid für Kleid zur Seite, bis ich bei einem grünen, ausschweifenden Kleid angelange. Eine weitere Geste mit der Hand sorgt dafür, dass mich das Kleid sanft umhüllt.

Der Spiegel offenbart mir, dass ich eine hervorragende Wahl getroffen habe. Das Kleid betont gekonnt meine schlanke Gestalt, die blonden Locken heben sich von dem dunklen Stoff ab und meine Augen strahlen in der Farbe des Kleides. Zufrieden nicke ich mir selbst zu und lasse den goldenen Apfel in eine versteckte Tasche im Kleid gleiten.

Mit viel Schwung wird meine Tür aufgerissen und eine schwarzhaarige Schönheit steht im Rahmen, einige Meter dahinter ein schwarzhaariger Mann mit mürrischem Gesichtsausdruck. Er wäre jetzt gerne ganz woanders, das sieht man ihm deutlich an. »Persephone! Hades!«, bringe ich erfreut hervor. »Mit euch habe ich auf dieser Hochzeit gar nicht gerechnet!«

Persephone grinst mich verschmitzt an und während Hades sich an ihr vorbeischiebt und mich in seine starken Arme nimmt, sagt sie: »Oh liebe Eris, ich brauchte mal wieder ein bisschen Abwechslung. Und was passt da besser als eine Hochzeit, die im Chaos enden wird?« Ihre Vorhersagen machen mir schon lange Angst, denn sie stimmten bisher immer und ohne jegliche Ausnahme.

»Oh dein Kleid ist fantastisch!«, ruft sie nun aus und mit einem eleganten Wink ihrer Hand trägt sie nun eine beige Kopie meines Kleides.

Hades schüttelt nur den Kopf, doch auf seine Lippen schleicht sich ein verliebtes Lächeln. Während bei anderen Paaren die Liebe von Tag zu Tag abnimmt, ist es bei den beiden andersherum. Wie das geht, kann ich mir leider nicht erklären, aber ich freue mich für die beiden. *Das hätte ich auch gerne*, denke ich noch.

»Du bist unverbesserlich, Perse!«, lache ich und gebe ihr rechts und links ein Küsschen. Sie lacht auf, schnappt sich meine Hand und zieht mich mit sich.

***

Auf der Hochzeit tummeln sich allerlei Gottheiten, Nymphen und andere Wesen, die sich im Olymp aufhalten dürfen. Viele Gäste stehen in kleinen Gruppen zusammen und unterhalten sich amüsiert.

Als sie uns bemerken, fliegen viele Blicke zu uns herüber und es wird fleißig getuschelt. *Vielleicht war das grüne Kleid doch keine gute Idee*, denke ich bei mir und merke, wie mir die Röte in die Wangen schießt. Alle Gäste haben eher helle und pastellige Farben an.

Persephone ignoriert das Getuschel und zieht mich weiter an der Hand zu den mit weißem Stoff bezogenen Stühlen. Hades flankiert mich auf meiner anderen Seite und schenkt mir ein wissendes Grinsen. Nervös spiele ich mit der freien Hand in der versteckten Tasche mit dem Apfel. Dies beruhigt mich etwas. Zwischen den Stuhlreihen befindet sich ein etwa zwei Meter breiter Durchlass, an dessen Ende ein Bogen steht, der komplett aus weißen Lilien zu bestehen scheint.

Persephone winkt hier und da bekannten Gesichtern zu und zieht mich dabei weiter unablässig an den Plätzen entlang. Dabei steuert sie die erste Stuhlreihe an. Innerlich rolle ich mit den Augen. Persephone weiß ganz genau, dass ich diese Hochzeit eigentlich nicht besuchen wollte.

»Sie soll ja nicht denken, dass du noch nicht über sie hinweg bist«, flüstert mir Persephone nun mit einem Zwinkern zu. Ich gebe ihr einen leichten Knuff gegen ihre Schulter und lasse mich dann neben sie fallen. Hades wählt den Platz rechts von mir, statt sich direkt neben Persephone zu setzen. Kurz bin ich irritiert, aber ich kann mir nicht vorstellen, dass die beiden Probleme haben. Die anderen Gäste suchen sich nun auch ihre Plätze. Neben Hades lassen sich Aphrodite und Ares nieder. Beide grinsen mich an, und Ares zwinkert mir zu.

Während die Hochzeitsmusik beginnt, verstummt auch der letzte Gast und blickt erwartungsvoll den Gang entlang. Als erstes taucht Peleus auf und schreitet den Gang bis nach vorne durch. Er trägt einen weißen Anzug und schenkt hier und da Göttinnen und Nymphen ein lüsternes Lächeln. *Nicht einmal auf seiner eigenen Hochzeit kann er es lassen*, denke ich und schüttle leicht meinen Kopf.

Ares schaut mich an und wackelt mit den Augenbrauen. Das soll wohl so viel heißen wie: »Ich habe es ja gesagt.« Ich denke an seinen Spruch mit dem Esel und muss kurz auflachen.

Peleus ist bereits vorne angekommen und nun drehen wieder alle ihre Köpfe nach hinten um Thetis den Gang entlang schreiten zu sehen. Minuten vergehen, ohne dass etwas passiert und eine kleine Knospe Hoffnung wächst in meinem Inneren. Diese wird auf dem Boden zertrampelt, als nun Thetis den Saal betritt und in einem traumhaften Kleid den Gang gemächlich entlang schreitet.

Das Kleid ist schlicht und einfach weiß. Ein perlenbestickter Gürtel schmiegt sich um ihre Taille. Der U-Boot Ausschnitt unterstreicht ihren schlanken Hals. Ihr rotes Haar fällt ihr glatt wie Seide bis zu den Hüften hinab. Auf ihrem rechten Arm und ihrer rechten Hand zieren goldene Blüten-Tattoos ihre blasse Haut. Ihre blauen Augen schäumen über vor Glück und ein sachtes Lächeln liegt auf ihren Lippen. Sie hat noch nie schöner ausgesehen als in diesem Augenblick. Und wenn ich nicht bereits in sie verliebt wäre, dann wäre ich es spätestens in diesem Augenblick.

Bedächtig schreitet sie den Gang entlang und hat nur Augen für ihren zukünftigen Ehemann. Kurz bevor sie unsere Stuhlreihe passiert, wandert ihr Blick wie automatisch zu mir, und ihre blauen Augen bleiben für den Bruchteil einer Sekunde an mir hängen. Doch dann geht die Zeremonie schon los und ihr Blick wandert zu Peleus. Als Thetis mit ihrem Teil des Gelübdes dran ist, schaut sie knapp an Peleus vorbei und mir direkt in die Augen.

»Für immer werde ich dich lieben und an deiner Seite stehen. In guten und in schlechten Zeiten.« Ich zwinge mir ein unbesorgtes Lächeln aufs Gesicht und nicke ihr kurz zu. Und ab diesem

Augenblick heften sich ihre Augen nur noch auf Peleus. Da sie gerade dabei ist zu heiraten, werde ich es akzeptieren müssen, obwohl mir mein Herz ein wenig blutet. Wenn ich wieder allein bin, wird es vermutlich stärker bluten. Persephone drückt leicht meine linke Hand, während Hades meine rechte drückt.

Die Party beginnt und nachdem das Hochzeitspaar die Tanzfläche erobert hat, füllt diese sich mehr und mehr. Und auch Persephone schnappt sich meine Hand und ruft freudig aus:

»Komm meine liebe Eris, ich will tanzen!« Mit einem Lachen auf den Lippen folge ich ihr zur Tanzfläche. Meine Hand liegt noch immer in der Hand von Persephone und diese wirbelt mich gleich zu Beginn im Kreis herum. Mein Kleid schwingt mit und gibt einen großzügigen Blick auf meine nackten Beine frei. Ich lache vergnügt und sehe die Gäste nur noch wie einen bunten Strahl um mich herumfliegen.

Ich merke noch, wie Persephone meine Hand in Ares' legt. Dieser dreht mich ohne Unterbrechung weiter und weiter. So viel Spaß hatte ich schon lange nicht mehr.

Plötzlich übertönt ein Streit die feiernden Gäste und lässt mich taumeln. Ich fange mich und muss kurz die Welt um mich herum zur Ruhe kommen lassen, um wieder klar zu sehen. Aphrodite, Athene und Hera stehen zusammen und streiten.

In Aphrodites Hand liegt ein goldener Apfel. Oh nein, ich ahne Schlimmes. Meine Befürchtung wird von einem Kichern neben mir bestätigt. Es ist Persephone. Ihre Vorhersage scheint an dieser Stelle zu beginnen und damit das vorhergesehene Chaos.

»Es ist doch ganz klar, dass ich als Göttermutter mit der Inschrift gemeint bin«, höre ich Hera ausrufen.

Athene schnaubt abfällig und schüttelt den Kopf. Doch sie sagt nichts dazu. »Ach Hera, meine Liebe, ich bin die Göttin der Liebe und der Schönheit. Wer sollte schon schöner sein als ich?«, spottet Aphrodite hochnäsig.

Ich weiß gar nicht, was in sie gefahren ist. Sie weiß doch ganz genau, dass Hermes mir diesen Apfel geschenkt hat.

In der Menge bricht Gemurmel aus und hier und da sehe ich, wie Köpfe geschüttelt werden. Warum dieser Streit auf einer Hochzeit sein muss, versteht wohl kaum einer.

Hermes schlendert an mir vorbei und haucht spöttisch in mein Ohr: »Na liebste Eris? Hast du wieder Streit und Zwietracht mitgebracht?« Ich spüre seinen Atem an meinem Ohr und seinen Körper zu dicht an meinem. Eine Gänsehaut läuft mir über den Rücken und ich schüttle nur den Kopf, während ich Hermes strafend ansehe.

Das Getuschel um uns herum nimmt an Lautstärke zu und die Gäste bilden eine Gasse. In der Gasse steht Zeus mit einem verärgerten Gesichtsausdruck. »Was ist hier geschehen, Hera?«, wendet er sich an seine Gattin. Doch Liebe bemerkt man keine in seinem Umgang mit ihr.

»Aphrodite hat einen goldenen Apfel mit der Gravur: ›Der Schönsten‹ gefunden und wir sind uns uneinig, wem dieser Apfel zusteht«, antwortet ihm Hera mit hoch erhobenem Haupt.

Zeus rollt genervt die Augen und meint: »Lasst dies einen Menschen weit ab dieser Party entscheiden. Ich will die Vermählung von Peleus und Thetis ausgiebig feiern und ihr stört. Wie hieß noch dieser kleine Mensch?« Grübelnd zieht er die Augenbraue hoch.

Hermes ist nun an seiner Seite und fragt: »Meinst du den trojanischen Königssohn Paris, mein Bruder?« Ohne auf eine Antwort von Zeus zu warten, fügt er hinzu: »Lasst es Paris entscheiden, wem von euch dreien der Apfel gebührt.« Seine Augen glitzern vor Spott und für den Bruchteil einer Sekunde bohren sie sich in meine. Er hat sichtlich Spaß an der Situation, während ich ahne, dass es für mich nicht gut ausgehen wird. »Ich bringe euch hin, meine Damen. Folgt mir bitte«, sagt er nun und führt die drei hinaus.

Erleichtert atme ich auf. Persephone neben mir wirkt noch etwas verwirrt. Ich vermute, ihre Prophezeiung ist noch nicht komplett eingetreten. Die Gäste wenden sich bereits ab, da kommt Zeus direkt auf mich zu. Vor Schreck bleibt mir fast mein Herz stehen und die Luft, die ich gerade eingeatmet habe, verbleibt in meinem Inneren.

»Eris«, donnert Zeus Stimme durch den Saal. »Dich verweise ich für die Dauer von zehn Jahren vom Olymp. Spätestens am Ende der Hochzeitsfeierlichkeiten hast du verschwunden zu sein.«

Ich stoße die angehaltene Luft wieder aus. Meine Beine wollen mich nicht länger tragen, und im letzten Moment werde ich von Hades und Persephone auf den Beinen gehalten. Noch nie wurde eine Gottheit dem Olymp verwiesen.

»Deine Strafe fällt unverhältnismäßig schwer aus, Bruder«, zischt Hades wütend.

Das Getuschel der Gäste schwillt zu einem ohrenbetäubenden Rauschen an. Ein lauter Knall ertönt und um uns herum breitet sich Stille aus. Nach dem Lärm tut die Stille geradezu weh in den Ohren.

Persephone lässt mich auf die Knie sinken und wiegt mich wie ein kleines Kind hin und her. »Hätte ich das vorhergesehen, hätte ich es verhindert, liebste Eris. Das musst du mir glauben«, murmelt sie mir immer und immer wieder zu.

Ein »Puff« ertönt und ich sehe mich überrascht um. Neben mir liegt eine Rolle Pergamentpapier. Es trägt das Siegel von Zeus. Hades ist nicht mehr zu sehen, er hat mich und Persephone allein gelassen und erst jetzt realisiere ich, dass uns der Knall in Hades Reich gebracht hat.

Mit zittrigen Händen entrolle ich das Pergament. Darauf steht geschrieben:

Liebste Tochter,

dieser Verweis dient deiner eigenen Sicherheit. Was Aphrodite getan hat, ist kaum zu verzeihen und wird von den anderen Göttern leider dir in die Schuhe geschoben. Der Krieg zwischen Troja und den Griechen wird zehn Jahre andauern und die Götter in die Verzweiflung treiben. Bitte bleibe so lange im Reich meines Bruders oder verstecke dich unter den Menschen. Aber bitte verstecke dich gut. Ich könnte es mir nicht verzeihen, wenn dir etwas geschehen würde.

Vergiss bitte nie: Ich liebe dich.

Zeus

Zu der Autorin:
Jenny Pietsch wurde im November 1995 in einer Kleinstadt im Spree-
wald geboren. Um nicht vor Langeweile umzukommen, flüchtete sie
sich in die Welt der Bücher und erschuf ab und an auch ihre eigenen.
Während das Erschaffen von Welten während der Ausbildung und im
Berufsleben nachließ, so flüchtete sie sich doch weiterhin regelmäßig in
fantastische und teils göttliche Geschichten. Mittlerweile hat es sie in ein
kleines Dorf in Sachsen verschlagen, in dem sie einem kleinen Wirbelwind hinterherjagt. Und wenn es der Wirbelwind erlaubt, dann spaziert
sie durch ihre fantastischen Buchwelten und erschafft ihre eigenen.

Lektorat: Hanna Jung; Korrektorat: Cara Kolb;
Illustration: Anna Vriede

DIE GRÜNE WAHRHEIT

Miriam Rieger

Wohnblocks reihten sich aneinander. Vor einigen Fenstern hing Wäsche an halb verrosteten Metallstreben, auf den Balkonen türmte sich der Unrat. Eine Ratte huschte die Straße entlang. Erschrocken trat Amelie einen Schritt zurück. Sie vermied dieses Viertel normalerweise und verfluchte die Notwendigkeit, mit dieser eisernen Regel brechen zu müssen. Wie mochte der Mann sein, den sie aufzusuchen gedachte?

Als sie seine Wohnung erreichte, spürte Amelie ihr Herz vor Nervosität klopfen. Ein Mann Ende Dreißig öffnete die Tür. Er war gänzlich anders, als Amelie vermutet hatte.

Mit den pechschwarzen Haaren, ebenmäßigen Gesichtszügen und dem Gehrock wirkte Simon Winter nicht wie ein Mann, der als Privatdetektiv sein Dasein fristete.

»Mein Name ist Amelie Pfeffer«, würgte sie hervor.

»Guten Tag«, erwiderte Simon und ließ Amelie eintreten. Die Wohnung hielt nicht gänzlich, was das Viertel versprach, denn es war mit einem Tisch, zwei Stühlen und einem Sekretär kärglich eingerichtet.

»Ich suche meinen Mann«, begann Amelie.

»In der Stammkneipe, im Bordell oder erstochen in der Gosse?«

»Nichts davon«, erwiderte sie pikiert. »Er ...« Sie zögerte. »Vielleicht hat er eine Geliebte. Vor fünf Tagen verließ er das Haus und kam seitdem nicht zurück. Zunächst hielten sich meine Sorgen in Grenzen. Doch nun stellt sich mir die Frage, ob ihm etwas zugestoßen ist.«

»Gehört seine mehrtägige Abwesenheit zu Ihrem Alltag?«

Nur widerwillig antwortete Amelie: »Zwei Tage sind keine Rarität. Er verbringt viel Zeit auf der Arbeit und in seinem Raucherclub. Fünf Tage sind aber selbst für ihn viel.«

»Meine Aufgabe besteht darin, ihn zu suchen?«

»Ja. Sind Sie dessen fähig?«

»Ich bin, ob der eklatanten Unterforderung, nicht von der Aufgabe angetan, aber seien Sie gewiss, dass ich den Auftrag zu Ihrer Zufriedenheit erledige.«

»Gut!« Amelie hoffte, dass sich hinter seiner Überheblichkeit Kompetenz verbarg und nicht nur ein aufgeblasenes Ego. Sie legte einen Umschlag auf den Tisch.

»Das sind sämtliche Informationen, die Sie benötigen und eine Anzahlung Ihres Honorars.«

Simon starrte der Dame nach und dann auf den Tisch. Besagter Gatte musste gut verdienen. Vielleicht war dies der Grund, warum sie seine Rückkehr erwartete. Simon konnte das gleichgültig sein. Er rechnete damit, einen Tag zu brauchen, um diesen Kerl ausfindig zu machen. Dafür war der Lohn fürstlich.

***

Rauch hing in der Luft. Niemand wandte den Kopf in seine Richtung, als Simon die Spelunke betrat. Er musste nicht lange hinsehen, um zu erkennen, dass die meisten Gläser grüne Flüssigkeit enthielten. Absinth. Das Modegetränk, das auch für weniger Betuchte erschwinglich war. Lallen, Stöhnen, Rufe durchdrangen den Rauch. *Wie tief sind Sie gesunken?*, stellte Simon in Gedanken die Frage an den Gesuchten. Ob Amelie ahnte, wo er sich herumtrieb?

Dies war die fünfte Kneipe, die Simon aufsuchte – und in allen war ihr Gatte ein oft gesehener Gast. Lediglich über sein spurloses Verschwinden wollte niemand Bescheid wissen.

»Hey Süßer!« Billiges Parfum versuchte, stärker als der Geruch nach ungewaschenem Körper zu sein.

»Ich bin vergeben«, log Simon.

»Wo ist deine Holde?«, zwitscherte die Dame und grinste. Zahnlücken offenbarten sich. »Hab dich nicht so!« Mit einer fahrigen Bewegung wollte sie ihm in den Schritt greifen, doch er schlug ihr die Hand zur Seite.

Was trieb Leopold in diesen Spelunken? Die Antwort war so einfach, dass sie Simon nicht gefiel. Amelies Gatte suchte Prostituierte auf. Die Opiumabhängigen. Ähnlich der Dame, die sich gerade ihm, Simon, anbiederte. Ob sie auch Leopold kannte? Wie hoch war die Wahrscheinlichkeit? *Hoch genug, um es zu versuchen,* entschied Simon. Immerhin war Leopold oft genug beobachtet worden, wie er mit Prostituierten im Séparée verschwunden war.

»Ich habe es mir anders überlegt.«

»Ach ja?« Provozierend hob sie das Kinn. »Zuerst schlägst du mich, und dann so was?«

Er zauberte einen Schein aus seiner Tasche. Ein gieriger Ausdruck trat in ihre Augen. »Na gut. Willst du es gleich auf dem Fußboden?«

Umringt von saufenden Männern, inmitten von Alkoholpfützen, den Allerwertesten gespickt mit Glasscherben? Selbst wenn Simon auf eine schnelle Nummer aus gewesen wäre – diese Vorstellung hätte ihm jegliche Lust vertrieben. »Meine Privatsphäre ist mir wichtig. Kennst du einen Raum, in dem wir ungestört sind?«

Sie seufzte. »Folge mir.« Sie führte ihn an den Gästen vorbei in einen schlecht beleuchteten Flur und von dort aus in ein Zimmer, das zum Rest des Lokals passte. Ein Bett war darin, das Simon mit der Kneifzange nicht hätte anfassen wollen. Die Prostituierte setzte sich aufs Bett. »Zuerst das Geld.«

Mit einem Ruck zerriss Simon den Schein und warf ihr die Hälfte hin.

»Was soll die Scheiße!«, erboste sie sich.

»Den Rest erhältst du danach«, unterbrach er sie, machte aber keine Anstalten, seine Hose zu öffnen.

»Scheiße«, flüsterte sie. Ihr Blick glitt über seinen Körper. »Willst du überhaupt?«

»Sex?« Er lachte humorlos auf. »Nein. Ich suche jemanden.« Simon hielt ihr ein Foto hin. Sie warf einen Blick darauf und zuckte zusammen. Nun glomm noch etwas anderes in ihren Augen auf. Sie schaute zur Tür, suchte nach einer Fluchtmöglichkeit. Simon schien ihren Angstschweiß geradezu riechen zu können.

»Den kenne ich nicht«, antwortete sie schnell. Zu schnell.

»Du strahlst die Glaubwürdigkeit eines Kindes aus, das seiner Mutter weismachen möchte, es hätte nicht von der Marmelade genascht, obwohl sein Mund verschmiert ist.«

Sie fasste sich an die Lippen, als müsste sie imaginäre Konfitüre abwischen. »Wieso glaubst du das?«

»Du bist eine schlechte Lügnerin«, knurrte er.

Sie stand auf, der halbe Geldschein blieb neben ihr liegen.

»Was ist mit der anderen Hälfte?«, versuchte Simon dennoch sein Glück.

»Lass mich gehen!«, fuhr sie ihn an. »Ich weiß von nichts!«

Sie versuchte, das Zittern in ihrer Stimme zu unterdrücken – was kläglich misslang. Sie hatte Angst. Vor ihm? Nur wenige wussten, was er war, aber viele spürten etwas und fühlten sich in seiner Gegenwart unwohl. Oder dachte sie, dass er mit Leopold gemeinsame Sache machte?

In Gedanken durchlief er all die Gespräche, die er geführt hatte. *Die ist nicht da, keine Ahnung,* waren die Antworten, wenn er mit einer der Prostituierten reden wollte, die mit Leopold das zweifelhafte Vergnügen gehabt hatten.

Die Anzahl der Damen, mit denen Simon hatte reden können, blieb überschaubar – und diese hier hockte wie ein zitterndes Bündel Angst vor ihm.

In Simon reifte eine Befürchtung heran, für die er eine Bestätigung oder idealerweise den Gegenbeweis benötigte. Er würde dafür jedoch eine andere Anlaufstelle aufsuchen.

»Geh.«

»Ich ... gehen?«, stammelte sie. Dachte sie, er hätte geplant, sie festzuhalten?

»Du hast meine Fragen beantwortet.«

»Ja?« Noch mehr Verblüffung. »Ich habe nichts gesagt.«

»Man kann die Denkmaschinerie eines Mannes auf vielerlei Art in Gang setzen.« Er war sicher, dass sie nicht verstand, was er meinte, doch es spielte keine Rolle.

Sie hastete zur Tür und verschwand, als wäre der viel zitierte Leibhaftige hinter ihr her. Wenn sie wüsste, durchfuhr es Simon. Dann wäre sie noch schneller gewesen.

***

Inspektor Carl Hofmann war das, was Simon als einen *netten Jungen* bezeichnete. Er war schon in der Polizeischule fleißig gewesen, hatte Paragrafen gelernt, Bücher gewälzt und ackerte nun ohne Unterlass – ohne jemals für Höheres auserkoren zu sein. Dennoch war er der Einzige in der Polizei, der ihm Auskunft erteilen würde.

»Ermitteln Sie in einem Fall mit verschwundenen Prostituierten?«

Kurzes Schweigen. »Woher wissen Sie davon?«

In knappen Worten berichtete Simon von Leopold und den Geschehnissen in der Taverne.

Hofmann schaute ihn lange an. Simon kannte diesen Blick. Der Inspektor überlegte, was er ihm erzählen durfte. »Es verschwanden fünf Prostituierte während der Ausübung ihres Berufes.«

»Das heißt?«, hakte Simon nach. Die Antwort Hofmanns war die, die er befürchtet hatte.

»Sie kamen mit einem Freier ins Gespräch«, begann Hofmann. »Der Kunde bestand auf Diskretion und ein Einzelzimmer. Hinterher war die Frau nicht mehr auffindbar.«

Simons Gedanken rotierten. Sollte sich Leopolds Name herumgesprochen haben, war die Reaktion der Prostituierten nachvollziehbar. »Wurden die Frauen getötet?«

»Leichen fanden wir nicht. Aber es ist nicht ausgeschlossen.«

»Handelt es sich bei dem Täter um diesen Mann?« Simon hielt das Foto Leopolds in die Höhe. Carls Blick blieb an dem Bild haften. »Wir konnten ihm nichts nachweisen«, sagte er, »aber er geriet in das Visier unserer Ermittlungen.«

Wusste Amelie davon? Und was hatte sie Simon bisher verschwiegen?

Einen Augenblick musste er grimmig lächeln, als er an die Antwort dachte, die er Leopolds Gattin gegeben hatte. Es war doch weitaus komplizierter als vermutet.

»Was wissen Sie über ihn?«

»Pfeffer«, Hofmann sprach den Namen aus, als hätte er zu viel vom gleichnamigen Gewürz auf der Zunge, »arbeitet bei *Le petit frisson vert*.«

»Die Destillerie?« *Le petit frisson vert*, der bis auf den Namen nicht viel Französisches hatte, war in aller Munde – im wahrsten Sinne des Wortes. Kaum eine Kneipe, die diesen Absinth nicht ausschenkte.

»Er ist Geschäftsführer.«

Simon fühlte sich, als brannte ihm der Absinth die Kehle herunter. Und direkt in die Luftröhre. Dass Pfeffers Vermögen üppiger ausfiel als sein eigenes, war ihm von Anfang an klar gewesen. Dass er diesen Posten innehielt, war ihm neu.

»Meldete die Destillerie Pfeffer als vermisst?«

»Er befindet sich für zwei Wochen im Urlaub, also nein. Und falls es Sie interessiert: Seine Gattin genauso wenig. Die wandte sich an Sie.«

Nach dem Gespräch begab sich Simon auf den Heimweg. Seine Gedanken drehten sich um Pfeffer und die Prostituierten. Was geschah mit den Frauen? Was war Pfeffers Motiv? Wo befand er sich?

Er hat sich abgesetzt, flüsterte es in Simons Kopf. Wohin? Simon brauchte Antworten. Und änderte sein Ziel.

***

Amelie Pfeffer öffnete ihm die Tür. »Sie wissen, wo sich mein Gatte befindet?«

»Nein«, entgegnete er knapp.

»Bedauerlich. Dabei sagten Sie, es sei Ihnen ein Leichtes, entflohene Ehemänner ausfindig zu machen.«

Simon erinnerte sich an seine unbedacht gesprochenen Worte, die er revidieren musste. »Gatten, die ihre Zeit damit verbringen, ihre Maitresse aufzusuchen, sind leicht auffindbar. Für Gatten, deren Zeitvertreib darin besteht, polizeilichen Ermittlungen zu entkommen, benötige ich länger.«

Simon beobachtete Amelies Reaktion, deren Gesichtsausdruck Verwirrung zeigte. »Was meinen Sie?«

»Er wird mit dem Verschwinden von Prostituierten in Verbindung gebracht.«

Amelie sog hörbar die Luft ein. »Was soll das heißen? Unterstellen Sie ihm ein Verbrechen?« Nun blitzte noch etwas anderes in ihren Augen auf. Zorn.

»Wir verfolgen das gleiche Ziel: Das Auffinden Ihres Gemahls.« Die Gründe dafür waren unterschiedlich, aber Simon hielt es nicht für nötig, näher darauf einzugehen. »Erzählen Sie mir von Ihrem Mann. Ist Ihnen in letzter Zeit etwas aufgefallen?«

Sie zögerte. »Er war fahrig und schlief schlecht. Nächtelang marschierte er auf und ab. Manchmal sprach er von einer *sie*.« Ihre Stimme brach, und sie musste sich sammeln, ehe sie fortfuhr. »Er war oft unterwegs und tischte mir Lügen auf.

Überstunden, geschäftliches Essen mit einem Kunden, der angeblich dafür von der Insel Frankreichs angereist war«, spie Amelie aus. Bitterkeit lag in ihrer Stimme. Der Detektiv beobachtete Amelie genauer. Er wurde das Gefühl nicht los, dass sie ihm etwas verschwieg.

»Seit wann fallen Ihnen die Veränderungen auf?«

»Zunächst war es nicht so auffallend, doch es wurde schlimmer. Sie wissen, wo er arbeitet?«

»In der Brennerei. Trinkt Ihr Mann zu viel?«

»Nein!« Ihre Antwort kam zu heftig, um glaubwürdig zu sein.

Amelie schien seine Gedanken zu erraten und errötete. »An Absinth zu kommen, war für ihn leicht. Vor einem halben Jahr stieg sein Konsum an.« Sie druckste herum. »Er trank jeden Abend und begann zu halluzinieren.«

»Was meinen Sie damit?«, hakte Simon ein.

»Er sprach von einer grünen Fee. Im Schlaf redete er von ihr, winselte und bettelte. Es war beängstigend, doch er weigerte sich, einen Doktor aufzusuchen.«

Es war bekannt, dass der Absinth wegen seiner grünen Farbe so im Volksmund genannt wurde, doch in diesem Fall schien Pfeffer von einer Fee, in Gestalt einer Person zu sprechen. Hatte er zu tief ins Glas geblickt? Oder verbarg sich etwas anderes dahinter?

***

Die Destillerie wirkte beeindruckend. Mehrere Backsteingebäude und zwei turmartige Gebilde zierten das Areal. Menschen wuselten herum. *Le petit frisson vert*, stand in Goldlettern über dem Eingangsportal.

Simon näherte sich dem Hauptgebäude. Männer liefen an ihm vorbei, Fässer wurden in eines der Nebengebäude gebracht.

»Wer sind Sie?« Einer der Arbeiter hatte Simon bemerkt. Der ignorierte den unfreundlichen Tonfall.

»Ich muss mit Ihrem Vorgesetzten reden. Pfeffer schickt mich.« Die Kleinigkeit, dass es sich nicht um den Geschäftsführer, sondern seine Gattin handelte, hielt Simon für nicht erwähnenswert.

Es wirkte. Der Arbeiter geleitete Simon ins Hauptgebäude und knurrte ihm zu, dass er seinen Vorgesetzten zu holen gedachte. Simon nutzte die Zeit, um sich umzusehen. Marmor bedeckte den Boden, Gemälde und Fotografien zierten die Wände. Neben einem Eichenholztisch stand ein futuristisch anmutender Kupferkessel.

Simon trat näher an die Fotografien. Die meisten zeigten Alltagsszenen aus der Brennerei. Eine Ausnahme davon bildete ein Gemälde, das einen Mann zeigte, der wie verloren in einer Kneipe auf einer Eckbank saß. Neben ihm saß eine Frau, die sich an ihn schmiegte. Grünlich schimmerte ihre Haut, schien beinahe durchsichtig zu sein.

La déesse, stand unter dem Bild, sowie der Name des Künstlers: François Dupont. Simons Blick verharrte auf dem Gesicht der Gestalt.

»Gefällt es Ihnen?« Eine tiefe Stimme ertönte hinter Simons Rücken. Als der sich umdrehte, erblickte er einen elegant gekleideten Herrn, der ihn um mehr als eine Haupteslänge überragte und den Eindruck machte, als würde er nicht nur körperlich auf andere hinabsehen. »Kennen wir uns?«

Nachdem Simon sich vorgestellt hatte, lächelte sein Gegenüber süffisant. »Ich bin Peter Dorn und habe nicht viel Zeit.«

»Man teilte mir mit, dass Herr Pfeffer sich im Urlaub befindet. Wissen Sie, ob er verreist ist?«

»Nein. Er muss keine Rechenschaft darüber ablegen, wo er seinen Urlaub verbringt.«

»Wie viele Wochen Urlaub hat er genommen?«

»Zwei.«

»Das Gemälde ...« Simon zeigte hinter sich.

»Es war ein Geschenk«, entgegnete Dorn, »von einem Kunden, der seit wenigen Monaten bei uns Absinth kauft. Er ist Franzose aus Thorigny-sur-Marne. Das Gemälde, das von ihm selbst stammt, brachte er uns als Geste der Anerkennung mit. Herr Pfeffer hat eine tiefe Abneigung gegen das Bild.«

Nachdenklich trat Simon näher an das Werk. Sein Blick blieb erneut an der Frau hängen, die sich an den Mann lehnte. Bereits beim ersten Betrachten hatte Simon Unbehagen gefühlt. Dieses Gefühl verstärkte sich. Sie schmiegte sich an ihn ... diese Geste, die als liebevoll bezeichnet werden mochte, wirkte bei genauerem Hinsehen besitzergreifend.

Er zwang sich, den Blick von der Wand zu wenden. »Sind Ihnen an Herrn Pfeffer Verhaltensänderungen aufgefallen?«

»Denken Sie an etwas Bestimmtes?« Gewiss spielte Dorn regelmäßig dubiose Kartenspiele mit hohen Wetteinsätzen, wo ein dermaßen emotionsloses Gesicht von Vorteil war. Allerdings war auch Simon zu diesem Gesichtsausdruck in der Lage.

»Fahrigkeit, Halluzinationen, gehäufte Krankheitstage.«

Die Miene Dorns blieb unbewegt. »Nein.«

Simon musste einsehen, dass er auf seine Frage keine aufrichtige Antwort erhalten würde. Allerdings hatte Dorn am Anfang des Gesprächs beiläufig etwas erwähnt. Lohnte es sich, in dieser Richtung weiter zu suchen? Es war die einzig konkrete Spur, die bei dem nicht besonders fruchtbaren Gespräch herausgekommen war.

»Sie erwähnten einen Kunden, François Dupont. Kannte Herr Pfeffer ihn persönlich?«

»Er spricht Französisch und kennt sich in Paris aus. Alle Gespräche mit dem Kunden führt daher er. Und nun muss ich mich entschuldigen.«

Er tippte sich an den imaginären Hut und eilte davon.

Simons Schritte führten ihn vom Gelände der Brennerei fort, doch seine Gedanken verweilten noch dort.

Er kennt sich in Paris hervorragend aus, durchfuhr es Simon. *Thorigny-sur-Marne*, so hieß der Ort, an dem der Künstler sich aufhielt. War dies in der Nähe von Paris?

Ein weiterer Gedanke tauchte auf: *Ein geschäftliches Essen mit einem Käufer aus Frankreich, der dafür von der Insel Frankreichs angereist war.*

Zumindest hier hatte Pfeffer nicht gelogen. Den Käufer gab es. Nun war Simon klar, was mit der Insel Frankreichs gemeint war.

»*L'Île de France*«, murmelte er. »Der Ballungsraum Paris.«

Konnte es sein, dass Pfeffer sich da aufhielt? Simon würde es herausfinden. In Frankreich.

***

Simon schüttelte seine Beine. In der Eisenbahn hatte er etliche Stunden auf Holzbänken verbracht, hatte Wartezeiten und Verspätungen in Kauf genommen und befand sich nun am Ort seiner Bestimmung.

Im *hôtel de ville* von *Thorigny-sur-Marne* hatte man ihm mitteilen können, dass Dupont für ein Restaurant in der Nähe der Station *Montparnasse* ein Gemälde anfertigen sollte.

Nun stand Simon vor dem unfertigen *Bistro du chemin de fer*. Speisen konnte man noch nicht, doch es war bereits deutlich, dass das Restaurant nichts war, das Simon sich leisten konnte.

Fin de siècle-Stil, erkannte er. Simon erhaschte einen Blick auf Stuckaturen und Holzverkleidungen, doch am auffälligsten waren die Gemälde, die sich über Wand und Decke zogen. In den Räumlichkeiten wurde eifrig gewerkelt.

Einer der Männer bemerkte Simon und fragte ihn auf Französisch: »Was wünschen Sie?«

»Ich möchte François Dupont sprechen. Wir sind verabredet«, log er. Der Arbeiter entfernte sich, und wenige Minuten später erschien ein Mann, den Simon auf Mitte Vierzig schätzte. Der Detektiv stellte sich und sein Anliegen vor.

Dupont nickte. »Sie haben Recht in Ihrer Annahme, denn ich darf Mr. Pfeffer als meinen Gast beherbergen. Noch bin ich mit meiner Arbeit beschäftigt. Doch wird es mir ein Vergnügen sein, Sie in zwei Stunden als meinen Gast begrüßen zu dürfen.«

Simon sprach Dupont seinen Dank aus und empfahl sich. Er hatte etwas zu erledigen.

***

Pünktlich trafen sich Simon und Dupont. Während sie in Duponts motorisierter Kutsche die Straßen entlangfuhren, unterhielten sie sich über Paris. Es waren interessante Themen, doch Simon musste sich zwingen, dem Künstler zuzuhören. Er hatte auch kaum Augen für die Architektur der Stadt, für das lebendige Treiben auf den Straßen, noch nicht einmal für den Eiffelturm, der in den Himmel ragte.

Es dauerte über eine Stunde, ehe sie den Pariser Vorort *Thorigny* erreichten. Dupont wohnte in einem Haus, das bewies, dass ein Künstler mit erlesenem Geschmack es eingerichtet hatte. Eine adrett gekleidete Frau wurde Simon vorgestellt. »Étiennette, meine Gattin«, stellte Dupont sie vor.

»*Enchanté, madame.*« Simon hauchte ihr einen Kuss auf den Handrücken.

»Mr. Pfeffer befindet sich im Salon.« Simon benötigte keine weitere Einladung.

Auf einem Sessel saß Leopold Pfeffer, neben sich ein Beistelltisch, auf dem ein Glas mit einer grünlichen Flüssigkeit stand. Absinth. Mehr noch erregte der Sessel neben Pfeffer Simons Aufmerksamkeit. Auf ihm saß Amelie Pfeffer.

Eine Weile beherrschte die Stille den Raum.

Es war Simon, der als Erster sprach: »Es war Ihnen nie ein Geheimnis, wo sich Ihr Gemahl aufhält.«

»Das ist korrekt«, gab Amelie zu. »Ich benötigte einen Vorwand, um Sie nach Paris zu locken. Wenn wir Ihnen eine Einladung geschickt hätten, wären Sie nicht gekommen.« Ohne eine Antwort Simons abzuwarten, sprach sie weiter: »Sie kennen bestimmt das Gemälde Monsieur Duponts, das in der Brennerei hängt?«

Nur zu gut hatte Simon es vor Augen.

Leopold Pfeffer ergriff das Wort. »Die grüne Fee ist nicht nur ein Name für das Getränk. Sie ist eine Göttin.«

»Was Sie nicht sagen!«, erwiderte Simon trocken und schaute sich um. Hinter ihm stand Dupont, scheinbar lässig im Türrahmen gelehnt, und doch hatte Simon keinen Zweifel, dass Dupont ihm nicht zufällig den Fluchtweg versperrte. »Ist Ihnen die Fee ebenfalls erschienen, Amelie?«

»Ja. Wir konnten nicht anders. Leo und ich trinken gerne abends, nach einem anstrengenden Tag, einen Absinth.« Tränen traten in ihre Augen, doch sie erweckten nur Abscheu in Simon – zumal es bestimmt nicht bei einem Absinth geblieben war. »Eines Tages war sie da. Wir waren …«

»Sturzbetrunken?«

»Hatten ein wenig über den Durst getrunken und da saß sie auf dem Sofa. Sie kennen sie nicht! Wir versuchten, uns zu wehren, aber gegen eine Göttin ist man machtlos!«

Aus großen Augen starrte sie Simon an, als erwartete sie, wenn schon kein Mitleid, dann wenigstens Verständnis. Sie bekam weder das eine noch das andere.

»Sie befinden sich in ihrem Bann, alle beide. Alle drei«, verbesserte er sich und warf einen Blick auf Dupont. »Étiennette ebenfalls?«

Das Schweigen war Simon Antwort genug. »Sie lassen zu, dass unschuldige Menschen getötet werden und stellen sich selbst als Opfer dar!«

Amelie und Leopold zuckten zusammen. »Sagen Sie das nicht!«

»Warum nicht?« Simon schaute Amelie, ohne zu blinzeln, so lange in die Augen, bis sie den Blick senkte. »Weil sie der Wahrheit so wenig in die Augen schauen wollen wie mir?«

Pfeffer fuhr aus dem Sessel hoch. »Sie haben keine Ahnung, was es heißt, im Bann der grünen Fee zu stehen! Sie wollte Seelen, und die brachten wir ihr. Wir wählten Prostituierte, weil es einfach war. Ich brauchte mich nur als Freier auszugeben. Doch nie reichte es ihr! Sie wollte Sie!«

»Du weißt auch, warum«, säuselte eine Frauenstimme. Simon wirbelte herum und erblickte eine zierliche Gestalt. Ihre Haut schimmerte grünlich. François Dupont hatte sie detailgetreu gemalt.

»Natürlich weiß ich das.« Seine Stimme klang krächzend.

»Simon ... Lange ist es her, dass wir uns das letzte Mal sahen.« *Es hätte länger dauern können*, durchfuhr es Simon, *gerne auch gar nicht.*

Die grüne Fee trat näher an ihn heran. Ein Lächeln erschien auf ihrem Gesicht, raubtierhaft, gierig. Sie war auf der Jagd und er die Beute. Ohne sie aus den Augen zu lassen, sammelte Simon all seine Energie. Nur am Rande bekam er mit, dass er beobachtet wurde. Die Pfeffers, Dupont und Étiennette, starrten sie an. Simon hoffte, dass sie sich aufs Gaffen beschränkten.

»Vertité.«

Sie fixierte ihn, und er war dabei, wie ein Tölpel in ihren Bann zu geraten. Sie war stärker als gedacht. Es kostete Simon viel Willenskraft, seinen Blick abzuwenden. »Wie konntest du entkommen?«

Sie ließ ihre Finger über seine Haare gleiten. Ihre Hand glitt weiter zu seinem Rücken und begann, dort Kreise zu ziehen.

»Wo hat mein Engelchen seine Flügel gelassen?« Sie tat, als müsse sie überlegen. »Ach, ich vergaß! Sie wurden dir bei deinem Sturz genommen. Ist es nicht erniedrigend, seitdem unter den Menschen zu leben?«

Simon packte Vertité und schleuderte sie von sich. Sie prallte gegen die Wand und fiel zu Boden. Zitternd trat Simon auf die grüne Fee zu. »Ich büßte meine Flügel ein«, fuhr er sie an, »aber nicht all meine Fähigkeiten.«

Vertité rappelte sich auf und starrte Simon mit hasserfülltem Blick an. »Bilde dir nichts darauf ein, das können selbst die niedrigsten Engel«, fauchte sie. »Du hast mich damals überrumpelt, aber das wird mir kein zweites Mal passieren.« Sie wandte sich an die beiden Ehepaare. »Wegen dem Engel da«, höhnte sie, »war ich zwanzig Jahre lang in einem ungenutzten Tunnel der Métro eingesperrt.«

Sie wandte sich wieder an Simon. »Ich hatte Glück, dass Bauarbeiten vorgenommen wurden und ich dabei aus Versehen freigelassen wurde. Schwach war ich, als ich floh, ein Schatten meiner selbst. Aber dank der Damen, die mir dieser Tölpel gebracht hat, bin ich fast wieder die Alte. Du wirst für den Rest sorgen.«

Mit diesen Worten verblasste Vertité, ihr Körper löste sich auf, hüllte Simon ein. Rauch stieg in Simons Nase. Es roch nach Wermut. Simon wurde es schummrig zumute, und eine Stimme hallte in seinem Kopf wider. *Jetzt bist du dran.* Ein grüner Schimmer tanzte vor seinen Augen. Simon sank zu Boden, krümmte sich zusammen, stöhnte.

Du kannst mich nicht töten, genauso wenig, wie ich dich töten konnte. Er wusste nicht, ob er den Satz aussprach oder nur dachte.

Das will ich gar nicht. Du sollst den gleichen Schmerz erleben wie ich. Eingesperrt sein, bei lebendigem Leib, so wie ich. Ein Lachen, voller Hohn.

Nein! Simon versuchte, sich aufzurichten. Ein Krampf im Herzen ließ ihn zusammenfahren, schüttelte ihn, bis er meinte, keine Luft mehr zu bekommen. Wieder dieses Lachen. *Du gehörst mir.*

Er krallte sich im Teppich fest. *Niemals!*

Beim letzten Mal gelang es dir, mich zu überraschen. Doch dieses Mal helfen dir deine Fähigkeiten nicht. Wenn du die Energie fließen lässt, schwächst du dich selbst!

Wieder der Krampf, ungleich stärker. Blitze zuckten vor seinen Augen. Schmerz tobte in seinem Kopf. Lange würde er nicht mehr durchhalten. Er tastete den Boden ab und wusste doch nicht, was ihm helfen sollte, die Orientierung zu wahren. Wo war das Gemälde? Die Stimme wurde drängender, fordernder. Sich in seinem Körper einzunisten, musste auch Vertité ihre Kräfte kosten. Er musste nur lange genug durchhalten, bis sie von selbst aufgab.

Mistkerl!, fluchte sie. Für einen Augenblick ließ sie los, und obwohl sie sich gleich wieder in der Gewalt hatte, reichte es Simon, um wie bei einem Blitz, der in der Finsternis der Nacht für einen Sekundenbruchteil alles erhellte, die Staffelei mit dem Gemälde zu erkennen. Es war in Reichweite. Er musste sich nur hochstemmen.

Ein sarkastisches Lachen. Ob von ihm oder von Vertité, wusste er nicht. Er atmete tief durch und kämpfte sich auf die Beine. Vertité schrie auf, und eine Welle des Schmerzes durchfuhr seinen Körper. Wieder die grünen Nebelschwaden, die Krämpfe, er torkelte, ruderte mit den Armen und erwischte die Leinwand. Fest presste er die Hand dagegen und mobilisierte seine verbleibende Kraft.

Vertité hatte Recht, es würde ihn selbst schwächen, doch er hatte keine andere Wahl. Ein verzweifeltes Durchatmen – und er ließ die Energie fließen. Wie ein gleißendes Licht durchfuhr sie Vertité, und damit seinen eigenen Körper, schien ihn in Feuer zu hüllen und von innen heraus zu verbrennen. Die Energie floss durch jede Pore.

Ein Schrei durchzuckte ihn. Ein schriller Ton, kreischend, schmerzhaft. Die Energie schoss durch seinen Arm, in seine Hand – und in das Gemälde.

Die Sinne schwanden Simon.

Der Schrei erstarb.

Alles wurde in Dunkelheit gehüllt.

***

Die Kälte war das erste, was Simon wahrnahm. Er lag auf dem Boden und zitterte unkontrolliert. Mühsam öffnete er die Augen.

»Herr Winter?« Zaghaft wurde die Frage gestellt. »Geht es Ihnen gut?«

»Ja«, hauchte er, ohne zu wissen, ob es stimmte. Vier Menschen saßen um ihn herum. Bevor Simon etwas dagegen tun konnte, wurde er hochgehoben, und auf ein Kanapee gelegt.

»Wo ist die Göttin?« Seine Stimme klang schleppend.

Die vier warfen einander Blicke zu, zögerten. Offenbar wussten sie nicht, wie sie mit ihm umgehen sollten.

»Sie ist weg«, murmelte Amelie. Die letzten Worte würgte sie hervor.

»Ich glaube, sie ist in diesem Bild.«

»Das ist sie tatsächlich.« Dupont trat an sein Gemälde, fuhr mit dem Finger über die Leinwand. »Man kann es spüren. Ich werde es nicht ausstellen.« Abrupt drehte er sich um, nur um Simon zu fixieren. »Ich verstehe nicht, was passiert ist. Was sind Sie?«

»Ein gefallener Engel.«

»Woher kennen Sie diese ...« Leopold rang mit den Worten.

»Vertité«, ergänzte Simon. »*In vino veritas*, wobei die Wahrheit hier im Absinth liegt. *Verité* ist das französische Wort für

Wahrheit und *vert* bedeutet grün ... das ist ihre Art des Humors. Sie erscheint all jenen, die zu stark dem Absinth frönen.«

»Ich trinke gerne mal ein Gläschen Absinth, während ich male«, platzte es aus Dupont heraus. *Wenn es nur Glas wäre, hätte sich Vertité nicht die Mühe gemacht, dich aufzusuchen,* durchfuhr es Simon, doch er sagte nichts.

»Eines Tages war sie da. Ich konnte nicht anders!«, stammelte Dupont, sein Gesicht verzog sich zu einer Grimasse der Verzweiflung. »Wenn sie da war, war ich nicht ich selbst. Ich verlor meinen Willen. Zunächst zwang sie mich, einige kleinere Delikte auszuüben.

Dann befahl sie mir, den Kontakt zu *Le petit frisson* herzustellen. Sie war zu schwach und benötigte einen Vermittler.«

»Was Sie uneigennützig auch taten.«

Dupont verzog das Gesicht. »Natürlich profitierte ich vom Absinth. Ich lernte aber vor allem die Pfeffers kennen. Über mich gelang es Vertité, auch ihnen zu erscheinen ... sie wusste, wo Sie leben.«

»Das tat sie, aber sie fühlte sich zunächst nicht stark genug, um es mit mir aufzunehmen, und benötigte dafür die Energie der Frauen«, schloss Simon. »Erst dann organisierten Sie die Falle.«

»Sie hatten keinen Schimmer?«

»Ich erkannte sie auf dem Gemälde in der Destillerie. Sie haben Vertité detailgetreu gemalt. In der Zeit, in der Sie im Restaurant arbeiteten, suchte ich den Métroschacht auf und musste feststellen, dass es Vertité gelungen war, zu entkommen.

Ich sah es als meine Pflicht, dafür zu sorgen, dass sie erneut eingesperrt wurde – und begab mich sehenden Auges in die Falle.«

Betretenes Schweigen breitete sich aus, Blicke sanken nach unten, wichen dem seinen aus. Simon nutzte den Augenblick, um sich zurückzulehnen. Noch immer fühlte er sich ausgelaugt.

»Was passiert mit uns?«, kam schließlich die zögerlich gestellte Frage, aus der nicht nur schlechtes Gewissen sprach, sondern auch Angst. Furcht um die eigene Existenz. »Schließlich handelten wir nicht aus freien Stücken.«

»Das ist Sache der Justiz«, entgegnete Simon. »Meine Aufgabe ist es, dafür zu sorgen, dass das Gemälde von niemandem gefunden wird. Sie verzeihen, Mr.Dupont?«

»Sicher! Ich möchte es nie wieder sehen!«

Die Métro kam nicht mehr in Frage. Doch noch heute würde Simon das Gemälde verstecken, es duldete keinen Aufschub. In den Katakomben von Paris würde es seinen neuen Platz finden.

Über die Autorin:
Miriam Rieger, *1985, wuchs im Landkreis Berchtesgaden auf. Nach einem dreijährigen Aufenthalt in Kairo lebt und arbeitet sie wieder mit ihrem Lebensgefährten in Oberbayern. Sie schreibt hauptsächlich im Bereich der Fantasy. Diverse Kurzgeschichten wurden in Anthologien veröffentlicht

Lektorat: Hanna Jung; Korrektorat: Cara Kolb;
Illustration: Leah Hasjak

UNSICHERE WEGE

Lara Roner

*»Denn bei jedem Schritt, im Großen wie im Kleinen, müssen wir er-
fahren, dass die Welt und das Leben durchaus nicht darauf eingerichtet sind, ein glückliches Daseyn zu enthalten.«*
Arthur Schopenhauer (1788-1860)

Hecken ragen zu meinen Seiten in den Himmel empor,
gleich Wällen, die zu erklimmen unmöglich ist. Sie mar-
kieren einen Weg, dessen Ende ich durch den Nebel
nicht erkennen kann.

Unsicher werfe ich einen Blick über die Schulter zurück, doch
überall bietet sich mir dasselbe Bild – zumindest auf die fünf Meter, die ich einsehen kann.

Kann ich umkehren?

Soll ich stehenbleiben?

Oder ist es das Richtige, weiterzugehen?

Um das entscheiden zu können, müsste ich wissen, was sich
hinter dem weißen Schleier verbirgt. Das erfahre ich einzig und
allein, indem ich mich auf eine Richtung festlege.

Ich atme tief durch. Einmal. Zweimal. Dreimal. Dann setze ich den ersten Schritt nach vorn. Ich höre das Gras unter meinen Füßen knirschen und stöhnen. Hinter mir verbleiben Fußabdrücke aus zerdrückten Halmen.

Erinnerungen wüten in meinem Kopf. Sie lassen all die Angst zurückkehren und jagen mir Schauer über den Rücken. Unsicher reibe ich mir über die Oberarme und blicke umher. Nichts, nein, gar nichts ist da, bis auf die Hecken und den Nebel und die Wiese. Eine Weile wandere ich dahin, vollkommen verloren in diesem Irrgarten.

Ich habe es nicht für möglich gehalten, doch ich fühle mich noch verlorener, als sich der Pfad vor mir in drei spaltet.

In all diese Richtungen werfe ich meinen Blick, aber ich finde keinen Anhaltspunkt, der mir die Wahl erleichtern würde. Verzweiflung keimt in mir auf, zieht von meinem Bauch zu meinem Herzen, zu meinem Kopf.

Ich bin bereit aufzugeben. Gerade möchte ich mich am Boden zusammenkauern, da zieht ein Geräusch meine Aufmerksamkeit auf sich. Es ist der Ruf einer Eule. Klar und deutlich zerreißt er die Stille.

Ich wende meinen Kopf in die Richtung, aus der ich meine, ihn zu vernehmen. Aus dem linken Gang, so scheint mir. Lange überlege ich nicht, schon stürze ich los, dem Laut hinterher, bis ich zu dem Vogel aufgeholt habe. Die Eule segelt über mich hinweg und ich folge ihr.

Auf einmal lichtet sich der Nebel. Die Schwaden links und rechts werden immer dünner, tanzen bald schon nur mehr zwischen meinen Füßen, unfähig, mich zu verwirren.

Ich blicke hoch und sehe die Eule, die sich auf dem ausgestreckten Unterarm einer Frau niedergelassen hat. Diese betrachtet mich mit einem milden Lächeln.

Ihr Körper ist in ein schlichtes, weißes Kleid gehüllt, dessen Stil mir von antiken Statuen vertraut ist. Um die Hüften trägt sie einen ledernen Gürtel mitsamt Schwert, in der rechten Hand hält sie einen Schild. Sie scheint eine Kriegerin mit Erfahrung zu sein, zumindest entnehme ich das den zarten Fältchen in ihrem Gesicht, die mir bei genauem Hinsehen auffallen. Wie alt sie wohl sein mag? Ich könnte es besser erahnen, wäre ihr Haar nicht unter einem pompösen Helm verborgen.

Da erkenne ich sie.

»A-Athene«, höre ich mich stammeln, klinge wie eine fremde Person, und falle vor ihr auf die Knie.

Langsam nickt sie und lässt mich durch ihre bloße Ausstrahlung eine Ehrfurcht empfinden, die ich nie für möglich gehalten hätte.

Schließlich öffnet sie ihren Mund und stellt mir eine Frage. »Hältst du die Art und Weise, wie du den Krieg in deinem Leben führst, für gut? Hältst du sie für weise?«

Verständnislos schüttle ich den Kopf. »Was?«, hake ich nach, da erinnere ich mich.

Ich erinnere mich an meine Feinde.

Sie kämpften gegen mich, hatten eine Armee aus Dämonen – Hass, Neid, Zwietracht – sie alle waren unter ihnen. Ihre Soldaten traten auf mich ein, schlugen mich. Sie gruben ihre Klauen in mein Fleisch und rissen es Stück für Stück von meinen Knochen. Ich kann den Schmerz noch fühlen.

Was setzte ich ihnen entgegen? Eine mindestens genauso starke Armee, genauso viel Hass, Wut, Boshaftigkeit.

Ich sah zu, wie meine Kämpfer den Feind zerfetzten, lachend, selbst ausblutend.

Wozu das Ganze, wenn …?

Verständnislos sehe ich die Göttin an. »Wenn es dich gibt«, möchte ich erfahren, »warum lässt du die Menschen dumme Entscheidungen treffen?« Meine Stimme wird stärker und lauter, als ich das sage. Entschlossen stemme ich mich hoch. Den Nebel, der sich von den Seiten wieder zu mir drängt, ignoriere ich. Vorwurfsvoll bohre ich nach: »Warum lässt du sie blind sein und verweigerst ihnen die Weisheit, die du geben könntest?«

In diesem Augenblick schreit die Eule auf, stößt sich von der Göttin ab und fliegt davon. Ich schaue ihr hinterher, und als sie hinter der weißen Wand verschwunden ist, finde ich auch den Weg vor mir leer vor. Die Griechin ist fort und bleibt mir eine Antwort schuldig.

Oder noch nicht? Vor mir regt sich etwas. Grob kann ich es wahrnehmen. Es kann unmöglich die Göttin sein. Wieder ist es ein Tier – schwarz und vierbeinig. Ein Hund? Nein, viel zu groß. Ein Puma? Vielleicht. Ich eile ihm hinterher. Erst jetzt erkenne ich, dass es sich um einen Schakal handelt. Doch kaum ist das geschehen, biegt er um eine Ecke.

Ich folge ihm auf diesem Pfad …

In dem Seitenweg halte ich an, so ruckartig, dass ich falle. Vor mir steht kein Tier. Vor mir steht ein Ding. Mehr als lebensgroß, mit dem Körper eines muskulösen Mannes, aber dem Kopf des Schakals. Seine Haut ist pechschwarz, seine Augen funkeln gleißend weiß und bedrohlich.

Anubis.

»Würdest du hier und jetzt sterben, könntest du behaupten, du hättest mehr Gutes als Schlechtes getan?«, spricht er. Seine tiefe Stimme scheint den Boden zum Vibrieren zu bringen.

Ich verenge die Augen zu Schlitzen. »Du kannst wieder gehen, denn ich bin nicht tot, wie du siehst. Ich brauche keine Sterberiten, brauche niemanden, der mich mumifiziert«, behaupte ich kühn und rapple mich auf. »Geh, und frag: Wenn euch das Schlechte kümmert, warum schafft Ihr es nicht aus der Welt? Warum lasst ihr gute Menschen jung sterben und schändliche zu Greisen werden?«

Im Nachleben werden wir uns wiedersehen, erinnere ich mich. Es waren die letzten Worte, bevor die Krankheit siegte, bevor ein unschuldiges Leben endete, während andere Menschen, die tagtäglich Leid verursachten, noch auf der Erde wandelten. Dämonen flüsterten in mein Ohr, all diese Leute hätten dasselbe verdient, gar Schlimmeres! Je früher, desto besser. Ich höre ihre Stimmen in meinem Kopf.

Da verschwindet Anubis vor meinen Augen, als wäre er nie dagewesen.

Verärgert runzle ich die Stirn. Kann das wahr sein?

Ich schnaube verächtlich, ehe ich beschließe, die Begegnung hinter mir zu lassen und meinen Weg fortzusetzen. Aber er fühlt sich anders an als zuvor. Möglicherweise ist die Kälte schuld, die mit einem Schlag aufgezogen ist.

Überraschung vermengt sich mit meiner Wut, als mich etwas an den Beinen kitzelt. Ich blicke an mir hinunter und entdecke zwei Jungkatzen – große Tiere mit dickem, grauem Pelz. Luchse, erkenne ich bald und halte an, um die Tiere zu streicheln. Wie Haustiere schmiegen sie sich an mich, dann lösen sie sich. Mit schiefgelegten Köpfen sehen sie mich an.

»Was ist denn?«, frage ich irritiert. Plötzlich drehen sie sich um und laufen davon.

Ich nehme unverzüglich die Fährte auf. »Wo wollt ihr hin?«

Lediglich die schwarzen Spitzen ihrer kurzen Schweife bleiben durch den Nebel sichtbar. Bis sie auf einmal verschwunden sind und ich beinahe mit einer Hecke kollidiere. Perplex mustere ich das unerwartete Hindernis, das dort steht, wo nach den Gesetzen der Physik die Luchse sein müssten.

»Mensch«, höre ich eine ruhige, jedoch starke weibliche Stimme hinter mir sprechen. Als ich herumfahre, entdecke ich eine Frau mit zwei blonden Zöpfen, die über ihre Schultern fallen. Um sie herum tänzeln die Tiere, die ich gesucht habe.

Ich glaube, unter den Fellen, in die sie gekleidet ist, den Bauch einer Schwangeren zu erkennen.

Freya, schließe ich daraus. *Nordische Göttin der Liebe und der Fruchtbarkeit.*

»Willst auch du mich belehren?«, frage ich direkt. Die Verbitterung in meiner Stimme lässt sich nicht überhören. »Nur, um schließlich zu verschwinden, anstatt Verantwortung für das Leid der Welt zu tragen?«

Die schenkt mir ein sanftes Lächeln. »Würdest du dein Gedankengut reinen Gewissens an deine Kinder weitergeben?«, entgegnet sie, ohne auf mich einzugehen.

Daraufhin erkenne ich sie, hinter ihr, im Nebel. Die Schatten der Vergangenheit, die Dämonen, die meine Eltern mir mitgegeben haben.

Mama und Papa lehrten mich Gutes. Aber sie lehrten mich ebenso, dass die Welt voller Menschen von geringem Verstand sei. Sie lehrten mich, mich selbst über jeden anderen zu stellen.

Gierig lecken die Dämonen sich über die Lippen. Sie wollen, dass auch ich ihnen meine Kinder anvertraue.

Das ist nicht, was mich kümmert. Mein Interesse richtet sich an Freya.

»Warum gibst du schlechten Menschen Kinder, die dann misshandelt werden, und verweigerst sie guten Menschen?«, begehre ich von der Göttin zu erfahren. »Warum verweigerst du manchen Menschen die Liebe? Warum lässt du sie mit Qualen einhergehen?«

Als Antwort erhalte ich nichts anderes als schallendes Gelächter, das mir das Gefühl gibt, es scheitere an meinem Verständnis. Wie könnte ich jemals verstehen? Denn auch Freya hat sich in Luft aufgelöst, anstatt sich als Hilfe zu erweisen, und die Luchse sind mit ihr gegangen.

Erschöpft von dieser elendigen Irreführung trete ich aus der Sackgasse hinaus, nur, um auf lockere Erde, anstatt Wiese zu stoßen. Vor mir finden sich Querfurchen im Boden, ähnlich einem Acker.

Schließlich mache ich im lichter werdenden Nebel vor mir einen Weg aus, den ich zuvor nicht erkannt habe. Am Ende dieses Pfades sitzen zwei Gestalten mit dunklem Haar, brauner Haut und einem Kopfschmuck, der mich an Pflanzen erinnert. Eine der beiden ist eine Dame, die mich heranwinkt. Ich erkenne, um wen es sich handelt. Sie ist Xilonen, eine aztekische Göttin des Maises, und der Mann zu ihrer Seite ist Cinteotl, ebenso ein Maisgott.

Ich gehorche, wenn auch meine Euphorie und Ehrfurcht nichtig geworden sind. Dafür weigere ich mich dieses Mal, auf ihre Frage zu warten.

»Es gibt einige von euch allein für Mais«, wende ich mich an die Götter und verschränke die Arme vor der Brust. »Wie kann es dann sein, dass Menschen trotzdem Hunger leiden?«

Die Götter tauschen einen bedeutungsvollen Blick aus. Dann fixieren sie mich erneut, starr wie Statuen, und fragen in Einklang: »Kannst du reinen Gewissens zu deinem Konsum stehen?«

Natürlich kannst du das, flüstern meine Dämonen mir ins Ohr, gleich einer Schlange zischend. Über die Schulter blicke ich zu ihnen zurück. Einer steht zu meiner Rechten, einer zu meiner Linken. Gemeinsam bilden wir eine Mauer, die den Göttern trotzt.

Der zweite Dämon lacht spitzbübisch. *Was ist schon schlimm daran, dir mehr zu nehmen, als du brauchst? Das nennt man Genuss!*

Meine Aufmerksamkeit wechselt zurück zum ersten. *Ja, es ist nicht dein Problem, was aus der Welt wird. Damit soll sich die nächste Generation herumschlagen. Die, die es betrifft.*

Eine Weile starre ich ihn einfach an, gefesselt von seinen Worten – schockiert von ihnen. Dieses Entsetzen verleiht mir Kraft, mich ihrem Einfluss zu widersetzen. Entschlossen lege ich meine Hand auf die Brust des rechten Dämons. »Weicht von mir! Euer Einfluss liegt in der Vergangenheit!«, rufe ich aus und stoße ihn zurück, gefolgt von seinem Artgenossen.

Die Maisgötter? Verschwunden. Natürlich sind sie nicht geblieben, um mir in meinem Kampf beiseitezustehen.

Also trotte ich weiter, allein, ausgelaugt. Unter mir ist wieder Wiese, rund um mich der Nebel.

Meine Gedanken sausen hin und her, prallen gegen meinen Schädelknochen, jagen mir einen bohrenden Schmerz durch die

Schläfen. Es wird immer mühsamer, mich fortzubewegen, mit all den Dingen, die mir im Kopf herumgehen.

Deshalb halte ich an und richte den Blick gen Himmel.

»Warum die Ungerechtigkeit?«, spreche ich meine größte Frage aus, wohlwissend, dass nie eine Antwort kommen wird. »Ich weiß, ich habe zu ihr beigetragen. Ich weiß, die Vergangenheit brachte Fehler hervor. Das kann ich nicht ändern.« Erschöpft lasse ich den Kopf sinken, fokussiere die Grashalme unter mir. »Aber ich kann es besser machen.«

Meinen Lungen entweicht ein Seufzen. Ich kann es besser machen. Ich muss das in die Hand nehmen, anstatt mich auf höhere Mächte zu verlassen.

Da setze ich den nächsten Schritt, stapfe zielstrebig in den Nebel hinein.

Zu der Autorin:
Lara Roner begeistert sich seit ihrer Kindheit für Bücher und hat bereits mit elf zu schreiben begonnen. Seit einigen Jahren widmet sie sich leidenschaftlich den Genres Science-Fiction und Fantasy. Sie lebt in Oberösterreich und studiert dort Geschichte und Englisch auf Lehramt
Instagram: lara.roner

Lektorat: Hanna Jung; Korrektorat: Cara Kolb / Keah Rieger;
Illustration: Jasmin Volkmer

TOT. ABER IRGENDWIE AUCH NICHT

Anna-Lena Strauß

Donn hatte einen genauen Zeitplan. Wenn man seinen Job so lange machte wie er, wurde man zum Meister im Kalkulieren. Man wusste, mit wie vielen Menschen man zu welcher Jahreszeit rechnen musste, wie lange man sie hierbehalten konnte und wann man sie schnellstens auf ihrem weiteren Weg begleiten sollte.

Donn konnte mit einer Trefferquote von 96,73 % vorhersagen, wie viele Tote sich an einem beliebigen Tag bei ihm versammeln würden. Die übrigen 3,27 % hingen mit Attentätern, Naturkatastrophen und plötzlich ausbrechenden Seuchen zusammen, die nicht einmal Dagda persönlich einberechnen könnte.

Donn hatte einmal mit dem Allvater gewettet, wer von ihnen die bessere Vorhersage abgeben würde. Obwohl die ursprüngliche Wette gut zweitausend Jahre her war, bestand Dagda regelmäßig auf eine Wiederholung. Der Alte hoffte immer noch, Donn beim Betrügen zu erwischen.

Heute war einer dieser Tage. Sie hatten beide kurz vor Sonnenaufgang ihre Schätzung einer Fee übergeben, die sie bis zum nächsten Morgen sicher verwahren würde. Donn hatte Wochen im Voraus sämtliche Aufzeichnungen der letzten Jahre gewälzt, Wahrscheinlichkeitsrechnungen aufgestellt und die vorbeikommenden Menschen nach potenziellen Katastrophen ausgehorcht. Es war perfekt. Ein ruhiger Tag im April, keine politischen Unruhen oder Stürme, keine waghalsigen Touristen und keine Winterdepressiven, die von Brücken sprangen. Die übliche Quote an Altersschwachen und Opfern von Verkehrsunfällen zu dieser Uhrzeit war bereits eingetroffen, ein im Affekt getöteter Mann ebenso.

In den folgenden Stunden würden Weitere dazukommen – weniger Altersschwache, dafür mehr Verkehrsopfer, ein paar Kranke, Drogensüchtige und Alkoholiker, etwas später dann die armen Seelen, die ihrem Leben selbst ein Ende setzen mussten.

Donn saß auf einem Dachbalken über der Eingangshalle und fügte zufrieden einen Strich nach dem anderen in seinem Notizbuch hinzu. Jeder einzelne Tote entsprach seiner Berechnung.

Wenn nicht irgendjemand spontan eine Bombe über Irland abwarf, würde er die Wette erneut gewinnen. Dagda würde sich zähneknirschend eingestehen müssen, dass Donn ihm in dieser Hinsicht einfach überlegen war. Vielleicht würde er ihm dann auch endlich erlauben, diesen verfluchten Berg länger als für wenige Stunden zu verlassen.

Wie gesagt, es lief alles nach Plan. Bis um exakt 12:59 Uhr und 59 Sekunden die Tür aufflog und eine junge Frau offenbarte. Donn runzelte die Stirn. Er warf einen Blick auf seine Notizen, dann erneut zu der jungen Frau.

Sie war schräg unter ihm auf dem handgewebten Teppich stehengeblieben und sah sich mit einem gleichsam aufmerksamen wie auch neugierigen Ausdruck um. Die meisten Leute waren überrascht, verwirrt oder verängstigt, wenn sie hier ankamen.

Sie erinnerten sich nicht mehr daran, was passiert war – das war Donn vorbehalten –, doch ihnen blieb die Erinnerung an das letzte Gefühl, das sie vor ihrem Tod empfunden hatten. Junge Leute wie sie starben sehr, sehr selten mit einem guten Gefühl.

Donn musterte sie auf der Suche nach Verletzungen, sowohl auf der ersten als auch der zweiten Ebene. Doch da war nichts. Sie selbst würde hier ohnehin nichts dergleichen an sich entdecken, aber Donn blieb nichts verborgen. Er sah jeden Messerstich, jeden Knochenbruch, jeden Schock, der zum Tod eines Menschen geführt hatte. Diese Frau war von keinem Auto überfahren worden, war nicht in einem Fluss ertrunken und hatte auch keine Überdosis Tabletten geschluckt.

Was, in Dagdas Namen, hatte sie hier zu suchen?

Sie fuhr zusammen, als er vor ihr auf dem Boden landete. Ihr Blick flog von seinem Gesicht zu dem Balken zehn Meter über ihnen. Dann weiteten sich ihre Augen und sie trat einen Schritt zurück. Schon wieder etwas, das sie nicht tun sollte. Die Toten nahmen Donn als sympathischen, attraktiven Mann wahr, dem sie vertrauen und folgen konnten. Selbst dann, wenn er etwas tat, das jeden Menschen umbringen würde.

Die Situation gefiel ihm nicht. Er hatte das unangenehme Gefühl, dass diese Frau seine gesamte Berechnung durcheinanderbringen würde. »Wer bist du?«

»Lara«, antwortete sie bedächtig. »Bin ich hier auf dem Totenberg?«

Donn öffnete perplex den Mund und schloss ihn wieder. Wüsste er es nicht besser, würde er glauben, dass sie aus der Anderswelt kam. Er streckte einen Arm aus und berührte sie an der Schulter, für den unwahrscheinlichen Fall, dass ihm beim ersten Blick etwas entgangen war.

Ein Mensch, durch und durch. Und definitiv tot ... aber irgendwie auch nicht. Verwirrend. So etwas war ihm in all den Jahren kein einziges Mal begegnet. Donn ließ den Arm wieder sinken.

Er war versucht, sich Laras Erinnerungen anzusehen – doch damit würde er seinen eigenen Kodex brechen. Erinnerungen waren das Einzige, was den Toten blieb. Die meisten reagierten sehr empfindlich darauf, wenn man darin herumpfuschte. Es war besser, wenn er erst versuchte, mit ihr zu reden.

»Manch einer bezeichnet diesen Ort als Totenberg, ja«, sagte er. »Mein Name ist Donn.«

»Ich weiß.« Sie straffte die schmalen Schultern und musterte ihn langsam von Kopf bis Fuß. Nicht so, wie man jemanden ansah, den man mochte oder anziehend fand, sondern als wäre er ein besonders faszinierendes Forschungsobjekt. Ungefähr so, wie er sie eben noch selbst angestarrt haben musste. »Ich hatte mir einen Totengott immer anders vorgestellt. Weniger ... menschlich.«

Hinter ihr ging die Tür erneut auf. Der Mann, der eintrat, zog gewissenhaft seine Schuhe aus, strich sich über die Halbglatze und ging an ihnen vorbei, ohne sie auch nur anzusehen. Donn registrierte sein stillstehendes Herz und die gebrochenen Rippen von der Reanimation. Keine weiteren Verletzungen. Er fügte einen Strich unter *Herzstillstand* hinzu. Eine halbe Stunde zu früh, aber immer noch im Zeitplan. Dafür wusste er immer noch nicht, wo er Lara einsortieren sollte.

»Ich war früher auch ein Mensch«, antwortete er. »Von daher sehe ich keinen Grund, nicht menschlich auszusehen. Wenn du mir dann verraten könntest, woran du gestorben bist?«

Sie zuckte mit den Schultern. Statt zu antworten, schob sie die Hände in die Taschen ihrer ausgeblichenen Jeans und verließ die

Eingangshalle. Donn sah ihr unschlüssig nach. Er sollte es dabei belassen und zurück auf seinen Posten gehen, um die ankommenden Toten zu dokumentieren und zu verfolgen, ob sich seine Berechnungen weiterhin erfüllten.

Aber es kam selten vor, dass ihn einer der Toten so deutlich wahrnahm und sogar erkannte. Es lag in der Natur der Menschen, zu verdrängen, dass sie gerade gestorben waren. Die meisten ignorierten konsequent alles, was sie daran erinnern könnte. Als er Lara darauf angesprochen hatte, hätte sie entweder erstaunt, abwehrend oder geschockt reagieren müssen. Stattdessen schien sie genau zu wissen, wovon sie sprach.

Donn folgte ihr langsam, um sich selbst Zeit zum Nachdenken zu verschaffen. Was machte man mit Toten, die sich nicht anfühlten, als wären sie tatsächlich tot? Er konnte sie nicht dazu zwingen, ihm zu verraten, was passiert war.

Aber er konnte sie genauso wenig am nächsten Morgen mit in die Anderswelt nehmen. Nicht in diesem Zustand, den er selbst nicht klar definieren konnte. Wenn er sie mitnahm, obwohl sie nicht wirklich tot war, würde Dagda es als Betrugsversuch werten. Dann konnte er weitere dreitausend Jahre auf diesem Berg versauern.

Lara war im Salon vor dem Kamin stehengeblieben. Die Menschen liebten ihre Elektrizität und ihre automatischen Heizungen, und doch zog es jeden seiner Besucher zuerst zu der brusthohen Feuerstelle.

»Es ist viele hundert Jahre her, seit mich zuletzt jemand erkannt hat«, bemerkte Donn. »Und noch länger, seit jemand wusste, dass er gerade gestorben ist.«

Sie sah ihn nicht an.

»Ich habe viel über diese Legenden gelesen. Als du zehn Meter in die Tiefe gesprungen bist, war klar, dass du kein Mensch sein kannst.«

»Was dir offensichtlich keine Angst macht. Genauso wenig wie die Tatsache, dass du hier bist. Fürchtest du den Tod nicht?«

»Nein.« Lara fuhr die steinerne Girlande am oberen Rand des Kamins mit der Spitze ihres Zeigefingers nach. Dann ging sie in die Hocke und hielt eine Hand über die Reste der Glut.

Donn verließ seinen Platz an der Tür. Er konnte sich denken, was sie vorhatte. »Das würde ich lassen. Nur weil du tot bist, heißt das nicht, dass du keinen Schmerz mehr spüren kannst.«

»Ich kann immer noch nicht glauben, dass ich hier bin«, antwortete sie gedankenverloren. »Woher weiß ich, dass das kein Traum ist? Vielleicht wache ich auf, wenn ich ... Ah, verflucht!«

Sie sprang auf und pustete hektisch ihre Hand an. Donn verzichtete darauf, sie daran zu erinnern, dass er sie nicht grundlos gewarnt hatte. Ihre Worte hatten etwas in ihm angestoßen. Wenn Menschen auf der Schwelle zwischen Leben und Tod standen, war das in der Regel von kurzer Dauer.

Sie entschieden sich für einen Weg, von denen einer unmittelbar zu seiner Tür führte. Lara musste diese Entscheidung irgendwie verschoben haben. Das musste die Erklärung für ihr ungewöhnliches Verhalten sein.

»In einem Traum kannst du dich nicht erinnern, wie du an einen bestimmten Ort gekommen bist, weil es diese Erinnerung nicht gibt«, sagte Donn. »Wenn du mir sagen kannst, wie du es hierhergeschafft hast, ist das also kein Traum.«

»Das ist keine Hilfe. Ich habe Colin das Zeichen zum Start gegeben, die Augen geschlossen und sie dann vor diesem Haus wieder aufgemacht.«

Sie hielt inne und fuhr sich durch die schulterlangen Haare. Als wäre ihr dabei ein Gedanke gekommen, sah sie danach an sich herab und tastete sich selbst ab. »Zumindest fühle ich mich noch wie ich selbst an. Aber das muss nichts heißen. Ich habe genug Vertrauen in Colin, um zu wissen, dass er sein Bestes getan hat, um mich hierherzubringen. Aber bin ich dabei wirklich in einer Art Zwischenstufe vor der Anderswelt gelandet oder doch ins Koma gefallen und denke mir das alles aus?«

Donn erstarrte. »Was hast du da gerade gesagt?«

»Ich *muss* mir das ausdenken«, fuhr sie fort. »Als ob ein Totengott in einem Nirvana-Shirt und ausgetretenen Sneakers herumlaufen würde.«

Einen Wimpernschlag lang überlegte Donn, worüber er sich eher empören sollte: Darüber, dass sie sich über seinen Modegeschmack lustig machte oder dass sie es offensichtlich darauf angelegt hatte, hierherzukommen. Und zwar nicht wie jemand, der sein Leben aus diversen Gründen nicht mehr weiterführen wollte.

Er war mit zwei Schritten bei ihr, packte sie am Oberarm und zog sie ungeachtet ihres Protests in die angrenzende Bibliothek. Im Gegensatz zum Salon konnte er die nämlich abschließen.

»Soll das heißen«, begann er drohend, »dass du *absichtlich* hier bist?«

Ihr zittriges Lächeln kippte. »Ist ja wohl kaum das erste Mal, dass sich jemand umgebracht hat.«

»Das ist etwas anderes. Diese Menschen sehen keinen anderen Ausweg mehr, als ihr Leben zu beenden. Du dagegen hast dein Leben weggeworfen, obwohl du keinen Grund dazu hattest!«

»Das stimmt nicht«, verteidigte sie sich. »Ich habe nicht vor, tot zu bleiben. Es war ein Experiment, und es war mehr als erfolgreich. Schließlich bin ich hier und spreche mit einem echten Gott.«

Der echte Gott lässt bald sämtliche Zurückhaltung fallen und pfuscht in deinen Erinnerungen herum, dachte Donn grimmig. »Im Namen der Wissenschaft sind schon zu viele falsche Dinge geschehen. Du solltest, nein, du *darfst* nicht hier sein, Lara.«

»Warum nicht?«

»Weil das ein Ort der Toten ist, verdammt nochmal«, donnerte er. »Hierher kommen nur tote Menschen! Sich durch ein Schlupfloch hereinzuschleichen und so zu tun, als hätte man einen Rückfahrschein, ist arrogant, respektlos und dumm!«

Lara zuckte zurück. Sie riss sich von ihm los, rannte zurück zur Tür und rüttelte daran. Als sie sich nicht öffnete, wirbelte sie wieder herum und starrte ihn an. Donn sah erst die Erkenntnis, dann die Furcht in ihren Augen aufglimmen.

»Dann lass mich gehen«, sagte sie. »Bring mich zurück in die Welt der Lebenden.«

»Das kann ich nicht.«

»Was?«, fragte sie erschüttert. Als er nicht antwortete, schüttelte sie den Kopf. »Du kannst nicht oder du willst nicht?«

»Ich kann nicht«, wiederholte Donn ruhig. »Es ist meine Aufgabe, die Toten um mich zu versammeln und sie dann sicher in die Anderswelt zu bringen. Die andere Richtung steht mir nicht offen.«

Ein Schauer ging durch Laras Körper. Sie verschränkte die Arme, während ihr Blick ruhelos durch den Raum wanderte. »Nein. Nein, du bist ein Gott, ein *Totengott*. Du musst mir helfen können. Jemand wie du muss die Verstorbenen empfangen und ihnen die Chance geben, zurückzugehen. Dafür gibt es diese Zwischenstation doch.«

»Es gibt diesen Ort, damit die Seelen sich nicht auf dem Weg in die Anderswelt verirren und dann als Geister ewig auf der Suche nach ihrem Ziel sind. Wer hier ankommt, ist bereits tot.«

Er hörte die Zweifel in seiner Stimme selbst – doch da war es schon zu spät. Laras Kopf ruckte in seine Richtung. »Das ist nicht alles, habe ich recht? Bitte, wenn es doch einen Weg gibt, muss ich das wissen!«

»Du fühlst dich nicht tot an«, gab Donn widerstrebend zu. »Deshalb habe ich dich überhaupt erst angesprochen. Ich war mir nicht sicher, ob ich dich zu den Toten zählen kann oder nicht.«

»Dann ist es noch nicht zu spät«, sagte sie voller Hoffnung. »Colin wird mich wiederbeleben. Ich muss nur darauf warten. Solange ich nicht in die Anderswelt gehe, kann ich immer noch zurück.«

Als hätte sich ihr Problem damit in Luft aufgelöst, ging sie zu einem der Regale und begann, die Titel auf den Buchrücken zu lesen. Donn beobachtete sie voller zwiegespaltener Gefühle. Er wusste, dass das nicht funktionieren würde. Was auch immer sie und dieser Colin getan hatten, es hatte dafür gesorgt, dass ihre Seele ihren Körper verlassen hatte und hierher gelangt war. Das konnte man nicht rückgängig machen, indem man den Körper am Leben erhielt. Jedenfalls nicht, nachdem schon so viel Zeit vergangen war. Es war zu spät.

Er musste es ihr sagen. Aber er brachte es nicht über sich, ihr diese Hoffnung zu nehmen und sie erneut so verzweifelt zu sehen. Zum ersten Mal konnte er ein ernsthaftes Gespräch mit einer Besucherin führen – weil sie die Erste war, die ihn als das, was er nun einmal war, wahrnehmen wollte.

Wie er es auch drehte, spätestens am nächsten Morgen würde sie verschwunden sein. Entweder weil sie entgegen besseren Wissens einen Weg zurück in ihren Körper fand oder weil er sie zusammen mit den anderen Toten in die Anderswelt bringen musste.

Außer ... Wenn sie noch immer nicht völlig tot war, konnte Dagda auch nicht verlangen, dass Donn sie zu ihm brachte. Er könnte sie hierbehalten und nach einer Lösung suchen. Ihm war klar, dass diese Überlegung vor allem aus dem egoistischen Wunsch rührte, etwas Gesellschaft zu haben. Wenn er korrekt handeln würde, würde er seine Notizen hervorholen, einen Strich bei vergiftet oder Selbstmord machen – je nachdem, was er als passender empfand – und sie zu den anderen Toten bringen. Wenn er sie hierbleiben ließe, verstieße er gegen seine Pflicht, jede ihm anvertraute Seele in die Anderswelt zu bringen. Und vermutlich verdammte er sie dazu, bis in alle Ewigkeit mit ihm hier festzusitzen.

Donn atmete tief ein und tat, als würde er nach einem bestimmten Buch suchen. Im Vorbeigehen streifte er Laras Arm.

Tot. Aber irgendwie auch nicht.

Zu der Autorin:

Anna-Lena Strauß gehört zur 99`er Generation, lebt in Thüringen und verschlingt neben Büchern fast alles, was zur Kategorie »Süßes und Kuchen« gezählt werden kann. Sie träumte sich seit ihrer Kindheit in die Welten verschiedener Bücher und erschafft inzwischen ihre eigenen. Sie liebt es, mitzuerleben, wie aus dem Funken einer Idee eine Geschichte wächst, mit deren Inhalt sie selbst nicht gerechnet hätte. Am liebsten hält sie sich dabei in fantastischen oder historischen Welten auf. Hauptberuflich arbeitet sie als Softwareentwicklerin. Seit Mai 2015 teilt sie ihre Texte auf der kostenlosen Plattform Wattpad unter dem Pseudonym AliceMontrose. Bestärkt vom Interesse der Leser beschloss sie, den Weg zur Veröffentlichung ihrer Bücher zu wagen. Ihr Debüt »Der Fluch der Hexen« erschien im April 2019 im Eisermann Verlag.

Facebook: AnnaLenaStraussAutorin

Instagram: annaiswriting

Wattpad: AliceMontrose

Lektorat und Korrektorat: Hanna Jung;

Illustration: Katharina Strauß

DIE GELIEBTE DES KRIEGERS

K. K. Summer

Prolog – Viele Jahre zuvor

Alle eintausend Erdumdrehungen nimmt der Gott des Krieges, Shiva, die Gestalt eines Menschenmannes an, um sich eine Braut zu nehmen. Dabei ist er stets auf der Suche nach seiner Königin, die eines Tages wiedergeboren werden soll. Als er das erste Mal herabstieg, um eine Frau zu suchen, musste er einsehen, dass es ausweglos war. Keine gewöhnliche Frau könnte dem überaus stolzen Gott genügen. Schön anzusehen musste sie sein, einen scharfen Verstand und unbändige Kraft besitzen. Unbeugsam und stürmisch wie die See und zugleich voll Leidenschaft. Er wanderte durch Berg und Tal, Meer und Land – ja, sogar hoch oben in den Lüften hielt er Ausschau.

Doch vergebens.

Verzweifelt und erfüllt von heiß aufflammender Wut auf die Menschen und ihre Unzulänglichkeit, stürzte er sich vom Himmel herab, in der Hoffnung, seiner Einsamkeit ein Ende zu bereiten. Der Zufall wollte es, dass er genau hier, vor unserem Dorf aufschlug.

Schon damals haben unsere Ahninnen an diesem Ort gelebt und ihre Königin, deine Ur-Ur-Ur-Ur-Ur-Ur-Urgroßmutter, lief hinaus, um zu sehen, was sich direkt vor den Mauern abspielte. Auch damals lebte unser Stamm ohne Männer. Lediglich wenn es an der Zeit war, Kinder zu gebären, suchten sie sich einen Liebhaber, der nach getaner Arbeit entweder getötet oder fortgeschickt wurde.

Als die Königin jedoch dieses Exemplar erblickte, öffnete sich ihr Herz und sie konnte nicht anders, als ihn in ihre Hütte bringen zu lassen. Er war der schönste Mann, den sie je zu Gesicht bekommen hatte und so versorgte sie seine Wunden und pflegte ihn gesund. Aber nicht nur ihr Herz war erweicht worden, nein, auch der Gott des Krieges wusste, als er sie das erste Mal erblickte, dass es niemals eine andere Frau für ihn geben würde.

All das, was er in den anderen Menschen so schmerzlich vermisst hatte, schien sich in ihr zu vereinen. Schon bald darauf nahm er sie zur Frau und brachte sie in sein Heim, das zwischen den Wolken, in einer anderen Welt, verborgen lag.«

***

Ich seufzte und kuschelte mich tiefer in meine Hängematte. Diese war meine Lieblingsgeschichte und Großmutter Tatlene erzählte sie mir jeden Abend vor dem Schlafengehen.

»Das ist eine so romantische Geschichte«, sagte ich, seufzte und blickte verträumt an die Decke.

»Du weißt genau, dass sie noch nicht zu Ende ist«, ermahnte mich Großmutter streng.

Wieder seufzte ich, denn ich wusste genau, was nun unweigerlich folgen würde.

»Soll ich etwa aufhören?«, fragte sie mit hochgezogenen Augenbrauen und ich schüttelte schnell den Kopf.

»Nein! Ich werde dich nicht noch einmal unterbrechen, das schwöre ich«, versprach ich und sie nickte, bevor sie die Geschichte weitererzählte.

»Doch ihr Glück konnte, wie alles Gute und Schöne auf dieser Welt, nicht für immer währen. Schließlich war seine Frau sterblich und als er sie zu Grabe trug, schwor er sich selbst, niemals mehr eine Frau zu nehmen und so lange zu warten, bis ihre Seele wieder den Weg zurück auf die Erde fand. Ein unsterblicher Teil seiner großen Liebe, der ihn immer wiederfinden würde. So geschieht es noch heute, dass der Herr über Zerstörung und Gewalt unser Dorf aufsucht, um nach der Frau zu suchen, an die er vor so vielen Jahren sein Herz verlor. An eine Königin, die selbst dem Krieg Frieden brachte«, beendete sie die Geschichte.

Ich spürte, wie mir die Tränen über die Wangen liefen und wischte sie schnell fort. Es gehörte sich für eine Amazone nicht, zu weinen.

Wie jeden Abend strich Großmutter mir über den Kopf und gab mir einen Kuss auf den Scheitel.

»Schlafe nun, Samia. Schon bald wird es wieder so weit sein und dann musst du bereit sein. Verstehst du mich? Trainiere so viel wie möglich, bereite dich auf den Tag vor, da der Gott des Krieges erneut erscheinen wird.«

Ihre Worte waren eindringlich und jagten mir einen Schauer über den Rücken. Beinahe erschien es mir, als wüsste sie etwas, das ich noch nicht benennen konnte, doch wann immer ich sie danach fragte, wechselte sie das Thema.

»Was ist, wenn ich gar nicht daran teilnehmen möchte? Was, wenn ich nicht seine Braut werden will?«, fragte ich ängstlich.

Ein wissendes Lächeln breitete sich auf dem Gesicht von Großmutter aus, als sie sagte: »Samia, du bist noch jung. Doch mit der Zeit wirst du verstehen, was es bedeutet, jemanden zu lieben. Wer weiß, vielleicht wird der Gott des Krieges auch dir gefallen. Er soll ein durchaus attraktiver Mann sein.«

Sie zwinkerte mir noch einmal zu und verschwand hinter dem Stofffetzen, der meine Hängematte vom Rest der Hütte trennte.

Ich kuschelte mich in mein Bett und schloss die Augen.

Bevor mein Verstand sich auflöste und der Schlaf mich übermannte, erschien vor meinem geistigen Auge das Bild eines braungebrannten muskulösen Mannes mit großen schwarzen Flügeln. Ohne dass ich etwas dagegen unternehmen konnte, spürte ich, wie sich ein Lächeln auf meinem Gesicht ausbreitete.

Mit diesem Gedanken schlief ich ein und hoffte, dass es nicht mehr lange dauern würde, bis auch ich alt genug war, um zu kämpfen.

Und dass es außerdem nicht mehr lange dauern würde, bis Shiva in unserem Dorf erscheinen würde und ich ihm gegenübertreten konnte.

Kapitel 1

Voller Aufregung stand ich mit den anderen Amazonen vor den Toren. In der letzten Nacht hatte ich kaum ein Auge zugetan und spürte, wie schnell das Herz in meiner Brust schlug. Doch so sehr ich es auch versuchte, konnte ich mich nicht von meiner steigenden Nervosität ablenken. Trotzdem verhielt ich mich so still, wie es nur ging und beobachtete meine Umgebung mit scharfem Blick. Wartete darauf, dass etwas geschah. *Was, wenn er nicht kommt?*, schoss es mir durch den Kopf, doch ich verbot mir diesen Gedanken.

Ein lauer Wind kam auf, strich durch die Blätter über meinem Kopf und wehte mir die Federn, die Großmutter so kunstvoll in mein Haar geflochten hatte, ins Gesicht. Ich widerstand dem Drang, sie fortzuschlagen und richtete den Blick starr geradeaus.

Wie viele Erdumdrehungen hatten wir uns auf diesen Tag vorbereitet? Wie viele hatte ich damit verbracht, besser als meine Kontrahentinnen zu werden?

Ein Lächeln zupfte an meinen Mundwinkeln und ich konnte es auch mit größter Konzentration nicht dazu bringen, mein Gesicht zu verlassen.

»Was gibt es da zu lachen?«, erklang plötzlich die schroffe Stimme der ersten Kriegerin, als sie vor mich trat und mich prüfend ansah.

Augenblicklich wurde ich wieder ernst und straffte meine Haltung.

»Gar nichts«, antwortete ich schnell.

Sie zog zwar die Augenbrauen nach oben, nickte aber dann.

»Das denke ich auch. Ihr seid Kriegerinnen – ihr habt nicht zu lachen, sondern unser Dorf zu schützen. Es dürfte jederzeit so weit sein, also haltet euch bereit!«

Noch ehe der Satz vollkommen ihren Mund verlassen hatte, erbebte die Erde unter meinen Füßen.

Nun ist die Zeit gekommen, sich zu beweisen.

Mit einem lauten Knall, der mich leicht zusammenzucken ließ, landete etwas direkt vor unseren Füßen. Nein, nicht etwas, jemand.

Als er sich aufrichtete und seine nachtschwarzen Schwingen hinter dem Rücken zusammenfaltete, kam ich nicht umhin zuzugeben, dass Großmutter recht behalten hatte: Der Mann, der nun vor uns stand, war wirklich der schönste, den ich je zu Gesicht bekommen hatte. Die schwarzen Haare, die in seinem Nacken von einem Band zusammengehalten wurden, glänzten im Licht der Nachmittagssonne und glichen einer Nacht ohne Sterne.

Dafür strahlten seine Augen wie zwei Saphire und sein neugieriger Blick streifte sowohl mich als auch meine Kontrahentinnen. Langsam kam er auf uns zu, die Hände hinter dem Rücken verschränkt und seine Miene unleserlich.

Was ihm wohl durch den Kopf geht, wann immer er auf die Erde herabkommt? Ob er nur um seine verlorene Liebe trauert? Oder denkt er nur an die Frau, die er als Nächstes mit sich nehmen wird?

Unsere erste Kriegerin verneigte sich tief und sprach den Gott an: »Willkommen, Shiva, Gott des Krieges.«

Auch ich verneigte mich tief, aber schielte nach oben, um die Reaktion des Gottes zu beobachten. Mein Herz schlug mir bis zum Hals und ich spürte, wie plötzlich auch meine Handflächen feucht wurden.

Ein dunkles Lachen erklang und ich erschauderte. Seine Stimme hatte ein angenehmes Timbre – samtig und so, als könnte ich ihm ewig zuhören.

»Ich danke dir, Endela. Es ist mir wahrlich eine Freude, erneut hier zu sein. Sie sind bereit, nehme ich an?«

»Aber natürlich!«

»Sehr schön, dann stelle sie mir vor«, entgegnete er schnurrend und ich glaubte, seinen durchdringenden Blick auf mir zu spüren. Nach einer angemessenen Zeit richteten wir uns wieder auf und warteten gespannt auf sein Urteil.

Der Reihe nach stellte Endela jede der zehn Kandidatinnen vor und jede wurde sogleich kritisch beobachtet.

Ich war die Letzte in der Reihe und mit jedem Augenblick, der verstrich, nahm das nervöse Kribbeln in meinen Eingeweiden zu. Ich konnte es mir selbst nicht erklären, doch etwas Unsichtbares zog mich zu diesem Mann hin. Wie ein Pfeil in meinem Inneren, der immer wieder in seine Richtung schnellte, wann immer ich versuchte, ihn in eine andere zu drehen.

Diese Ungewissheit bringt mich noch um, wie kann man das nur aushalten?, fluchte ich innerlich und zwang mich selbst dazu, stillzustehen.

»Oh, wen haben wir denn hier?«, erklang plötzlich die Stimme des Gottes an meinem Ohr und um ein Haar wäre ich erschrocken zusammengezuckt. Ich hatte nicht gehört, dass er sich mir genähert hatte, so leise bewegte er sich.

»Mein Name ist Samia. Ich bin die Enkelin der Stammesführerin«, antwortete ich wahrheitsgemäß und ich war stolz, dass meine Stimme nur ein wenig zitterte.

Er umrundete mich und blieb schließlich direkt vor mir stehen.

Auch wenn ich hochgewachsen war, sah ich, wenn ich geradeaus blickte, lediglich die Haut seiner gebräunten Brust, unter der sich seine Muskeln in dicken Strängen deutlich abzeichneten.

Mit einem Mal war mein Mund staubtrocken und ich befürchtete, kein weiteres Wort mehr über die Lippen zu bekommen. Wo war meine Schlagfertigkeit geblieben? Sonst hatte ich immer eine Antwort parat. Jetzt, da er mir jedoch in die Augen sah, vergaß ich jedes einzelne Wort, das ich jemals gelernt hatte.

»Auch Sie trug damals solch eine bunte Feder in ihrem Haar. Ich erinnere mich noch daran, als wäre es gestern gewesen und …«

Shiva sog scharf die Luft ein und legte eine warme Hand an meine Wange. Ich widerstand dem Drang, mich gegen seine Haut zu schmiegen und zwang mich stattdessen, ihm weiter in die stechend blauen Augen zu blicken. Mein Herz schlug so schnell, dass ich fürchtete, es müsse meine Brust sprengen und für den Bruchteil einer kleinen Ewigkeit hielt ich den Atem an. Getraute mich nicht einmal zu blinzeln, aus Angst, dass ich etwas verpassen würde.

Er ließ den Satz unbeendet und fuhr mit einer Hand durch mein Haar. Dabei streiften seine Fingerkuppen meinen Hals und eine Gänsehaut breitete sich auf meinem gesamten Körper aus.

»… was, wenn das meine Chance ist …«, flüsterte er so leise, dass ich es beinahe überhört hätte und doch brachten seine Worte etwas tief in mir zum Klingen.

Nur zu gerne hätte ich ihn berührt und herausgefunden, ob seine Haut sich so weich anfühlte, wie sie aussah, aber ich hielt mich zurück. Schließlich wusste ich nicht, wie der Gott reagieren würde oder ob ich danach überhaupt noch eine Hand besitzen würde. Schließlich handelte es sich hier um den Gott des Krieges und des Chaos.

»Beantworte mir eine Frage, Samia: Was ist dein größter und tiefster Wunsch?«, fragte er leise und sah mir dabei so tief in die Augen, dass ich glaubte, er müsse bis in meine Seele sehen können.

Beinahe fühlte ich mich schlecht dabei, seine Aufmerksamkeit so für mich zu beanspruchen, aber auf der anderen Seite konnte es mir egal sein, was die anderen Amazonen von mir dachten. Eines Tages würde ich ihre Stammesführerin sein, so wie Tatlene jetzt. Sie mussten mich fürchten und respektieren, nicht lieben.

Und welche Amazone würde stärker wirken als die Frau des Kriegsgottes?

Über seine Frage musste ich einen Moment lang nachdenken, doch in seinen Augen blitzte etwas hervor, das mich neugierig werden ließ. Man sagte nicht umsonst, dass die Augen den Spiegel der Seele bildeten, und was ich in Shivas Augen sehen konnte, verschlug mir die Sprache.

Weisheit, Verschlagenheit, Blutlust, Wut und noch etwas anderes. Etwas Tieferes und Bedeutsames. Etwas, von dem ich selbst geglaubt hatte, dass ich es nicht zum Leben brauchte.

»Stärke. Ruhm und … Liebe. Für mich und für meine Schwestern.«

Woher diese Worte so plötzlich kamen, konnte ich nicht sagen, doch ich spürte, wie sie in mir widerhallten und wusste sofort, dass es nichts als die reine Wahrheit war.

Keine der umstehenden Frauen sprach auch nur ein Wort und beinahe kam es mir so vor, als hielte selbst Mutter Natur für einige Herzschläge lang den Atem an. Wartete gespannt darauf, ob dem Gott des Krieges meine Antwort gefiel, oder nicht.

Der Hauch eines Lächelns umspielte seine Mundwinkel und ich wusste eines sofort: meine Antwort war richtig gewesen. Nicht, dass es mich wirklich in den Fingern juckte, von ihm auserwählt zu werden und doch war da diese Stimme in mir. Zuerst nur leise, dann mit jeder verstreichenden Sekunde immer lauter. Sie verlangte, Gehör zu finden und rief mir zu, ihr mein Vertrauen zu schenken. Schließlich wusste sie, was für uns am besten war. Mit diesen Worten klang es beinahe so, als gehöre sie eigentlich gar nicht zu mir und habe es sich lediglich in meinem Kopfgemütlich gemacht.

Diesen Gedanken vertrieb ich jedoch schnell wieder. Kein böser Geist würde sich in mir breitmachen, nicht, wenn ich es zu verhindern wusste.

»Das ist wirklich eine interessante Antwort. Es ist mir beinahe, als würde ich eine andere Stimme hören, welche diese wiederholt …«

Er sprach in Rätseln, doch die Stimme schrie so laut sie nur konnte, dass ich ihm vertrauen sollte. Ja, dass ich es sogar musste – und dieses Mal hatte ich keine Angst, ihr nachzugeben.

»Komm mit mir und werde meine Braut. Ich weiß, dass du es sein musst und sonst keine.«

Während er sprach, blickte er mich mit einer mir bisher unbekannten Inbrunst an und raubte mir damit nicht nur die Worte, sondern auch die Fähigkeit, mich zu bewegen. Mein Verstand schien nicht mehr länger in der Lage, Worte zu produzieren, so nickte ich lediglich und ignorierte dabei den Kloß, der sich in meinem Hals bildete.

Wenn ich zuvor noch von einem Pfeil in meinem Inneren gesprochen hatte, so glaubte ich nun vielmehr, dass es ein Band darstellte. Eines, das sich auf einer Seite um mich und auf der anderen um Shiva schloss.

»Der Gott des Krieges hat gesprochen!«

Die Stimme unserer ersten Kriegerin riss mich aus den Tagträumen heraus und drängte mich gewaltvoll zurück in die reale Welt. Es dauerte mehrere Herzschläge lang, bis ich wieder wusste, wo ich mich befand und was das alles zu bedeuten hatte.

»Samia, du hast den Willen des Gottes vernommen. Verabschiede dich nun von deiner Familie.«

Noch immer fühlte ich mich wie in einem Traum und war unfähig, etwas anderes zu tun, als zu nicken.

Dass Großmutter Tatlene zu den Kriegerinnen gestoßen war, hatte ich noch nicht einmal bemerkt, doch als ich auf sie zuging, bemerkte ich die bösen Blicke meiner Schwestern. Jede hatte gehofft, diese Ehre für sich gewinnen zu können, doch nur ich hatte es geschafft. Auch, wenn ich noch immer nicht wusste, wie ich das angestellt hatte. Schließlich gab es nichts Besonderes an mir. Ich war einfach nur … eine Amazone. Ja, meine Kampfkunst konnte man als beeindruckend beschreiben, doch wenn man alles andere betrachtete, war ich wohl kaum besser als der Durchschnitt.

»Mein Kind«, begrüßte meine Großmutter mich und sorgte so dafür, dass mir die Tränen in die Augen stiegen.

Normal verlor ich nicht so schnell die Fassung, aber die Vorstellung, den Dschungel und alle Amazonen hinter mir zu lassen und mit einem fremden Mann zu gehen … Ich konnte es nicht vollends beschreiben, doch ein kleiner Teil von mir wollte nicht alles verlassen, was ich je gekannt hatte.

»Ich weiß nicht, was ich sagen soll. Es ist einfach …«

»Ein Wunder«, beendete sie meinen Satz. »Das ist es in der Tat, aber ich habe niemals auch nur eine Sekunde daran gezweifelt. Was glaubst du denn, weshalb ich dir die Geschichte immer und immer wieder erzählt habe? Damit sie sich in dein Gedächtnis brennt und du niemals vergisst, was alles auf dem Spiel steht.«

Nur halb konnte ich ihre Worte verstehen, doch ich musste darauf vertrauen, dass sie recht behalten würde. Ein letztes Mal drückte ich sie an mich und sog ihren Duft durch die Nase ein. Sie roch nach dem nassen Waldboden und dem frischen Wind, der durch die Blätter strich – nach zuhause.

Sie selbst drückte mich auch, ehe sie mich von sich schob und mir die Tränen von den Wangen wischte.

»Geh nun, mein Kind. Gehe und werde zu der Frau, die du immer sein solltest.«

Wie sollte ich dem widersprechen? Ich nickte tapfer und wandte mich dem Gott des Krieges zu.

Zu meiner Überraschung lag sein nachdenklicher Blick noch immer auf mir, so als suche er nach etwas, das mein Verhalten erklären würde.

Während ich zu ihm hinüberging, reckte ich mein Kinn tapfer nach oben, denn auch, wenn man die Spuren meiner Tränen noch immer deutlich sehen konnte, würde ich mich nicht als schwaches Mädchen darstellen. O nein – schließlich war ich eine Tochter des Dschungels.

Ohne ein weiteres Wort hielt er mir seine Hand entgegen und hob herausfordernd eine wohlgeformte Braue. Eine stumme Aufforderung, seinem Wunsch zu entsprechen oder aber seine Wut über das ganze Dorf zu entfesseln.

Das Grinsen, das nun an meinen Mundwinkeln zupfte, konnte ich nicht mehr zurückhalten, während ich meine Hand hob und sachte in seine legte. Die Haut des Gottes fühlte sich genauso warm und weich an, wie ich es mir vorgestellt hatte, und an den Stellen, da er mich berührte, prickelte mein Körper aufgeregt.

Als der Gott seine Finger vorsichtig mit meinen verschränkte, schwappte eine Welle des Glücks über mich hinweg, ohne dass ich sagen konnte, wieso. Vielleicht war es die Art, wie er mich anlächelte oder der leichte Druck seiner Hand, der mir zeigte, dass ich nicht allein war.

»Es ist Zeit«, war alles, was Shiva sagte, als er mich fortführte. Fort von allem, was ich bis zu diesem Augenblick gekannt hatte und auf in ein vollkommen anderes Leben.

Als er mich jedoch auf seine starken Arme hob, machte sich nicht die Wehmut in mir breit, sondern das Gefühl, dass das wahre Abenteuer meines Lebens gerade erst begonnen hatte – dass ich genau an dem Ort war, an dem ich sein musste, um glücklich werden zu können.

Kapitel 2

Die Reise zum Heim des Kriegsgottes dauerte nicht länger als einen Wimpernschlag – eben noch hatte ich mich mitten im Dschungel befunden und nun sah ich die prächtigste Behausung vor mir, die ich jemals gesehen hatte.

Mit dem weißen Stein und endlosen Schnörkeln sah es beinahe wie eines der Schlösser aus, die ich aus den Geschichten meiner Großmutter kannte. Zwar hatte ich kaum einen Herzschlag hier verbracht, doch ich hatte mein Herz schon jetzt an diesen Ort verloren. Er strahlte nichts von Shivas Härte aus, sondern ergänzte seine Persönlichkeit mit beinahe weiblich anmutenden Rundungen und strahlenden Farben.

»Gefällt es dir?«, flüsterte es hinter mir und ich fuhr erschrocken herum. Nur um festzustellen, dass Shiva mich in seine Arme schließen und an sich heranziehen wollte. Es fühlte sich noch immer nicht richtig an, einem Mann zu folgen, den ich nicht kannte, doch mein Herz quoll über vor Freude. Sollte es wirklich stimmen, dass er mich aus einem anderen Leben kannte? Vielleicht war es gar nicht so verrückt zu glauben, dass wahre Liebe sich immer wiederfand, ungeachtet von Zeit und Raum.

Ich wandte mich zu ihm um und blickte Shiva in die Augen. Sie strahlten noch immer vor Glück, doch es wurde etwas dunkler, als er meinen unsicheren Gesichtsausdruck sah.

Das Lächeln, das zuvor noch so verschlagen und raubtierhaft gewirkt hatte, wurde mit einem Mal sanft und nachsichtig.

»Worüber denkst du nach, Samia? Ich kann sehen, dass dich etwas bedrückt.«

Vorsichtig strich er mir eine Haarsträhne aus dem Gesicht und fuhr mit dem Daumen sanft über meine erhitzte Haut. Genüsslich schloss ich die Augen und genoss die Berührung.

Mein gesamter Körper begann zu kribbeln, gerade so als wüsste er, dass ich mich endlich am Ziel meiner Reise befand. Dass ich nach so vielen Jahren endlich wieder mit meinem Gegenstück vereint war – auch, wenn es noch immer verrückt klang. Doch wie sollte ich diese Worte über meine Lippen bringen, wo ich ihre ganze Bedeutung selbst noch nicht verstand?

Das angenehme Prickeln verschwand mit einem Mal aus meinen Gliedmaßen und zurück blieb nichts als eine vollkommene Leere.

»Was ist los, meine Liebe? Gibt es etwas, das dich bedrückt? Sprich nur ein Wort und ich werde dafür sorgen, dass alles Dunkel verschwindet. Nie wieder sollst du dich sorgen müssen. Nicht, wenn ich dich endlich wiedergefunden habe.«

Seine Stimme brach und ich war mir nicht ganz sicher, doch glaubte ich, Tränen in seinen Augen glitzern zu sehen.

»Ich … es ist nur … das alles ist zu viel. Wie kann ich jemand sein, den du vor tausend Jahren geliebt hast?«

Nun war es raus. Das, was uns noch im Weg gestanden hatte, lag offen, und alles, was ich tun konnte, war dem Mann, der mich so liebend ansah, in die Augen zu sehen. Dort nach einer Wahrheit zu suchen, die ich vielleicht niemals hören wollen würde und die ich doch nicht ändern konnte.

Schon seit so langer Zeit suchte er nach seiner wahren Liebe, um wieder mit ihr zusammen sein zu können und nun glaubte er, sie in mir gefunden zu haben. Wie konnte das möglich sein? Ich war doch einfach nur … ich.

Shiva lachte dunkel und schüttelte ungläubig den Kopf.

»Du magst es vielleicht noch nicht glauben wollen, doch ich weiß, dass dein Herz bereits für mich schlägt. Wir gehören zusammen und du kannst es spüren. Ich werde alles dafür tun, um dich glücklich zu sehen. Ich kann es dir beweisen. Schließe deine Augen.«

Zögerlich tat ich, was er von mir verlangte und merkte erst da, wie schnell mir das Herz gegen die Rippen hämmerte. Doch es war nicht nur die Nervosität, die an meinen Nerven zerrte, sondern auch die Tatsache, dass ich tief in mir wusste, dass Shiva recht hatte. Jede Berührung, ja sogar das Schloss direkt vor mir, fühlte sich so vertraut an, als hätte ich noch nie etwas anderes gesehen.

Ein Lächeln kräuselte meine Lippen und auch, wenn ich meinen Mann nicht mehr sehen konnte, spürte ich ihn doch. Sah seine Aura direkt vor mir in grellem Rot. Dazwischen blitzten immer wieder Bilder in meinen Verstand. Szenen aus längst vergessenen Träumen, die ich schon als kleines Kind gehabt hatte und die Tatlene immerzu als ausgemachten Blödsinn abgetan hatte.

Mit einem Mal überkam mich die unabwendbare Wahrheit, zwang mich in die Knie und trieb mir die Tränen in die Augen, obwohl ich sie immer noch geschlossen hielt.

Eine Hochzeit, im Garten dieses Anwesens.

Ein Mann, so schön und überwältigend, dass niemand es wagen würde, ihm einen Wunsch zu untersagen.

Eine Liebesnacht voll von Leidenschaft, nackter Haut und Hitze.

All diese Augenblicke trieben mir erneut die Röte in die Wangen und als mein Blick wieder auf Shiva landete, sah ich erst, wie nahe er mir war.

Seine Hände lagen auf meinen Wangen, seine Nase berührte die meine und sein warmer, ungleichmäßiger Atem strich über mein Gesicht. In Shivas glasigen Augen konnte ich die gleiche Leidenschaft erkennen, die ich bereits aus meinen Träumen kannte – mit nur einem einzigen Unterschied.

Dieses Mal wusste ich genau, was er wollte. War mir sicher, dass er es kaum noch erwarten konnte, mir das lederne Oberteil und den Rock vom Leib zu reißen und zu sehen, was seine Berührung mit mir anstellte.

Vermutlich sollte ich mich fürchten und verwirrt sein, doch in genau diesem Moment war ich nur eines – glücklich, ihn endlich gefunden zu haben.

Heiße Flammen jagten durch meine Adern, setzten jeden Zentimeter meines Körpers in Brand und sorgten dafür, dass ich mich noch ein wenig enger an ihn drängte.

Dass es ihm ebenso gefiel war unverkennbar, doch er hielt sich zurück. Wartete ab, was ich tat und wollte mich offensichtlich zu nichts drängen, was ich nicht auch wollte.

»Ich kenne dich nicht einmal und trotzdem weiß ich, dass mein Herz nur für dich schlägt, Shiva. Schon viel zu lange habe ich genau hierauf gewartet. Dass du mich findest und wir wieder eins sein können. Selbst meine Träume haben mich darauf hingewiesen, doch ich war zu blind, um es zu erkennen.«

Die Flammen, die durch meinen Körper kursierten, schienen nun auch von ihm Besitz ergriffen zu haben und ehe ich mich versah, hob er mich nach oben und verschloss meine Lippen mit einem unnachgiebigen Kuss. Einer, der mir alles sagte, was ich wissen musste.

Ich erwiderte ihn mit der gleichen Leidenschaft und war von mir selbst überrascht. Niemals hätte ich gedacht, dass ein Mann solche Gefühle in mir hervorrufen würde, doch auf der anderen Seite hatte ich auch niemals damit gerechnet, meinen Seelengefährten zu finden. Schon gar nicht im Gott des Krieges und des Chaos.

Das alles verschwand jedoch in dem Moment, da Shiva seine Hände über meinen Körper gleiten ließ, jeder zusammenhängende Gedanke meinen Kopf verließ und dem Vergnügen seiner ungeteilten Aufmerksamkeit Platz machte.

Kapitel 3

Während die Tage ineinanderflossen, konnte ich nicht sagen, was mich glücklicher machte. Die Tatsache, dass mein Herz schneller schlug, sobald ich Shiva nur ansah und berührte, oder die Tatsache, dass er mich ebenso begehrte, wie ich ihn. Vermutlich eine Mischung aus beidem.

Hier, in seinem Reich, vergingen die Tage deutlich langsamer und schon nach kurzer Zeit konnte ich nicht mehr sagen, wie viel Zeit wohl im Regenwald vergangen war. Doch egal, wie wohl ich mich hier fühlte, eine Sache fehlte.

Mir war klar, dass meine Großmutter eine alte Frau war und nicht mehr lange die Königin der Amazonen würde bleiben können. Allerdings wollte ich auch nicht daran denken, dass sie sterben könnte, denn allein die Vorstellung versetzte mir einen schmerzhaften Stich.

»Was ist los, meine Geliebte? Stimmt etwas nicht?«

Ich schüttelte den Kopf. Wollte ihn nicht beunruhigen, schließlich war ich hier, zusammen mit ihm, glücklicher gewesen als irgendwann sonst in meinem Leben.

»Nein, alles ist in Ordnung. Mach dir bitte keine Sorgen.« Ich versuchte mich an einem Lächeln, doch spürte, dass es meine Augen nicht erreichte. Shiva durchschaute diese Maskerade schneller, als mir lieb war und zog mich noch ein Stückchen näher zu sich. Der glühende Ausdruck in seinen Augen zeigte mir, dass es ihm ernst war. Dass er alles dafür tun würde, um mich glücklich zu sehen – egal wie.

Ich seufzte. Wie sollte ich ihm etwas verschweigen, wenn er mich derart musterte?

»Na schön, du hast gewonnen! Du bist wirklich furchtbar, weißt du das?«

Er grinste breiter. »Natürlich. Ich bin ein uralter Gott und somit weise.«

In gespielter Aufregung schlug ich ihm gegen den Arm, schüttelte den Kopf und seufzte schließlich. Was hatte es für einen Sinn, es vor ihm geheim zu halten?

»Es ist … vollkommen unsinnig, das weiß ich selbst. Trotzdem vermisse ich den Regenwald. Das Rascheln der Blätter über mir und vor allem meine Großmutter. Irgendwann werde ich ihr Erbe antreten müssen, ob es uns nun gefällt, oder nicht. Gleichzeitig kann ich dich aber auch nicht verlassen. Wie könnte ich?«

Das ungute Gefühl in meinem Magen ballte sich zusammen, sodass es sich anfühlte, als ob ich mich jederzeit übergeben müsste. Gleichzeitig konnte ich aber auch sehen, wie ein weicher, verständnisvoller Ausdruck in Shivas wunderschöne Augen trat. Auch das Lächeln auf seinen Lippen gab mir Hoffnung, dass er es nicht persönlich nehmen würde.

»Mein Herz, es tut mir leid. In meinem Glück habe ich gar nicht bemerkt, dass dir etwas so Monumentales fehlt. Wie sollte ich dir eine solche Bitte verwehren, wenn du mich derart ansiehst?«

Ich grinste so breit, dass ich Angst hatte, meine Mundwinkel müssten sich an meinem Hinterkopf treffen.

»Du willst also sagen, dass ich …?«

Auch ohne, dass ich den Satz beendete, verstand er mich. Das unsichtbare Band, das uns beide verband, vibrierte in meiner Brust und ein warmes Gefühl flutete meinen Körper.

Bevor ich noch etwas sagen konnte, zog er mich näher an sich heran, fuhr mit seinen Händen über meinen Rücken und verschloss meinen Mund fest und unnachgiebig mit seinem.

Noch im gleichen Augenblick, da seine Lippen die meinen berührten, spürte ich, wie sich etwas in mir veränderte. Wie die zweite Seele, die schon seit meiner Geburt in mir gewohnt hatte, ihren rechtmäßigen Platz einnahm. Im Gegensatz zu meiner Erwartung fürchtete ich mich allerdings nicht, sondern empfing die Veränderung mit offenen Armen.

Meine Lider schlossen sich von selbst und als ich sie wieder öffnete, sah ich, dass auch der Gott des Krieges ungläubig lächelte.

»So lange habe ich nach dir gesucht«, hauchte er und ich spürte mit einem Mal all die Gefühle, die auch auf ihn einprasselten. »Gehofft und gebangt, ob deine Erinnerungen jemals zurückkommen würden, und nun, da es soweit ist, kann ich es kaum glauben.«

»Aber wie kann das …«

Erschrocken sog ich die Luft ein und war verwundert, dass auch meine Stimme verändert klang.

»Das ist doch einfach …« Ich kam nicht einmal dazu, den Satz zu beenden.

»Es ist ein Wunder. Du bist ein Wunder, Samia. Und ich werde nicht zulassen, dass du mich ein weiteres Mal verlässt. Was auch immer dein Herz begehrt, es sei dein. Wohin auch immer du gehst, ich werde mit dir kommen. Schließlich haben wir die Ewigkeit vor uns.«

Ein Lächeln umspielte meine Lippen, als ich antwortete: »Das Heim, welches du mir bietest, ist perfekt und ich weiß, dass es mir hier niemals an etwas mangeln wird. Doch so perfekt es auch ist, ohne meine Schwestern ist es für mich kein Zuhause. Erlaube mir, sie jedes Jahr nur einmal zu sehen und an ihrer Seite zu kämpfen und ich verspreche, ich bin für immer dein. So einfach werde ich dich sicherlich nicht mehr verlassen, nun, da ich weiß, welches Band zwischen uns geknüpft wurde.«

Shiva schluckte schwer und ich sah, dass es ihm nicht leichtfiel, doch er nickte.

»Du bist immerhin die Geliebte des Krieges – wie kann ich es dir verwehren, in den Kampf zu ziehen?«

Lachend schüttelte ich den Kopf und schmiegte mich in seine Arme. »Ich bin nicht nur die Geliebte des Krieges, ich bin seine Königin. Zusammen mit meinen Amazonen werden wir die Welt erobern. Sie wird brennen und aus der Asche des Krieges neu auferstehen.«

Das Grinsen auf seinem schönen Gesicht wurde verschlagen und ehe er meine Lippen erneut mit einem Kuss verschloss, flüsterte er heiser: »Ich kann es kaum erwarten, mit dir zusammen in den Kampf zu ziehen. Samia, Königin der Amazonen.«

Zu der Autorin:

K. K. Summer ist schon sehr früh in die Welt der Bücher und Buchstaben eingetaucht. Alles begann mit dem Jungen, der überlebte und auch heute liebt sie das Fantasy Genre mehr als jedes andere und der Filmklassiker »Mulan« inspirierte sie dazu ihre eigene, an die fernöstliche Legende angelehnte, Geschichte zu Papier zu bringen. Elfen, Drachen, Magie und fremde Welten haben sie schon immer in ihren Bann gezogen und so ist es nicht verwunderlich, dass sie auch in ihrer Freizeit in die Welt der Online-Rollenspiele abtaucht. Wenn sie nicht gerade schreibt, ist sie als Personalsachbearbeiterin tätig. Falls ihr Lust habt, mehr über sie und ihre Projekte zu erfahren, schaut doch auf ihrer Website vorbei. (kksummer.de) oder auf Instagram: kksummer_autorin

Lektorat: Hanna Jung; Korrektorat: Keah Rieger;
Illustration: Jasmin Volkmer

UNTER DER OBERFLÄCHE
Morgane A. Tusk

Mit immenser Kraft peitschten die Wellen an den Bug des Drachenbootes und ließen es auf der tosenden See wie eine Nussschale hin und her hüpfen. Das Geräusch, wie das Segel riss, war trotz des Sturmes zu hören.

»Ketill!« Panisch warf sich Hallvard an die Wand des Langbootes und streckte die Hand nach seinem Bruder aus, der soeben rückwärts über die Reling stürzte. Nur kurz berührte er die Fingerspitzen des schmächtigen Wikingers, bevor eine Welle ihn regelrecht verschluckte. Das Letzte, was sich in ihm einbrannte, war sein Blick. Diese aufgerissenen Augen, die ihn nach Hilfe anschrien.

Keuchend krallte sich Hallvard in das nasse Holz der Reling und versuchte, in all dieser Gischt und dem Wasser, welches ihm ins Gesicht peitschte, etwas zu erkennen. Eben, als er aufgrund des donnernden Rufes seines Jarls den Blick über die Schulter lenken wollte, erkannte er sie.

Erst schemenhaft, weit in den Tiefen des schwarzen Meeres, tauchte ein Gesicht auf. Sein erster Gedanke war, dass er noch nie zuvor so eine hübsche Frau gesehen hatte. In das Gurgeln und Glucksen, da das Drachenboot immer weiter durch die

Wellen schnitt, mischte sich ein Geräusch, welches für Hallvard anfangs befremdlich, wie fehl am Platz klang. Es glich einem glockenreinen Gesang wie aus einer fernen Welt. Und obwohl das Boot weiter durch das aufgewühlte Meer peitschte, wurde dieses Gesicht nicht davongerissen. Es schwamm im gleichen Tempo neben dem Boot her, bevor es schneller wurde, an die Oberfläche stieg und so mehr von dem Körper preisgab, der sich wie ein Fisch im Wasser bewegte.

Das Letzte, was Hallvard wahrnahm, waren diese wohlgeformten Brüste, die von blonden Locken umrankt wurden.

Der junge Wikinger quiekte, als er an der Schulter von der Reling gerissen wurde und im nächsten Moment in das wutentbrannte Gesicht seines Jarls sah.

»Hast du nicht gehört? Das Segel«, schrie der Hüne , bevor er ihn am Hemd packte und nach vorn schleuderte.

Erst jetzt traten die Geräusche wieder in den Vordergrund. Die Rufe und das Lachen von Olaf, der mit nackter Brust am Bug des Bootes stand, sich nur an einem Tau festhielt. Er brüllte dem Wind und den Wellen, die um ihn tosten, entgegen. Hallvard wischte sich den Regen und das Salzwasser aus dem Gesicht und sah zu Trym. Der hing ebenfalls an einem Seil, nur weitaus verkrampfter. Mit einem Kopfnicken gab er Hallvard zu verstehen, dass er Hilfe bräuchte. So schnell es die nassen Planken zuließen, kämpfte er sich zu dem Burschen vor.

»Wo ist Ketill«, schrie dieser ihm entgegen, um Gehör zu finden.

Hallvard schüttelte nur den Kopf und hängte sich mit dem gesamten Körpergewicht in das Tau. »Das Wogenmädchen hat ihn.«

»Was?«, schrie Trym, als hätte er ihn nicht richtig verstanden. Das war der einzige Moment, in dem er unaufmerksam war und es mit dem Leben bezahlte. Im selben Augenblick fuhr eine Windböe in das Segel, welches sich, trotz des Risses, aufblähte und das Tau mit einem surrenden Geräusch in die Höhe riss.

Noch bevor Hallvard reagieren konnte, wurde Trym zwei Meter empor gerissen und verschwand mit einem gellenden Schrei in diesem Brei aus Wellen, Regen und Dunkelheit. Nur dem brennenden Schmerz an den Händen, als das Tau in sein Fleisch schnitt, war es zu verdanken, dass er das Seil losließ und nicht ebenfalls mitgerissen wurde.

Erneut von Angst erfüllt, fuhr Hallvard herum und fing seinen Jarl mit panischem Blick ein. Er schien etwas zu brüllen. Doch er verstand es nicht. Auch hatte er das Gefühl, dass alle um ihn herum langsamer handelten. Kein einziges Wort drang zu ihm, nur dieser Gesang, der von Neuem eingesetzt hatte und nun immer lauter wurde.

Dann sah er es wie in Zeitlupe vor sich, wie das Boot anfing zu kippen. Es neigte sich auf die rechte Seite, sämtliche Versuche seiner Kameraden, sich irgendwo festzukrallen, schlugen fehl. Wie Fische auf nassem Untergrund schlitterten sie an die Bordwand, die riesigen Kisten, in denen sich die Beute des Vikings befand, rutschten hinterher und er erkannte nicht, wen genau eine Truhe an der Reling zerquetschte.

Der Gesang wurde lauter, kreischender. In Panik riss Hallvard die Hände an die Ohren. Er spürte, wie er den Halt verlor und drohte, quer über das Boot zu fliegen.

Aber es geschah nicht.

Vor ihm tauchte wieder die Frau auf. Dieses Mal klarer, deutlicher. Mit einem Lächeln, welches Hallvard in den Bann zog und für Sekunden das Chaos um sich herum vergessen ließ, streckte sie ihm die Hand entgegen. Wie betäubt sah er auf die blassen Finger, die sich ihm entgegenstreckten, bevor sich sein Blick auf diesen Brüsten verankerte. Der Gedanke, dass er noch nie so wohlgeformte, pralle Brüste gesehen hatte, strich durch sein Gehirn, bevor ihn kreischendes Lachen zusammenzucken ließ.

Ruckartig zog er den Blick von diesem Wesen, welches vor ihm stand und erkannte, dass sie nicht allein war. Überall schossen nun solche Schönheiten wie Fische aus der tosenden See und rissen seine Kameraden in die meterhohen Wellen. Mit ihren Fischschwänzen trieben sie das Wasser auseinander, als bereiteten sie den Männern einen Weg in die Tiefen des Meeres.

Hallvard hörte seinen eigenen Schrei nicht einmal mehr, als das Boot mit der Seite in die eisige See eintauchte und ohne Halt kippte. Er spürte nur diesen eisernen Griff, der sich um sein Handgelenk legte, ihn nach vorn riss und mit unmenschlicher Kraft in das Meer zog.

Die Kälte ließ sein Herz stolpern. Der Versuch, Luft zu holen, füllte seinen Mund, die Lungen mit Wasser. Panik ergriff ihn, er schlug wild um sich. Erst die Berührung an seinem Gesicht ließ ihn die Augen aufreißen und wieder diese Frau erkennen, deren Haare wie ein leuchtender Kranz um ihren Kopf waberten. In einer liebevollen Umarmung zog sie ihn an ihre nackte Brust und presste ihn an ihren glitschig wirkenden Körper.

Dann schlug Schwärze um ihn und ließ den jungen Wikinger den Kampf ums Überleben beenden.

***

Hallvard verspürte keine Schmerzen. Nicht einmal, ob es kalt oder warm war. Als läge er in einem unendlich weichen Bett, hatte er jegliches Körpergefühl verloren. Während er zu sich kam, öffnete er langsam die Augen. Sein erster Gedanke galt seinem Atem. Das panische Gefühl wich langsam, doch war er sich nicht darüber bewusst, ob er wirklich noch atmete. Blinzelnd sah er über sich, wo er schemenhaft Sonnenstrahlen erkannte. Sie wirkten verschwommen durch das Wasser. Als sogar ein Fisch sein Blickfeld kreuzte und an ihm vorbei schwamm, rechnete er damit, dass er aus dieser Trägheit des Fühlens gerissen und erneut in Panik verfallen würde.

Doch es geschah nicht. Als wäre dies alles normal, sah er fasziniert auf die Farben, die wie ein Vorhang vor ihm hin und herglitten. Erst als sein Gesicht herumgedreht wurde, blinzelte Hallvard und sah erneut in dieses hübsche Frauengesicht. Noch immer wogen ihre Haare um ihren Kopf und ihr Lächeln schien die Ruhe, die um sie herum herrschte, wiederzugeben.

Eine Ruhe, die nur äußerlich bestand. Ruckartig drehte Hallvard den Kopf und sah sich, so weit es möglich war, um. »Wo bin ich«, presste er heiser über die Lippen, bevor sein Blick in das fremde Gesicht zurückruckte. »Wo ist mein Bruder?«

»Pscht. Alles gut. Du bist in Sicherheit.«

Hallvard furchte die Stirn, zog den Kopf aus der Berührung der Frau und setzte sich ruckartig auf. »Bin ich tot? Ist mein Bruder tot?«

Die Schönheit vor ihm hatte keine Zeit, zu antworten.

»Bylgja!«

Der donnernde Ruf ließ Hallvard zusammenzucken, und die Hand, die sich ruckartig von seinem Gesicht löste, mit den Augen verfolgen. Sein Blick klärte sich mit jeder Sekunde mehr, und er erkannte, wie die Frau neben ihm herumfuhr, wobei sie zu schweben schien.

»Ich sagte, du sollst ihn zu den anderen bringen!«

Als wollte dieses Wesen ihn vor dem, was da so zornig klang, schützen, schwamm sie vor ihm auf und ab. Dann spürte er den Druck, der das Wasser um ihn herum in Aufruhr versetzte und den Frauenkörper zur Seite drückte.

Hallvard sah mit geweiteten Augen auf das, was da auf ihn zu kam.

Diese »Frau« war weitaus größer als das Mädchen und ihr Leib steckte in einem weiten Kleid, welches verdeckte, ob auch ihr Unterkörper dem eines Fischschwanzes glich. In ihren Augen spiegelten sich sämtliche Farben des Meeres, die Hallvard je gesehen hatte. Die Haare reichten ihr bis weit über die Hüfte und waberten nicht so ungehalten um ihr gealtertes Gesicht, welches von Attraktivität nichts eingebüßt hatte.

Schlagartig wusste Hallvard, mit wem er es hier zu tun hatte.

Ehrfurcht erfasste jede Faser seines Körpers, ließ ihn sich auf die Knie schieben und den Oberkörper fast auf den sandigen Meeresboden pressen.

***

Mit erhobenem Kopf sah Rán auf den Krieger vor sich, der wie Gewürm den Sand aufwirbelte. Ein böses Lächeln huschte über ihr Gesicht, bevor sie ernst zu ihrer Tochter sah. »Was soll das? Warum ist er hier und nicht bei den anderen?« Sie erhielt keine Antwort, nicht mal einen Blick. Wut gor in ihr auf. So sehr sie Bylgja auch liebte, machte sie sich große Sorgen um sie.

Es kam immer häufiger vor, dass sie ihrer Aufgabe nicht nachkam, oder entgegen jeglicher Anweisung handelte.

Ohne sichtbare Bewegung ihres Fischschwanzes schwebte Rán einen Moment später dicht vor dem Wogenmädchen, welches auf das hin und her wiegende Seegras, sah.

»Ich erwarte eine Antwort«, donnerte Rán, was sich wie eine Woge durch das Wasser schob und die See weit über ihnen aufpeitschte.

»Ich kann nicht.«

»Bitte?«

Mit verzerrtem Gesicht, die Lippen hart aufeinandergepresst, hob Bylgja den Blick langsam zu Rán, die vor Wut zu platzen drohte.

»Ich kann das nicht«, sprach sie fester, schlug im nächsten Moment jedoch wieder die Augen nieder.

Rán atmete hart durch und streckte den Körper etwas. »Du kannst WAS nicht?« Sie folgte mit ihrem Blick dem verhaltenen Nicken Richtung Krieger und schloss die Hände zu Fäusten.

***

Das leise Kichern ließ Hallvard den Kopf heben, ohne dass er den Oberkörper aufrichtete. Er erkannte die jungen »Frauen«, die er kurz vor seiner Ohnmacht auf das Boot hatte springen sehen. In einer Reihe hatten sich die Acht aufgestellt, schwebten, nein, schwammen wenige Zentimeter über dem Meeresgrund, bis die mit den roten Haaren sich, mit einem Schlag der Flossen, nach vorn bewegte. Die Arme vor der nackten Brust verschränkt, sah sie mit gelangweiltem Blick auf die Meeresgöttin.

»Hat sie wieder mal Skrupel? Sie ist zu gut für diese Welt.«

Es zog schallendes Gelächter nach sich, was Rán herumfahren ließ. Ein Unterwasserbeben erschütterte die Gegend und Hallvard erkannte, wie sich die Wogenmädchen gegen die aufgebrachten Wassermassen stemmen mussten.

»Schweigt und geht zurück an die Arbeit«, donnerte Rán, was die Töchter des Ägir wie Pfeile durch das Wasser schießen und verschwinden ließ.

Rán atmete aus und wandte sich wieder ihrer jüngsten Tochter zu.

»Ist er es, den du heimlich beobachtet hast?«

Bylgja weitete die Augen und ihre blasse Haut schien noch fahler zu werden.

»Meinst du, ich habe es nicht mitbekommen? Wie du dich leise davongestohlen hast, um ohne Erlaubnis an die Oberfläche zu schwimmen?« Rán hob fast beleidigt eine Braue, während sie ihre Tochter weiter fest ansah, die den Blick auf den Krieger riss.

Perplex starrte Hallvard das junge Wogenmädchen an und wie in der Erinnerung an ein längst vergessenes Erlebnis blitzten Bilder vor seinem geistigen Auge auf. Wie er sich, aus Langeweile, wenn das Drachenboot durch die stille See pflügte, weit über die Reling gelehnt und dem Spiel der Wellen zugesehen hatte. Wie er die Schaumkronen beobachtete, die auf den Spitzen der Wogen tanzten. Die schemenhaften Umrisse eines großen Fisches, welcher immer an der Seite des Bootes durch die Fluten glitt, als begleite er die Krieger in den nächsten Kampf.

Ruckartig legte sich Hallvards Blick auf die Schwanzflosse des Wogenmädchens. Sie schimmerte in derselben Farbe wie die riesige Flosse, die einmal aus dem Meer aufgetaucht und ihn nass gespritzt hatte. Und mit einem Mal wurde ihm bewusst, dass es kein großer Fisch gewesen war, sondern dieses mystische Wesen, welches nun vor ihm hin und her schwamm.

»Was genau willst du?« Rán ergriff wieder das Wort und zerstörte damit diesen magischen Moment. »Willst du ihm sein Leben schenken? Ihn zurückbringen? Ist das für dich der Inbegriff von Liebe? Bei der du zu kurz kommst?«

Schon länger hatte Rán geahnt, dass es irgendwann passieren würde. Das sich eines Tages eine ihrer Töchter in einen, den sie holen sollten, verlieben und das Gleichgewicht durcheinanderbringen würde. Dabei war es ihr egal, was mit demjenigen geschah. Sie nahm die Ertrunkenen bei sich auf, wie es ihre Bestimmung war. Aber es war ihr nicht egal, was mit ihren Töchtern passierte. Sie selbst hatte einmal in ihrem bisherigen Leben geliebt und tat es noch immer. Doch war Ägir kein Sterblicher. Die Seelenqual, der sich ihre Töchter damit aussetzen würden, wollte sie ihnen um jeden Preis ersparen.

Ohne das Wasser um sich herum in Bewegung zu setzen, schwebte Rán an Bylgja heran und hob sanft ihr Kinn an. Es schnitt ihr ins Herz, als sie ihre Tränen sah, die wie funkelnde Diamanten über ihre Wangen rollten. Und noch bitterer fühlte sich dieses Märchen der Menschen an, welches sagte, dass das Glitzern des Meeres die Tränen der Rán-Töchter wäre.

»Du bist ein Wogenmädchen. Du erlöst diese armen Kreaturen von ihrem menschlichen Leid. Du bringst sie zu mir, wo sie ihre wohlverdiente Ruhe vor diesem weltlichen Lärm finden. Da ist kein Platz für Liebe.«

Als Bylgja den glasigen Blick zu Hallvard lenkte, ohne sich aus der Berührung ihrer Hand zu lösen, strich Rán ihr mit dem Daumen über die Wange. »Du weißt um die Konsequenzen, die es nach sich ziehen würde, würdet ihr selbst wahllos über Leben und Tod entscheiden.«

Ráns Stimme hatte einen festen, fast beschwörenden Ton angenommen. »Dann wird es das alles hier nicht mehr geben. Dann werden die Körper der Ertrunkenen auf den Meeresgrund sinken und von den Fischen zerrissen. Es gäbe keine Erlösung mehr für sie. Nicht für die, die nicht nach Walhall oder zur Hel gehen. Willst du das wirklich?« Bevor sie eine Antwort des Wogenmädchens erhielt, fuhr sie fort: »Ich gebe dir bis zum Sonnenuntergang, dann bringst du ihn zu den anderen.« Damit löste sich Rán von ihr, mit dem Wissen, dass sie richtig handeln würde, und war einen Moment später verschwunden.

***

Hallvard hatte die Augen geschlossen und versuchte das, was er eben gehört hatte, zu fassen. Erst als sein Gesicht sanft umschlossen und angehoben wurde, fiel sein Blick in diese Augen, die die Gezeiten widerzuspiegeln schienen.

»Es tut mir so leid«, flüsterte Bylgja, während sie ihn mit schief gelegtem Kopf ansah und keinen Hehl darum machte, dass ihr noch immer die Tränen über die Wangen rannen.

Nur langsam hob er das Kinn ein Stück, sein Blick schrie sie an, dass er nicht sterben wollte. »Wenigstens meinen Bruder ...«

Bylgja verzog kaum merklich das Gesicht und schüttelte vorsichtig den Kopf. »Ihr werdet hier zusammen sein. So wie es vorherbestimmt ist.«

Als sie die Hand an seine Wange legte, zog er den Kopf zurück und sah an ihr vorbei. Sie hatte das Gefühl, diesen Schmerz zu fühlen. »Komm mit mir. Ich will dir etwas zeigen«, meinte sie sanft und ergriff seine Hand, die er im ersten Moment zurückzog, es dann jedoch zuließ. Sie zog ihn hinter sich her.

Weg von den lauschenden Ohren, weg von den gedämpften Rufen derer, die ebenfalls ertrunken waren, die erst jetzt zu Hallvard drangen.

Ein Gefühl, als flöge er, überkam ihn, machte seinen Körper leicht und er fragte sich, ob er überhaupt noch in der Lage war, irgendetwas zu fühlen. Ohne sich dagegen zu wehren, ließ er sich neben ihr herziehen, bis zu diesem Riff, auf das sie sich setzten, als wäre es ein Findling an Land.

Und wo er das Meer nur als flache Platte kannte, wenn es ruhig war oder als bösartiges, aufbrausendes Ungeheuer bei Sturm, eröffnete sich ihm nun eine ganz andere Sicht auf dieses Element.

Farbenprächtig, durchzogen von Sonnenstrahlen, die nicht wärmten. Schwärme aus bunten Fischen flitzten an ihnen vorbei und Algen, die wie Bäume wirkten, reckten ihre haarigen Arme Richtung Wasseroberfläche. Aufsteigende Luftblasen, die er mit dem Blick nach oben verfolgte, Krebse, die in ihrem typischen Seitengang der Physik zu trotzen schienen.

Und mit einem Mal begriff er, dass es nicht nur »Gut«, wenn die See ruhig war, oder »Böse«, wenn Stürme über das Meer tosten, gab. Es gab eine Schönheit, die für ihn bisher immer verbogen geblieben war. Die nie ein Seefahrer auch nur erahnen würde, wenn er nach einer langen Seereise wieder das Land betrat.

Er hatte das Privileg, diese Schönheit zu erkennen.

Der Preis dafür war der Tod.

Langsam lenkte er den Blick auf das Wogenmädchen, welches ruhig neben ihm saß und vor sich auf dieses vielfältige Leben sah. Dann lächelte sie sanft, wandte den Kopf zu ihm und legte die Hand an seine Wange, um sein Gesicht zu sich zu ziehen und ihn zu küssen.

Hallvards Überraschung darüber schwand schnell und er ließ sich auf diesen Kuss ein, der leicht salzig und interessant schmeckte. Und mit jedem verstreichenden Moment legte sich etwas wie Balsam um sein schmerzendes Herz und er »spürte«, dass alles so war, wie es sein musste.

»Danke«, flüsterte er, als sich ihre Lippen voneinander lösten und war sich nicht sicher, ob sie es überhaupt in diesem sanften Rauschen und Glucksen hören würde.

Bylgja bedachte ihn mit ruhigem Blick. »Du bedankst dich, dass ich dir den Tod bringe?«

Hallvard lächelte. »Nein. Ich bedanke mir dafür, dass ich diese Schönheit sehen darf. Dass du mir zeigst, dass es noch mehr gibt als das, was man von dort oben sieht.«

Im ersten Moment sah Bylgja ihn verwirrt an, bevor sie sanft zu lächeln anfing. Dann legte sich ihr Blick auf Hallvards Lippen und im nächsten Augenblick küsste sie ihn erneut. Sie spürte, wie seine Hand in ihren Nacken fuhr, sie nah bei sich hielt und wie er sie in einen innigen Kuss verstrickte. Sie fing in dieser Liebkosung erneut an zu weinen, was Hallvard veranlasste, ihre Tränen von den Wangen zu küssen.

Sie ließen sich in die Nähe des anderen fallen, als wäre es schon immer so gewesen. Selbst seine Hand legte Hallvard an ihre wohlgeformten Brüste, ohne sie zu irgendetwas zu drängen. Daran verschwendete er keinen Gedanken. Er wollte sich nur in dieses Gefühl fallen lassen. Dieses Gefühl, dass es recht so war, wie es war. Seine Angst vor dem Tod verdrängte er und irgendwann war er sich auch sicher, dass es seinem Bruder gut gehen würde.

Schwerfällig löste sich Bylgja von seinen Lippen und sah über ihn hinweg, hinauf, wo sich die Oberfläche des Wassers langsam rötlich färbte. »Es wird Zeit«, flüsterte sie, sah Hallvard an und strich ihm liebevoll über die Wange.

»Werde ich meinen Bruder wiedersehen?« Sein Blick verankerte sich in ihren flackernden Augen, bevor sie leicht nickte.

»Du wirst sie alle wiedersehen.«

Lächelnd strich ihr Hallvard eine Strähne hinter das Ohr, beugte sich vor und hauchte ihr einen Kuss auf die Stirn.

»Dann ist es gut, so wie es ist.«

Zu der Autorin:

Morgane A. Tusk, geboren 1977, lebt mit ihrem Mann und Sohn in Donau-Ries. Seit gut zehn Jahren geht die gelernte Hotelfachfrau der Selbstständigkeit nach, in der sie alte Handwerkstechniken aufgreift und Waren für Mittelaltermärkte herstellt. Derzeit sitzt die begeisterte Bogenschützin über ihrem ersten Roman, der in der Fantasy angesiedelt ist, und dem kleinen Kochbuch, Fabel- und Magiewesen lecker zubereitet, welches mit einem Augenzwinkern betrachtet werden sollte, im Selfpublishing folgen soll.

Lektorat: Hanna Jung; Korrektorat: Cara Kolb;
Illustration: Anna Vriede

DER SMARAGD UND DIE ROSE
Anna Vriede

Ich schaute auf den winzigen Zettel in meiner Hand. *Stella Jacob, 24 J., Fischergasse 4b, schwarzhaarig* stand dort in krakeliger Schrift. Mein Blick glitt an der Hausfassade vor mir empor. Sie war mit ehemals bunten Ornamenten verziert, doch diese verblassten allmählich. Der Eingang lag direkt neben dem Floras', einem kleinen Blumenladen, und wurde fast durch eine riesige Topfpflanze verdeckt. Meine Botanik-Kenntnisse hielten sich in Grenzen, weshalb ich das grüne Ungetüm nicht näher zuordnen konnte.

Scheinbar interessiert begutachtete ich einen kleinen Kaktus – die einzige Pflanze, die ich fehlerlos identifizieren konnte – von allen Seiten. Die Verkäuferin hatte mich bereits zweimal gefragt, ob sie mir helfen könnte. Nun beäugte sie mich skeptisch.

Neugierig, aufmüpfig, mit einer Sehnsucht nach Abenteuer, das war sie. Mir fiel es nicht schwer, diese Dinge über sie herauszufinden, denn ich war schließlich ein GOTT. Nicht so einer, wie die meisten Menschen denken würden. GÖTTER sitzen nicht auf Wolken und lenken den Lauf des Lebens, nein. Ein fertig ausgebildeter GOTT – ein Gabenträger der Oberen TalenTe – konnte auf den ersten Blick den Charakter seines Gegenübers erkennen.

Und aus genau diesem Grund war ich hier. Ein Auftrag des GNW, des Götternetzwerks, hatte mich hierher geschickt. Ich war ein einfacher Spion, fand den Charakter bestimmter Menschen heraus und übermittelte meine Erkenntnisse an den nächsten Vorgesetzten. Ein einfacher, aber guter Verdienst.

Ein kaum wahrnehmbares Quietschen erklang plötzlich aus Richtung der Hausnummer 4b. Schlüssel klapperten, dann hörte ich Schritte. Eindeutig von Frauenschuhen. Ich drehte mich um, als eine schwarzhaarige Frau den Laden betrat. Ihre Augen funkelten von unerfüllten Träumen und sie summte eine mir bekannte Melodie. Im Bruchteil einer Sekunde sah ich, dass sie ein mildes Gemüt hatte, verträumt und mit einer Schwäche für Kunst sowie alte Magie gesegnet war. Ach ja, nicht zu vergessen, sie liebte Weihnachtslieder. Sogar im März.

Meine Mundwinkel bogen sich unwillkürlich zu einem Schmunzeln nach oben. Es war leichter gewesen, als gedacht, Stella Jacob ausfindig zu machen. Ich setzte einen imaginären Haken an die Mission. Schon wollte ich zufrieden gehen, als die Türglocke ein weiteres Mal schellte. Das Erste, das ich wahrnahm, war ein bunter Mantel, über und über mit Blumen bedruckt. War ich denn im Dschungel gelandet?

Irgendetwas an der eintretenden Frau störte mich jedoch, ohne dass ich benennen konnte, was es war. Doch weder ihr schmalgeschnittenes Gesicht noch die scharfe Nase mit den wenigen Sommersprossen oder die schulterkurzen, krausen Haare – so als hätte sie in eine Steckdose gefasst – wirkten auf mich bedrohlich. Es musste etwas anderes sein.

Ihre smaragdgrünen Augen fixierten mich, sie legte den Kopf schief und mit überraschend rauer Stimme sagte sie: »Kann ich Ihnen helfen?«, so wie man es zu einem Geisteskranken sagt.

Pikiert runzelte ich die Stirn. »Danke, nein.«

»Dann ist ja gut.« Ihre Stimme troff vor Ironie.

»Esmé, da bist du ja endlich!«, klinkte sich Stella Jacob in unser Gespräch. Dann stutzte sie. »Kennen wir uns?«

Ich schüttelte langsam den Kopf. »Nein. Nein, ich denke nicht.«

»Wie dem auch sei. Wir müssen los.« Esmés Stimme war unnachgiebig. Sie packte die leicht verwirrte Stella und zog sie mit sich. Die Glastür fiel hinter ihnen ins Schloss.

»Möchten sie den Kaktus kaufen?«, fragte die Verkäuferin lauernd. Ich seufzte und tat ihr den Gefallen.

***

Den ganzen Abend und sogar die Nacht über grübelte ich ununterbrochen über Esmé. Was an ihr störte meine GÖTTER-Gene bloß?

Nach ewigem Hin- und Herwälzen schlug ich plötzlich die Augen auf. Ich fröstelte und musste schlucken. In meinem Bauch lag ein drückender Knoten. Esmés Charakter hatte sich mir nicht offenbart.

Einen starken Kaffee und eine Kopfschmerztablette später – ich war mir sicher, dass diese Mischung nicht gesund war – fuhr ich meinen Laptop hoch. Mir leuchtete die unscheinbare Startseite des GNW entgegen. Mit wenigen Clicks und vier Passworteingaben arbeitete ich mich voran und eröffnete einen neuen Ordner *Stella Jacob*. Ich drückte auf den Upload-Button und es erschien eine Textdatei, in der ich die Ergebnisse meiner gestrigen Beobachtung ergänzt hatte.

Auftrags-Protokoll

GOTT-ID: V.02
Sicherheitsfreigabe: 02
Auftragsnummer: 1910

Name, Vorname	Alter in Jahren
Jacob, Stella	24
Tätigkeit	Charakter
Assistentin der Galeristin von	mildes Gemüt, verträumt,
bildENDEkünste	Schwäche für Kunst, Magie
	und Weihnachtslieder
Aussehen	Wichtigkeitsstufe (grün –
ca. 1,65 m, schwarzhaarig,	orange – rot)
grün/graue Augen	orange

Anmerkung:

Zu Händen Gregor Frey [GOTT-ID: G.08], bitte um Weitergabe an zuständige Abteilung.

V. L. Rose

gezeichnet, Vinzenz L. Rose [GOTT-ID: V.02]

Bevor ich mich ausloggte, kontrollierte ich schnell mein E-Mail-Postfach: zwei Mal Kaffeewerbung, ein Zweizeiler meiner Mutter – wie es mir ginge und ob ich Ostern nach Hause kommen würde – und ein neuer Auftrag des GNW waren eingetrudelt.

Zügig überflog ich die Mail des GNW. Diesmal ging es um Sven Socks, wohnhaft Am Ring 108, lilahaarig. Lilahaarig? Ich grinste. Was für ein komischer Vogel.

Ich entschloss mich, mit dem Rad zur Wohnung meiner Zielperson zu fahren. Es war nicht weit und ich wollte noch ein wenig Morgenluft genießen, bevor sie von den staubigen Abgasen der Pendler abgelöst wurde. Also trat ich in die Pedale.

***

Vor der Hausnummer 108 bremste ich scharf ab, schloss mein Fahrrad an und spähte auf die Klingelschilder des Mehrfamilienhauses. Nur wenige Fußgänger waren unterwegs, ich fiel nicht sonderlich auf. In der zweiten Etage entdeckte ich den Namen *Socks*. Unschlüssig biss ich mir auf meine Unterlippe. Wo sollte ich warten, bis der Mann auftauchte?

Während ich noch etwas deplatziert dastand und nachdachte, rumpelte es plötzlich im Haus. Ein Stöhnen ertönte und schnelle Schritte. Wahrscheinlich kam jemand die Treppe herab. Instinktiv setzte ich mich auf eine wenige Meter entfernte Bank. Gerade noch zur rechten Zeit. Ein Mann, etwa Ende vierzig, taumelte aus der Eingangstür, in den Händen eine übermäßig große Kiste, die sehr schwer zu sein schien. Vollkommen mit seiner Ladung beschäftigt, achtete er auf nichts und niemanden in seiner Umwelt. Glück für mich.

Sein Charakter begann sich vor meinem inneren Auge zu formen: Einsam, introvertiert, liebevoll und müde – doch was dann passierte, änderte einfach alles.

Eine Passantin übersah den lilahaarigen Mann, er konnte sie hinter seinem Karton nicht wahrnehmen, und stolperte frontal in ihn hinein.

»Entschuldigung!«, rief sie erschrocken und schlug sich betroffen die Hände vor den Mund.

Mit einem ohrenbetäubenden Scheppern traf der Kisteninhalt auf dem harten Boden auf.

»Nein!«, doch es war zu spät. Computerteile lagen auf dem kompletten Bürgersteig verstreut und mitten in dem Chaos stand der Besitzer dieser Technik und hatte panisch die Augen aufgerissen. Er rührte sich nicht, stand da wie erstarrt. Sein Körper versteinert.

Zögerlich legte die Frau ihre zarte Hand auf seine Schulter und murmelte ihm etwas zu. Ein Auto fuhr vorbei und übertönte alle gesprochenen Worte. Er nickte und gemeinsam begannen sie, die Elektroteile aufzusammeln. In Sven Socks` Gesicht zeichnete sich ein vorsichtiges Lächeln ab, so als hätte er schon lange nicht mehr geschmunzelt. Wenn ich recht darüber nachdachte, dann war es wahrscheinlich wirklich der Fall.

Die junge Frau – die mir seltsamerweise bekannt vorkam – hielt ihm die Haustür auf und gemeinsam traten sie ein. Ich warf einen kontrollierenden Blick auf seinen Charakter und rang nach Luft. Meine Brust zog sich schmerzhaft zusammen und zitternd atmete ich aus.

Hatte ich mich geirrt? War seine Einsamkeit plötzlich verschwunden? Und wenn ja, wohin? So schnell konnte ein Mensch sich doch nicht ändern! Oder etwa doch?

Ich merkte nicht, wie lange ich auf der Bank saß. Erst, als jemand das Gebäude verließ und vor mir verharrte, schreckte ich aus meinen Gedanken.

»Diesmal waren Sie zu spät«, stellte eine raue Stimme fest. Überrascht hob ich den Kopf.

»Sie hier, Esmé?«

»Ich hier«, meinte sie überlegen, »Sie wissen, was das eben war?«

»Wovon sprechen Sie?«, flüsterte ich heiser.

Lachend warf sie ihren Kopf in den Nacken, dann fokussierte sie mich erneut. Ihr scharfer Blick tackerte mich an meinem Platz fest, ich konnte nur noch unruhig hin und her rutschen.

»Und auf einmal war er nicht mehr einsam.«

Ihre Worte waren ein Schlag in die Magengegend. Sie wusste, wie sie mich treffen konnte und ging dabei so unbarmherzig vor. Ihr fehlender Charakter verwirrte mich nur noch mehr und ließ mich nicht klar denken.

»Davon hat Ihr geliebtes Götternetzwerk nicht gesprochen, habe ich Recht? *Charakter sind unveränderlich, blabla*«, ihre Finger formten Gänsefüßchen in der Luft, »und nun sitzen Sie hier und reiben sich ihre verwirrten Kinderaugen wund. Haben Sie es nur geträumt?«

Stumm wartete ich, dass sie fortfuhr. Der Kloß in meiner Kehle wuchs mit jedem Wort.

»Oh, wo bleiben nur meine Manieren! Um mich kurz vorzustellen: Ich bin Esmé Jacob, Schwester von Stella Jacob, und eine *Seelendiebin*. Kein schönes Wort, ich weiß, aber Ihre Vorgesetzten nennen mich leider so. Darauf habe ich keinen Einfluss.« Sie zuckte mit den Achseln.

»Ich bevorzuge *Seelenverwahrer*, denn merken Sie sich, ich stehle keine Charakterzüge. Ich bewahre sie nur so lange auf, bis dem Menschen, dem ich die Eigenschaft entnommen habe, keine Gefahr mehr vom GNW droht.«

»Warum sollte jemandem Gefahr vom GNW drohen?«, meinte ich ehrlich verwirrt.

Sie seufzte und grummelte mehr zu sich als zu mir, dass ich wohl noch weniger wüsste als angenommen.

»Übrigens wäre jetzt ein guter Augenblick, sich vorzustellen«, erklärte Esmé spitz und rümpfte kurz die Nase.

Da konnte ich nicht widersprechen, denn was auch immer das hier war, mein Gefühl verriet mir seine hohe Bedeutsamkeit.

»Vinzenz Rose, GOTT – wie Sie unzweifelhaft wissen«, verriet ich tonlos. Sie sah auf einmal sehr zufrieden aus.

»Kommen Sie. Es wird Zeit, dass Sie erfahren, was hier gespielt wird.«

***

Esmé wählte ein kleines Retro-Café nahe der Innenstadt aus. Diese Locations schossen seit einiger Zeit wie die Pilze aus dem Boden. So richtig konnte ich ihnen jedoch nichts abgewinnen. Hauptsache der Kaffee schmeckte, dann war alles gut.

Meine Begleiterin steuerte einen kleinen, runden Tisch in einer etwas abgelegenen Nische an und bedeutete mir, mich zu setzen. Die Polster der Stühle waren mit dunkelgrünem Samt bespannt, über uns baumelte eine nackte Glühbirne und verbreitete ein schummriges Licht. Eine alte Kabeltrommel diente als winziger Tisch, in dessen Mitte eine flaschengrüne Vase mit irgendwelchen weißen Blumen Platz fand.

»Was kann ich Ihnen bringen?«, fragte ein pickliger Junge, dessen Schildchen ihn als Praktikanten auswies.

»Für mich bitte einen grünen Lavendel-Tee und für meinen Begleiter …?« Esmé warf mir einen auffordernden Blick zu.

»Nur einen starken Kaffee«, bestellte ich. Hektisch nickend verschwand der Junge wieder.

»Alsooo«, sagte ich gedehnt.

»Also?«

»Warum sind wir hier?«

»Oh, ich mag den Tee hier und außerdem ist es schön ruhig«, erklärte Esmé gleichgültig.

Schweigend betrachtete ich die anderen Gäste. Ein alter Mann, wahrscheinlich taub, und ein Mädchen, das ihren PC malträtierte. Beide Charaktere waren kein Geheimnis für mich, doch Esmé blieb das große Fragezeichen. Das störte mich gewaltig.

»Sie sagten, ich soll erfahren, was hier gespielt wird?«, griff ich unsere alte Unterhaltung auf.

Erst nach einer ganzen Weile, unsere Getränke wurden in der Zeit gebracht – sogar mit kostenlosem Keks – antwortete sie mir: »Was wissen Sie über das GNW, Vinzenz?«

»GNW bedeutet Götternetzwerk. Soweit ich weiß, tritt ihm jeder GOTT-Anwärter bei und erhält eine umfassende Ausbildung. Anschließend kann man immer wieder kurze Jobs annehmen oder eine Festanstellung beantragen.«

Sie seufzte tief. »Eigentlich wollte ich wissen, ob Sie eine Ahnung haben, wer der Kopf hinter dem Ganzen ist«, stellte die Seelendiebin klar. Ich bin mir bis heute nicht sicher, warum ich Esmé das alles erzählte, aber im Nachhinein schob ich es immer auf meine Neugierde. Vielleicht hatte ich aber damals auch schon etwas geahnt.

»Es gibt verschiedene Sicherheitsfreigabestufen. In der Ausbildung hat man 00, aber je länger man dabei ist, desto höher kann sie werden. Und es kommt auf die Art der Zusammenarbeit an. Für mich ist es nur ein Nebenverdienst – zugegeben ein gut bezahlter – weshalb ich Stufe 02 habe«, sagte ich nachdenklich.

»Wie viel wissen Sie über ihre Aufträge?«

»Ich kenne Namen, Alter, Adresse, Aussehen und Job der Personen. Herausfinden muss ich nur einige Charaktereigenschaften. Ich schicke es an meinen Vorgesetzten und er leitet es an eine andere Abteilung weiter … denke ich.«

»Was macht das GNW mit den Daten?«

»Ich bin nur ein ganz kleines Rädchen, mit mir spricht niemand über so etwas«, gab ich zähneknirschend zu. Innerlich ohrfeigte ich mich selbst, dass mir dieser Gedanken in meiner bisherigen Laufbahn noch nie gekommen war.

Mein Gegenüber legte den Kopf schief. Das Dämmerlicht betonte ihr kantiges Gesicht und ihre Wangenknochen zeichneten sich scharf ab. Ohne jeden Zweifel war Esmé hübsch, jedoch anders als ein elfengleicher Schmetterling. Sie erinnerte mich mehr an einen zielstrebigen Gepard auf der Jagd.

»Überschaubares Wissen«, sagte sie trocken, »ich hatte nicht vor, Sie aufzuklären, Vinzenz, aber in Anbetracht der Tatsache, dass meine Schwester überprüft wurde, bleibt mir wohl keine andere Wahl.«

Sie schloss die smaragdgrünen Augen für einen Augenblick und presste die Lippen zu einem Strich zusammen.

»Das GNW überprüft Menschen, um ihre Schwächen herauszufinden.«

»Und welchen Sinn soll das haben?«, fragte ich skeptisch.

»Was wurde Ihnen in Ihrer Ausbildung erzählt?«, konterte die junge Frau und strich sich eine Strähne ihrer krausen Haare hinter das rechte Ohr.

»GÖTTER sind Beschützer der Menschen. Wir müssen wissen was sie ausmacht, um ihnen helfen zu können.«

Esmé schnaubte. »Das haben Sie geglaubt? GÖTTER wollen doch nur eines – absolute Kontrolle. Aus diesem Grund gibt es uns. Die Seelenverwahrer sind das Gegengewicht zu Macht- und Habgier.«

»Dann verraten Sie mir doch einfach, weshalb das GNW die Daten sammelt, sofern Sie es denn wissen.«

»Nur zu gerne«, sie senkte ihre Stimme, »es ist eigentlich sehr simpel. Wenn das GNW deine Schwächen kennt, dann kann es dich ausnutzen oder gar erpressen. Hat aber ein Seelenverwahrer diese in seiner Obhut, hat das GNW keinerlei Angriffsfläche.«

Zugegeben, das klang zu meinem Leidwesen logischer als die *Wir-beschützen-alle-Menschen-des-Planeten*-Masche.

»Sie haben nicht einmal ansatzweise daran gedacht«, stellte Esmé lachend fest.

Lachte sie mich aus?

»Um mich zu überzeugen, braucht es schon mehr als das. Wie wäre es mit einem Beispiel?«, fragte ich provokant. Langsam nervte es mich, dass sie mir auf der Nase herumtanzte.

Ihre Augen glühten, wie die von Katzen in der Nacht, als sie extra für mich eines zusammenspann:

»Heute haben Sie Sven Socks ausspioniert, IT-Spezialist mit einer Schwäche – der Einsamkeit. Nun hat das GNW mehrere Möglichkeiten. Entweder es ist so nächsten-freundlich, wie behauptet, und besorgt Sven Gesellschaft oder – und das ist viel wahrscheinlicher – es versucht einen Vorteil aus der Lage dieses Menschen zu ziehen.

In der harmlosen Variante bieten sie ihm einen Job mit sozialen Kontakten an und in der anderen Variante kidnappen sie ihn. Keine Besuche, keine Familie oder Freunde – niemandem fällt auf, dass er fehlt. Egal in welcher Variante, am Ende hat das GNW definitiv Zugriff auf sein Können. Und ich muss schon sagen, einen IT-Spezialisten und Hacker kann man immer gebrauchen.«

»Sie meinen, das GNW handelt gesetzeswidrig?«

»Ich bitte Sie! Wenn das GNW so weitläufig ist wie ich denke, dann haben sie genug Kontakte und Erpressungsmöglichkeiten, dass das nicht nötig ist. Wahrscheinlich machen sie die Gesetze sogar selber«, meinte Esmé freudlos.

Das saß. Ich war wie vor den Kopf gestoßen – konnte ich so blind gewesen sein?

***

Mein Schädel brummte vor Informationen, als ich mich von Esmé verabschiedete. Das Gehörte musste ich erst einmal verdauen.

Wir gelangten beim Du an, tauschten Telefonnummern und sie nahm mir das Versprechen ab, dass ich überdenken würde, welche Konsequenzen mein Handeln haben könnte.

Ich wandelte durch die abendlichen Straßen und drückte mich davor, nach Hause zu kommen und eine Entscheidung treffen zu müssen. Die Entscheidung, ob ich Svens Eigenschaften dem GNW überließ und alle eventuellen Folgen in Kauf nahm.

Nach dem er als Beispiel für Esmés Erklärungen hatte herhalten müssen, fühlte ich mich umso schlechter.

Irgendwann ließ es sich nicht mehr aufschieben – die Straßen hatten sich geleert und die Laternen tauchten die Stadt in geisterhafte Lichter.

Ich schloss die Wohnungstür auf, schlüpfte aus meinen Schuhen und hing meinen Mantel auf. In meinem Kühlschrank fand ich noch zwei Eier, etwas Quark und Butter. Brot hatte ich keines mehr.

Mit meinem spärlichen Abendessen machte ich es mir auf dem Sofa bequem und schaltete den Fernseher ein, um auszuspannen. Ich hatte eines der Eier bereits gegessen, als der Sender von einer Dokumentation über Regenwürmer in Westsibirien zu den Nachrichten wechselte.

Ich horchte auf, als eine blecherne Stimme verkündete: »Bezirk Mitte: seit heute Morgen wird eine junge Frau vermisst. Stella Jacob, 24 Jahre, schwarzhaarig. Bekleidet mit einem grauen Mantel und einem roten Schal. Wer sie gesehen hat, meldet sich bitte bei der Polizei. Kommen wir nun zu den Sportergebnissen.«

Ich stellte den Ton leiser und starrte wie betäubt auf das Bild von Stella, das von einem Leichtathleten abgelöst wurde. Dann griff ich zu meinem Handy.

Es klingelte zwei Mal, bevor Esmé ranging.

»Vinzenz. Ich gehe davon aus, du hast die Nachrichten gesehen?«

»Warum hast du nichts gesagt?«, fragte ich entrüstet.

»Ich dachte, sie sei nur shoppen, um sich von ihrer Trennung abzulenken«, sagte Esmé etwas kläglich, was so gar nicht ihre Art war, »aber sie ist nicht zurückgekommen, geht nicht an ihr

Handy und ein Freund hat gesehen, wie sie in ein silbernes Auto gestiegen ist. Das gefällt mir nicht. Stella ist sonst so vorsichtig!« Sie schwieg einige Sekunden.

»Ich hatte den Freund gebeten, ein Auge auf sie zu haben. Er hat sich das Kennzeichen notiert und ich habe es überprüft.« Sie schluckte.

»Drei Mal darfst du raten, zu welcher Institution es gehört«, sagte sie bitter.

»Oh Mist«, flüsterte ich. Wenn das Auto wirklich zum GNW gehörte und Esmé mit ihren Ausführungen Recht behielt …

»Vielleicht ist es auch gar nicht so schlimm, wie du denkst. Ich frage gleich mal bei meinem Vorgesetzten nach«, versuchte ich sie zu beruhigen.

»Danke«, sagte sie, ausnahmsweise vollkommen ohne Sarkasmus.

Schnell fuhr ich meinen Laptop hoch und tippte eine Mail an Gregor Frey.

An: G.08.Frey@GNW.com
Von: V.02.Rose@GNW.com
Betreff: Frage zu Zielperson 1910

Sehr geehrter Herr Frey [GOTT-ID: G.08],
Frage bezüglich Zielperson 1910 – sie war heute nicht auffindbar und ich hatte noch Fragen für den Bericht. Wie soll ich verfahren?

MfG V. L. Rose [GOTT-ID: V.02]
Gesendet von meinem PC

Schon wenige Minuten später kam von diesem eine Antwort in meinem Postfach an.

An: V.02.Rose@GNW.com
Von: G.08.Frey@GNW.com
Betreff: Re: Frage zu Zielperson 1910

Herr Rose [GOTT-ID: V.02],
dachte der Auftrag wäre beendet??!
Wie auch immer. Keine weiteren Nachforschungen nötig. Andere Abteilung kümmert sich.

G. Frey [GOTT-ID: G.08]
Gesendet von Administrationspunkt 71

Esmé war noch am Telefon, als ich ihr zögernd zustimmte, dass Stella beim GNW sein könnte. Sofort bedrängte sie mich, auf der Stelle hinzugehen. Ich dachte, ich könnte es ihr ausreden, weil es mittlerweile schon nach elf Uhr war, allerdings war genau das auch ihr Totschlag-Argument. Was geschah über Nacht mit Stella? Müde gab ich nach.

***

Wir trafen uns vor dem Landratsamt, in dessen weitläufigen Gebäuden auch das GNW seine Verwaltungseinheit untergebracht hatte. Außer diesem fiel mir in der Stadt nur noch das Kampfsport Zentrum ein, in dem ich während meiner Ausbildung einige Grundlagen erlernt hatte. Doch wir glaubten beide nicht, dass Stella dort untergekommen war.

Fröstelnd schlang ich die Arme um meinen Oberkörper, während Esmé nur die Augen verdrehte.

»Und da sagt mal jemand, dass Frauen die Frostbeulen sind«, murmelte sie.

»Ha, das hab ich gehört!«

»Solltest du auch!«

Wir betraten das Foyer, ohne zu klingeln, da es seltsamerweise nicht abgeschlossen war. Ich führte meine Begleiterin durch die langen Gänge und unzählige Treppen hinauf und hinunter, bis wir endlich den Eingangsbereich des GNW passierten. Am Empfang saß eine kaugummikauende Sekretärin und starrte gelangweilt auf zwei große Monitore. *Gelangweilt, antriebslos und Süßigkeiten-süchtig* – meine Überprüfung dauerte nicht einmal einen Wimpernschlag, so einfach war die Empfangsfrau zu durchschauen. Ohne aufzublicken, begrüßte sie uns.

»Willkommen beim GNW. Weisen Sie sich aus und geben Sie den Bereich an, in den Sie wollen.«

Zögernd warf ich Esmé einen Blick zu. Diese rieb nervös ihre Hände aufeinander und war ausnahmsweise keine Hilfe.

»Agent V.02 möchte in Abteilung Außendienst zu Agent G.08«, erklärte ich freundlich.

»Und die Lady?«, fragte Kaugummidame und ließ eine große Blase der zähen Süßigkeit zerplatzen.

»Ist meine Assistentin«, versuchte ich uns aus der Affäre zu ziehen.

»Ausweisung!«, verlangte sie emotionslos.

Und endlich kam mir die rettende Idee.

»Es gab eine Verwechslung bei Auftrag 1910. Lassen Sie uns durch!«

Endlich schaute sie auf und betätigte träge einen grünen Knopf.

»Da entlang«, murrte sie.

Eilig nickte ich ihr zu und winkte Esmé hinter mir her. Der Flur zog sich in die Länge, doch Gregor Freys Büro erkannte ich schon von weitem. Es war eine der wenigen Türen, unter der noch Licht hervorschien. Ohne zu klopfen, polterten wir in den Raum.

»Margret, Sie sollen mich jetzt nicht stören!«, dröhnte uns der Bass meines Vorgesetzten entgegen.

»Ich bin nicht Margret«, stellte ich kühl fest.

Er drehte sich zu uns um und ein überraschter Laut entfuhr ihm. Seine Augenbrauen begannen zu tanzen, wie so oft, wenn er scharf nachdachte.

»Rose, was wollen Sie hier? Fall 1910 hat sie nicht mehr zu interessieren.«

Bei diesen Worten schreckte Esmé endlich aus ihrer Trance.

»Wo ist sie?«, knurrte sie, »wo halten Sie meine Schwester fest?«

Sanft zog ich die keifende Frau zurück. »Ruhig«, flüsterte ich. »Aber abgesehen davon würde auch mich interessieren, wo Stella Jacob ist«, stellte ich fest.

Und da lachte Gregor. Er lachte aus vollem Halse und schüttelte seinen riesigen Kopf.

»Na Sie sind mir einer, Rose. Was denken Sie denn, was ich mit einer Galeristin besprechen werde?«

Zwischen zusammengepressten Lippen quetschte ich hervor: »Ich weiß gar nichts mehr, nur, dass Stella verschwand, nachdem Sie von mir alle nötigen Informationen erhalten hatten.«

»Schade«, bedauerte Frey, »Sie sind so ein guter Agent! Wenn Sie eine Festanstellung beantragt hätten, hätten Sie es so weit bringen können! Aber stattdessen zweifeln Sie an unseren guten Werten. Sie enttäuschen mich, Rose. Sie sind viel zu emotional.«

Esmé neben mir platzte fast der Kragen. Sie wollte einfach nur zu ihrer Schwester und dieser aufgeblasene Wanst vor uns schwafelte nur über meine Karriere beim GNW. Sie riss sich von meiner Hand los und stürmte wie eine Furie an Frey vorbei ins Nachbarzimmer. Dieser blickte ihr befremdlich hinterher.

»Im Ernst, Rose, wo haben Sie die denn aufgegabelt?«

Ich zuckte mit den Schultern. Ächzend stemmte Frey sich aus seinem Bürosessel hoch und trat nach Esmé durch die Tür. Ich folgte ihnen. Auf einem Drehstuhl gegenüber seines Arbeitsplatzes saß tatsächlich Stella. Sie hatte die Arme vor ihrem Körper verschränkt und ihr sonst so sanftes Gesicht wütend verzogen.

»Stella!«, rief Esmé erleichtert und zog ihre Schwester an sich. Als diese sich schließlich befreite, wetterte sie los: »Wie können Sie es wagen, einfach so meine Schwester zu entführen?«

Besänftigend hob Frey seine Hände. »Ich habe niemanden entführt. Fräulein Jacob und ich führen nur eine dienstliche Verhandlung.«

Stella schnaubte. »Genau und ich bin der Weihnachtsmann.«

Esmés Körper vibrierte nun vor Wut, doch Stella kam ihr zuvor.

»Wenn ich das kurz aus meiner Sicht zusammenfassen dürfte: Sie haben mich eingesammelt, unter der Begründung, ein schüchterner Künstler zu sein, der mir unverbindlich seine Ausstellungsstücke zeigen möchte, damit ich meine Galeristin überrede, sie bei sich auszustellen! Und dann haben Sie mich in dieses Gebäude gebracht und als Geschäftsführer einer Marketingfirma vorgestellt. Haben Sie etwa eine multiple Persönlichkeit? Mal abgesehen davon, dass Sie mir falsche Tatsachen vorgetäuscht haben, möchten Sie zur Krönung einen Vertrag mit Greta Asta – unserer derzeitig ausstellenden Künstlerin – abschließen. Aber nicht irgendeinen Vertrag. Sie wollen sie hochpushen, in die Öffentlichkeit drängen und als Dank fünfundneunzig Prozent ihrer Gewinne einheimsen?«

»So kann man das nicht sehen. Wir wollen Greta Asta als Ikone gewinnen. Marketing ist teuer, das müssen wir am Ende doch wieder herausholen«, wand sich Frey.

»Doch, das kann man so sehen«, mischte sich Esmé – endlich etwas ruhiger – ein, »Sie wollen eine Künstlerin bekannt machen, aber das Geld für ihre Kunst erhalten Sie. Und nicht nur um ihr Geld betrügen Sie die Künstlerin! Wie wollen Sie sie denn überhaupt erst bekannt machen?«

»Mit ganz gewöhnlichen Marketingtricks«, erklärte Frey mit einem Hundert-Watt-Lächeln. Falsch gepokert. Ich konnte mir ein Grinsen nicht länger verkneifen.

»Sie manipulieren also zusätzlich dazu weitere Menschen. Herzlichen Glückwunsch«, verkündete Esmé in ihrer typischen trockenen Art. Irgendwie nahm sie mir damit eine schwere Last ab. Sie war wieder ganz die alte und das machte mir Hoffnung.

Frey wurde bleich, fing sich aber sogleich wieder. »Meine Damen, darüber lässt sich doch verhandeln!«, stotterte er.

Stella schnappte sich ihre Tasche.

»Komm Esmé, wir gehen«, sagte sie und an mich gewandt: »Sie auch. Ich will hier weg.«

Und so ließen wir einen entgeisterten Gregor Frey zurück und verließen das Gebäude.

***

Meine Wohnung lag am nächsten an unserem Standort, also machten wir uns dorthin auf den Weg. Gemütlich saßen wir in meinem Wohnzimmer, vor uns eine Schale mit Trauben und Schokolade. Stella hatte ihren Kopf seufzend in den Nacken gelegt, Esmé runzelte ihre Stirn und ich hing keinem bestimmten Gedanken nach.

»Ich bin so froh da raus zu sein. Er wollte mich die ganze Zeit ködern und warum auch immer liefen im Hintergrund Weihnachtslieder! Stellt euch das mal vor. Weihnachtslieder im März«, stöhnte Stella kopfschüttelnd.

Ich biss mir auf die Lippe und erinnerte mich an meinen Bericht über sie. Hatte ich nicht sogar das mit den Weihnachtsliedern notiert?

»Woher wusstet ihr überhaupt, wo ich war?«, fragte sie plötzlich lauernd. Verlegen druckste Esmé einige Wortfetzen und seufzte schließlich. »Du warst in letzter Zeit etwas durch den

Wind, besonders nach deiner Trennung von Mark … ich wollte doch nur, dass dir nichts passiert!«, verteidigte sie sich kleinlaut.

»Ich hatte dir schon beim letzten Mal gesagt, dass du mir unter keinen Umständen wieder hinterher spionieren sollst!«, zischte Stella. Ich verkniff mir jeglichen Kommentar und wartete ab, bis Stella die Augen verdrehte und nachgab.

»Ihr habt den Typen ganz schön auflaufen lassen«, wandte sie sich dann glucksend an mich, doch Esmé schüttelte kurz den Kopf. Ihre Locken flogen ein bisschen und zogen mich wie magisch an. Reiß dich zusammen, schalt ich mich.

»Der wird sich fangen«, stellte sie fest.

Ich stimmte ihr zu. Sie war überraschend gut darin, Dinge auf den Punkt zu bringen.

»Und nun?«, fragte Stella.

»Nun machen wir weiter wie bisher«, sagte ich, »mit einem Unterschied. Ich werde nie mehr für das GNW arbeiten.«

Den letzten Teil des Satzes hatte ich so leise gesagt, dass nur Esmé ihn gehört hatte. Anerkennend lächelte sie mich an. Ich hatte endlich verstanden, wie es im GNW lief und es gefiel mir nicht. Es gefiel mir absolut nicht. So gar nicht. Ich musste immer wieder betonen, wie erschreckend unser Erlebnis gewesen war, denn insgeheim war ich sehr froh, Stella und damit Esmé kennengelernt zu haben.

Stella stand kurz auf und verschanzte sich in meinem Bad.

Als sie fort war, schmunzelte Esmé plötzlich. »Vielleicht ändert sich doch was. Möchtest du mir helfen, die GNW zu Fall zu bringen, Vinzenz?«, erkundigte sie sich schelmisch. Ich lachte.

»Langsam erkenne ich, dass *Mann* dir nichts abschlagen kann, meine Liebe.«

Zufrieden steckte sie sich eine Traube in den Mund und schloss genüsslich die Augen.

»Mmh. Köstlich«, nuschelte sie.

»Und wie wollen wir das GNW vernichten?«, fragte ich.

Esmé blinzelte mich verständnislos an. »Wir machen es so wie immer. Mit Hilfe der Öffentlichkeit.«

Nun war ich ganz Ohr.

»Ich bin Journalistin. Was erwartest du also?«, grinste Esmé, »und ich weiß auch schon, welcher Nachrichtenkonzern uns unterstützen wird.«

Fragend hob ich eine Augenbraue.

»Die ÖSv-Agentur höchstpersönlich. Ich habe da so meine Kontakte ...«

Sie verstummte bei Stellas Eintreten und ich staunte nicht schlecht. Die Agentur war der größte Nachrichtenkonzern des Kontinents und weltweit hoch angesehen. Wen kannte Esmé dort bloß?

Wir unterhielten uns bis in den Morgen hinein und als Stella gerade einige Minuten eingeschlafen war, erklärte mir Esmé endlich, dass die ÖSv-Agentur das Gegenstück zum Götternetzwerk war. Die Abkürzung bedeutete Öffentliche Seelenverwahrer-Agentur. Die Institution sollte die Arbeit der Seelendiebe – zu Ungunsten der GÖTTER – unterstützen.

Obwohl ich ahnte, dass GÖTTER dort nicht allzu beliebt waren, meinte Esmé, dass die Agentur sich glücklich schätzen konnte, dass ein GOTT die Seite gewechselt hatte.

Irgendwann gegen Mittag landete ich schließlich doch noch im Bett und die Schwestern machten sich müde auf den Heimweg. Wenige Momente vor dem endgültigen Einschlafen, starrte ich an die Decke und bemerkte, dass Esmé in dem ganzen Chaos doch nicht charakterlos geblieben war. Ich konnte ihr zwar nicht in die Seele schauen, doch trotzdem hatte sie mir – wenn auch unbewusst – ihre größte Schwäche offenbart.

Esmé würde für ihre Schwester alles tun. Koste es, was es wolle.

Zu der Autorin:
Anna Vriede wurde 2003 im grünen Herzen Deutschlands geboren. Gemeinsam mit ihrem Opa erkundete sie die Welt der Bücher und schloss sie fest ins Herz. Seitdem vergeht kaum ein Tag, an dem sie keine Idee für ein Gedicht oder eine Geschichte in ihr Notizbuch kritzelt.
Instagram: annies_wortgefluester

Lektorat und Korrektorat: Hanna Jung; Illustration: Anna Vriede

GÖTTER VON GESTERN
Jann Weber

Ich war mir nicht sicher, ob du noch kommst.« Der Neuankömmling schaute sich um, nickte dem anderen zu, als er ihn erkannte, und setzte sich zu ihm. Er war groß gewachsen, größer noch als der größte Erdenmensch, doch das waren sie alle. Seine Gliedmaßen waren dünn und in die Länge gezogen. Wie durchsichtige Seile hingen die Tentakel träge in der kühlen Luft, schwebten leise auf und ab. Seine Gesichtszüge waren verschwommen, schienen sich ständig zu wandeln, zu verändern.

»Natürlich bin ich gekommen«, sagte er, ohne einen Mund zu besitzen. Der Erste war von breiter Statur. Der Rücken maß zwei Erdenmenschen und einen halben. Dicke, dunkle Stacheln zogen sich über den gesamten Rücken und endeten im Hals. Dort wo eigentlich die Ohren hingehörten, prangten zwei feuerrote Hörner. Flammen flossen um die Stacheln, tauchten sie in ein glühendes Orange.

»Du bist spät dran. Es geht gleich los«, sagte er und hieb mit seiner Pranke auf den Boden neben sich.

Der Große verstand und schwebte langsam auf sein Gegenüber zu, wo er sich niederließ. Geräuschlos landeten seine tentakelartigen Gliedmaßen auf der dunkelgrauen Wolke. Er schaute sich erneut um.

Die Wolken zogen sich in die Ferne, umschlossen weite Streifen des Himmelsgebälks. Ihre Farben änderten sich von einem unschuldigen Weiß bis hin zu einem tiefen Violett. Hin und wieder ragten Grabsteine aus dem flauschigen Untergrund empor, schnitten kantige Furchen in das abgerundete Bild. Ein paar Schritte weiter, vor ihnen, war der Wolkenboden aufgebrochen, hatte ein großes Loch kreiert.

»Es sind viele da. Mehr als sonst«, meinte der Große.

»Mmh«, stimmte ihm der andere zu.

»Es werden mit jedem Jahr mehr.«

»Mmh.«

»Ob die Erdenmenschen wohl wieder *spielen* werden?« Die Gesichtszüge des Großen verzogen sich bei diesen Worten, als würde er schreien.

»Bestimmt. Sie kämpfen doch jedes Jahr. So ist Obaris nun mal.«

»Obaris hier, Obaris dort. Immer nur Obaris.«

»Er ist noch immer der General. Vergiss das nicht«, mahnte der Breite seinen Begleiter.

»Ich mein ja nur.«

Um das gesamte Loch herum hatten sich bereits viele Gestalten versammelt. In den Zahlen der Erdenmenschen waren es bestimmt an die zehn Dutzend. Sie saßen in kleinen Gruppen und unterhielten sich leise oder saßen allein in tiefer Stille. Einzig der Weite Platz war noch frei.

»Wo bleiben sie nur?«, fragte der Große.

»Wer weiß das schon. Der General ist ein großer Mann. Große Männer haben für gewöhnlich große Aufgaben.«

»Obaris würde niemals sein Fest verpassen. Immerhin hat er die Erdenmenschen erst in diesen Wahnsinn hineingetrieben«, gab der Große zu bedenken.

»Es ist doch egal, wann er kommt. Seine Erdenmenschen würden niemals ohne ihn anfangen«, erwiderte der Breite.

Ihre Unterhaltung verstummte, als sie beide ihren eigenen Gedanken nachhingen. Was würde das neue Jahr wohl bringen?, fragte sich der Breite. Würde man ihm einen neuen Tempel errichten? Oder den letzten schlussendlich abreißen? Würden die Erdenmenschen weiterhin nach Obaris Gunst gieren? Er schaute zu seinem Begleiter.

Auch der Große dachte an den General: Würden sich die Erdenmenschen wieder besinnen? Würden sie endlich diesen Obaris hinter sich lassen können? Nein, vermutlich nicht. Immerhin hatte Obaris die Welt seiner Anbeter von Grund auf geändert. Die Erdenmenschen waren weich geworden, was würden sie wohl in einer Welt ohne den General anfangen? Sie würden sterben, denn ohne den General war diese neue Generation an Möchtegerngötter machtlos, orientierungslos. Damals, als der Große noch jung gewesen war, hatte es noch keinen General gegeben. Doch damals waren die Zeiten auch andere gewesen. Der Große seufzte.

»Er kommt«, riss ihn der Breite aus den Gedanken.

»Ja«, stimmte der Große ihm zu.

Die Luft um sie herum begann zu vibrieren, zu Zittern. Der Große konnte es in seinen Tentakeln spüren. Das flüssige Feuer des Breiten flackerte, kämpfte, um zu Leben.

Ein gewaltiger Knall riss die Luft empor und die Gespräche der Wartenden auseinander.

»Da ist er.«

Auf dem Weiten Platz hatte sich eine goldene Rauchwolke gebildet, die sich nur langsam verflüchtigte. Stück für Stück konnte man mehr Details durch den dicken Rauch erkennen.

Ein Fuß, geformt aus einer glatten, silbern schillernden Haut. Zwei Beine, filigraner noch als die schönsten Kunstwerke der Erdenmenschen. Goldene Schnörkel zierten die silberne Haut, wechselten ihre Form, ihren Fluss kontinuierlich und erst auf den zweiten Blick bemerkte man, dass es gar keine Haut war, die dort so schillerte, sondern künstliches Plastik und kalter Stahl. Mehrere bronzefarbene Kabel zogen sich um die Taille des Generals, verbanden Ober- mit Unterkörper. Der Oberkörper war ebenso silbern, versehen mit den größten und anmutigsten Goldmalereinen, die man jemals in ganz Haloria gesehen hatte. Über den saphirblauen Augen saß eine Krone aus purem Gold, bestickt mit silbernen Einsen und Nullen.

Der General schaute sich um, verbeugte sich vor den Wartenden und erbte tosenden Beifall. Nicht von allen, aber von den meisten. Der General ließ sich nieder und aus einer Öffnung, auf Höhe eines Mundes, drang eine künstliche Stimme:

»Willkommen zurück. Wie jedes Jahr haben wir uns auch heute hier versammelt, um den Erdenmenschen bei ihren Festigkeiten zuzuschauen.«

Der Große schüttelte den Kopf, ließ seine Tentakeln wild durch die Luft schwirren. »Er ist so ein Showmacher. Er muss sich nicht immer so aufführen, nur weil er der General ist.«

»Er wird nicht für immer der General bleiben.«

»Woher willst du das wissen? Er hat die Erdenmenschen im Sturm erobert und was ist mit uns? An uns denkt keiner mehr«, meinte der Große.

»Natürlich nicht. Aber wer weiß, vielleicht ändern sich die Zeiten ja noch einmal. Auch egal jetzt. Es geht los.«

Die Luft inmitten des Wolkenlochs begann zu flimmern, als würde sie jemand erhitzen. Das Flimmern wurde stärker und stärker, bis sich dann ganz plötzlich ein rosafarbener Rauch von der Mitte des Loches ausbreitete. Der Rauch driftete durch die Luft, bis er an den Wolkenrändern andockte und begann sich zu verdichten. Dann erst wurde der Rauch durchsichtig. Ein neues Bild baute sich vor den Zuschauern auf:

Grauer Boden umgeben von großen Tribünen. Auf den Tribünen mussten unfassbar viele Erdenmenschen Platz gefunden haben. Sie waren voll besetzt. Der Boden hingegen war weitestgehend leer. Nur in der Mitte stand ein großer Tisch. Auf dem Tisch hatte man zwei Computer aufgebaut. Ein ungeheurer Lärm drang aus dem Wolkenloch an die Zuschauer heran.

»Sieh sie dir nur an. Wie sie dasitzen und jubeln und brüllen und warten und hoffen, dass ihr ach so toller General sich ihnen zeigen wird.«

Der Breite nickte stumm.

»Sie sind so klein. So klein und unbedeutend. Wenn einer von ihnen vergeht, wird niemand trauern, wird niemand weinen, wird niemand missen. Ich aber werde es spüren.«

Der Breite schaute seinen Begleiter an. Musste zurückdenken, an längst vergangene Zeiten. Zeiten, aus einer anderen Ära. Damals waren sie beide noch jünger gewesen. Damals waren sie noch jemand anderes gewesen. Jemand mit Rang und Namen. Jemand, den man angeschaut hatte und dachte: Ja, den kann ich einen Gott nennen.

Der Breite schaute seinen Begleiter noch immer an. In seinem Inneren spürte er, wie das ewige Feuer hochkochte, an Hitze gewann und nach mehr gierte. Vielleicht hätten sie damals stärker kämpfen sollen. Vielleicht hätten sie damals keine Gnade walten lassen sollen. Vielleicht hätten sie den Usurpator, der sich General nannte, einfach niederstrecken sollen. Doch was hätten sie machen sollen? Die Erdenmenschen hatten sich dazu entschieden, sie zu verlassen und sich den neuen Göttern anzuschließen.

»Ich weiß mein Freund. Ich weiß.«

Der Große drehte sich zu seinem Freund um. »Manchmal finde ich es unglaublich, wie weit wir damals gekommen sind.«

»Ja. Das ist es wirklich.«

Inzwischen war ein Erdenmensch zu dem Tisch getreten. Er räusperte sich und setzte zum Sprechen an:

»Wir Menschen von Obara haben uns heute hier versammelt, um dem einzig wahren Herrn zu huldigen. Zu huldigen, um uns für seine unendlichen Opfer zu bedanken. Um uns zu bedanken, um all die Katastrophen, vor denen der Herr uns bewahrt hat und alle Schlachten, die er uns hat gewinnen lassen.«

Der Sprecher machte eine kurze Pause, um dem Publikum eine Chance zum Jubeln zu geben.

»Damit möchte ich meine Rede beenden und sage nur: für unseren Herrn, den Allmächtigen, den Allwissenden. Lasset die Spiele beginnen.«

Der Sprecher zog sich zurück und zwei neue Erdenmenschen traten in die Arena. Sie trugen Korsetts aus Stoff und Leder. Glänzende Headsets, die ihre Köpfe mit dem Internet verbanden und tödliche Finger, die dutzende von Tastenschlägen pro Sekunde durchführen konnten.

»So ein Schwachsinn. Wozu all dieser Kram. Sollten sie lieber mal beten oder zumindest arbeiten. Als ob wir uns in all der Zeit zurückentwickelt hätten. Als ob wir überhaupt nichts dazugelernt hätten.«

»Auch wenn sie so aussehen wie wir, sind sie nicht wir. Die Unseren sind alle verschwunden. Ersetzt durch eine neue Generation.«

»Ja, aber sie wurden nach unserem Abbild erschaffen, oder etwa nicht?«

Der Breite nickte leicht.

Noch immer konnte er die Hitze des ewigen Feuers in seinem Inneren spüren. War die Welt so früh schon bereit für eine Veränderung? Nein. Er glaubte es nicht. Diese Welt war jung, zu jung. Zu frisch noch waren die Erinnerungen an den Anfang. An die Rebellion. An den Krieg. An das Leiden. Erbaut auf der Asche der alten Welt hatte diese Welt gelernt, zu gehorchen. Sie gehorchten ihrem General und nur ihrem General.

Die beiden Kontrahenten hatten sich hinter ihre Bildschirme gesetzt. Sie donnerten ihre Finger in die Tasten und eine ganze Weile geschah nichts. Doch dann regte sich einer der beiden Kontrahenten plötzlich. Er begann zu zucken und zu schreien. Blut floss aus seiner Nase, seinen Augen und tropfte auf seine Hose.

Der Große schüttelte den Kopf. Er beäugte Obaris.

Der General hatte sich in einem Thron aus Wolken niedergelassen, umringt von seinen Schergen. Den Offizieren und Leutnants. Gebannt schaute der General auf das Schauspiel, dass die beiden Kämpfer ihrem Herrn darboten.

Es wäre so einfach, dachte der Große, und seine Tentakel hoben und senkten sich schnell. Doch er vergaß dabei, dass er nicht mehr der war, der er einmal gewesen war und dass er nicht mehr die Macht besaß, um über andere Götter zu richten.

Dem blutenden Kontrahenten ging die Puste aus und nach einigen letzten Augenblicken zuckte er und fiel von seinem Stuhl. Das Headset riss sich von seinem Kopf los und zwei verbrannte Ohren kamen zum Vorschein.

Der noch sitzende Spieler nahm das Headset von den Ohren und reckte seine Faust gen Himmel.

Das Publikum begann zu jubeln und auch auf der anderen Seite des wundersamen Loches wurde geklatscht und gepfiffen. Allen anderen voran war es der General, der Applaus spendete und nach einer Zugabe verlangte.

Einzig der Breite applaudierte nicht. Er schaute zu seinem Freund. Die Tentakel des Großen hatten sich zusammengezogen, zuckten durch die Luft. Die Gesichtskonturen hatten sich zu einer schrecklichen Fratze verzogen. Ein schriller Ton erfüllte die Luft, doch unter dem tosenden Applaus konnte nur der Breite ihn hören.

Der sterbende Spieler röchelte seinen letzten Atemzug und verließ sein Leben. Der Große krümmte sich und der schrille Ton wurde lauter, noch schriller. Der Breite knirschte mit den Kiefern und entblößte mehrere Reihen rasiermesserscharfer Zähne. Das ewige Feuer in ihm brüllte und die flüssigen Flammen, die seinen gesamten Körper überzogen, flackerten hell auf.

Augenblicklich war der Breite auf den Beinen und hatte seine Arme angehoben, die knorrigen Hände zu brennenden Fäusten geballt. Er schnaubte und bei jedem Atemzug verließ eine violette Flamme sein Maul. Sein mit Dornen gespickter Schwanz peitschte durch die Wolken.

»Beruhige dich mein Freund«, sagte der Große und legte ihm einen Tentakel auf die breite Schulter. Die Flammen schienen seine durchsichtige Haut dabei zu ignorieren.

»Vielleicht sollten wir sie einfach alle vernichten. Dann wäre wieder Ruhe in Haloria.«

»Ja, vielleicht sollten wir das tun, aber wozu denn? Die Erdenmenschen haben ihren Glauben an uns doch schon lange verloren. Wir gehören in eine andere Zeit. Haloria ist nicht mehr für uns bestimmt. Haloria gehört nun den neuen Göttern, denen die Erdenmenschen verfallen sind, wie einer Sucht.«

Der Breite zischte und ließ sich wieder auf den Wolkenboden fallen. Indessen waren bereits die beiden nächsten Spieler in die Arena gezogen und drohten einander mit ihren behandschuhten Fingern. Der tote Spieler wurde aus der Arena geführt und in der Ferne stieg ein neuer Grabstein aus dem flauschigen Wolkenbett empor.

»Wir werden es ihm heimzahlen. Für jede Seele, die er dir aufgezwungen hat, werden wir es ihm heimzahlen.«

»Ja mein Freund. Ja, das werden wir tun«, stimmte ihm der Große zu.

Der Breite musste ungefähr in der Hälfte seiner Lebenszeit angelangt gewesen sein, als er auf den Großen getroffen war. Der Große war schon damals groß gewesen, doch natürlich nicht einmal halb so groß, wie er heute war. Er war jung gewesen, doch er hatte denselben Eifer geführt wie der Breite. Sie beide hatten ihre Welt gesehen und beschlossen, dass genug nun mal genug war. Ja, damals hatten sie es geschafft und sie würden es wieder schaffen.

Der zweite Kampf neigte sich bereits dem Ende zu.

Der Große war vorbereitet. Als er das vertraute Ziehen vernahm, wusste er, dass der Kampf vorbei war. Das Ziehen breitete sich aus, setzte sich in all seinen Tentakeln fest und begann an dem Innersten seiner Selbst zu ziehen.

Doch der Große war stärker. Er zog selbst und er spürte, wie der Gefallene seine Hülle verließ. Nur wenige Augenblicke hatte es gedauert und der Gefallene war nichts weiter als ein leises Summen in seinem Selbst, nichts weiter als all die anderen, die bereits gefallen waren.

Der Große schaute seinen Freund an. Sie hatten doch so hochgestanden. Warum hatten sie nicht anders agiert? Warum hatten sie nicht stärker durchgegriffen? Der Große musste an Haloria aus den alten Zeiten denken. Es war ein schöner Ort gewesen, kein friedlicher, nein, aber es war ein Ort gewesen, bevor die neuen Götter ihre Erdenmenschen wie eine Seuche befallen hatten. Bevor die neuen Götter entdeckt wurden und die Erdenmenschen die alten Götter als Aberglauben abgetan hatten. Der Große schüttelte den Kopf und ließ seine Tentakel hängen.

»Wie lang werden wir uns den General und seine erbärmlichen Erdenmenschen wohl noch angucken müssen?«, fragte er den Breiten.

»Wer weiß das schon. Wie viele haben sich dasselbe gefragt, während sie uns und unsere Erdenmenschen angeschaut haben? Vielleicht noch drei Feste, vielleicht noch eine Ewigkeit, bis der General es ist, der Platz machen muss für den nächsten, der den Anspruch eines Gottes für sich erhebt.«

»Doch was bedeutet schon die Zeit, wenn man unsterblich ist?«

»Genau. Was bedeutet schon die Zeit, wenn man unsterblich ist?« Der Große und der Breite schauten einander an. In ihren Augen lag ein verlorener Glanz, als sie sich an die Zeiten der alten Ära zurückerinnerten. Doch diese Zeiten waren bereits zu alt und zu vergessen, also nahmen sie Abschied und wendeten ihr Antlitz wieder der Gegenwart zu.

Der General war in den dritten Wettstreit des Festes vertieft, genauso wie der Rest der Götterschar. Der Breite wäre am liebsten aufgesprungen, um sie alle mit seinen ewigen Flammen zu peinigen und der Große hätte am liebsten sein innerstes Selbst ausgebreitet, um die Seelen der anderen Götter weichzukochen und ihnen ihre Göttlichkeit zu nehmen. Doch das konnten sie nicht tun, da sie Teil der alten Götter waren und ihre Macht nicht mehr an die neuen Götter heranreichte.

Der Breite erhob sich und der Große tat es ihm gleich. Sie kehrten dem wundersamen Loch ihre Rücken zu und verließen das Spektakel gebrochen und allein.

»Komm mein Freund. Lass uns zurückgehen. Lass uns zurückgehen in eine Zeit, die unserer würdig ist«, sagte der Breite.

»Ja. Lass uns das tun«, stimmte der Große seinem Freund zu.

Sie entfernten sich noch einige Schritte, dann verschwammen sie in der Luft und waren nach einem winzigen Augenblick verschwunden.

Niemand schaute auf, nicht einmal der General. Denn die Erdenmenschen hatten die alten Götter vergessen wollen, damit die neuen ihren Platz im Hier und Jetzt einnehmen konnten.

Zu dem Autor:
Jann Weber, 2001 geboren, besucht das Gymnasium im 12. Jahrgang. Nach der Schule möchte er eine Ingenieurswissenschaft studieren, aber auch das Leben als Autor fasziniert ihn. Momentan lebt er mit seinem Vater und Bruder in Wawern (Kreis Trier-Saarburg).
Instagram: 12jann34

Lektorat und Korrektorat: Hanna Jung; Illustration: Philipp Rodionov

RAUB DER PERSEPHONE
Martina Weiß

Nichts. Ich hörte absolut nichts, außer dem lauten, betäubenden Summen in meinen Ohren und dem Pochen meines Herzens in meinem Kopf. Ich wagte es nicht, mich zu bewegen, meine Hand kühlend gegen meine Wange zu lehnen oder meine Augen von den Lippen meiner Mutter abzuwenden. Eine falsche Bewegung – da war ich sicher – und ihre Wut würde von neuem entflammen.

Wenn ich doch nur schneller gewesen wäre, mich von ihrer lauten, bedrohlichen Stimme nicht hätte stoppen lassen. Ja, vielleicht wäre es mir dann gelungen zu entkommen. Wohin? Ich weiß es nicht. Es spielte auch keine Rolle, wohin mich der Wind trieb, solange es keine Wälder und Nymphen waren, die ich sah.

Ich wusste weder, wie sie es geschafft hatte mich so schnell zu finden, noch wie es ihr gelungen war, meine Abwesenheit zu bemerken. Wahrscheinlich hatte mich eine ihrer Nymphen gesehen. Hatte mich eine der Blumen verraten? Oder schlief sie nun schon mit geöffneten Augen, um meine vollkommene Überwachung sicherstellen zu können? Ich versuchte, mich vom Schmerz meines Körpers abzulenken, die hasserfüllten Worte, die sie mir entgegen spuckte, auszublenden und mich auf die

Dinge zu konzentrieren, die ich liebte. Doch gerade jetzt war der Wind fort, still gar, fast so, als würde er das tun, was ich nicht konnte: mich vor Demeter verstecken. Auch die sonst so farbenfrohen Blumen schienen an dieser Stelle des Waldes fad und blass, so als ob weder Sonne noch Pflanze es wagten, heller zu strahlen als die Göttin der Fruchtbarkeit, die Mutter der Erde.

Niemand würde mir helfen, niemand mich retten. Ich war allein. Es waren Momente wie diese, in denen ich mir wünschte, eine unbedeutende Nymphe zu sein, deren Leben meiner Mutter so wichtig war wie der Dreck unter ihren Fingernägeln. Dann könnte ich gehen, wohin ich wollte, mich vom Wind in all die Ecken der Welt treiben lassen, ohne dabei das Lodern der grünen Augen fürchten zu müssen, das mich noch tief in meine Träume verfolgte.

»Verstehe doch, dass ich das alles nur dir zuliebe tue, Kore«, säuselte sie in einer viel zu lieblich klingenden Stimme, die selbst Aphrodite Konkurrenz machen konnte.

»Hier ist es viel sicherer als auf dem Olymp. Solange du nur an meiner Seite bleibst, wird dir nichts geschehen.«

»Verzeiht mir meinen Ungehorsam, Mutter«, flüsterte ich kaum hörbar, bevor ich mich im nächsten Augenblick, den Anschein von Unterwürfigkeit vortäuschend, auf meine Knie fallen ließ. Meine brennende Wange küsste dabei die kühle Erde, was einen kurzen Stromschlag durch meinen Körper zu senden schien, während ich mit zitternden Händen nach den Füßen Demeters griff. Einen kurzen Augenblick war es still, bevor ich spürte, wie diese – wahrscheinlich mit meinem Verhalten vorerst befriedigt – nach meinem rechten Handgelenk griff, um mich so den Weg zurück zu schleifen wie ein Stück Vieh, das zum Opferaltar gebracht wurde.

Sobald die Sonne am Horizont verschwunden und die letzte Waldnymphe ihre Augen geschlossen hatte, würde ich es erneut versuchen. Ich konnte nicht aufgeben, nicht, solange meine Beine noch frei von Ketten waren und meine Hände nicht durch Stricke an einen Baum gefesselt wurden. Vielleicht müsste ich einfach dorthin laufen, wo das Gras begann, trocken und brüchig zu werden und die Pflanzen vom warmen Stein förmlich verbrannt wurden. Ja, dort wo das Portal zur Unterwelt lag, würde mich keiner vermuten! Ich musste nur dafür sorgen, dass die Wachen, die sie zu meinem ›Schutz‹ aufgestellt hatte, von einem Schlaftrunk außer Gefecht gesetzt würden.

Es sollte einige Tage dauern, bis sich die perfekte Gelegenheit bot, einen erneuten Versuch zu unternehmen, da Demeter nun noch mehr Nymphen dazu verpflichtete, ein Auge auf mich zu werfen. Nicht unbedingt die besten Voraussetzungen, wenn man versuchte, genau diese Nymphen dazu zu bringen, etwas zu trinken, das sie vorübergehend das Bewusstsein verlieren ließen. Deshalb war mir auch vollkommen bewusst, dass dies meine einzige und letzte Möglichkeit sein würde, diesen Ort und dem mütterlichen Halt Demeters zu entkommen.

Als schließlich die letzten Sonnenstrahlen von unserer Lichtung gewichen und diese in völlige Dunkelheit getaucht war, erlaubte ich mir meine Augen wieder zu öffnen, dabei dem leisen und beständigen Atmen aller Wesen lauschend, die neben mir lagen. Ob meine Mutter wohl schon Verdacht schöpfte? Es wäre nicht undenkbar. Vielmehr sogar sehr wahrscheinlich. Wenn dem wirklich so gewesen sein sollte, würde ich ihr geradewegs in eine Falle laufen!

Wahrscheinlich war es also genau dieser Gedanke, der mich zögern ließ. Die Nymphen würden es sicher nicht bemerken, dass ich sie vergiftet hatte, stattdessen würden sie die Schuld ihrer eigenen Unfähigkeit in die Schuhe schieben und die Nacht vor Demeter vertuschen, um nicht in deren Ungnade zu fallen.

Ja, ich war sicher, wenn ich jetzt abbrach, würden mich keine negativen Konsequenzen erwarten. Keine, außer … außer, dass ich dann immer noch hier wäre. Ein Vogel, mit gebrochenen Flügeln, eine Frau mit Ketten an der Brust und vor allem, eine Gefangene im goldenen Käfig. Nein, ich konnte und würde nicht vergessen, wie Demeter sich mit Hestia über mich unterhalten hatte. Wie sie dieser erzählte, bei mir nicht denselben Fehler zu wiederholen, der ihr bei Dionysos unterlaufen war.

»Und wenn ich sie in ein Veilchen verwandeln muss, ich schwöre, dass ich nicht zulassen werde, dass sie weder Zeus noch sonst einer seiner Jünger in die Finger bekommt!«

Wenn ich nicht vorhatte, den Rest meiner Tage als Haarschmuck meiner Mutter zu verbringen, musste ich fliehen! Mit diesem Gedanken im Kopf begann ich, mich aufzurichten, so als ob die gebrochenen Flügel meiner doch noch fähig wären, mich geisterhaft in die Lüfte zu heben.

Wenn mein Herz doch nur nicht so verräterisch schreien würde und das Zittern meiner Glieder das Gras in Unruhe brächte. Mehrere Male glaubte ich, etwas zu hören, mich immer und immer wieder zu der Gestalt umdrehend, die in der Mitte der Lichtung lag. Unverändert. Sie ist unverändert, wiederholte ich in der Hoffnung, mich dadurch beruhigen zu können.

Ich tat es jedoch nicht, während der Weg zu den Bäumen immer länger und weiter zu werden schien. War das ein Zauber? Eine Falle, die mein naives Ich nicht erkannt hatte? Grinste meine Mutter mich jetzt gerade an? Schoss mit ihren grünen Augen Löcher durch meine Gestalt? Ich musste mich umdrehen! Musste

überprüfen, dass sie schlief, dass ich nicht in Gefahr war, doch …
ich konnte nicht. Meine Beine wollten sich nicht bewegen und
mein Unterkörper nicht gehorchen. Ich musste weiter, durfte
nicht, konnte nicht, ich …

»… Kore?«

Und dann war mir, als ob jemand die Ketten an meinen Beinen
gelöst und meine Schwingen geheilt hätte. Denn kaum hatte ich
den müden Ausruf meines Namens von den Lippen meiner Mutter vernommen, begann ich förmlich über die Lichtung, hinein
in den Wald zu fliegen.

Es dauerte nur wenige Augenblicke, bis ich das laute Geschrei
hinter mir vernehmen konnte. Der Boden unter meinen Füßen
bebte und die Blätter an den Bäumen krallten sich an ihre Äste,
um der Wut meiner Mutter, nicht zum Opfer zu fallen.

Langsam begann ich, das Brennen in meinen Beinen zu fühlen,
doch, anstatt die Geschwindigkeit zu reduzieren, preschte ich
nur noch schneller über den unebenen Boden. Mein Herz tobte
wie wild, die Luft in meinen Lungen schien nicht genug, doch
ich musste weiter. Vorbei an den dünner werdenden Bäumen,
über die brüchige Erde und die spitzen Steine, die mir förmlich
die Fußsohlen aufzureißen schienen. Ich unterdrückte einen
Schrei, während meine Beine mich anflehten, sie zu erlösen.

Und dann lag der Wald hinter mir, einen großen, kahlen Berg
freigebend, welchen ich zuvor noch nie gesehen hatte. Hier ist es
gefährlich, hatte meine Mutter mir immer eingetrichtert. Hier
liegt das Tor zur Unterwelt!

Zu gerne hätte ich die Landschaft bewundert, doch mir blieb
keine Zeit. Ich musste mich entscheiden, wohin ich laufen wollte.
Käme ich weit, wenn ich versuchte, auf den Berg zu klettern?
Wohin würde mich das überhaupt führen? Nein, es musste einen

anderen Weg geben. Irgendeinen … und dann sah ich eine kleine Öffnung, zu schmal, als dass sie als Höhle hätte bezeichnet werden können, aber zu groß, als dass es nur eine Delle hätte sein können. Ob ich mich dort verstecken könnte? Ich musste es einfach versuchen. Also lief ich auf die Öffnung zu, auf allen vieren hineinkriechend, während der kalte Stein sich erneut in mein Fleisch bohrte und mein Blut den Felsen rot färbte.

Je weiter ich kroch, desto dunkler wurde es, bis ich schließlich unfähig war, meine eigenen Finger zu erkennen, die sich so anfühlten, als ob sie von der Kälte des Steines in Brand gesetzt worden wären. Ob ich jetzt in Sicherheit war? Ob Demeter mir hierher folgen würde?

Auch wenn mir alles weh zu tun schien und mein Körper danach verlangte zu ruhen, zwang ich mich weiter zu kriechen. Ich begab mich geradewegs in mein eigenes Gefängnis. Wenn mich meine Kräfte verließen und ich gegen einen Stein schlug, würde ich elendig verbluten. War das wirklich besser, als umzukehren? Ja, antwortete ich mir selbst. Immer ja, weshalb ich auch nicht um Hilfe schrie, als sich der Boden unter mir auftat und ich in die schier bodenlose Dunkelheit stürzte.

***

Das Erste, das ich spürte, als ich meinen eigenen Körper und Geist wieder wahrnehmen konnte, war der weiche Untergrund, auf dem ich zu ruhen schien. Das Zweite war etwas, das ich hätte spüren sollen, aber nicht tat: Schmerz. Jemand – oder etwas – hatte meine Wunden geheilt und mich hierhergebracht. Hieß das also, dass ich noch lebte? Und wenn wir schon dabei waren, wo genau war eigentlich ›hier‹? Ich war immerhin in ein Loch gefallen, also befand ich mich im Inneren des Berges? Unter der Erde? Schwer zu sagen. Die mitternachtsblauen Wände strahlten zu sehr, als dass es ein normaler Berg hätte sein können und der Boden unter meinen Fingerspitzen fühlte sich mit geschlossenen Augen so an, als ob es Sand wäre, über den ich strich und nicht Obsidian. Ich erhob mich. Der Unbekannte konnte mir unmöglich schaden wollen, nicht wahr? Wieso sonst hätte er sich meiner Wunden angenommen.

Ich bog um die Ecke, um von mehr leuchtenden Wänden begrüßt zu werden, die fast schon wie der Sternenhimmel aussahen, aber das hier konnte nicht der Olymp sein. Der Olymp befand sich nicht unter der Erde, also wo ... und da traf es mich. Die Antwort, die so offensichtlich hätte sein sollen. Wenn ich nicht im Reich der Götter war, dann – dann musste ich im Reich der Toten sein. War ich also auch ...?

Nein! Das hätte ich gemerkt! Man starb nicht, ohne es zu wissen! Wobei es durchaus stimmte, dass ich das Bewusstsein verloren hatte. War ich also doch gestorben? War mein Kopf auf einem Felsen aufgeprallt und zersplittert? Hatte ich dem Stein all mein Blut gespendet?

Meine Gedanken kamen abrupt zum Halt, als ich die langen Gänge endlich verließ und einen Blick auf die Landschaft erhaschte, die sich vor mir auftat. Der Horizont erstrahlte heller als die Sonne, der Mond und die Sterne es je gekonnt hätten, wodurch das Meer, das sich über den Horizont hinaus erschloss, fast schon golden erschien.

Das war er also, der Styx, dessen leuchtende Kristalle die Wände des Berges zum Strahlen brachten und dessen Wasser mich anzog wie eine intensiv duftende Blume, dazu verleitend, meinen Körper völlig in ihm versinken zu lassen.

Ohne zu bemerken, was ich tat, trat ich näher. Meine Finger begannen, über die Oberfläche des klaren Nasses zu streifen. Ich war sicher, die Muster im Wasser verewigen zu können. Erst als ich ein Gewicht auf meiner Schulter spürte, das mich sanft nach hinten zog, bemerkte ich, dass mich das Wasser tatsächlich fast in den echten Tod gelockt hätte. Langsam drehte ich mich um, starrte in die intensiv blauen Augen der Person, die ich sonst nur aus Schauergeschichten meiner Mutter kannte.

Vielleicht war die Person, die mir gerade gegenüber stand und deren Haut so aussah, als ob sie noch nie von der Sonne geküsst worden wäre, auch nicht Hades. Vielleicht war es Charon, der aus mir unbekannten Gründen entschieden hatte, sein Boot und seinen Posten zu verlassen, um mich vor den Gefahren des Styx zu warnen? Nein, das schien mir mehr als unglaubwürdig. Das hieße, dass es tatsächlich Hades war, der sich um mich gekümmert hatte? Das Gerede über diesen Mann und den Ort war scheinbar nichts als böses Geflüster derer, die ihn seiner Stellung willen beneideten oder verachteten. Denn auch, wenn der schwarze Dreizack in seiner Hand sicherlich nicht nur der Dekoration diente und er mich um zwei Köpfe überragte, waren seine restlichen Züge friedvoll.

Die blauen Augen, die mich fast so sehr faszinierten wie der Styx vor ihnen und das leichte, fast unsichtbare Lächeln verstärkten nur das Gefühl in mir, in Hades keinen Feind zu haben. Bisher war er still geblieben, vielleicht, weil es an mir lag zu erklären, wie ich hier gelandet war? Doch das konnte ich nicht. Ich hatte nur Vermutungen und Lügen, die ich anbieten konnte. Alles Dinge, die mir im Vergleich zu seiner Gastfreundschaft ungerecht erschienen. »Darf ich fragen, ob Ihr wisst, wo Ihr Euch hier befindet?«, sprach er schließlich, fast schon emotionslos, was ich nicht als Desinteresse las. Nein, wenn ich ihm egal wäre, hätte er mich ertrinken und verbluten lassen.

»Der Unterwelt«, antwortete ich daher wahrheitsgetreu, bevor ich ihn dabei beobachtete, wie er seinen Kopf leicht zur Seite neigte. War das nicht die Antwort, die er hatte hören wollen? Oder dachte er ich wäre zu dumm, um zu erkennen, wer vor mir stand?

»Und doch fürchtet Ihr Euch nicht.« Es war keine Frage, eher eine Feststellung und ich gestand, dass ich ihr zustimmte. Der Ort, der mich umgab, war nicht der, den mir meine Mutter jahrhundertelang ausgemalt hatte. Keine blauen Flammen, die einem die Luft zum Atmen nahmen, keine Monster, die einem das Fleisch von den Knochen fressen wollten, keine Dämonen, die einem nach der Seele trachteten und keine Bestie auf dem Thron, deren Augen und Herz so kalt wie das Feuer heiß waren.

Nur ein Gott, ein Mann, umgeben von Stein und Stille, der dafür sorgte, dass die Toten dorthin geführt wurden, wo sie hingehörten. Wieso sollte ich mich fürchten? Vor was? Vor wem? Hades? Nein, ich brachte es nicht auf, das zu tun. Also schüttelte ich nur den Kopf, was mein Gegenüber nur noch mehr zu verwirren schien. Zumindest wenn ich die Bewegung seiner Augenbrauen und das Falten seiner Stirn richtig deutete.

Ich wusste nicht, wie ich den Weg in die Unterwelt gefunden hatte, doch, wenn ich so darüber nachdachte, hätte ich keinen besseren Ort als diesen finden können. Meine Mutter würde niemals auf die Idee kommen, hier nach mir zu suchen, weshalb es mir nicht schwer fiel, meine nächste Frage zu stellen.

»Dürfte ich«, begann ich – in der Hoffnung nicht zu verzweifelt zu klingen, »wenn es Euch keine Umstände bereitet, um Asyl in Eurem Reich zu bitten? Es war nicht mein Ziel, hier zu landen, aber jetzt da ich hier bin, würde ich gerne noch etwas bleiben, so wenn Ihr mich lasst.« Ich beobachtete, wie Hades seinen Kopf noch mehr zur Seite neigte, seine Stirn sich so sehr in Falten legte, dass sie mich fast an einen Berg erinnerte, bevor er seinen Mund öffnete, ohne etwas zu sagen. Meine Frage schien ihn mehr als überrascht zu haben. Ob jemals jemand vor mir freiwillig im Reich des Hades hatte bleiben wollen?

»Wie heißt Ihr?«, fragte er schließlich, ohne auf meine Bitte eingegangen zu sein.

Hieße das, dass er mich loswerden wollte? Meine Lippen zuckten, ohne dass ich es verhindern konnte und doch zwang ich mich, dem Blick Hades nicht auszuweichen. Selbst wenn er mich nicht hier haben wollte, hatte er mir doch geholfen. Allein das verdiente bereits meinen Dank, was, wie ich gerade feststellte, ich bis jetzt noch nicht getan hatte. Ob er mich wohl für unhöflich hielt? »Meine Mutter nennt mich Kore, jedoch würde ich es bevorzugen, wenn Ihr mich Persephone nennen könntet.«

Kind. Sie nannte mich immer nur Kind, denn in ihren Augen war ich nichts anderes als das. Ein Etwas, das zu dumm und naiv war, um allein überleben zu können. Ein Sprössling ihres Leibes, das als nichts anderes betrachtet werden sollte als das ihre. Ein Schatten im Vergleich ihrer Größe. Ich wollte kein Schatten mehr sein. Nicht mehr Kore, Tochter von Demeter, sondern Persephone. Persephone, Göttin der …

»Persephone«, wiederholte Hades nickend, bevor er seine Lippen zur Seite zog, um mir ein fast schon schüchternes Lächeln zu schenken. Ich rannte nicht, obwohl ich mich noch immer in Gefahr befand. Mein Herz schlug schneller und ein Lächeln stahl sich auf meine Lippen.

»Meine Liebe Persephone, Ihr bereitet mir sicherlich keine Umstände. Daher heiße ich Euch in meinem Reich herzlich willkommen. Wenn es Euer Wunsch ist zu bleiben, werde ich Euch diesen mit Vergnügen gestatten. Gebt nur acht, dass Ihr während eures Aufenthaltes keine Nahrung zu Euch nehmt. Denn sobald Ihr einmal von den Früchten des Todes gekostet habt, ist Euch eine Rückkehr zur Erde verwehrt.«

Als er geendet hatte, beugte er sich nach vorn, um mir seinen blassen Arm entgegenzustrecken, welcher fast zur Gänze von seinem langen seidig weißen Haar bedeckt wurde. Ich hatte das Gefühl, dass er es mir nicht übel nehmen würde, wenn ich ihm meine Hand verwehrte, doch … ich war sicher, dass das Lächeln auf seinen Lippen dann beginnen könnte, faul und fahl zu werden. Gespielt wie das der Nymphen, deren Freundschaft ich nie wirklich besessen hatte. Und das wollte ich nicht. Der Ausdruck dieses Mannes war der ehrlichste, der mir seit langem geschenkt worden war.

»Danke!«, sagte ich. Hades gab mir ein Zeichen und führte mich durch die Ecken seines schier unendlichen Reiches, was ich nie zuvor gesehen hatte.

Dass meine Mutter zur gleichen Zeit das Reich der Menschen ins Chaos stürzte und nicht einmal Zeus selbst sie wieder beruhigen konnte, war mir unbekannt. Ich fühlte mich hier wohl und wollte noch lange Zeit bleiben – hier, bei meinem Beschützer. Das war das Einzige, was ich wusste.

Besuche Martina auf Instagram: martina.weiss.writer
Lektorat und Korrektorat: Hanna Jung; Illustration: Vanessa Donisan

DER PARASIT

Ella Welsh

Angestrengt starre ich auf meine wundervolle Schöpfung. Ich kann nicht glauben, dass der Tag tatsächlich gekommen ist, an dem ich sie aufgeben muss. Der Schmerz, der mich gleichzeitig mit der Einsicht trifft, ist so wuchtig, dass meine Sicht verschwimmt. Was mich umso mehr ärgert, denn ich will diesen Anblick noch genießen, solange er währt.

Ich kann selbst nicht glauben, wie wichtig mir mein Werk geworden ist und muss fast über mich selbst lachen. Aber nur fast.

Dabei hatte alles als Spiel angefangen, als kindische Wette unter gelangweilten Geschwistern. Es war Merkur, der jüngste meiner Brüder, der auf diese Idee gekommen war. Sofort waren wir anderen Feuer und Flamme, als er uns dazu aufforderte, etwas noch nie Gesehenes hervorzubringen. Etwas, das der Schöpfung unserer Mutter, die die Sonne erschaffen hatte, in Schönheit und Erhabenheit am nächsten kam.

Merkur beeilte sich, sein Werk zu vollenden und schuf einen beeindruckenden Planeten, der der Sonne so nahe wie möglich war, ohne dass ihre Strahlen ihn versengten. Dankbar nahm der Planet ihre Energie in sich auf und wärmte Merkurs aufgeblasenes Ego.

Venus, die unseren Bruder unbedingt übertreffen wollte, schuf einen Stern, der das Sonnenlicht reflektierte und alle anderen überstrahlte.

Mars erschuf seinen Planeten nach dem Vorbild der Geschwister und färbte ihn rot, sodass er sich majestätisch von den anderen abhob.

Meine Brüder Uranus und Neptun bildeten gasförmige Riesen. Sie waren der Sonne nicht so nahe wie die Gesteinsplaneten, doch ihre Größe übertraf die Werke der Geschwister bei weitem.

Saturn machte es ihnen nach, zog jedoch einen Ring um seinen Planeten, der einen wahrhaft atemberaubenden Anblick bot.

Das Werk unseres ältesten Bruders Jupiter wurde so gewaltig, dass alle anderen Gebilde dagegen wie Kinder neben ihrem gestrengen Vater wirkten.

Jeder meiner Geschwister war stolz auf sein Werk und um zu verhindern, dass jemand anderes auch nur einen Hauch von ihrem wohlverdienten Ruhm erntete, benannten sie die Planeten nach sich selbst. Zufrieden trachteten sie danach, den Sieger unserer Wette zu krönen.

Ich allerdings ließ mir Zeit. Gepackt von der wilden Entschlossenheit, als Siegerin aus diesem Wettstreit hervorzugehen, erschuf ich etwas, das mit den Werken meiner Geschwister nicht vergleichbar war. Gewiss, ich gestaltete einen weiteren Planeten, genau, wie sie es vor mir getan hatten. Und doch tat ich viel mehr als sie alle.

Ich gab meiner Schöpfung eine Seele.

Peinlich auf jede Einzelheit bedacht, verdichtete ich die Atmosphäre, überzog den Planeten mit Wassermassen und ließ ihn atmen. Kurzum, ich machte Leben möglich. Und das zahlte sich aus.

Ich hegte und pflegte das empfindliche Gleichgewicht der Tier- und Pflanzenwelt, bis sich solch eine Vielzahl ihrer entfaltete, dass ich nur noch ehrfürchtig staunend darauf niederblicken konnte. Ein Wunderwerk der Natur entstand, dessen Schönheit selbst meine narzisstischen Geschwister bis in ihre Kernessenz erschütterte.

Jeder von ihnen wusste, dass ich als Siegerin aus unserem Wettstreit hervorgehen würde. Sie hätten mir meinen verdienten Triumph gönnen können. Doch sie entpuppten sich als schlechte Verlierer. Das Ziel, mein Werk zu zerstören, einte sie alle und ließ sie die Zwietracht vergessen, die uns sonst voneinander trennte. Sie heckten eine List aus und ehe ich mich versah, sandten sie den Parasiten auf meinen Planeten.

Schon bald ging der Plan auf: Der Mensch nahm sich alles, was ich über lange Zeit hinweg so sorgfältig hatte gedeihen lassen, und vernichtete es im nächsten Augenblick. Das Böse wohnte der Natur des Zweibeiners inne. Was ich auch tat, er wütete und zerstörte, womit er in Berührung kam.

In meiner Verzweiflung griff ich zu einem streng verbotenen Mittel: Ich stahl die Funken der Liebe aus der Schatzkammer meiner Mutter und verstreute sie über die Geister der Parasiten.

Doch selbst die Funken vermochten das Wunder nicht herbeizuführen, in dem all meine Hoffnung wurzelte. Die Menschen empfanden Liebe, doch meist beschränkte sie sich auf das eigene Selbst und manchmal auf ihre unmittelbaren Nachkommen. Die Liebe zu meiner Schöpfung erfuhren nur die Wenigsten in all ihrer Tiefe.

Doch die Stimmen derer, die die anderen zu warnen vermochten, verhallte ebenso ungehört wie meine drohenden Stürme.

Alles, was mir blieb, war das ohnmächtige Zaudern, eingeengt durch die innere Gewissheit, dass alles verloren war.

Und nun ist der Tag da. Ich gebe meine Welt, meine geliebte Erde auf und werde niemals wieder zurückkehren. Zu übermächtig ist der Schmerz, der mich verzehrt, wenn ich sehe, welch Verbrechen der Parasit an meiner Schöpfung voller Wunder begeht.

Von heute an übernimmt der Mensch die Gewalt über meinen Planeten.

Und die Erde ist dem Tode geweiht.

Zu der Autorin:
Ella Welsch wurde 1985 geboren. Sie ist Lehrerin und lebt mit ihrem Mann und ihren zwei Töchtern in der Nähe von Regensburg. Ella liebt Regentage und Gewitter, vor allem wegen dem Duft von nasser Erde und weil sie dann einen Vorwand hat, um am offenen Fenster zu sitzen und sich in ein gutes Buch zu vertiefen. In ihrem Freundeskreis hat Ella den Ruf einer energischen Vertreterin von Frauenrechten, wobei sie selbst immer wieder überrascht ist, wenn man sie darauf anspricht. Für sie kann es gar kein anderes Weltbild geben als eines, in dem Frauen und Männer in jedem Lebensbereich gleichberechtigt sind. Ella schwört auf den zweiten Eindruck. Denn erst dieser verrät uns, welche Art von Mensch hinter der Fassade steckt. Und je mehr jemand von dem abweicht, was als normal gilt, desto interessanter ist er für sie. Denn mal ehrlich: Es sind die »Unnormalen«, die die spannendsten Geschichten zu erzählen haben. Instagram: ellawelsh_autorin

Lektorat: Hanna Jung; Korrektorat: Keah Rieger;
Illustration: Jasmin Volkmer

DER DRITTE MANN

R.West

~ *Süditalien, 1550* ~

W»as ist der Kerl?«
»Kein Mann.«
»Deswegen frage ich ja *was* ist der Kerl?«
Doch der Vermittler warf Richard nur einen müden Blick zu.
Kein Kommentar zu seinem hochgewachsenen, unbewaffneten
Mitbringsel, kein Kommentar zu dem Grund, warum sie für ihn
kämpfen sollten.

Fassungslosigkeit auf allen Seiten.

»Den kriegen wir da nie ungesehen rüber. Dass er nicht dazu
gehört, steht ihm praktisch ins Gesicht geschrieben.«

»Gut, ein perfekter dritter Mann.«

Richard versuchte, nicht wütend zu werden.

Es schien, als würden diese reichen Leute heutzutage nicht
mehr können, als ihr Geld zu zählen. Verstand er denn nicht?

Er sah seinem Gegenüber sprachlos ins Gesicht und blickte in
ausdrucksloses Grau. Offenbar nicht. Sah nur die hundert Mann,
die er angeheuert hatte. Die Waffen, die sie mit sich trugen und
nicht zu verhehlen schienen. Wusste von ihrem Ruf und schätzte
ihre Erfolgschancen als gut ein.

Richard schüttelte den Kopf und vermied es, denjenigen anzusehen, für den sie ihre Leben riskieren würden. Was auch immer er war. Prinz, Geisel oder Botschafter. Mit dem letzten Rest Geduld wandte er sich erneut an das Geld auf Beinen: »Bei uns geht es einzig und allein darum, was der Feind zu wissen glaubt. Unser dritter Mann ist das wichtigste Puzzlestück. Es muss nicht nur so aussehen, als würde er nicht reinpassen, damit man glaubt, er gehöre gar nicht zu uns, er muss auch zu uns gehören. Verstehen Sie? Zu dritt sind wir eins und sind es auch, wenn wir es nicht sind.«

Knappe hundert Männer und Frauen waren fünfzig Paare für den Feind, und dreiunddreißig Rammböcke, die er falsch einschätzte. Das war das Geheimnis. Weil der Feind schon von Weitem zu erkennen glaubte, dass sie immer zu zweit kämpften, und davon ausging, dass er damit umgehen konnte. Dass es zu jedem Paar einen dritten Mann gab, merkte er immer erst zu spät.

Zwei Bündel voller Münzen landeten dunkel klirrend auf dem Tisch. Wie es funktionierte, war dem Vermittler egal. Das Geld gegen das richtige Ergebnis. Nehmen oder bleiben lassen.

Richard spürte die Blicke seiner Leute in seinem Rücken. Sie würden es ihm nicht übel nehmen, wenn er es ließe. Im Jahr gab es nicht viel Zeit, Geld zu verdienen. Auch so weit im Süden waren die Winter, in denen der Krieg ruhte, lang. Aber aussichtslose Schlachten kosteten mehr, als man mit ihnen verdienen konnte.

Allesamt hatten sie auch den Fremden im Auge. Den, den sie über die Brücke bringen mussten. Auf die andere Seite. Keine weiteren Anweisungen. Nur rüber. Lebend. *Zumindest atmend*, hatte der Mann mit dem Geld ihm mit einem Augenzwinkern zugeraunt. Der Fremde hatte keine Miene verzogen, obwohl er neben ihm gestanden und zugehört hatte. Vielleicht war er ihrer Sprache nicht mächtig. Er sah nicht aus, als käme er aus der Gegend.

Aber wer tat das schon? In diesem Land, zu dieser Zeit. Nichts als Söldner, Söldner und nochmals Söldner.

Richard nahm das Geld. Hinter ihm wurde genickt.

Es gab noch einen Grund, aus dem sie so oft siegreich vom Platz gingen. Kommt immer auch darauf an, aus welchem Grund man kämpft.

Sie würden es tun, um diesen Kerl auf die andere Seite zu bringen. Komme, was da wolle. Für ein Gehalt, das ihnen erlauben würde, die Saison vorzeitig zu beenden und nach Hause zu gehen. Und vielleicht würde das nächste Frühjahr Frieden bringen. Vielleicht würden sie nicht wiederkommen.

Die anderen, die Jungs vor der verdammten Brücke? Die hatten dort schon vor Monaten ihre Lager aufgeschlagen und es sah nicht so aus, als würden sie in näherer Zukunft abgezogen werden. Die hatten keinen Grund. Kein kampferprobter Mann hatte einen Grund, irgendwo auf lange Sicht herumzusitzen, wo nicht Zuhause war. Mit jeder Woche, die verging, dachten sie häufiger darüber nach zu gehen als darüber, warum sie blieben. Die Versuchung, die Brücke einfach aufzugeben, würde denen beim kleinsten Anzeichen von Widerstand wahrscheinlich sogar reizvoll erscheinen. Denn wenn nichts mehr da ist, das man belagern muss, gibt es auch nichts mehr, das sie davon abhält zu gehen.

Sie: Veränderung erzwingen

Die: standhalten, standhalten, standhalten.

Die Veränderung gewinnt immer, wenn man nur hart genug für sie kämpft. Und Richards Truppe war gut im Kämpfen.

Um das hier zu schaffen, mussten sie nun nur noch diesen Fremden in ihre Reihen aufnehmen.

***

Nach zwei Tagen war klar, dass der Plan nicht aufgehen würde. Richards Leute wussten vielleicht nicht, woran genau sie scheiterten, aber sie ahnten es. Es war unmöglich, ihre Schlachtformation mit jemandem umzusetzen, der nicht das tat, was man von ihm erwartete. Die Männer, denen Richard den Fremden zugewiesen hatte, duckten sich nicht weg, wenn er ihnen zu nahe kam; sie hatten auch keine Angst. Sie waren die Besten auf ihrem Gebiet und niemand zwang sie so einfach in die Knie. Aber sie waren auch eine eingespielte Gruppe, in der jeder die Bewegungen des anderen kannte. Nur so wusste jeweils der Dritte, wie und wo er zur Hilfe eilen musste. Die Bewegungen und Absichten von diesem hier kannte keiner und das brachte sie am Ende alle in Gefahr. Sein Schwert war nie dort, wo man es vermutete. Und seine zweifelnden Blicke sorgten für Unruhe.

Richard sah sich das Training noch einen halben Tag länger an, dann traf er eine Entscheidung und hasste sie.

Er hasst es, der dritte Mann zu sein, denn er war nicht gut darin. Es lag ihm nicht, sich mehr um seine eigenen Leute, statt den Feind zu sorgen. Umso mehr, wenn einer der Seinen einer war, den er selbst nicht einzuschätzen wusste.

Andererseits sorgte er sich schon um den Kerl, seit er das Lager betreten hatte.

Verflucht.

»Es liegt nicht an mir.«

»Ist mir aufgefallen.«

Der Brustschutz stand ihm gut. Passte wie angegossen, dabei gab es nicht viele hier wie ihn. Keinen, eigentlich. Aber wirklich wenige, die seine Statur hatten. Und trotzdem kam Richard die Panzerung bekannt vor. Das Leder trug das Brandzeichen der Truppe. Ob einer seiner Leute ihn abgetreten hatte? Mitten in der Saison waren die Reservelager fast nicht mehr existent. Sie mussten mit dem arbeiten, was sie hatten.

»*Sie* sind es.«

»Hm.«

Er trug ein Stilett an der Hüfte. Kein Schwert. Das hatte die Männer, die mit ihm trainierten, auch verunsichert. Natürlich waren sie hier, um ihn zu schützen, aber der dritte Mann, der dritte Mann musste auch sie schützen. Nur zusammen würden sie es auf die andere Seite schaffen.

Richard wandte seinen Leuten den Rücken zu und sah dem Fremden in die Augen. Sie hatten ein unnatürliches Grün.

»Ihr kämpft mit Frauen.«

Ja, aber die waren eine Klasse für sich.

Richard folgte seinem Blick dennoch an die Grenzen ihres Lagers. Mali und Gia hatten bereits bemerkt, dass man über sie sprach. Wann wussten Frauen so etwas nicht? Sie waren gut in solchen Dingen und verstanden immer als Erste, was eine Gruppe brauchte, um eine zu bleiben.

»Sie haben mehr Vertrauen.«

»In?«

»Uns.«

Uns? Uns Götter? Uns Kämpfer? Uns, die wir Unmögliches wagen?

»Wir nehmen ihn«, rief Gia und machte mit einer erhobenen Hand und einem entschlossenen Blick auf sich aufmerksam. Richard sah sie über die Köpfe der Männer zwischen ihnen an, und hörte seine eigenen erleichterten und gleichzeitig verbitterten Worte in seinem Kopf: *Das wird wunderbar schiefgehen.* Statt seinen ersten Gedanken laut auszusprechen, presste Richard die Lippen zusammen und betrachtete lange die Spitzen seiner Schuhe, während Gia leichtfüßig zu ihnen herüberlief. Sie war keinen Deut außer Atem, als sie bei ihnen ankam, und sah Richard ins Gesicht, als er schließlich den Kopf hob. Nicht dem Mann an seiner Seite. Nicht ihm. Niemals ihm.

Sie haben mehr Vertrauen, ja?

Zu seiner Überraschung grinste Gia übers ganze Gesicht, unbeirrt und wagemutig.

Richard war davon ausgegangen, dass sie sich und ihre Partner nur aus Vernunft auseinanderriss, weil sie wusste, dass jemand es tun musste. Irgendein Team musste nachgeben, ihn aufnehmen und riskieren, dass es weh tun würde. »Ist vielleicht der Fehler«, meinte Gia und zuckte leichtfertig die Schultern. »Nur eine Sache ändern zu wollen. Ändern wir einfach alles.«

***

Also kämpften sie zu fünft. Die drei Frauen, der Fremde und Richard, und versuchten, keines der anderen Teams zu behindern; in Deckung zu bleiben, aber ganz vorn, ohne den Eindruck zu erwecken, auf diesen einen Mann in ihren Reihen aufzupassen und gleichzeitig nichts anderes zu tun als das.

Der Kampf schien ewig zu dauern und war gleichzeitig in Minuten entschieden. Wie Kämpfe eben so waren.

Am Ende hatten sie die Brücke überquert.

Männer verloren.

Frauen.

Aber er war noch da.

Sie hatten ihn rübergebracht.

Sie hatten es geschafft.

Als Richard sich zu ihm umwandte, war er verschwunden.

Und sie wieder allein.

Aber sie hatten es geschafft.

~ Norddeutschland, 2022 ~

Die Menschen ...

Ich mag sie.

Und sie mich.

Nur manchmal nicht.

Aber das ist schon in Ordnung. Ich nehme es ihnen nicht übel. Ich bringe ihnen ja auch nicht nur Gutes. Nicht immer das, was sie erwarten oder sich wünschen. Ihre Wünsche sind aber auch nicht immer das, was sie brauchen, also bin ich zugegebenermaßen oft genug im Zwiespalt. Auf lange Sicht aber, auf lange Sicht habe ich nur ihr Glück im Auge. Auf lange Sicht stehe ich auf ihrer Seite.

***

Die Straßen vor mir leuchteten unter dem Licht der Laternen.

Ein ganzes Arsenal an hellen Scheinwerfern war auf die Stufen vor dem Hotel gerichtet, in dem sich am heutigen Abend die Politprominenz traf. Doch alles, was ich um mich herum wirklich

wahrnahm, waren schwarze Autos und ebenso dunkel gekleidete Menschen. Sogar die Journalisten hinter ihren Kameras
schienen Trauer zu tragen.

Diese Art, sich für öffentliche Anlässe zu kleiden, hatte ich
noch nie verstanden. Es gab das falsche Zeichen. Gewöhnlich
schloss ich mich an Tagen wie diesen der Mehrheit an. Es war
einfacher, wenn ich nicht aus der Menge herausstach. Alles
Fremde erregt Aufmerksamkeit und die kommt mir nicht immer
zugute. Heute hatte ich mich dagegen entschieden.

Das Outfit meiner Wahl ließ mich zumindest in der Runde der
Schaulustigen untergehen, die in dritter Reihe, hinter Sicherheitspersonal und Fernsehsendern auf der Straße vor dem Hotel
standen und auf den Abpfiff warteten. Sie alle kamen aus den
unterschiedlichsten Ecken der Stadt und des Landes. Sie alle waren fremd vor diesem Hotel.

Das Spiel, auf dessen Ausgang wir alle hin fieberten, hatte bereits begonnen und sämtliche Teilnehmer standen auf ihren Po-
sitionen. Hinter der Fassade wurde ohne Zuschauer mit Worten
gerungen. Niemanden interessierte was im Detail in den folgenden Stunden besprochen werden würde. Nur das Ende war von
Bedeutung. Nur das würde binnen Sekunden um die Welt reisen, in allen Wohnzimmern über den Bildschirm flimmern, auf
Displays auftauchen und in irgendwelchen Statistiken in Zahlen
ausgedrückt werden. Oft war es ebenso schnell vergessen, es sei
denn es entstand daraus etwas, das niemand ignorieren konnte.

»Sie sind der Mann, den ich da reinbringen soll?«

Sie war jung und hatte ein zuversichtliches Lächeln.

Ich war sofort beruhigt.

Manchmal wusste ich es schon nach diesem ersten Blick in das
Gesicht meines Boten, ob es schwer werden würde oder leicht,

ob es machbar ist oder wir beide am Ende ganz umsonst ge-kämpft haben werden. Heute, heute wusste ich, dass wir es schaffen würden, und dass es leicht sein würde.

Sie zwinkerte mir zu und musterte mich einmal von oben bis unten. Jeans und Shirt, dunkle Sneakers und eine Jacke, die nicht zu förmlich, aber auch nicht zu leger war. Für diese Jahreszeit vor zehn Jahren noch zu dünn, aber heute wehte ein lauer Wind

Ich trug fast das Gleiche wie sie, und ihre jungen, blauen Augen schienen beinahe so unwirklich wie meine. Voller Entschlossenheit.

Ich fragte mich, wie alt sie wohl war. Wie lange sie noch hatte, bevor die Welt ihr diese Zuversicht austreiben würde, oder ob sie eine von denen sein wird, die bis zum Schluss dem Leben trotzig ins Gesicht blickten. Sie machte einen kampfeslustigen Eindruck.

»Sie haben nichts Dummes vor, oder?«

Ich verneinte. Heute nicht.

»Gut. Ich schmuggle Sie ungern auf einen so wichtigen internationalen Kongress, damit Sie dort etwas Dummes tun. Die ganze Welt sieht zu.«

Das tat sie.

Das sollte sie auch.

Wenn wir es heute durch diese Tür schafften, sie und ich, dann würde das ein wichtiger Tag werden. Es würde ein Davor und ein Danach geben.

Sie zögerte.

»Was *wollen* sie tun?«

»Nur zur Tür rein.«

»Hm.« Sie nickte zweimal und winkte dann die Straße hinunter. »Hintereingang«, antwortete sie auf meine zweifelnd zusammengezogenen Brauen.

Wir setzten uns in Bewegung und ich konnte die Tür schon von Weitem sehen. Sie war hellgrau, dreckig und unbewacht.

»So einfach?«

»Klar.«

Sie zuckte die Schultern und ließ mich vorgehen. Zwei anzugtragende Männer, die mehr nach Hotelangestellten aussahen als nach Sicherheitspersonal, blickten uns beide im Gang kurz an, begutachteten mein Auftreten, einmal rauf, einmal runter, wie sie es vorhin auch getan hatte. Es folgte ein desinteressiertes Nicken und dann hatten wir diese erste Hürde auch schon genommen. Die beiden Männer hatten denselben Schluss gezogen wie sie: ich stellte keine Gefahr dar.

»Tun Sie einfach so, als würden Sie dazu gehören.«

In der Küche, in der ein großes, aufgeregtes Gewusel herrschte.

Auf den Gängen voller Security und geschäftig telefonierenden Sekretären.

Durch die Lobby, in den überfüllten Vortragssaal. Hier warteten Staatslenker auf ihren Auftritt. Es wurde bereits gestritten, wenn auch nur leise und noch zivilisiert. Fast alle Anwesenden hatten zum heutigen Tag verstanden, dass die Welt da draußen unterging, aber noch hatte niemand den Mut, etwas dagegen zu unternehmen. Niemand war bereit aufzugeben, was er heute hatte, um morgen etwas anderes dafür zu bekommen. Etwas, von dem er nicht wusste, ob es das wert sein würde. Keiner hier wollte anerkennen, dass ein neuer Weg die einzige verbleibende Option war.

Tun Sie so, als würden Sie dazu gehören.

Sie grinste mich an.

»War nicht schwer, oder? Verraten Sie´s keinem, aber alles, was es braucht, ist der unbedingte Wille es zu tun, und den Glauben daran, dass es gelingen kann.«

Ich lachte wider Willen, weil es so verdammt wahr war. Weil es von mir hätte kommen können. Weil ich für diesen Auftrag genau den richtigen Boten bekommen hatte. Denn es brauchte wirklich immer nur einen, der es tat: daran glauben. An mich.

»Wie heißen Sie eigentlich?«

»Breyt«, hörte ich mich selbst sagen, während ich mich noch in dem vollgepackten Saal umsah, an dessen Rand wir standen.

»Komischer Name. Nordisch?«

»Isländisch.«

Ich hatte ihn mir selbst ausgesucht. Er passte zu mir.

Sie sah gerade von ihrem Smartphone auf, als ich mich wieder zu ihr umwandte. Das Übersetzungsprogramm darauf war ein Segen. Nicht nur für sie, sondern für all die Menschen in diesem Saal. Sie alle konnten einander verstehen, dabei lag nicht selten eine halbe Welt zwischen ihnen. Und das war wichtig. Alle hier würden heute Entscheidungen treffen müssen, ob sie wollten oder nicht.

Heute, heute ging es darum, was die Menschen brauchten.

Bestimmt würden sie mich morgen wieder verfluchen und hassen, sie würden wieder wütend auf mich sein und mir den Rücken kehren. Das war okay. Ich brauche ihre Lobgesänge nicht.

»Veränderung?«, las sie zweifelnd die deutsche Übersetzung vor und betrachtete mich mit einem amüsierten Blick.

»Das bin ich, ja.«

Und alles, was ich brauche, ist ein Fuß in der Tür.

Zu der Autorin:

R.West ist ein Pseudonym von Stefanie Schmidt. Sie wurde 1986 in der Lausitz geboren und ist studierte Kunsthistorikerin, die nach einem aufregenden Ausflug ins Museums- und Auktionswesen nun doch lieber hauptberuflich ganz andere Wege geht. Nebenberuflich übersetzt und textet sie für Klienten aus aller Welt, arbeitet an musealen Projekten und schreibt Kurzgeschichten und Romane. Sie lebt an der deutschen Nordseeküste und findet: »if you are lucky enough to live by the sea you are lucky enough.« Instagram @a_boatfullof_books

Lektorat und Korrektorat: Hanna Jung; Illustration: Jasmin Volkmer

DER WEG DER ERKENNTNIS
April Wynter

Götter werden als übermächtige Wesen dargestellt. Unsterblich und voller ungeahnter Kräfte. Bei uns Yogykatanern gibt es keinen einzelnen Gott, der verehrt wird. Vielmehr verehren wir sogenannte Bodhisvattvas, die in Menschengestalt auf der Erde wandeln, bis sie die Erlösung erlangen. Wir sind sterblich, haben keine Kräfte, die nicht von dieser Welt sind, und können dennoch den Status eines Gottes erreichen. Ich bin einer von ihnen. Mein Name ist Tara, und ich helfe den Menschen, die acht Urängste zu besiegen.

***

»Bist du bereit, mein Sohn, den Weg der Erkenntnis zu gehen?«

»Ja, Vater.«

»Bist du bereit, Gier, Hass und Verblendung zu entsagen, um auf deinem Weg dem Kreislauf des Leidens zu entkommen?«

»Ja, Vater.«

»Dann geh in den Wald hinaus. Zeige Mitgefühl denen, die es verdient haben. Lerne dein Begehren zu zügeln und kein Verlangen mehr zu empfinden.

Lebe in Achtsamkeit und finde die rechte Erkenntnis.«

»Danke, Vater.«

Der junge Krieger wendet sich ab und verlässt den Tempel durch die mit grauen Säulen gestützte Eingangspforte, die niemals einem Menschen verschlossen bleibt. Sein Gang ist selbstsicher und strotzt nur vor Überheblichkeit. Er wird keine Erkenntnis finden. Zumindest nicht, ehe ich es tue.

Mit erhobenem Haupt trete ich vor. »Vater, ich möchte auch den Weg der Erkenntnis beschreiten.«

Erstaunt wendet er sich mir zu. Es ist das erste Mal, dass ich in diesem Tempel das Wort an ihn richte. Ohne ein Gefühl aus seinem Gesicht oder seiner Stimme ablesen zu können, antwortet er mir: »Du, Rian, bist eine Frau. Eine Frau hat es nie zuvor geschafft, Erlösung zu finden.«

»Genau, für euch Frauen ist es so viel schwieriger, dem Verlangen zu entsagen,« wirft einer der anwesenden Krieger in den Raum.

Trotzig recke ich mein Kinn vor und verschränke die Hände vor der Brust. »Nur, weil es bisher keine geschafft hat, heißt das nicht, dass es keine schaffen wird. Und nur, weil der Weg für mich schwieriger zu begehen ist, heißt das nicht, dass es unmöglich ist. Vielmehr bin ich am Ende kräftiger und widerstandsfähiger als ihr alle. Bitte, Vater. Lasst mich den Weg der Erkenntnis gehen.«

Mein Blick ruht auf seinem Gesicht. Das weiße, zu kleinen Zöpfen geflochtene Barthaar reicht ihm bis zu den Schlüsselbeinen. Sein Haupthaar ist mit Perlen und Federn verziert. Ebenso wie meines, nur dass es von einem dunklen Braun ist, und ich zusätzlich verschiedene Ringe und Septums im Ohr trage.

Ein jedes Schmuckstück habe ich mir verdient. In Kämpfen, durch Verzicht und mutige Handlungen. Je prunkvoller ein Krieger ausgestattet ist, desto größer waren seine Taten. An meinen Handgelenken ist neben den schwarzen Lederstulpen noch Platz. Zeit, das zu ändern.

»Nun, Rian«, durchbricht mein Vater das Schweigen, und die Augen aller anwesenden Männer im Tempel richten sich auf mich. »Kein Gesetz besagt, dass es einer Frau nicht gestattet ist, den Weg der Erkenntnis zu gehen. So versuche auch du dein Glück und folge deinem Bruder. Folge ihm in den Wald hinaus. Ich bin gespannt, wer von euch beiden es früher schafft, die Erkenntnis zu erlangen.«

Ein Wettkampf. Er hat einen Wettkampf daraus gemacht. Ich nicke ihm zu, als Zeichen, dass ich verstanden habe. Dann drehe auch ich mich um und verlasse den Tempel.

Ein leises Raunen dringt zu mir vor und verstummt, als ich den Rand des Waldes erreiche. Ich marschiere den Pfad entlang, den ich schon so oft gegangen bin, um Wasser zu holen, Früchte zu pflücken oder einen Wasserbüffel zu jagen. Doch diesmal verlasse ich ihn an seiner breitesten Stelle und folge dem Ruf eines Nashornvogels ins Unbekannte.

Ohne ein wirkliches Ziel zu haben, schreite ich immer tiefer in den Urwald hinein. Vögel rufen, ein paar Affen hangeln sich an den Lianen über mir entlang und einmal sehe ich einen schwarzen Skorpion auf dem Boden. Angst verspüre ich nicht, denn der Dschungel war schon immer mein Zuhause. Kein giftiges Tier wagt es, mich zu beißen. Nicht, weil ich die Tochter des Stammesoberhaupts bin. Nein, ich bin außerdem die beste Kriegerin, die das Volk der Yogykataner je gesehen hat.

Es wird dunkel. Stundenlang bin ich durch das Unterholz gestapft und nichts Nennenswertes ist passiert. Ich frage mich, wie ich die Erkenntnis erlangen soll, wenn ich keine Aufgabe finde, die ich erfüllen kann. Das Bewältigen ist nicht das Problem. Ich weiß, dass ich der Herausforderung gewachsen bin.

Ich vernehme das Rauschen von Wasser und folge dem Geräusch, da ich etwas zu trinken brauche. Die Nacht kann ich gleich am Ufer verbringen, um mein Abendessen zu jagen.

Die Blätter lichten sich, und der Fluss kommt zum Vorschein. Doch ich bin nicht allein.

Die Muskeln spielen unter seinem goldenen Fell. Noch scheint der Löwe mich nicht bemerkt zu haben, denn er trinkt genüsslich weiter. Das ist meine Chance. Das Fleisch eines Löwen schmeckt zwar nicht weltbewegend, aber es ist Nahrung.

Normalerweise ziehen wir in Gruppen von drei Kriegern los und töten Raubtiere nur, wenn wir in Gefahr sind. Vielleicht ist der Löwe meine erste Prüfung, und ich muss ihn erlegen.

Mit dem Speer in der Hand schleiche ich mich an. Als ich in Wurfweite bin, fährt der Kopf des Tieres zu mir herum. Während der Löwe überlegt, wie ihm geschieht, springe ich vor und werfe den Speer direkt auf sein Herz zu. Er trifft auf seine Haut und … prallt ab. Das kann nicht sein. Die Spitze hatte ich heute Morgen erst geschärft. Die Kanten sind so scharf, dass ich mir blutige Schnitte zugezogen habe, als ich mit der Waffe gegen meinen Knöchel stieß. Sie kann nicht einfach vom Löwen abprallen.

Das Tier sieht verdutzt zu mir, bis es die Schnauze öffnet und mich anbrüllt. Sein Schrei ist lauter als meiner. Mit einem Satz ist es bei mir, und eine Pranke streift mein Bein. Ich drehe auf dem Absatz um und versuche davonzurennen. Aber schon ist der Löwe über mir, und ich blicke in sein aufgerissenes Maul.

Schützend reiße ich den Arm nach oben, bevor er sich an meiner Kehle zu schaffen macht. Doch nichts passiert. Das Gewicht auf mir gibt nach und das letzte Licht des Tages fällt auf mich. Ein Schnurren dringt vom Ufer des Flusses zu mir. Ungläubig rapple ich mich auf. Mein Blick wandert zu einem Mädchen, das den Löwen unter dem Kinn krault. Sie kuschelt mit der Bestie, die mich Sekunden zuvor noch in Stücke reißen wollte.

Erst jetzt bemerke ich, wie knapp ich dem Tod entronnen bin. Wahrlich habe ich meine Fähigkeiten überschätzt. Wie konnte ich bloß glauben, es allein mit einem Löwen aufnehmen zu können? Zitternd lasse ich mich auf das Gras sinken. Das Mädchen lächelt mich an, dann schwingt sie sich auf den Rücken des Löwen.

»Stolz und Arroganz können einen das Leben kosten, Rian vom Stamm der Yogykataner.«

Mit diesen Worten dreht der Löwe sich um, ohne mich eines Blickes zu würdigen, und das Mädchen reitet auf seinem Rücken davon. Wer war sie und warum kennt sie meinen Namen?

Die Lust auf Fleisch ist mir für heute vergangen, und ich esse ein paar der Wurzeln, ehe ich mich schlafen lege.

***

Ich hätte es besser wissen müssen, als die Nacht an einem Fluss zu verbringen. Das Gewässer dient weit und breit als einzige trinkbare Quelle, eine Zuflucht für all die Tiere im Wald. Und so ist es nicht verwunderlich, dass ich am nächsten Morgen von bebender Erde geweckt werde. Eine Elefantenherde tummelt sich am Ufer. Noch haben sie mich nicht bemerkt, sodass ich mich leise versuche zurückzuziehen. Nachdem ich gestern den Löwen nicht erledigen konnte, werde ich es heute bestimmt nicht mit einer Horde Elefanten aufnehmen. Ich robbe rückwärts und stoße gegen einen Baum. Als etwas meinen Hals hinabstreicht, drehe ich vorsichtig den Kopf. Statt des erwarteten Stammes sehe ich ein graues Bein, das von seinem Umfang einem hundert Jahre alten Baum gleicht. Mit dem Rüssel bläst mir der Elefant ins Gesicht. Ich springe auf und renne in den Wald, in der Hoffnung, dass der Dickhäuter mir nicht folgen kann. Vergebens. Knackende Äste und das Stampfen der großen Füße belehren mich eines Besseren. Ich kontrolliere meinen Atem und lege an Tempo zu. Aber der Elefant ist schneller.

Plötzlich schießt der Löwe von gestern zwischen den Bäumen hervor und hält wenige Meter vor mir. Auf seinem Rücken sitzt das rothaarige Mädchen in dem grünen Blättergewand. Sie reicht mir eine ausgestreckte Hand, die ich, ohne zu überlegen, ergreife und aufspringe. Der Löwe macht einen Satz nach vorn und gemeinsam verschwinden wir im Unterholz. Flink schlängelt unser Reittier sich durch die Bäume hindurch und das Geräusch von knackenden Ästen hinter uns wird leiser. Wir schaffen es. Wir schaffen es, dem Elefanten zu entkommen. Und das Tier, das ich gestern töten wollte, ist heute mein Lebensretter.

Eine gefühlte Ewigkeit später halten wir an. Meine Beine zittern, weil ich mich mit ihnen am Löwen festgeklammert habe. Meine Arme sind um die Hüften des Mädchens geschlungen. Langsam lasse ich mich hinabgleiten und komme mit wackligen Beinen auf dem Boden auf. Meine Begleiterin schwingt sich hingegen leichtfüßig vom Rücken des Löwen, der sich schnurrend zusammenrollt und seine riesigen Pranken leckt.

»Da… danke«, stottere ich. Das Mädchen nickt mit einem Lächeln im Gesicht.

»Wie heißt du?«, traue ich mich zu fragen, als sie keine Anstalten macht, auf meine Worte zu reagieren.

»Ich bin Tara. Und wir sollten nicht zu lange hier verweilen. Der Wald brennt bereits.« Ich ziehe die Nase hoch und jetzt rieche ich es ebenfalls. Rauch erfüllt meine Lungen.

Während Tara dem Löwen auf die Flanke klopft, mache ich mich bereit, wieder aufzusteigen. Doch das Tier reibt den Kopf an Taras Brust und verschwindet im Wald.

»Wo will er hin? Wie sollen wir jetzt hier hinauskommen?«, frage ich sie verzweifelt.

Tara lächelt mich an. »Er hat uns genug getragen für heute. Komm, diese Richtung.«

Panik macht sich in mir breit. Eilig laufe ich der Rothaarigen hinterher, die den Spuren des Löwen folgt.

»Warum brennt der Wald?«, will ich von Tara wissen. Meine Stimme klingt gedämpft, weil ich mir ein Stück meines Unterrocks vor die Nase und den Mund gebunden habe. Ich werde das Gefühl nicht los, dass Tara mich zur Ursache des Brandherdes bringt, statt von ihr weg.

»Die Menschen brauchen den Platz. Wollen mehr Öl, um die Luft sauberer zu halten. Und hier verpesten sie sie, weil es ihnen nicht schnell genug geht«, antwortet mir Tara, deren Stimme schon kratzig von all dem Rauch klingt. Mein Angebot, ebenfalls ein Stück meines Unterrocks zum Schutz ihrer Atemwege zu nehmen, hat sie abgelehnt.

»Ich verstehe nicht ganz.« Taras Worte ergeben keinen Sinn.

»Das Öl benutzen sie zum Antrieb ihrer Fahrzeuge. Weil das Öl einer Palme sauberer ist, ist die Nachfrage im letzten Jahrzehnt gestiegen. Immer mehr Fläche des Waldes wird abgebrannt, um zusätzliche Ölpalmen anzubauen.«

»Aber durch die Brände verschmutzt die Luft doch ebenso«, rufe ich entsetzt aus. Tara dreht sich zu mir um und diesmal liegt ein trauriger Zug um ihren Mund.

»Sieh, da vorne legen sie die Feuer.« Ihr Finger zeigt an den Stämmen von zwei Brettwurzelbäumen vorbei. Ich mache inmitten des Rauches mehrere Männer aus. Instinktiv greife ich nach meinem Speer und will sie zur Rechenschaft ziehen.

»Meinst du, du machst es besser, wenn du die Hand abhackst, die dem Befehl folgt?«, ruft Tara mir hinterher, doch ich bin schon auf die Lichtung gesprungen und renne auf den ersten Mann zu. Den Kampfesschrei unterdrücke ich, um ihn nicht zu früh auf mich aufmerksam zu machen.

Sie brennen unseren Wald nieder. Nur um aus ihm Profit zu schlagen. Diese Menschen verdienen es nicht, am Leben zu bleiben, auch wenn sie nur die ausführende Hand sind.

Ich selbst war jahrelang nur die Vollstreckerin meines Vaters. Habe ich seine Handlungen hinterfragt? Ja, eigentlich schon. Aber widersprochen habe ich ihm nie. Was macht mich also besser als diese Männer? Nichts. Ich bin genauso wie sie.

Die Erkenntnis lässt mich langsamer werden. Ich senke den Speer und bleibe schließlich stehen. Eine Hand legt sich auf meinen Rücken, und ich erwache aus meiner Starre. Taras Lächeln ist wieder freundlicher geworden. Noch ehe ich darüber nachdenken kann, wie sie so schnell zu mir gelangen konnte, hüllt mich eine schwere Dunkelheit ein.

***

»Rian? Schön, dass du wach bist.«
Taras Stimme. Wo bin ich?

Meine Augen kämpfen gegen die Dunkelheit an. Auch wenn ich sie öffne, bleibt alles um mich herum in Finsternis verborgen.

»Bin ich tot?«, will ich wissen.

»Nein, du hast nur etwas zu viel Rauch abbekommen, als du den Zorn des Feuers besiegt hast.«

»Den was?«

»Den Zorn des Feuers. Bist du nicht in den Wald gegangen, um die acht Urängste zu besiegen?«

Langsam kann ich Schemen um mich herum erkennen. Ich bin noch immer im Urwald und liege unter den Blättern einer Palme verborgen. Es muss früh am Morgen sein, denn das Licht der Sonne wird von dem Schleier der Nacht verdeckt.

»Wie viele Urängste habe ich bereits besiegt?« So hatte ich mir meine Prüfung nicht vorgestellt. Indem ich einen Mann verschont habe, soll ich den Weg der Erkenntnis finden? Normalerweise töten wir Krieger Menschen, um das zu bekommen, was wir wollen.

»Mit dem Zorn des Feuers sind es drei. Du hast deinen Stolz und die Arroganz hinter dir gelassen, als du erkanntest, dass du schwächer bist als der Löwe. Und du hast deine Bewusstheit gestärkt, als du wegen Unwissenheit von einem Elefanten überrascht wurdest.« Taras Körper hebt sich vom restlichen Urwald ab. Ihr rotes Haar scheint in der Dunkelheit zu leuchten.

»Welche Angst wird meine nächste sein?« Diesmal möchte ich sie erkennen und ihr ins Auge sehen, statt mit geweiteten Sinnen ins offene Messer zu laufen. Doch Tara schweigt. Vielleicht ist das Erkennen der eigenen Angst eine ihrer weiteren Aufgaben.

***

Als ich das nächste Mal aufwache, bin ich allein. Ich rapple mich auf und dehne meine schmerzenden Glieder. Der Ritt auf dem Löwen hat meinen Beinen mehr abverlangt als das stundenlange Marschieren durch den Wald.

Ein Zischen neben meinem Ohr lässt mich stocksteif verharren. Als ich meinen Kopf vorsichtig drehe, blicke ich direkt in die grünen Augen einer Rattenschlange. Sie hängt von dem Baum neben mir herab. Ich will sie anfassen und hebe meine Hand.

Doch bevor meine Haut ihre glänzenden Schuppen berühren kann, ist sie weg.

Stattdessen steht Tara vor mir, mit der Schlange um den Hals.

»Darf ich sie auch einmal halten?«, frage ich. Die junge Frau schüttelt den Kopf und zärtlich krault sie den Unterkiefer des Reptils. Eine Welle der Eifersucht überrollt mich. Warum nur lieben alle Tiere Tara? Ich habe der Schlange nichts getan. Zu Hause habe ich selbst welche in meiner Bambushütte. Normalerweise kommen sie freiwillig zu mir.

»Bitte, nur ganz kurz«, bettle ich Tara an.

»Die Schlange will nicht. Du solltest ihre Entscheidung respektieren«, weist mich Tara auf den Grund ihrer Ablehnung hin. Sie legt den Kopf leicht schief, sodass eine Strähne ihres roten Haares den geschuppten Körper streift. »Du wolltest doch wissen, was die nächste Angst ist: Besiege Eifersucht und Neid.«

Großartig. Könnte Tara mir nicht einfach den Mann vor der Nase wegschnappen? Stattdessen macht sie mich mit dem einzigen Geschöpf hier im Dschungel eifersüchtig, von dem ich mir verstanden vorkomme. Ich mag Schlangen, mochte sie schon immer. Sie sind stille Beobachter, Krieger und sinnliche Verführer in einem. Viele fürchten sie, wobei diese Tiere einem nur gefährlich werden, wenn man sie bedroht. Behandelt man sie mit

Respekt und lässt ihnen ihren Freiraum, dann fügen sie einem keinen Schaden zu.

Und genau das sollte ich jetzt tun. Der Schlange ihren Freiraum lassen. Wenn sie bei Tara sein möchte, dann hat sie jedes Recht dazu.

Als hätte das Tier meine Gedanken gelesen, windet sie sich von Taras Hals und kriecht über den Boden direkt auf mich zu. Ehrfürchtig halte ich inne, als die Schlange sich den Weg zu meinen Schultern bahnt. Wie einen Schulterharnisch legt sie sich um meinen Nacken bis hinab zu meinen Armen. Zufrieden lächelt Tara mich an. Dann erstarrt ihr Lächeln. Im nächsten Moment zischt die Schlange und ist weg. Um meine Handgelenke schlingt sich stattdessen ein raues Seil.

»Haben wir die Brandstifter«, ertönt hinter mir die kratzige Stimme eines Mannes. Weitere Kerle schreiten an mir vorbei und fesseln auch Tara.

»Was wollt ihr von uns?«, schreie ich.

»Als Brandstifter werden wir euch zur Rechenschaft ziehen«, beschuldigt mich der Mann hinter mir, der das Seil festzieht. Ich kann einen Schmerzenslaut nicht unterdrücken. Doch statt mich zur Wehr zu setzen, folge ich dem Ruck an meinen Fesseln. Ich habe nichts Falsches getan. Also werden sie mich für nichts zur Rechenschaft ziehen können. Tara trottet ebenfalls folgsam durch das Unterholz.

»Boss, sind Sie sich sicher, dass wir die Richtigen haben?«, wagt es der Mann zu fragen, der Taras Fesseln hält. Vorsichtig hebe ich den Blick. Er hat ein hübsches Gesicht. Eine Narbe zieht sich von seiner linken Augenbraue bis zu seinem rechten Mundwinkel. In meinem Volk sind Narben ein Zeichen von Tapferkeit. Ich selbst besitze welche an Beinen und Armen. Nichts

Weltbewegendes, aber ich trage sie mit Stolz. Sein schwarzes Haar fällt offen bis auf seine Schultern.

Wenn ich es nicht besser wüsste, hätte ich gesagt, dass er einen geliebten Menschen verloren hat. Das ist der einzige Grund, auf den Schmuck in Haaren und am Körper zu verzichten. Aber er entstammt einer anderen Kultur und folgt anderen Regeln.

Ein Ruck an dem Seil um meine Hände lässt mich wieder nach vorn schauen. Wir stehen vor einem Wagen und der Mann, der meine Fesseln hält, bedeutet mir einzusteigen. Noch nie habe ich ein solch seltsames Gefährt gesehen. Doch statt durch eine der Türen zu treten, die geöffnet ist, schubst er mich zur Rückseite. Durch Gitterstäbe kann ich ins Innere blicken, das bis auf eine silbern glänzende Bank leer ist. Ich steige die Stufen hinauf und auch Tara wird zu mir ins Fahrzeug befördert.

Die Türen schließen sich mit einem Knall und schon setzen wir uns in Bewegung.

Solch hohe Geschwindigkeiten bin ich nicht gewohnt. Selbst der Löwe würde mit diesem Gefährt nicht mithalten können. Wir fahren den ganzen Tag, bis die Nacht erneut ihren Schleier über die Welt legt.

»Das sind die Räuber der falschen Sichtweisen«, erklärt Tara mir.

»Und was ist meine Aufgabe?« Wirklich verstanden habe ich diese Prüfung bisher nicht.

»Helfe ihnen, die richtigen zu finden«, ist alles, was Tara mir verrät.

Aber noch weiß ich nicht, aus welchen Gedanken diese Sichtweisen bestehen.

***

Der Wagen hält und wir werden aus dem Inneren des Fahrzeugs gezerrt. Meine Haut muss übersät von blauen Flecken sein, so unbequem war es, auf der Bank auszuharren. Immer wieder wurde ich in Kurven gegen die Gitter gedrückt. Aber überprüfen kann ich die Theorie nicht, denn es ist nach wie vor dunkel um mich herum.

Die Männer führen uns in einen hell beleuchteten Raum und augenblicklich wandert mein Blick zu meinen nackten Oberschenkeln. Die Unterschenkel stecken in Lederharnischen, die mich vor Bissen giftiger Schlangen bewahren sollen. Meine Scham ist von meinem restlichen Unterrock bedeckt. Da ich ihn zerreißen musste, um einen Mundschutz daraus zu basteln, ist nicht mehr viel von ihm übrig.

Wir werden durch eine Tür in einen großen Saal geführt, der so hell strahlt wie der Tag. Noch nie habe ich so etwas Beeindruckendes gesehen. Die Säulen, die die Decke tragen, sind mit Gemälden verziert, die mir Geschichten erzählen. Die große Holztafel in der Mitte des Raums ist gut gedeckt und die an ihr sitzenden Männer langen kräftig zu.

»Wen habt ihr uns da mitgebracht?«, ertönt es vom Kopfende der Tafel. Der Sprechende legt sein Messer nieder und erhebt sich.

»Die Brandstifter, Sir«, antwortet der Kerl, der hinter mir steht. Er präsentiert mich wie eine Jagdtrophäe. Der Mann von der Tafel schlendert auf uns zu. Tara würdigt er keines Blickes. Einen Moment zu lang verharren seine Augen auf meinen nackten Oberschenkeln.

»Brandstifter, soso.« Seine Worte klingen höhnisch. »Ich würde eher sagen, das sind die Diebe des Waldes.«

Ich kann meinen Mund nicht halten. Mit gefasster Stimme antworte ich ihm: »Wir haben den Wald nicht gestohlen. Seit Generationen leben wir im Frieden und Einklang mit der Natur.«

Auf seinem Gesicht breitet sich ein verächtliches Grinsen aus.

»Ich glaube eher, ihr seid der Grund, warum die Regierung es nicht erlaubt, den Wald abzuholzen, weshalb – sagen wir mal manche Leute – sich dazu gezwungen sehen, eiligere Maßnahmen zu ergreifen.« Warum werde ich das Gefühl nicht los, dass die Suche nach den Brandstiftern eine Farce ist?

»Erlaubt mir Sir«, rede ich ihn mit seinem Titel an, um ihn auf der sicheren Seite zu wiegen. »Aber warum sollten wir unser eigenes Dach über dem Kopf abfackeln? Was sollten wir uns davon erhoffen?«

Er fängt an zu lachen. Hämisch dringen die Laute aus seiner Kehle. »Vielleicht, weil ihr dieselben Privilegien wollt wie wir: ein schützendes Haus, statt weiterhin im Dschungel zu leben. Ihr wollt Elektrizität und schnelle Fahrzeuge und Unterhaltung. Ein Leben im Dschungel stelle ich mir ziemlich einsam vor …?«

»Rian, mein Name ist Rian. Tochter des Stammesoberhaupts der Yogykataner. Kriegerin der Welten und Begeherin des Weges der Erlösung.« Meine Stimme klingt nicht erhaben. Ohne jegliche Emotion zähle ich die Titel auf, die mir so viel bedeutet haben, auf die sich mein ganzer Stolz gerichtet hat. Den Stolz, den ich beim Kampf mit dem Löwen abgelegt habe. Jetzt geht es einzig und allein darum, keine Schwäche zu zeigen.

»Sag, Rian«, fährt der Mann fort, »bist du einsam?«

Ich schüttle den Kopf. »Nein, ich habe den Wald zu meinem Freund. Wie könnte ich mich umgeben von ihm einsam fühlen?«

Er nickt verstehend. »Und sehnst du dich nach mehr?«

Wieder schüttle ich den Kopf. »Erlösung ist alles, nach dem ich mich sehne. Ich brauche euer Leben nicht.«

»Und warum fackelst du dann den Wald ab, der uns so viel mehr Geld einbringen würde, wenn wir das Holz gewinnbringend verkaufen könnten?«

Dumm bin ich nicht. Dank Taras Erzählungen antworte ich, ohne mich von ihm bedroht zu fühlen: »Verzeiht, Sir. Ich verstehe nicht ganz. Aber ich dachte es wäre gewinnbringender den Wald niederzubrennen, um schneller ertragreiches Palmöl anzubauen. Oder habe ich da etwas falsch verstanden?«

Diesmal erstirbt sein Lächeln. Seine nächsten Worte richtet er nicht an mich, sondern an den Mann, der noch immer meine Fesseln hält. »Bringt sie auf ihr Zimmer.«

Tara und ich werden fortgebracht. Noch immer verspüre ich keine Angst. Wir betreten einen Raum, dessen Wände mit prunkvollen Teppichen geschmückt ist. Ein breites Bett steht in der Mitte, und eine Waschschüssel hängt an einer Säule. Ihr gegenüber befindet sich ein großes Regal mit Büchern. Da ich nur der Sprache des Dschungels mächtig bin, werde ich sie nicht lesen können.

Meine Fesseln werden gelöst und der Mann lässt mich mit Tara und ihrem Wächter allein. Auch ihr werden die Seile abgenommen. Als die Tür sich schließt und ein Riegel vorgeschoben wird, weiß ich, dass wir keine Gäste sind.

Der Mann mit den schwarzen Haaren und den feinen Gesichtszügen beginnt zu sprechen: »Er wird euch verkaufen. Ihm ist klar, dass ihm niemand glauben wird, dass ihr die Brände gelegt habt. Doch er ist zu gierig, um euch einfach wieder gehen zu lassen. Ich werde versuchen, euch zu helfen, kann aber nichts versprechen. Gebt mir den Tag über Zeit. Ihr hört von mir.«

Dann marschiert er zur Tür. Nach einem Klopfen seinerseits, werden die Riegel vorgeschoben, und er ist verschwunden.

Tara beginnt endlich wieder zu sprechen. Seit unserer Entführung hat sie nichts mehr gesagt. »Nun befinden wir uns im Gefängnis von Geiz und Gier.«

»Wer sind diese Menschen, Tara?«, frage ich.

»Sie sind aus dem Westen. Gekommen, um Reichtum zu erlangen.«

»Aber ich habe meine Aufgabe nicht erfüllt.« Verzweiflung droht mich zu übermannen und ich lasse mich auf das federweiche Bett sinken. Es fühlt sich warm und geborgen an. »Ich konnte ihre Sichtweise nicht ändern.«

Tara schüttelt den Kopf. »Nicht im Moment. Du hast den Samen gestreut. Den Samen der Zweifel. Er wird nicht jetzt damit aufhören, die Brände zu legen. Aber er wird begreifen, eines Tages.«

»Dann ist es vielleicht zu spät!«, rufe ich aus. Tara setzt sich zu mir aufs Bett. »Schlaf, Rian. Wir haben eine anstrengende Reise hinter uns.«

Ich bin mir nicht sicher, ob sie damit den physisch zurückgelegten Weg meint oder die Reise zu mir selbst.

***

Das Essen ist großartig. Und das Zimmer hat eine angenehme Temperatur. Auch wenn ich die Bücher im Regal nicht lesen kann, bin ich fasziniert von der Kunst, mit der sie gestaltet sind. Sonst besteht der Raum trotz seiner Schlichtheit aus purer Eleganz. Die Schnitzereien im Holz verleihen den Möbeln eine edle Note. In einer der Schubladen finde ich Schmuck.

Glänzende Perlen und geschliffene Steine. Schmuck, den man sich nicht verdienen muss. Der einen hübsch macht, ohne dafür zu arbeiten.

Sie bringen uns neue Kleider. Keine praktischen, wie ich sie gewohnt bin. Der Rock reicht bis auf den Boden und fließt angenehm um meine Knöchel. Das schlichte Weiß ist mit Stickereien verziert. Tara erhält ein grünes Kleid, was ihre Haare zusätzlich zum Leuchten bringt. Die grüne Tara, so nenne ich sie.

Als es Abend wird, schiebt sich der Riegel an unserer Tür abermals nach hinten. Der junge Mann tritt ein. Mir gefällt sein Anblick. Fast würde ich mir wünschen, Tara wäre nicht im Raum. Zu gern hätte ich Zeit mit ihm alleine verbracht. Schnell verwerfe ich diesen Gedanken der Begierde. Wir müssen hier raus.

»Ich konnte euch leider keine praktischere Kleidung besorgen, aber hier habe ich etwas Proviant für den kommenden Tag«, entschuldigt er sich. Er reicht mir ein Bündel und unsere Hände streifen sich für einen Moment. Ein Kribbeln zieht sich meinen Arm hinauf.

»Ich danke dir. Für alles«, bringe ich hervor. Warum wird mir nur so warm ums Herz?

»Wir befinden uns im ersten Stock. Das Fenster ist nicht verschlossen. Ich habe ein Seil, an dem können wir hinunterklettern.«

»Wir?«, frage ich zögernd.

Er nickt. »Ja, ich komme mit euch. Zumindest raus aus diesem Lager. Ich weiß, dass er selbst die Brände legt, um mehr Profit daraus zu schlagen. Aber erst deine Worte gestern in der Halle haben mir vor Augen geführt, dass es auch andere Wege gibt, mit der Natur im Einklang zu leben. Ich werde das Lager verlassen und mir anderswo eine Arbeit suchen. Und jetzt kommt.«

Er bindet das Seil um das Gestell des Bettes. Dann prüft er, ob es hält, indem er sich mit seinem gesamten Gewicht dagegen lehnt.

Tara klettert zuerst durchs Fenster. Sie ist so flink, dass ich mich frage, warum sie auf das Seil gewartet hat. Sie wäre ohne Weiteres alleine entkommen. Irgendwie werde ich das Gefühl nicht los, dass sie nur meinetwegen hier ist.

Dann bin ich an der Reihe. Unser Retter reicht mir seine Hand, um mir den Ausstieg aus dem Fenster zu erleichtern. Hilflos schwinge ich hin und her, bis meine Füße Halt an der Mauer finden. Langsam lasse ich mich nach unten gleiten. Als ich das Seil loslasse, folgt er mir, ebenfalls ein Päckchen mit Proviant geschultert.

Ohne uns abgestimmt zu haben, rennen wir los. Raus aus dem Lichtkegel des taghellen Hauses, rein in die Geborgenheit des Waldes. Es beginnt zu regnen und unsere Spuren verwischen, doch in der Dunkelheit kommen wir nur langsam voran. Irgendwann beschließen wir, dass es für den Moment genug ist. Wir müssen warten, bis das Licht des Tages uns den Weg weist.

Mit dem Regen kommt die Kälte. Wir sitzen eng beisammen, um nicht zu frieren. Ich spüre seine Wärme mit jeder Faser meines Körpers und beginne mich zu sehnen. Nach dem Klang seiner Stimme, seiner Nähe und seinem Anblick. Ich kann seinen Blick auf mir spüren. Zu gern hätte ich ihn geküsst. Es wäre nicht mein erster Kuss. Aber ich denke an unsere Situation, und dass wir morgen getrennte Wege gehen werden. Und daher wage ich es nicht.

**

Das Licht bricht sich in den Regentropfen, die auf den Blättern zum Liegen gekommen sind. Wie kleine Nebelwölkchen steigen sie in den Himmel auf, um der typischen Trockenheit Platz zu machen. Mein Kopf ist auf Taras Schulter gesackt. Ich bin froh, dass es ihre ist und nicht die des mir noch immer unbekannten Mannes.

Zu dritt teilen wir uns unser Proviantpäckchen. Tara und ich wissen von den Gaben der Natur zu leben. Deshalb lassen wir dem Mann seines. Er benötigt es dringender.

»Unsere Wege trennen sich hier«, sagt er zögernd, während er sich die noch feuchten Haare aus dem Gesicht streicht.

»Es scheint so.« Ich weiß nicht, auf was ich warte.

Vielleicht darauf, dass er mich bittet mit uns kommen zu dürfen? Aber warum sollte er all die Annehmlichkeiten aufgeben, um im gefährlichen Dschungel zu leben? Ich bin hier aufgewachsen und die Gefahr ist nur so lange eine Gefahr, wie man sie nicht kennt. Und ich kenne sie alle. Ich weiß, dass der Urwald mir nichts anhaben kann.

Als er weiterhin schweigt, ergreife ich seine Hände. »Ich danke dir für deine Hilfe.«

Um meine Worte zu unterstreichen, halte ich den Kopf gesenkt. Dann schaue ich ihm in seine braunen Augen. Die Narbe finde ich so faszinierend wie zuvor.

Mit einem Lächeln auf dem Gesicht trennt er sich von mir.

»Es war mir eine Freude, Rian, Mädchen aus dem Dschungel.« Dann wendet er sich ab und folgt dem Licht.

Tara steht hinter mir und lächelt. »Eine letzte Aufgabe liegt noch vor dir.«

»Eine letzte?«, frage ich verwirrt. Ich dachte es seien zwei übrig.

»Du hast der Flut von Begierde und Anhaftung wiederstanden«, erklärt sie mir.

Ich sehe zu der Stelle, an der ich den Mann ohne Namen ein letztes Mal gesehen habe. Hätte ich mit ihm gehen sollen? Warum habe ich nur erwartet, dass er mit mir kommen würde? Er hat ein viel leichteres Leben als ich.

Taras Hand legt sich zwischen meine Schulterblätter. Ihre Stimme ist mehr in meinem Kopf, als dass ich sie neben mir vernehme. Als wäre sie nie wirklich da gewesen, sondern nur ein stiller Begleiter. Ich blicke mich um und bin allein. Nur ihr Flüstern in meinen Gedanken dient als Erinnerung, dass sie Wirklichkeit gewesen ist.

»Jetzt musst du nur noch die Dämonen der Zweifel besiegen.«

Zu der Autorin:

Als Weltenwandlerin bekannt, reist April Wynter nicht nur durch unsere fünf Kontinente, sondern erweckt mit ihren Büchern neue Welten zum Leben. In ihren Geschichten verarbeitet sie die Eindrücke und Erfahrungen ihrer Reisen und beschäftigt sich besonders mit den Fragestellungen der Generation Y. Wenn sie nicht gerade auf Weltreise ist, lebt sie in der einzigen Stadt, die zwischen Rhein und Mosel liegt, verbringt ihre Freizeit mit Tieren auf dem Bauernhof oder verliert sich in einer der unzähligen Bücherwelten.

Webseite: april-wynter.de
Instagram: april.wynter
Facebook: AprilWynter.Autorin

Lektorat: Lara Andrea Habegger; Korrektorat: Cara Kolb;
Illustration: Alina Sawallisch

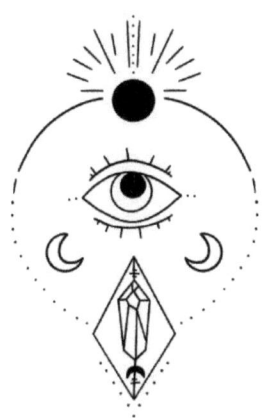

EINE NEUE ÄRA

Anne Zandt

Langsam legte Angus die Spielkarte auf den Tisch. Die anderen Spieler um ihn herum kommentierten dies mit Schnauben und Knurren. Einer von ihnen warf seine eigenen Karten weg. »Du schummelst!«, rief dieser und zeigte mit dem Finger auf Angus, der daraufhin seine linke Hand übers Herz legte.

»An so etwas würde ich nie denken, Horrace!«, proklamierte er theatralisch.

»Du schummelst, Broda! Und jeder hier weiß es!« Horrace zeigte mit zitterndem Finger auf die anderen in der Runde, die sogleich mit Nicken und Worten zustimmten.

»Wie sollte ich schummeln? Ich kann keine Karten in meinem Ärmel verstecken.« Angus schüttelte demonstrativ den Arm und damit den lockeren Ärmel.

»Ich weiß es nicht!«, schrie Horrace so energisch, dass ihm dabei seine falschen Zähne fast aus dem Mund fielen. Vorsichtig steckte er sie wieder zurück, bevor er weiterhetzte: »Ich weiß nicht, wie du das machst! Aber ich weiß verdammt gut, dass du ein verdammter Betrüger bist, Angus Broda!«

Angus kicherte darüber. »Du kannst es nicht beweisen, also beschuldige mich nicht!«

»Ich habe genug von deinem Spott.« Damit stand Horrace auf und stützte sich schwer auf seinen Gehstock.

Die übrigen Spieler taten es ihm nach. Einige verabschiedeten sich mit einem Achselzucken, andere drehten sich einfach weg. Für Angus spielte das keine Rolle. Diese Spiele waren schließlich nur eine Ablenkung. Dennoch ließ er für einen Moment seine gut gelaunte Fassade fallen, nachdem all seine Spielkameraden ihm den Rücken zugewandt hatten.

Billige Kartentricks waren alles, wozu er noch in der Lage war. Früher konnte er seinen Körper in jede gewünschte Form bringen und erschuf die kompliziertesten Verhexungen und Illusionen. Heute saß er in diesem alten, schwachen und, was am schlimmsten war, menschlichen Körper fest.

Wer die glorreiche Idee gehabt hatte, ihn in diesem Altenheim abzusetzen, würde beim nächsten Besuch dafür bezahlen. Zumindest, wenn ihm einfiel, wer es gewesen war.

Eine Karte nach der anderen schnippte er aus seiner Hand auf den Tisch und beobachtete die kleinen Funken dabei, wie sie die Bilder auf ihre tatsächlichen Werte und Farben zurückverwandelten. Es war nicht fair. Er hasste es. Er hasste jede Sekunde, die er mit diesen verwesenden Sterblichen verbringen musste, die so weit unter ihm standen. Zumindest sagte ihm das die kleine Stimme in seinem Hinterkopf.

Wütend pfefferte er eine der Karten mit so viel Kraft über den Tisch, dass sie auf dem Plüschboden landete. Mit einem Stöhnen stand er auf und lief um den Tisch herum, um sie wieder aufzuheben. Das Altenheim war zum größten Teil kaum dekoriert oder mit unnötigen Möbeln ausgestattet. Nur der Besucherbereich und das Spielzimmer waren anders.

Die hellen Wände waren übersät mit Zeichnungen von ehemaligen und aktuellen Bewohnern. Angus schmunzelte, als sein Blick auf jene definitiv nicht jugendfreie Zeichnung fiel, die er ersetzt hatte. Immer, wenn jemand sie abnahm, tauchte sie einfach wieder an der Wand auf. Er kicherte vor sich hin und setzte sich wieder. Gäbe es das Spielzimmer nicht, würden all diese Vollpfosten nur in die Ferne starren, ohne etwas zu sehen. Es war erbärmlich. Und doch tat er selbst genau das gelegentlich.

***

Vor einem der großen Fenster an der Südseite des Spielzimmers stehend, blickte Angus auf den Rasen, der das Gebäude umgab. In seinen ersten Monaten, vor ach so langer Zeit, hatte er wiederholt versucht zu fliehen.

Einer der Pfleger hatte ihn allerdings immer wieder gefunden und zurückgebracht. Es war zwecklos. Nach mehreren Versuchen hatte er sich mit seinem Schicksal abgefunden. Er würde hier mit den anderen verwelken, auch wenn es für ihn länger dauern würde.

Wie er bald herausfand, hatten viele dieser alten Narren Angst vor dem Tod. Er nicht. Entweder hörte er auf zu existieren oder kehrte nach Hause zurück. Was auch immer das bedeutete oder wo auch immer das war. Er wusste nur, dass er es tun würde. Im Gegensatz zu früher war sein Gedächtnis manchmal nicht das beste. In einer blassen Erinnerung hielt er die Fäden in der Hand und kannte jedes kleinste Detail über alle erdenklichen Machenschaften. Und jetzt? Jetzt erinnerte er sich kaum noch daran, was er zum Frühstück hatte, was bei dem Fraß, den sie ihm vorsetzten, nicht verwunderlich war.

Irgendwo in seinem Hinterkopf erinnerte Angus sich an üppige Feste, aber es war neblig und weit weg.

Er seufzte, als er sich umdrehte, um sich an seinen Tisch zu setzen. Einmal hatte er die Weihnachtsfeier aufgepeppt. Mit Hilfe mehrerer Pfleger hatte er ein paar Flaschen Met bestellt, und am Tag der Feier dann den alkoholfreien Punsch gegen den Honigwein ausgetauscht. Oh, was war das für ein Gelage gewesen. Die Bewohner hatten wie kleine Kinder gekichert, während sich alle fragten, wie es dazu gekommen war.

***

Auch an diesem Nachmittag waren die anderen Bewohner in ihre übliche Lethargie verfallen. Selbst wenn er sie fragte, würden sie sich eine Zeit lang nicht zu ihm gesellen, da sie immer noch sauer über ihre wiederholte Niederlage waren. Angus spielte daher allein mit seinen Karten. Innerlich war er sich sicher, dass das Spiel einen Namen und Regeln hatte, aber er konnte sie nicht fassen.

Verärgert warf er eine weitere Karte auf einen Stapel und schnaubte. Diese Unwissenheit war frustrierend und er musste herausfinden, wie er es rückgängig machen konnte. Er wusste, dass er es konnte. Er wusste, dass er tief im Inneren brillant darin gewesen war, Dinge herauszufinden.

Als er eine weitere Karte wegwarf, legte sich eine Hand sanft auf seine Schulter. Langsam drehte er seinen Kopf, um zu sehen, wer ihn störte. Seine Augen landeten auf Yasmin. Eine der klügeren Bewohnerinnen, immer bereit für einen guten Scherz oder etwas Klatsch.

Doch heute waren ihre dunklen Augen traurig, keine Spur von dem schelmischen Schimmer, den er sonst so an ihr bewunderte.

»Angus, hast du einen Moment Zeit?«, fragte sie, ihre Stimme zitterte.

Einen kurzen Moment überlegte er, dann winkte er mit der Hand zu einem der leeren Stühle an seinem Tisch.

»Nein, nicht hier«, lehnte sie ab, ein Hauch von Verschwörung in ihrem Ton.

Angus nickte, sammelte sein Deck zusammen und bat sie, ihm den Weg zu zeigen.

Die beiden gingen langsam. Viel zu langsam für Angus' Geschmack, nur, dass er selbst nicht schneller gehen konnte, so sehr er auch wollte. Als sie Yasmins Zimmer erreichten, setzte sie sich mit einem schweren Seufzer auf ihr ordentlich gemachtes Bett, während er sich in den Besuchersessel fallen ließ.

»Ich muss dich um einen Gefallen bitten. Ich hoffe sehr, dass ich mich nicht völlig irre und du mir tatsächlich helfen kannst.« Yasmin knetete nervös ihre Hände.

»Der wäre?«, hörte Angus sich fragen, in einem für ihn ungewöhnlich weichem Ton.

»Ich habe gesehen, was du mit deinen Karten machen kannst. Du lässt sie aussehen wie etwas, das sie nicht sind«, erklärte Yasmin und zeigte auf das Spiel, das er in die Brusttasche seiner Strickjacke gestopft hatte. Noch bevor er die Chance hatte, es zu leugnen, hielt sie ihre Hand hoch und schüttelte den Kopf. »Lüg mich nicht an. Die anderen mögen vielleicht Narren sein, aber ich weiß, was ich gesehen habe. Du achtest nicht immer darauf, dass dich niemand beobachtet, wenn du deine kleinen Tricks übst.«

Angus starrte auf seine Hände. War er wirklich so unvorsichtig gewesen?

»Keine Sorge, ich werde es ihnen nicht verraten, aber im Gegenzug musst du mir diesen Gefallen tun.«

Er nickte, wenn auch widerwillig.

»Ich möchte, dass du das, was du mit deinen Karten machst, mit meiner Haut tust.« Sie schob langsam und mit schmerzverzerrtem Gesicht den Ärmel ihrer Jacke hoch und enthüllte damit einen roten Ausschlag auf ihrem Unterarm, der selbst im Kontrast zu ihrer dunklen Haut deutlich sichtbar war.

»Ich möchte, dass es nicht so schlimm aussieht, wenn meine Familie zu Besuch kommt. Sie sollen keine Angst haben. Ich bin nicht ängstlich. Ich bin alt, die Ärzte können nichts dagegen tun, aber mit deinem, was auch immer es ist«, sie winkte kurz mit der Hand, »bin ich sicher, dass ich sie davon überzeugen kann, dass es mir gut geht. Nur noch ein bisschen länger. Sie sollen sich keine Sorgen um mich machen.«

Yasmin hielt inne und schaute traurig auf ihren zerfurchten Arm, ihre Finger tasteten sacht über den Ausschlag. »Kannst du das tun? Kannst du ihn nur für ein paar Stunden verschwinden lassen?« Die Angst und Hoffnung in ihren Augen, als sie zu ihm aufblickte, waren unerträglich.

So schnell es seine alten Glieder zuließen, stand Angus auf und beugte sich zu ihr hinunter. Vorsichtig nahm er ihren Unterarm in seine rechte Hand, um dann gemächlich seine Linke über die Wunde gleiten zu lassen, ohne sie zu berühren. Kleine Funken tanzten dabei über die Haut. Es dauerte länger als bei seinen

Karten, aber bald verblasste das Rot in den dunklen Ton des restlichen Arms.

»Es wäre mir eine Ehre.« Angus schaute in Yasmins Gesicht und ließ sie die Illusion sehen. Sie hatte Tränen in den Augen, als sie ihren Dank murmelte.

***

Sie hielten die Scharade ein paar Wochen aufrecht, bevor Yasmin die Frage stellte, die er befürchtet hatte: »Wer bist du wirklich, Angus Broda?«

Sie saßen in der Nähe der breiten Fenster und schauten auf den frisch gefallenen Schnee. Er seufzte und senkte den Blick auf seine Hände in seinem Schoß. Wie sollte er das erklären? »Ich ...«, fing er an und hörte auf, weil er wusste, wie verrückt er sich anhören würde. »Ich weiß es nicht«, sagte er und wagte nicht, ihr in die Augen zu blicken.

»Du weißt es nicht?«

Langsam schüttelte er den Kopf. »Ich weiß, dass ich mächtig war. Ich weiß, dass ich wichtig war. Doch ich erinnere mich nicht einmal an meinen richtigen Namen.«

»Es tut mir leid, das zu hören.« Zitternd stand Yasmin von ihrem Stuhl auf und ging in kleinen Schritten auf ihn zu. Er beobachtete sie verwirrt, als sie seine Hände in ihre hageren nahm.

»Ich bin jedenfalls absolut sicher, dass, wer auch immer du warst, du zu den Guten gehörst«, versicherte sie ihm.

Ihre Worte waren gerade verklungen, als ein lautes »BRODA!« durch den Raum hallte.

»Wenn auch ein wenig schelmisch«, fügte Yasmin mit einem Grinsen hinzu, das ihre vielen Lachfalten betonte, als sie von ihm zu dem sich nähernden Horrace blickte.

Angus erwiderte die Geste, schulte jedoch sein Gesicht, bevor er selbst aufstand, um dem anderen gegenüberzutreten.

»Wasch schum Teufel hascht du mit meinen Schänen gemascht?!«, knurrte Horrace und schob ihnen sein Gebiss entgegen. Die Zähne waren nicht mehr weiß, sondern hatten ein sehr ausgeprägtes Blau angenommen, während der Gaumenbogen grünlich schimmerte.

»Verzeihung, was hast du gesagt?« fragte Angus und bemühte sich, das Grinsen in seiner Stimme und seinen Gesichtszügen zu unterdrücken.

Stattdessen bellte Horrace: »Oh, du verschtescht misch gansch genau!«

»Vielleicht solltest du die Zähne einsetzen, dann fällt das Sprechen leichter.« Hinter ihm kicherte Yasmin, und immer mehr Bewohner kamen, um zu sehen, was los war.

»Herr Schuhmacher, bitte beruhigen Sie sich! Wir werden Ihre Zähne reparieren lassen. Ich bin sicher, dass Herr Broda nichts damit zu tun hat«, schaltete sich einer der Pfleger ein, bevor Horrace Angus die Zähne ins Gesicht werfen konnte.

»Schie schind auf scheiner Scheite! Ihr scheid alle auf scheiner verdammten Scheite!« schrie Horrace und fuchtelte wild mit den Armen, als der Pfleger ihn wegführte.

»Alsooo, hast du es getan?«, fragte Yasmin, als sie außer Hörweite waren.

»So etwas würde ich nie tun«, behauptete Angus und legte empört die Hand über sein Herz.

»Die Dinge, die du mir zutraust, meine Liebe.« Er lachte und streckte seinen Arm aus, um sie zurück zu ihrem Stuhl zu führen.

***

Als Yasmins Familie das nächste Mal zu Besuch kam, erregte etwas, das ihr Enkel sagte, Angus' Aufmerksamkeit. Angus stand von seinem Tisch auf und ging zu ihnen hinüber, während der Junge noch begeistert von etwas sprach und mit den Armen gestikulierte. »Und dann stand er einfach nur da, die Arme weit geöffnet und dieser andere Kerl lief in ihn hinein, nur um durch ihn hindurch zu rennen!«

»Oje!«, kommentierte Yasmin lachend.

»Oh, Angus! Brauchst du etwas?«, fragte sie, als sie ihn bemerkte.

Der Junge schaute neugierig und enttäuscht zugleich zu ihm hoch.

»Ich – ähm – worüber hast du gesprochen?«, fragte Angus, nicht ganz sicher, was ihn zu den beiden hingezogen hatte.

»Den *Avengers*-Film, haben Sie schon mal davon gehört?«

»Ich – nein – ich weiß nicht, was das ist«, antwortete Angus dem Jungen, dessen Augen sogleich aufleuchteten.

Mit einem tiefen Atemzug stürzte er sich in eine langatmige Erklärung, sehr zur Belustigung seiner Großmutter.

***

Die Worte des Jungen ließen ihn nicht mehr los, aber er konnte nicht sagen, warum es sich vertraut und doch fremd anhörte. Aus irgendeinem Grund, an den sich Angus nicht erinnern konnte, klang es falsch, alles davon. Aus Tagen wurden Wochen, während er darüber sinnierte, bevor er schließlich seine Gedanken zu Papier brachte.

Im Spielzimmer lag es zum Glück stapelweise zur freien Verfügung aus. Ihm schien es sinnvoller, sie für seine Schriften zu verwenden, als eine weitere Strichmännchen-Zeichnung an der Wand zu sehen. Überall über die Seiten verteilt, versah er seine Erkenntnisse mit Fragezeichen und Ausrufezeichen. Dennoch war er dem Verständnis der Bedeutung des Ganzen keinen Schritt näher gekommen.

Bei einem seiner nächsten Besuche kam Yasmins Enkel zu Angus an den Tisch. Seine Augen glänzten vor Aufregung, als er ein Comicbuch auf die Karten legte, die wieder den Tisch bedeckten.

»Hier, das sind die Typen, von denen ich Ihnen erzählt habe!« Yasmins Enkel blätterte durch das kurze Comicheft und deutete auf die Bilder, während er einen Teil seiner Erklärungen vom letzten Mal wiederholte.

»Jacky, was machst du da?« Eine junge Frau trat hinter den Jungen und legte ihre Hand auf seine Schulter. »Hat er Sie belästigt?« Ihr Ausdruck war freundlich und entschuldigend, als sie ihre Aufmerksamkeit auf Angus richtete.

»Ganz und gar nicht, Ihr Bruder – nehme ich an – hat mich nur über diese Figuren, nach denen ich ihn neulich fragte, aufgeklärt.«

Die Frau kicherte und hielt sich die Hand vor den Mund. Immerhin sein Charme war ihm geblieben. »Mein Sohn«, stellte sie klar, während sie die kurzen Locken des Jungen zerzauste, »neigt dazu, sich über seine Lieblinge auszulassen, also danke, dass Sie nachsichtig mit ihm sind.«

»Es ist mir ein Vergnügen, aber ich muss sagen, diese Geschichten klingen ... vertraut.« Angus hielt sein Gesicht freundlich, auch wenn er innerlich schimpfen wollte.

»Haben Sie die Comics gelesen, als Sie jünger waren?« Jacky ergriff die Chance, das Thema erneut zu wechseln.

»Das glaube ich nicht«, gab Angus nachdenklich zu.

»Vielleicht kennen Sie die mythologische Vorlage der Charaktere?«, schlug die Mutter des Jungen vor.

»Mythologische Vorlage?« Das klang interessant.

»Ja, so wie ich es verstanden habe, haben mindestens die beiden«, sie zeigte auf den Mann mit dem gehörnten Helm und den Mann mit dem sperrigen Hammer, die sich auf der gerade aufgeschlagenen Seite gegenüberstanden, »ihre Wurzeln in der nordischen Mythologie. Auch wenn die Sichtweise der Comics ganz anders ist.«

»Nordisch?« Irgendwie fühlte sich das Wort richtig an.

»Überwiegend Skandinavien, wenn ich mich nicht irre«, stellte sie klar. Mit einem Brummen bestätigte Angus dies und sie verabschiedeten sich, um zu Yasmin zu gehen.

Es dauerte nicht lange, bis er eine neue Idee hatte, wo er nach weiteren Informationen suchen konnte. Also fragte er einen der Pfleger, der ihre kreativen Bemühungen unterstützte, ob er ihm ein Buch über das Thema bringen könnte. Auf seinem Bett sitzend, begann er zu lesen und hörte erst am nächsten Tag auf, als er fertig war.

Zwar waren mehrmals Pfleger gekommen, um ihn aus seinem Zimmer zu holen, aber da er sie jedes Mal ignoriert hatte, gaben sie irgendwann auf. Sie wussten, dass er sich nicht fügen würde. Er war wie besessen, las das Buch direkt ein zweites Mal. Dann verglich Angus seine Notizen zum Comic mit dem, was er nun wusste. Die Informationen waren anders, und doch fühlten sie sich unendlich richtiger an.

Von da an nahm er das Buch überall hin mit und las sogar, während er durch die Flure des Altenheims wanderte. Je mehr er las, desto mehr sah er sich selbst in einem Charakter des Buches. Oh, wie sehr er sich wünschte, dass all diese alten Geschichten nicht nur das wären: Geschichten.

Oh, wie sehr er sich wünschte, dass er tatsächlich an der Seite der Bewohner der Unterwelt in einen so allumfassenden Krieg ziehen könnte, der alle Existenz zerstören würde. Oder wäre er zumindest an einen Stein gebunden, wenn auch mit den Eingeweiden seiner nichtexistierenden Kinder, und dem Gift, das unerbittlich auf seinen nackten Körper tropfte. Alles war besser als dieser Ort.

Während einer seiner Wanderungen rief Yasmin nach ihm. Er senkte das Buch und schaute zu ihr hinunter. Sie saß auf ihrem Stuhl im Spielzimmer und blickte erwartungsvoll zu ihm hoch.

»Mein Enkel hat gefragt, ob du dir den Film mit ihm angucken möchtest«, erzählte Yasmin zur Begrüßung.

»Welchen Film?« Angus war noch zu sehr in seiner Lektüre vertieft, um ihr folgen zu können.

»Den mit den Superhelden. Ich hab schon wieder vergessen, wie der heißt. Tut mir leid«, versuchte sie zu erklären und schüttelte dann den Kopf.

»Oh.« Für einen Moment überlegte er, dann stimmte er zu. Die Chance war zu gut, um sie zu verpassen.

***

Der Filmnachmittag war eine Woche später. Sie alle fanden sich in Yasmins Zimmer ein. Yasmins Tochter, Cynthia, hatte die Pfleger überredet, den Gemeinschaftsfernseher auf dem klapprigen Tisch her zu rollen. Ihr Sohn hatte einen Film mitgebracht, der sich mehr mit den Charakteren befasste als der, von dem er erzählt hatte. Angus setzte sich gemütlich neben Yasmin aufs Bett, die langen Beine ausgestreckt.

»Liegst du bequem, Mama? Brauchst du noch irgendwas?«, fragte Cynthia und Angus konnte die Sorge in ihrer Stimme hören. Yasmin hatte ihrer Tochter vor einigen Wochen den Ausschlag gestanden, seither kamen die beiden noch häufiger als sonst zu Besuch.

»Jaaaa, alles ist gut, mein Schatz«, beschwichtigte Yasmin und zog die Tagesdecke ein Stück weiter hoch.

Sogleich kam ihre Tochter ihr zur Hilfe und deckte sie unter lauten Protesten und Klapsen auf die Hände zu. Der Anblick wärmte Angus innerlich, ließ ihn jedoch auch erzittern. Wieder einmal fragte er sich, warum niemand ihn besuchen kam. Hatten sie ihn vergessen, so wie er sie?

»Alle bereit?«, verkündete Jacky, die Fernbedienung hoch erhoben. Als alle ihre Zustimmung gegeben hatten, hüpfte er aufs Bett und kuschelte sich an seine Großmutter. Angus grinste Yasmin über den Kopf ihres Enkels hinweg an und erntete ein Augenrollen dafür.

Der Film war grauenhaft. Anders konnte Angus ihn nicht beschreiben. Je mehr er sah, desto mehr konnte er seinen Augen nicht trauen. Diese Hampelmänner sollten die gleichen sein, von denen er in der *Edda* gelesen hatte? Lächerlich! Es fiel ihm schwer, seinen Unmut nicht zu zeigen, erzählte Jacky doch enthusiastisch, wie es mit der Geschichte weiterging.

»Liebling, magst du uns etwas zu trinken holen?«, unterbrach Yasmin die Erzählflut ihres Enkels.

Mit einem »Klar, Omi!« verschwand er sogleich.

»Ich bin mal kurz um die Ecke«, meinte Cynthia mit einem vielsagenden Blick an ihre Mutter gerichtet und Angus ahnte, dass dies nur ein Vorwand war.

Er seufzte. Natürlich hatte sie seinen inneren Tumult bemerkt.

»Was ist los?«, fragte Yasmin und nahm vorsichtig seine Hand.

»Ich weiß es nicht.« Angus schüttelte den Kopf, einige Strähnen fielen ihm dabei ins Gesicht. »Es fühlt sich einfach alles falsch an.« Den Blick nach unten gerichtet, spürte er die sanfte Berührung, als Yasmins knochige Finger durch sein Haar fuhren.

»Du siehst anders aus«, verkündete sie verwundert.

»Tue ich das?« Verwirrt sah Angus erst zu ihr, dann an sich herab, um zu erkennen, was sie meinte, aber ohne Erfolg. Er fühlte sich jedoch ein wenig anders, irgendwie stärker.

»Hast du sie gefärbt?«, fragte Yasmin und er sah, wie sie eine Strähne zwischen den Fingern rieb.

»Meine Haare? Nein?«

»Sie sind blond, nur ein bisschen, aber blond. Du hattest weißes Haar«, eröffnete sie geradeheraus und ließ die Haare noch einmal durch ihre Finger rinnen. Angus richtete sich auf und nahm eine Strähne seines schulterlangen Haares, um es selbst zu betrachten. Es war tatsächlich blond. Wie seltsam.

***

Monate waren vergangen, seit er den Namen zum ersten Mal gehört hatte, inzwischen war er sein ständiger Begleiter. Jede wache Minute riefen ihn verschiedene Stimmen in seinem Kopf.

Eines Morgens, noch im Halbschlaf, war der Chorus so unerträglich, dass er durch sein ganzes Sein erklang und ihn bis ins Innerste erschütterte.

Mit weit geöffneten Augen starrte er auf die leere Decke seines kargen Zimmers. Er setzte sich auf, die Decke glitt zu seinen Hüften hinunter, während er versuchte, tief durchzuatmen und seinen Geist zu entspannen.

Er öffnete und schloss seine Hände, in denen die Energie zwischen den Fingerspitzen blitzte. Zum ersten Mal seit Jahrzehnten, vermutlich eher Jahrhunderten, fühlte er sich nicht schwach. Stattdessen fühlte er sich mächtig. Ohne einen weiteren Gedanken zu verschwenden, schob er die Decke beiseite und verließ das Bett, um den Schrank mit dem großen Spiegel an der Innenseite der Tür zu öffnen.

Das Spiegelbild, das auf ihn zurückblickte, war nicht mehr der schwache alte Mann. Nein, hier stand ein junger Bursche mit wellenden blonden Haaren und stechenden Augen. Er wusste, dass er so aussehen sollte. Das war er. Das war richtig. Er lachte über die Reflektion mit dem übergroßen Pyjama, der verzweifelt an seiner viel schlankeren Statur hing. Seine Stimme war voller Leben, nicht wie das hohle Krächzen, das er noch vor wenigen Tagen von sich gegeben hatte.

Endlich waren die Erinnerungen, die er so verzweifelt gesucht hatte, zu ihm zurückgekehrt. Verdammt sei das Christentum und das Beharren seiner Anhänger darauf, dass alles, was über die alten Religionen gelehrt wurde, nur ein Schwindel sei, unbedeutend in Anbetracht ihres *einen Gottes*.

Die wenigen Heiden, die noch übrig waren, und diejenigen, die zum alten Glauben zurückgekehrt waren, konnten nicht verhindern, dass seine Kräfte schwanden. Am Ende hatte ihn das schwach und verwundbar gemacht. Vor allem, da immer mehr Menschen behaupteten, dass er nicht einmal Teil des Pantheons war. Dass er als nachträglicher Einfall und als eine Variante des christlichen Teufels hinzugefügt worden war.

Ha! Er, ein Teufel? Nein, er war ein Gott! Zumindest war er das gewesen. Jetzt, wo durch diese dummen Comics und Filme anscheinend der Glaube an ihn zurückkehrte, wurde seine Kraft wiederhergestellt. Machte ihn das wieder zu einem Gott? Diese neue Version von ihm, die über die Bildschirme flimmerte, war nicht wie er. Nicht einmal dessen Verstand war dem seinen ebenbürtig. Was machte diese neue Entwicklung nun aus ihm?

Er nahm sich die Zeit, dieses andere Leben abzuschälen. Das Leben, in das er sich selbst versetzt hatte, wie er mit einem Glucksen feststellte. Schwach und verwundbar suchte er an diesem Ort Zuflucht, weit weg von seinen Feinden.

Ein stechender Schmerz durchzuckte ihn bei dem Gedanken, dass niemand nach ihm gesucht hatte. Hatten ihn alle vergessen oder waren sie genauso schwach gewesen?

Ohne darüber nachzudenken, erschuf er ein dunkelrotes Leinenhemd und zog es an. Mit einem schwarzen Ledergürtel band er es um seine Taille fest. Abschließend schlüpfte er in eine lockere schwarze Hose. Die Schlappen weggetreten, tauchten an seinen Füßen bequeme Schuhe auf. Als letzte Ergänzung band er sein widerspenstiges Haar im Nacken zusammen. Mit einem breiten Lächeln auf den Lippen schloss er den Schrank.

Es war noch früh, so dass ihn niemand auf dem Flur sehen würde. Nicht, dass es jetzt darauf ankäme, denn er könnte sich einfach unsichtbar machen. Oh, wie sehr er das vermisst hatte. Dank seiner wiedergewonnenen Kraft erreichte er Yasmins

Zimmer im Nu. Er klopfte laut und trat langsam ein, um sie nicht zu erschrecken.

»Yasmin, ich wünsche dir den besten aller Morgen«, begrüßte er sie.

Sie setzte sich aufrecht in ihr Bett und schob sich gegen das Kopfteil, ihr Gesicht argwöhnisch verzogen. Offensichtlich erkannte sie ihn nicht. »Wer sind Sie?« Ihre Stimme war zittrig, Angst vermischte sich mit Neugierde.

Sein Lächeln wurde noch breiter, als er sich vor ihr verbeugte: »Ich bin Loki und habe Unheil zu planen.«

Zu der Autorin:
Anne Zandt lebt und arbeitet im wunderschönen Mecklenburg-Vorpommern. Wenn sie nicht gerade die Welt erkundet, Aktionen für ihren Blog plant und umsetzt oder für das Nornennetz Messeauftritte u. ä. organisiert, schreibt sie vor allem Kurzgeschichten im Genre der Fantastik.

Blog: https://www.randompoison.com/
Twitter: https://twitter.com/poisonpainter
Facebook: https://www.facebook.com/AnneZandtPoi

Lektorat und Korrektorat: Hanna Jung; Illustration: Julia C. Albrecht

DANKSAGUNG

In diesem Buch steckt so viel Göttliches. Und das nicht nur in den einzelnen Geschichten, sondern auch in jedem einzelnen Beitrag, der von euch geleistet wurde, um dieses Projekt fertigstellen zu können. Wir danken allen, die sich hierbei engagiert haben. Nur mit eurer Hilfe konnte dieses Herzensprojekt vollendet werden.

Wir danken euch Autor*innen für eure kreativen und unterhaltsamen Beiträge. Wir haben geschmunzelt, mitgefiebert und gelacht. Haben neue Welten entdeckt und alte Kulturen wiederbelebt. Wir danken euch auch für eure Geduld, für die Ausdauer, die hierbei vonnöten war. Wir hoffen, das Ergebnis war die Mühe wert und ihr alle könnt euch an diesen Seiten erfreuen.

Unser Dank geht an die Illustrator*innen. Jeder eurer Stile ist einzigartig und gibt der Geschichte einen gebührenden Rahmen. Die Diversität der Bilder unterstreicht die bunte Mischung der Kurzgeschichten und macht beides zu etwas ganz Besonderem.

Danke an alle, die über den Toria-Verlag hinaus dieses Projekt unterstützt haben. Es war ein steiniger und langer Weg, doch es wäre undenkbar gewesen, hätten wir dieses Projekt im Sand verlaufen lassen.

Wir hoffen, viele Leser*innen da draußen zu erreichen und wünschen euch Beteiligten ganz viel Spaß und Freude mit euren Werken.

Danke im Namen aller, die mit diesem Buch den Naturschutzbund unterstützen. Denn der gesamte Erlös wird gespendet.

DANKE

UNSERE ILLUSTRATOR*INNEN

Anna Vriede

Durch ihre beste Freundin hat Anna Vriede die Leidenschaft zur Kunst entdeckt. Am liebsten zeichnet sie mit Kohle oder Lineart-Grafiken, wie für die Götteranthologie. Außerdem schlägt ihr Herz für den Impressionismus. (Anna hat zusätzlich die allgemeinen Lückenfüller in diesem Buch illustriert. Ihr könnt außerdem ihre Fähigkeit als Autorin in dem Beitrag »Der Diamant und die Rose« kennenlernen.) Instagram: annies_wortgefluester

Leah Hasjak

Glaubt nicht an Bielefeld! Wenn du mehr über Leah und ihre Projekte als Autorin und Illustratorin erfahren möchtest, besuche sie auf Instagram: leahhasjak oder auf ihrer Webseite: www.leahhasjak.com

Alina Sawallisch

Wenn du mehr über Alina und ihre Projekte als Autorin/Illustratorin erfahren möchtest, besuche sie auf Instagram: alina_sawallisch_autorin

Jasmin Volkmer
Jasmin zeichnet, seitdem sie denken kann und probiert sich leidenschaftlich gern in verschiedenen Stilen aus. Neben dem Zeichnen schreibt sie auch an einem eigenen Buch. Ihre Inspiration schöpft sie aus der Schönheit der Natur und liebt es, neue Orte kennenzulernen und herumzureisen. (Jasmin hat für die Anthologie zusätzlich die Kapitelzierde gezeichnet.)
Instagram: javos_bookslife

Lucia Föger
Die hauptberufliche Elementarpädagogin lebt sich gerne kreativ in alle Richtungen aus – dabei verwirklicht sie ihre Ideen vor allem beim Zeichnen und Illustrieren, manchmal auch beim Schreiben. Mit ihrem ersten Roman »Schlafendes Herz« erfüllte sich im März 2021 der große Traum vom veröffentlichten Buch.
Instagram: lucischreibt

Katharina Strauß
Katharina ist Anfang zwanzig und wohnt im wunderschönen Thüringen. Sie macht eine kaufmännische Ausbildung. Als Ausgleich dazu malt und zeichnet sie, mittlerweile seit über fünf Jahren. Ansonsten verbringt sie ihre Zeit gerne mit dem Verschlingen von Büchern und/oder Kuchen. Instagram: uniquesoulgirl

Louisa S. Reinwarth
Louisa wandert seit klein auf durch fremde Welten und brachte sie stets zu Papier. So begann sie früh zu zeichnen und ist mittlerweile Illustratorin für Charakter- und Konzeptkunst. Dabei fasziniert sie sich besonders für düstere und fantastische Figuren.
Instagram: ls.reinwarth.autorin

Julia C. Albrecht
Julia schreibt, bloggt und illustriert für ihr Leben gern. Ihr Herz schlägt für queere Noir-Literatur und ausdrucksstarke Porträtkunst. Instagram: dunkelwelten

Philipp Rodionov
Schon als kleines Kind gehörte das Zeichnen zu Philipps Lieblingsbeschäftigungen, weshalb er auch sehr früh verschiedene Kunstschulen besuchte. Letzteres verhalf ihm zu einem eigenen abstrakten Stil zu kommen, der maßgeblich von Künstlern wie Gustav Klimt, Franz Marc und Wassily Kandinsky inspiriert ist. Mittlerweile hat er das Glück, in einer der wohl kreativsten Städte Europas – Berlin – zu leben, wo er versucht, sich als Künstler zu etablieren. Instagram: whois.ph

Peter Kirschstein
Peter studiert Multimedia / VR-Design an der Burg Giebichenstein Kunsthochschule Halle. Seine Leidenschaft gilt der Illustration von Kinderbüchern und everything Comic. Ihr könnt außerdem Peters schriftstellerische Fähigkeiten in seinem Beitrag »Too Old to Die« kennenlernen. Instagram: ghoulferatu

Vanessa Donisan
Um mehr über Vanessa und ihre Projekte zu erfahren, besuche sie auf Instagram: misslaut

Raphaela Spanfelner

Raphaela lebt mit ihrem Mann und ihren drei Kindern im Bayerischen Wald. Ihre persönliche Beziehung zu Gott trägt sie seit frühester Kindheit durchs Leben. Sie liebt die Natur, die Menschen und das kreative Chaos. Seit Kurzem hat sie das Zeichnen wieder neu für sich entdeckt. Um mehr über Raphaela und ihre Projekte zu erfahren, besuche sie auf

Instagram: raphaelaspanfelner